中国社会科学院创新工程学术出版资助项目

契诃夫的创作与俄国思想的现代意义

徐 乐 著

中国社会科学出版社

图书在版编目（CIP）数据

契诃夫的创作与俄国思想的现代意义／徐乐著．—北京：中国社会科学出版社，2018.3
ISBN 978－7－5203－2218－8

Ⅰ.①契…　Ⅱ.①徐…　Ⅲ.①契诃夫（Chekhov，Anton Pavlovich 1860－1904）—文学研究　Ⅳ.①I512.064

中国版本图书馆 CIP 数据核字（2018）第 052695 号

出 版 人　赵剑英
责任编辑　慈明亮
责任校对　杨　林
责任印制　戴　宽

出　　版　中国社会科学出版社
社　　址　北京鼓楼西大街甲 158 号
邮　　编　100720
网　　址　http://www.csspw.cn
发 行 部　010－84083685
门 市 部　010－84029450
经　　销　新华书店及其他书店

印刷装订　北京君升印刷有限公司
版　　次　2018 年 3 月第 1 版
印　　次　2018 年 3 月第 1 次印刷

开　　本　710×1000　1/16
印　　张　16.5
插　　页　2
字　　数　273 千字
定　　价　78.00 元

摘　要

世界的近代化历史也是资本的全球扩张历史，“二战”后随着资本国际垄断的形成，世界进入了跨国资本主义时代。以美国利益为核心的跨国资本主义文化霸权，对各国的文化传统和核心思想都造成了持续冲击，因此考察其他国家的文化核心价值，保护本国的文化边界和文化安全，应该成为中国学者重点关注的课题。19 世纪俄国文化在国力衰减的背景下强势崛起，这一事实本身即值得仔细研究。俄国思想家数个世纪集体打造的俄国思想，是俄国民族自信和文化自信的内在基石，并且对国家意识形态的推广起到重要作用，直到今天依然保证其文化强国的世界地位。由于特殊的历史情境，俄国文学一直在追求民族生活的精神意义，承担起社会启蒙和塑造民族意识的重任，用具有普遍审美价值的艺术语言向全世界宣告俄国人的原创性理念，成为俄国思想的重要载体，也是世界文化宝库中的精神财富。

本书以 19 世纪末 20 世纪初俄国经典文学最后一位伟大的文学家契诃夫的创作思想为例，结合他与同时代经典文学的另一位伟大的代表作家列夫·托尔斯泰的哲学思想的比较研究，论证俄国文学与俄国思想的内在关系，探讨俄国作家对世界的超越性认识，对俄国人的生活和俄罗斯民族面临的历史境遇的思考，阐发俄国文学本质所固有的人民性、伦理性、批判性和强烈的人道主义色彩。

目前，对于契诃夫在俄国文学史上的地位，他的诗学特点和修辞艺术，学界已经有了充分的研究，但关于契诃夫的哲学思想，他的创作中反映出来的独特的俄国式的思维方式，则一直被俄国主流学界所忽视甚至否定。因此本书有一定的论战性质，从契诃夫与俄国最具影响力的思想潮流和时代主题的呼应角度，论证契诃夫如何在文学中表现俄国思想的共同性质、个性特征和呈现方式，阐明他的世界观对于俄国思想的贡献，和对于人类生活的永恒价值。

全书共分为七个部分。

序言总述跨国资本主义及其文化标准在全世界扩张之时，各国所遭遇到的文化安全挑战。以19世纪俄国文学和思想的发展为鉴，寻找文化崛起的规律。

第一章梳理学界如何认识契诃夫与俄国思想的关系和契诃夫的创作哲学。从作家生前到逝世后100年，对于契诃夫是否是俄国第一流思想家的问题依然没有得到定论。研究者从各自的立场出发，对契诃夫创作的各个方面进行挖掘，构成了一幅由见解、评论、判断构成的色彩斑斓、结构复杂的画面，研究不同时代、不同阵营的俄国思想家和学者接受契诃夫遗产的动机，不但可以更深刻地领悟契诃夫的创作特质，而且可以反观各个时期的思想主题。

第二章探讨契诃夫与当时俄国最有影响力的思想运动之一——托尔斯泰主义的渊源。不把托尔斯泰纳入研究的视野，则不可能充分评估契诃夫在19世纪末20世纪初的现实主义写作的创新意义，只有在同托尔斯泰的相互关系中，我们才能正确地评价契诃夫伟大的独特性。契诃夫最为看重的，是人在什么样的情况下，接受了托尔斯泰主义的影响，和托尔斯泰主义究竟采取了什么样的表达形式才会产生如此之大的魅力，以及现实生活中托尔斯泰主义的实际遭遇。

第三章分析契诃夫与俄国文化启蒙工作的关系。在19、20世纪之交，契诃夫在新的人文知识和科学知识的交汇处形成了自己独特的文学立场，指出流行的种种理论、学说、信仰的局限，力求成为没有偏见的冷静的观察者和研究者。在契诃夫的观念里，人民要建设美好生活，是通过人民自己掌握人类积累的所有最优秀的文化成果来实现的，因而必须改变不合理的劳动分配制度，帮助人民掌握优秀的文化。

第四章论述契诃夫对俄国人的态度。正如俄国哲学所指出的那样，人被造出来，是为了用神圣的劳动来回应伟大的事业，解脱人身上的罪恶。契诃夫把注意力放在那些灰心丧气、缺乏意志力的普通人身上，揭露他们身上的奴性和他们的屈辱处境。与俄国思想家一样，契诃夫在俄罗斯人身上看到深刻的智慧、广阔的气魄、细腻的感情、充沛的精力、对自由的热爱，但也看到他们经常忘记自己的良心，丧失改变现实的勇气。因此契诃夫吁求理性、意志、尊严，为了建设自己的生活，为了使生活变得更有意义。

第五章展现契诃夫对人与世界的关系的理解。在19世纪末的欧洲，强权、暴力以法律和文明的名义，压迫和束缚人的个性，排斥自由的生命活动，俄国思想家们正是在这一点与西方思想中的理性主义法律观进行论战。契诃夫批判没有变化的生活，仿佛早已经被设定好，成为人人遵守，习以为常的规矩，而正是这种凝固的日常习俗掩盖了人们生活的庸俗本质，使人甚至看不到公然犯罪的可怕。为此契诃夫呼吁人必须要进行人类学的改造，成为巨人。

结语部分表明，契诃夫不但有完整的世界观和明确的哲学观念，而且各种“思想”在他的作品里异常密集。虽然他一贯主张只提出问题而不解决问题，但这种提问本身便是他对俄国思想史上的重大议题的积极回应。通过对生活意义的反复追问，契诃夫为人类打开了从闭塞狭隘通向辽阔远方的道路，在契诃夫无情地加以呈现的冷酷乏味的地平线上方，思想的闪耀如同霞光一般辉映在人们的心头，温暖着每一个渴望寻求真理的生命。在普遍的麻木不仁的生活环境下，契诃夫敲打着人的灵魂，提醒在这个世界上还有大量默默无闻承受生活重负的人，所有人的命运实际上都息息相关，孤立的自由和幸福是建立在他人的痛苦之上的。在公正平等与同情仁爱的基础上对人类共同命运的提醒——俄国经典文学遗产也以此为当下中国提出的现代世界中人类的和谐发展道路提供了证明。

关键词：俄国思想；托尔斯泰主义；文化启蒙；人的哲学；契诃夫

Abstract

The modernization history of the world is also the global expansion history of the capitalism. The formation of the international capital monopoly after WWII marks the coming of the era of transnational capitalism. The culture hegemony of transnational capitalism centered on the interest of America brings continuous strike to other countries and their traditional culture and ideology. Therefore, Chinese scholars should pay more attention on the investigation of the core cultural value of other countries, in order to protect the cultural boundary and cultural security of our own country. In the 19th century, the Russian culture emerges to exaltation despite its power attenuation; this fact per se deserves careful study. The Russian idea, forged collectively by centuries of thinkers, is the inherent cornerstone of the national confidence and cultural confidence. It plays an important role in the national ideology and today still guarantees Russia to be a powerful cultural country in the world stage. Due to its special historical circumstances, the Russian Literature is always pursuing the spiritual meaning of national life; it undertakes the huge responsibility of social enlightenment and building national consciousness, declaring to the world the Russian's originality by the artistic language which possesses universal aesthetic value, consequently, it is an important carrier of Russian idea, and the spiritual treasure in the treasure house of the world culture.

This book takes the example of the creative thoughts of Anton Chekhov, the last great writer in the late 19th century and early 20th century in the period of Russian classical literature, combined together with the comparative study of the philosophical thinking of another great representative writer – one of Chekhov' contemporaries – Leo Tolstoy to demonstrate the intrinsic relation between Russian literature and Russian idea, and discuss the transcendental understanding of the world of the Russian writers and their thinking on the Russians' life and the historical circumstances the Russian nation faced with, elucidating the inherent qualities of Russian literature: affinity to the people, ethicality, criticalness, and strong humanitarianism.

There are abundant studies on Chekhov's poetics and rhetoric art at present, however, the study of Chekhov' philosophical thought – the unique Russian thinking way reflected from his writings – has been neglected, even denied by the Russian academic circles. Hence, this book is essentially argumentative. From the perspective that Chekhov responds to the most influential current thoughts and time themes, the book aims to prove how Chekhov in his writings expresses the common quality, personality and methods of presentation of the Russian idea, and explains the contribution of his world view to the Russian idea, and the eternal value to human life.

The book is divided into seven sections.

The Preface part introduces the challenge to cultural security faced by many countries, as the transnational capitalism and its culture standards expand rapidly in the whole world. The development of Russian literature and Russian idea in the 19th century is set as an example to seek the rule of cultural rising.

The first chapter sorts out the present researches on Chekhov's relation with the Russian idea and his creative philosophy. From his own time to 100 years after death, there is no final conclusion as to whether Chekhov is qualified to be a first-class Russian thinker. Started from various standpoints, researchers explore every aspect of Chekhov's writing, and constitute a colorful and complicated picture that is full of opinions, comments and judgements. To study the motives of how thinkers and scholars from different times and groups accept Chekhov's legacy contributes not only to a more profound understanding of Chekhov's creating characteristics, but helps to review the main theme of each time.

The second chapter discusses Chekhov's origin relation with the most influential thought current—Tolstoyism. Without the study of Tolstoy, it is hardly possible to fully evaluate the innovative significance of Chekhov's realistic wiring in the late 19th century and early 20th century. Only in the parallel relation with

Tolstoy, Chekhov's great peculiarity can be accurately evaluated. What Chekhov values most, is in what circumstances that man accepts the influence of Tolstoyism, and in which way the Tolstoyism expresses itself, why it charms so many people, and the actual experiences in real life.

The third chapter analyzes chekhov's relation with the cultural enlightenment of Russia. In the turn of 19th century to 20th century, Chekhov formed his own unique literature stand in the intersection of new humanistic knowledge and scientific knowledge. He pointed out the limitation of the popular theories, doctrines, beliefs, and strived to be a non-biased, disinterested observer and researcher. In chekhov's view, the way people to achieve good life is realized by their knowing of all the best cultural products accumulated by human being, therefore the unreasonable labor distribution system should be changed, and people should master the excellent culture.

The fourth chapter deals with Chekhov's attitude towards the Russians. Just like the Russian philosophy indicates, man is created to respond to the great career through sacred labor, and liberated from his sins. Chekhov focuses on those depressed common people who lack the willpower, and reveals their slavishness and their humiliated circumstances. Like the Russian thinkers, Chekhov sees in the Russian people the profound wisdom, boundless courage, fine sentiments, robust energy and passion for freedom, but he also sees that they often forget their conscience and lack the courage to change the reality. Hence, to achieve good life, to make life meaningful, Chekhov appeals to rationality, willpower and dignity.

The fifth chapter presents chekhov's understandings of man and world. Power and violence suppresses and constraint man's personality and dispels free activities in the name of law and civilization in the 19th century Europe, it is based on this point that the Russian thinkers debate with the rationalism in law of the intellectual history of Western world. Chekhov criticizes the life without change, as if it is all set up, and become a rule that everybody conforms with and gets used to. But this stagnated everyday life covers up the vulgar nature of human life, and blocks people's eye for the overt crime. In light of this, Chekhov calls on people to have Anthropological transformation and become giants.

The conclusion part shows that Chekhov, not only has a complete system of world view and philosophy, but has all kinds of "thoughts" mixed in his writings. Though he all along proposes to pose the problems instead of solving them, this way of proposing is his active response to the important issues in the intellectual history of Russia. Through the perpetual question after the meaning of life, Chekhov paves a path for people from the narrow field to the extensive broadness. On the top of the horizon where Chekhov presents by his coldness and cruelty, the light of thought, like the morning glow, irradiates in the hearts of people, warming every life that is after truth. In the circumstances of universalcallousness, Chekhov beats the souls of people, and reminds them that in this world there are amount of obscure people who undertakes the heavy burden of life. The fate of every one is interrelated, the isolated freedom and happiness is built upon other's misery. On the basis justice and equality, compassion and live, Chekhov sends us all a reminder for the common fate of humanity, and it is in this sense that the legacy of Russian classic literature can function as a mirror for the present China and its aim of a harmonious development path of humanity in this modernized world.

Key Words: Russian Idea; Tolstoyism; Cultural Enlightenment; Philosophy of Man; Chekhov

目　　录

Contents

序言　跨国资本主义的文化霸权和俄国经典文学的“论道”之策

第一节　跨国资本主义文化的“一元化”标准

自哥伦布发现新大陆以来，资本的向外扩张以不可阻挡之势在全球蔓延，这既是资本主义发展的内在要求，也与国际政治的一系列重大事件相关。第二次世界大战以后，“资本在完成地区垄断和国家垄断之后实现国际垄断”，世界走向了“跨国资本主义化”[①] 的不归路，而这一判断也符合马克思和恩格斯早在 19 世纪中叶的《共产党宣言》中对于资本主义国际化进程的预言。

面对这一看似不可逆转的趋势，我们需要用一种客观的态度来加以研究，有学者认为：“全球化不是哪个人主观地设计或制造出来的理性规划；它是自然趋势，是人力所不能抗拒和左右的。”[②] 尤其在 21 世纪初的今天，世界进入了信息化时代，互联网技术使全球沟通和文化交往变得无比便利，国际金融、贸易、生产合作愈益打破民族和地理的界限。世界市场初步形成，任何一个正常国家在这种国际秩序中都不可能自立山头，或者独善其身。2008 年爆发的全球金融风暴，体现出各国之间错综复杂的利益纠葛；而气候变化和环境污染的日益加重，也使人们认识到在生存问题上的休戚与共。在共同的灾难面前，人类“本应”携起手来，共克时艰，淡化民族、宗教、地域、意识形态的冲突，谋求共同发展的合作道路，为地球村的互利互惠创造条件——可惜情况并非如此。

---

① 陈众议：《跨国资本主义对文学的影响》，http：//blog. sina. com. cn/s/blog_ 53e610c50100zre5. html。

② 资中筠主编：《冷眼向洋》，生活·读书·新知三联书店 2000 年版，第 365 页。

事实往往如契诃夫所言："不幸并不能把人们联合起来，反而把他们拆开了。"（XS，6，42）[①] 在世界性经济危机的强大压力下，全球范围内的两极分化更加严重。跨国资本借助垄断地位，对第三世界国家的经济掠夺变本加厉。国际霸权盛行，民族矛盾激化，人才流动失衡，发达国家（尤其是美国）在环境问题上的不负责任，使得"全球化"这一虚幻的美好图景背后，日益暴露出跨国资本贪婪的真相，这让一些为"地球村"前景欢呼雀跃的人惊诧不已。

惊诧源于幻觉的破灭。自跨国资本主义体系形成以来，欧美后现代主义思潮的"多元化"理论应运而生，这种理论在一系列价值取向上与传统的民族价值观迥然有别：追求消解理想和意义深度的"平面模式"，以"本我"的凡俗代替体现在英雄身上的崇高，用存在的偶然性和生命的本然性否定人的社会性和政治性，强调无个性、无感情的"极端客观"，把艺术仅仅当作解魅化、大众化的消费品[②]——以此来弭平差距，超越界限，消除中心，达到解构传统核心价值的目的。而在这种消解本体存在意义的后现代理论背景下，隐藏着资本寻求扩张和控制人类生活的勃勃野心。

事实上，无论理论家们的初衷多么美好，却在不知不觉间已经被纳入了资本增值的计算体系之中。国内有远见的学者早已一针见血地指出：所谓"经济全球化""文化多元化"只不过是自欺欺人的错觉，经济作为一切上层建筑和意识形态的基础，不可能实现独立的全球化进程。所谓"全球化""多元化"，实质是以"美国化"为核心的"西方化"[③]。

世界范围内的政治和经济历史，在实践上证明了跨国资本的这一操作逻辑。"一战"后，美国总统威尔逊确立了以美国制定的自由贸易秩序来瓜分世界利益的全球战略。"二战"后签署的布雷顿森林协议，正式把美元设定为国际货币标准，从此世界进入了美元霸权时代，其标志性事件便是尼克松总统为摆脱越战带来的经济和社会危机，强行终止美元兑换黄金业务，以牺牲他国利益为代价保护本国利益，加剧了国际金融的动荡。国

---

① 若无专门注明，本书中契诃夫小说译文均引自《契诃夫小说全集》10 卷，汝龙译，上海译文出版社 2008 年版；戏剧、札记、文论、书信译文均引自《契诃夫文集》第 11—17 卷，汝龙译，上海译文出版社 1997—1999 年版。在正文中用括号标注，XS 表示《契诃夫小说全集》，WJ 表示《契诃夫文集》，前一个数字表示卷号，后一个数字表示页码。部分译文根据俄文有所更改。

② 参见王岳川《二十世纪西方哲性诗学》，北京大学出版社 2000 年版，第 397—398 页。

③ 陈众议：《跨国资本主义对文学的影响》，http：//blog. sina. com. cn/s/blog_ 53e610c50100zre5. html。

际结算的美元标准，给发行国带来了巨大的经济收益①。

可以说，美国凭借全球经济中的霸主地位，决定了现存的世界经济秩序。这一经济体制有三大支柱：国际货币基金组织、世界银行、世界贸易组织——其规则和标准，都是由以美国为首的发达国家制定，这为发达国家进行全球掠夺创造了最有利的条件。如何打破旧有的跨国资本垄断体制，重建公平合理的世界经济新秩序，已成为众多发展中国家的共识——虽然目前依然看不到曙光。

跨国资本主义时代，美国在文化上的霸权优势尤其明显，这依然表现在美国标准的横行无忌。有人说，美国凭“三片”征服了世界——芯片、薯片、大片。这恰恰反映了以信息泛滥、快餐消费、好莱坞趣味为内容的美国文化在全球文化市场树立的标准取向。在此标准下，每个国家固有的文化传统都受到了强烈的冲击和震荡，以美国为标准的跨国文化产业，不但赚足了各国的钞票，而且深刻影响了全世界特别是青年人的生活方式、价值观、审美取向甚至犯罪途径。所谓“文化多元”的狂欢假象——不过是跨国资本主义借以推行西方标准化思维模式和文化价值观的一种手段。

在跨国资本推行的一元化标准下，各国知识人都感受到了本民族文化建构和心理认同的危机，各国的执政者也都试图从经济、政治、文化等制度层面来保护本民族的核心价值观念。然而，资本主义经历了数百年的成长，尤其发展到跨国资本主义时代，已培育出一套成熟的运转机制来应付人类的不满情绪。比如美国建国之初信奉社会达尔文主义，但也注重关注弱势群体，加强政府干预，缓解社会不平等现象——这种新自由主义的改良主张，实际上都被列为保持资本稳定运转并获得更大利益的成本计算之内。

20 世纪，美国和欧洲的资本主义并没有如马克思预言的那样分崩离析，反而显示出新的生命活力；“全世界无产者联合起来”这一崇高呼吁，似乎没有把各国无产者团结起来，而跨国资本家却以各种形式联起手来，共同参与全球资本狂欢的大合唱，这是怎么回事？资中筠先生提出，这种情况主要归功于欧美社会批判的传统。在知识阶层高度的责任感和充分的言论自由的保障下，社会不公得以不断地披露，形成强有力的舆论和民众监督，这种改良和妥协反过来也维持了社会的稳定，保证资本主义制度的延续和资

① 参见何帆《美元霸权对世界经济的影响》，《学习时报》2004 年 11 月 30 日。

产者更加稳定的收益[1]。由此可以看出，允许传统的知识分子对资本主义社会进行的批判，也被纳入了保障资本正常运转获利的成本计算，最终的情况是知识分子越是不遗余力地攻击资本主义制度，资本语言对人的控制就越缜密，而批判者也就越深地被吸纳进了资本逻辑的运行机制，仿佛陷入了鲁迅所说的“无物之阵”，拔剑四顾却心下茫然，只能徒劳地撞击那透明的墙，虽然姿态优雅悲壮，后果却显得滑稽。关键原因，在于批判的语言仍然是资本体制内的语言，而人是不可能拽着自己的头发离开泥潭的。一切批判体制的知识分子，都是体制中人，没有人能够超越体制。

易经有云：“形而上者谓之道，形而下者谓之器。”跨国资本主义制度，虽然打出了“多元文化”的理论旗号，归根结底仍然是形而下的器用层面，是跨国资本家进行全球掠夺的工具。要想真正超出资本逻辑的话语体系，只有超越形而下的制度层面的语言，转而采用精神的语言、文化的语言、思想的语言——知识分子若要从根本上否定资本逻辑对人的异化作用，唯有“论道”。

本书所谓之“道”，意在区别对于现象所做的外在观察和“制度”层面的批判，着重从思想、精神的高度来把握支配社会现实演化的内在基因，突破一时一地的认知框架，探寻决定民族文化的内涵与方向的永恒“理念”。有学者提出要超越“处在现象层面的”，“比较粗放而失之于简化”的“思潮”，转而讨论“以特定的群体共识或‘理念’为价值前提”的“范式”[2]。这里所说的“理念”“范式”或者“理式”，在西学传统中，便决定了万事万物的本质属性。当然，在资本的物质力量决定着世界结构的今天，论道者所论之“道”，显得有些虚无缥缈，脱离现实。然而，这种外在于社会制度而又为人类社会制定最终目标的纯粹理念，在人的心灵深处探寻真理的种子，成为自由和绝对的善的根源。在理念的世界观照下，跨国资本的逻辑悖论暴露出其荒谬之处，而人类生存的诗性经验所凝聚之“道”却能直指人心，帮助被资本异化的世界重新收获其神圣性根基，为各民族的文化根脉提供精神依托。在当代跨国资本统治完成了对世界的物质和精神秩序的双重合围后，一个主权独立国家的文化崛起，只能

① 参见资中筠主编《冷眼向洋》，生活·读书·新知三联书店2000年版，第3—9页。

② 周启超：《外文所理论室系列讲座之“思潮与范式——外国文论研究的一点反思”》，http：//foreignliterature. cass. cn/chinese/NewsInfo. asp？NewsId = 2953。

凭借构建和坚持自身的民族核心理念——在这一过程中，知识界通过“论道”来反思本民族的历史，分析当下的现实，描绘未来的理想前景，将起到至关重要的作用。

第二节 俄国文化的崛起与俄国思想的道统

19 世纪的欧洲进入了工业化和现代化迅猛发展的时代，展示出对于全世界的前所未有的优势和力量，借助各种新技术、经济、文化的全球性力量，先是有“世界工厂”之称的英国，后是两次颠覆欧洲秩序的德国，成为领导世界的标准制定者和多数后进国家学习的榜样。在工业革命的推动下，欧洲实现了经济、军事、教育等领域的腾飞，创造出新的商业和贸易奇迹，新兴的政治势力在全世界确立起无以抗拒的霸权①。

反观俄国，虽然在 1812 年的抗法战争中取得辉煌的军事胜利，却在工业化浪潮和由此带来的社会政治结构的改造方面举步维艰，沙皇治下的这个庞大帝国被欧洲远远抛在了身后。到了 19 世纪中期，甚至俄国一向引以为傲的军队，在武器装备上也远比不上他们的欧洲对手。从亚历山大统治后期开始，由于一系列自由主义的改良措施遭遇破产，特别是阻碍俄国全面进步的农奴制问题无法得到解决，沙皇虽热心插手欧洲事务，一度建立起神圣同盟、四国同盟以及后来的五国同盟，但国内政策的失败仍然让俄国从彼得大帝开始的崛起进程猝然中断，沦为“欧洲的失败者和牺牲品”②，直接导致 20 世纪初帝国土崩瓦解。

可是，令人惊异的是，虽然俄国国力一再衰落，但俄国文化却仿佛进入了自己的“轴心期”③，从 19 世纪开始强势崛起，其延续覆盖整个 20 世纪，直到今天仍是俄国人在地缘文化和历史意识上进行自我定位的基础④。

---

① 参见［英］戴维斯《欧洲史》下册，郭方、刘北成译，世界知识出版社 2007 年版，第 774—781 页。

② 同上书，第 775 页。

③ “轴心期”概念参见［德］雅斯贝斯《历史的起源与目标》，魏楚雄、俞新天译，华夏出版社 1989 年版。

④ 应当承认，相比国家的崛起，文化的崛起有其特殊性。国家的崛起时间较短，往往打赢一场战争便可奠定其在世界格局中的强国地位；而文化发展受到国内外各种复杂因素的交叉影响，其崛起的进程一般可持续较长时间，并能够深刻影响世界文化的总体格局。比如在俄国，群星闪耀的科学和人文巨匠，为世界贡献出辉煌灿烂的文化成果，造就了俄国文化的强势崛起，其深厚内涵已绵延两个多世纪之久，直到今天仍是全世界津津乐道的话题。

俄国文化的崛起，似乎应和了世界各大种族的文明发展动脉，塑造了俄罗斯民族的形象，也决定了自身的命运轨迹——归根结底，就是俄国哲人们反思本民族的存在历史，并且总结出作为本体论的，具有强烈民族核心价值观色彩的俄国思想（Русская идея）①。

俄国思想萌芽的标志，是16世纪普斯科夫修道院菲洛费伊修士在致莫斯科大公瓦西里的一封信里提到“莫斯科是第三罗马”。这一论点表现出这个年轻国家以上帝选民自居并以欧洲文明的继承人身份拯救世界的雄心。然而，西方世界对俄国的这一崇高的自我认定并不买账，相反却“时常持一种居高临下的态度”，自从俄国强力插手欧洲事务建立神圣同盟之后，又有了“将俄国视为威胁的神话，近乎那种关于西班牙的黑色传说”②。而俄国近300年的民族观念似乎也一直“禁锢在静止滞缓的精神运动范围之内”③，没有进入自我反思的意识，因此觉醒的萌芽得不到精神光芒的照耀，在欧洲文明面前显得十分陌生。俄国人的民族思想并未真正苏醒过来，在被别尔嘉耶夫称为“女性的民族自然力”的怀抱中，躲避个性成长的艰苦炼狱，“拒绝男性的积极的精神道路”④。这样的文化心理状态，无法对整体和后来产生影响，只能为19世纪开始的文化“轴心期”提供背景和整合材料。

19世纪初，吹响俄国人民族思想觉醒号角的第一人，是被俄国官方宣布为“疯子”的恰达耶夫。他在1829年所写的第一封《哲学书简》中痛苦地承认，构成俄罗斯历史的“首先是野蛮的不开化，然后是愚昧的蒙

① 中国学界近年来对这一词汇通常译作“俄罗斯思想”，比如生活·读书·新知三联书店出版的别尔嘉耶夫的专著《俄罗斯思想》和浙江人民出版社出版的俄国思想家文集《俄罗斯思想》，考究这两本书的内容，主要也是谈俄罗斯的自我精神定位和看待周围一切问题的总体世界观。基于上述理由，中国学者刘文飞先生主张译作“俄国观”。在1995年出版的《哲学（小百科词典）》中，对Русская идея有如下解释：“俄罗斯思想是一个具有象征意义的概念。从该词的最广义上说，它指的是俄罗斯文化和俄罗斯精神在全部历史过程中所固有的各种独特特点的总和；从较为狭义上说，它指的是在历史的每一特定时期民族自我意识所达到的水平（由于该词只是到了19世纪才产生，因此当把它用于较早的历史时期时，它已是经过重新解释的了）；从更为狭义上（即从社会学意义上）说，它指的是俄国的社会、文化、政治等发展中各种旧的和新的成分存在的方式。”［阿列申主编：《俄罗斯哲学（小百科辞典）》，转引自［俄］索洛维约夫等《俄罗斯思想》，贾泽林、李树柏译，浙江人民出版社2000年版，第25页］

② ［俄］巴格诺：《西方的俄国观》，刘文飞译，《外国文学评论》2012年第1期。

③ ［德］雅斯贝斯：《历史的起源与目标》，魏楚雄、俞新天译，华夏出版社1989年版，第11页。

④ Бердяев Н. А. *Судьба России. Самосознание.* Ростов н/Д. Феникс. 1997. С. 15 – 16.

昧，接下来是残暴的、凌辱的异族统治，这一统治方式后来又为我们本民族的当权者所继承"①。因此，俄罗斯民族在其他文明爆发出伟大的创造力激情的时代，却局限在浑浑噩噩的昏暗的现实之中，没有发现能将它提升到大地之上的世界本原，只能消亡于当时之地。恰达耶夫进而否定了俄国人在世界历史上的地位：

> 我们来到世界上，就像一些陌生的孩子，没有遗产，与在我们之前生活在大地上的人们没有联系，我们心中没有保存在我们之前出现过的任何教训。……我们就像那些没有学会独立思考的孩子；在成年的时候，他们体现不出任何自我的东西来；他们所有的知识，均局限于他们外在的生活，他们整个的心灵，都存在于他们身外。我们正是这样。②

由于这种历史的狭隘性，恰达耶夫对俄国的民族思想的实际情况做了深入的反省和批判：

> 我们没有历史的经验；……我们是世界上孤独的人们，我们没有给世界以任何东西，没有教给它任何东西；我们没有给人类思想的整体带去任何一个思想，对人类理性的进步没有起过任何作用，而我们由于这种进步所获得的所有东西，都被我们所歪曲了。自我们社会生活最初的时刻起，我们就没有为人们的普遍利益做过任何事情；在我们祖国不会结果的土壤上，没有诞生过一个有益的思想；我们的环境中，没有出现过一个伟大的真理；我们不让自己花费力气去亲自想出什么东西，而在别人想出的东西中，我们又只接受那欺骗的外表和无益的奢华。③

伴随着恰达耶夫这一振聋发聩的批判，俄国首次出现了苦苦探寻民族核心思想的哲学家。自彼得大帝改革起，"俄国与西方"的关系被提上了

① ［俄］恰达耶夫：《箴言集》，刘文飞译，云南人民出版社1999年版，第8页。
② 同上书，第9—10页。
③ 同上书，第13页。

俄国思想界讨论的议题。俄国有学者认为，恰达耶夫写完《哲学书简》的1831年可以看作“西方主义”诞生的年代，而出现在19世纪30年代中后期的霍米亚科夫的作品及他与恰达耶夫展开的争论，则被认为是“斯拉夫主义”的肇始。这个问题的实质，是如何看待俄罗斯发展道路的“独特性”和与西方的异同——带有历史哲学性质的俄国思想自我确定的问题[①]。

西方派认为，俄国落后的原因在于长久地封闭于东方，没有接受西方先进的文化，所以应该打开国门，向西方敞开门户，在一切方面吸收西方先进的思想意识和科学技术。斯拉夫派则针锋相对地提出俄罗斯有极其独特的历史使命，在古老的俄罗斯宗法制体系内包含有将来能拯救世界的宝贵的精神遗产，所以俄罗斯不应把西方奉若神灵，而应该恢复彼得大帝改革以前的传统体制，实现俄罗斯的复兴。斯拉夫派思想家们尤其注重俄罗斯民族思想的建构，提出俄国的东正教是俄罗斯民族的根本属性，只有它能够恢复基督教的纯正性，因此俄国思想被他们归纳为一个公式：“在爱中的自由与统一的综合。”[②]

可惜，斯拉夫派的民族思想有一个致命的错误，即把他们想象出来的俄国古风当作民族的完美理想，从而搞混了历史与幻想的关系。事实上，俄国奴隶制的残酷和官僚制度的腐败，都源于彼得大帝改革前的旧俄国的直接遗产，在现实中根本不存在斯拉夫民族思想中那个完美的古代乌托邦——因此斯拉夫派的思想具有极大的虚幻性质。可是，斯拉夫派优秀的思想家和活动家们最可贵之处，在于他们的正直品格不允许他们无视俄国东方专制的暴政，于是在思想上发生了分裂：一方面为了俄国的古风旧俗批判西方派的革新，另一方面又同西方派一道为了欧洲文明而同原始的俄罗斯专制主义进行斗争。在这种矛盾中，体现出俄国思想孜孜追求的，仍然是在自身中联合欧亚并完成拯救人类的普世使命感。甚至俄国布尔什维克的十月革命和共产国际的“世界革命”，都可以说是这种“救世使命”观念的实施。

从这里可以看出，不能把俄国文化的这一跨世纪的“轴心期”看作一个达到了尽善尽美的时代，在它的核心理念中，谬误和真理并存，既有创

① 参见［俄］索洛维约夫等《俄罗斯思想》，贾泽林、李树柏译，浙江人民出版社2000年版，第12页。

② ［俄］索洛维约夫：《俄罗斯与欧洲》，徐凤林译，河北教育出版社2002年版，第202页。

造的丰盈也有破坏的盲目。民众远未形成健全的思维，个别哲人的思想高高凌驾于普通大众的愚蒙之上，没有形成共同的精神财富。因此，“强大、夺目的人类意识，永远都只体现在单个的智慧中，这个单个智慧是人类意识之范畴的中心和太阳”①。“轴心期”的结局是政治性的，一个空前强大的苏俄帝国在20世纪横空出世，工业技术和组织规划的高度秩序被建立起来。苏维埃文化在全球意识形态战场上独树一帜，在血脉中却有着与19世纪俄国黄金时代文化精神的密切联系。甚至在今天，俄罗斯民族思想的精神作用，仍然在探寻着民族活动的根本目标，并且赋予民族历史以宏大的全人类意义。例如，1997年俄共中央委员会主席久加诺夫在总结十月革命的意义时说道：

> 俄罗斯所要解决的不仅是自己国内的问题，而且要解决全世界文明的问题，尽管在这方面它只走了半步，但却先于世界文明，它指出了道路，或者相反，提醒人们不要步它走错之路的后尘。由此而产生出特有的俄罗斯的弥赛亚观念（救世主说），包括革命的弥赛亚观念。②

无论俄国政治上的兴衰成败，它的民族核心思想却保证了它作为一个文化强国的崛起之势和在世界历史上的永恒意义——即使在跨国资本主义统治全球文化的20世纪和21世纪，俄国的文化的影响力也不容小觑，它成为里尔克、本雅明、纪德、罗兰、茨威格等许多西方伟大艺术家的精神故乡。

第三节　文以载道③——俄国文学的世界意义

论道者不但有哲学家、宗教信徒、历史学家，而且有文学家④。作家论道在素有“文学中心主义”传统的俄国文化中是一个极为显著的现象。

① ［俄］恰达耶夫：《箴言集》，刘文飞译，云南人民出版社1999年版，第136页。

② 转引自［俄］索洛维约夫等《俄罗斯思想》，贾泽林、李树柏译，浙江人民出版社2000年版，第6—7页。

③ “文学”是现代学科意义上划分的结果（培根），而古典之“文”则涵盖甚丰，善修辞、能文章、知礼节等皆可以谓之文，在本书中“文”意指阐明、贯通民族理念的文学作品。

④ 论道者的职业身份也是现代划分的结果，所谓“道术将为天下裂”。“道可道，非常道”，如果是探究作为“形而上”的“大道”，则关注论道者的职业身份了无意义。关注其碎片化的身份，恰恰“破碎大道”，“不得天地之美，古人之全”。

当俄国的斯拉夫主义为民族独特的价值理念而陷入幻想与现实的矛盾不可自拔时，俄国最具独创性和第一个建立完整哲学体系的大思想家索洛维约夫却认为，只有作家陀思妥耶夫斯基，在战胜了普通人的欲望和斯拉夫主义的偏见后，坚持在所有人甚至罪犯身上寻找神性复活的火花（如同果戈理在《死魂灵》中力图做到的那样），最完整地体现了俄罗斯民族精神的真正本质："从内部理解和爱一切他人的因素，爱它们，在它们中再现自身。"① 俄国思想号召兄弟之爱，在这种精神的鼓舞下斯拉夫派与西方派在普希金纪念会上实现了短暂的和解。

陀思妥耶夫斯基在自己的时代并非没有看到理论界论道的狭隘，他不无戏谑地说道："哲学家是什么？'哲学家'这个词在我们罗斯是一个骂人的词，意思是：傻瓜。"② 可是，在他最后一部总结性的长篇小说《卡拉马佐夫兄弟》中，伊凡对他的弟弟阿辽沙说了一段著名的话：

> 你回答一下：我们是为什么事情到这里相见的？为的是谈对卡捷琳娜·伊凡诺芙娜的爱情？谈老头子和德米特里？谈外国？谈俄国不可救药的现状？谈拿破仑皇帝？……有些人需要谈某种事情，我们乳臭未干的青年却需要谈另一种事情，我们首先需要解决永恒的问题……③

这里表明了俄国人以小说论道的热切渴望，而且，从欧洲的反应来看，首先是托尔斯泰和陀思妥耶夫斯基的小说，对于俄国思想的世界意义具有决定性作用④。

总体来说，文学在某个国家、民族、社会或地缘的理念传播过程中，所起的作用至关重要且不可替代。俄国文学本质所固有的人民性和强烈的人道主义色彩，使得它在言论自由和人身自由遭遇极大压制的俄罗斯帝国

① ［俄］索洛维约夫：《俄罗斯与欧洲》，徐凤林译，河北教育出版社2002年版，第262页。

② Достоевский Ф. М. *Полн. собр. соч. В* 30 *т.* Л. Наука. 1972 – 1990. Т. 5. С. 339. 哲学家作为一"家"，已经不是古典意义上参乎天地的"哲人"了。作为整体的"人"和作为专门化研究深而窄的学问的"家"不可同日而语。

③ ［俄］陀思妥耶夫斯基：《卡拉马佐夫兄弟》，耿济之译，人民文学出版社1981年版，第348—349页。

④ См.：Багно В. Е. Ред. *Толстой или Достоевский? Философско – эстетические искания в культурах Востока и Запада.* СПб. Наука. 2003.

内部，承担起社会启蒙和民族论道的历史重任。俄国文学从幼年期到今天，一直苦苦追寻着民族生活的精神意义，试图用对全世界而言新的话语形式表述自己的原创性思想。普希金、果戈理、赫尔岑、屠格涅夫、托尔斯泰等大作家都在积极地探讨文学家的先知角色，20 世纪初的高尔基坚持这一传统，1908 年他写道：“在欧洲谁也没有创作出如此宏大并且得到全世界认可的书……在这样难以描述的沉重的条件下……在不到一百年的时间里，在任何地方都没有像在俄罗斯那样，出现了如群星闪耀般伟大的名字，而且在任何地方也没有像在我们这里一样众多的作家—受难者。”在俄国文学中“比在其它文学里……更经常地宣告全人类的东西，——俄国文学的意义得到世界认可，以它的美和力量震惊世人……”① 这种精神价值在苏联文学中得到延续，向全世界展示出俄罗斯民族的伦理追求和爱好自由的精神——这一过程远未结束。

彼得大帝的改革开启了俄国现代化和大国崛起进程的发动机。据史料记载，彼得一向重视文学的国家功用，不但自己表现出对文学的巨大兴趣，而且团结了像费奥方·普罗科波维奇这样的一些有才能的作家，使他们成为自己建立不世功业的有力助手②。M. 阿里克谢耶夫院士指出：

> 彼得之后时期的新俄国文学，几乎从它独立迈出的头几步开始，就独有一种信仰，相信自己的未来、自己的伟大使命，它满怀特殊的启蒙热情，这种启蒙热情不仅仅被解释为是新俄国文学在新的欧洲形式中产生，与西方启蒙时代在年代学上相符，而且被解释为是它的古老根基和崇高的道德—说教原则，这是俄国文学在它独立存在的之前所有世纪的特点。③

的确，从 18 世纪起，俄国文学继承了前几个世纪的优秀遗产，确立了文学崇高使命的观念，从纯粹的事务性记录和教会任务中解放出来，反

---

① Горький М. *Собр. соч.*：*В* 30 *т.* М. Гослитиздат. 1949 – 1955. Т. 24. С. 64，65.

② 在《俄国舰队颂词》（1720）中，普罗科波维奇称颂彼得大帝取得的伟大胜利，认为将使得异国民族彻底改变对俄罗斯的态度：“目前，那些鄙弃我们如同鄙弃野蛮人的民族，正在热心寻求我们的兄弟情谊，诽谤我们的——正在赞美我们，威胁我们的——正在害怕和颤抖，藐视我们的——不以为耻地为我们效劳。”（Морозов П. О. *Феофан Прокопович как писатель.* СПб. Тип. В. С. Балашова. 1880. С. 173.）

③ Алексеев М. П. *Русская литература и её мировое значение.* Л. Наука. 1989. С. 355.

思本民族孕育的精神资源，以独立的姿态提出了许多具有理念意义的重要问题。利哈乔夫看到俄国文学在民族精神生活中所占据的牢固地位，认为它激发了俄国人的民族自豪感，促进了爱国热情的勃发，培养了俄罗斯人的民族自觉意识[①]。后来的俄国文学，在时代精神与历史环境的互动影响之下，不断加强和扩展着自己在塑造民族核心思想上的探索。18 世纪几位文学巨匠，从罗蒙诺索夫、康捷米尔、苏马罗科夫、卡拉姆辛到拉季舍夫，或用颂诗，或用讽刺，或以古典戏剧，或以历史研究，都积极参与了俄国启蒙运动，也首次赢得了欧洲对于俄国诗歌的认可。[②] 18 世纪文学家们的贡献，在 19 世纪得到充满激情的高度评价，甚至加上了几许浪漫色彩：巴丘什科夫在《康捷米尔的晚会》中假想孟德斯鸠与康捷米尔关于哲学思想和历史话题的讨论，实际上以文学手法投射出作家本人所处时代对民族思想未来前景的憧憬：

> 可能，经过两百或三百年，或者更早一些，上天将赠给我们完全理解彼得伟大思想的天才，世界上最辽阔的土地，按照他的创造性的声音，将成为法律、建立在法律之上的自由、提供法律的稳定的风俗的宝库，启蒙的宝库，怎么知道？可能，在卡马河或者雄伟的伏尔加河的荒蛮的河岸上，将会诞生伟大的智者、罕见的才俊……[③]

1812 年抗法战争的胜利，极大地激发了俄国人的民族自豪感，也使得俄国文学无可争议地走入了欧洲读者的视野。俄国文学中表现出来的想象力和创作技巧令人叹服，但更为欧洲欣赏的元素则是俄国文学中蕴含的俄国思想。概因当时的西方饱受疯狂革命和物质文明危机的困扰，许多情绪保守的观察家急切希望在这个保持着"原始"基督教信仰的国家寻找一条拯救世界的"俄国的特殊道路"[④]。卡拉姆辛对此看得十分清晰，他在写给

---

① См.：Лихачев Д. С. "Своеобразие исторического пути русской литературы X – XVII веков". *Русская литература*. 1972. № 2. С. 34.

② 比如德国启蒙运动领袖狄德罗在居留彼得堡时，便用罗蒙诺索夫注释的夏邦杰的俄文教科书和苏马罗科夫的喜剧文本来学习俄语（См.：Берков П. Н. Отв. ред. *XVIII век*. Вып. 3. М.；Л. Изд. АН СССР. 1958. С. 416 – 431）。

③ Алексеев М. П. *Сравнительное литературоведение*. Л. Наука. 1983. С. 119 – 146.

④ ［俄］巴格诺：《西方的俄国观》，刘文飞译，《外国文学评论》2012 年第 1 期，第 148 页。

И. 德米特里耶夫的信中说：“我们战胜了拿破仑：我们很快也要凭我们的智慧震惊世界。”[①]

在源头上为俄罗斯文化“轴心期”奠定文学论道基石的先知，是俄国文学“黄金时代”的开创者普希金——他既是一个世界现象，也是一个永恒运动的参照，此后的每一代诗人都从他身上寻找证明。普希金仿佛是一部百科全书，包含着俄罗斯民族的全部生活和宝藏，他的一生都在为确立规范的俄罗斯诗歌语言和独特的俄国思想而奋斗，俄罗斯精神、俄罗斯时代的要素集中在他的身上，使他的创作在俄罗斯文化史上体现为一种“元诗歌”“元叙事”“元逻辑”。后代诗人把自己理解、想象、参悟出的具体内容赋予这一具有“元理念”性质的东西，也就从不同角度参与了俄罗斯民族核心思想的构造。果戈理说：在普希金的作品中，“就像在一部词典中那样，包容了我们语言的全部财富、力量和灵活机动的手段。……俄罗斯的本质、俄罗斯的灵魂、俄罗斯的语言、俄罗斯的性格在他的身上是表现得如此清纯，如此明丽，就像光学玻璃门的表面上反映出的自然景色一般”[②]。陀思妥耶夫斯基说：普希金“以高度的艺术性向所有俄国人生动地说明了什么是俄罗斯精神，它全力追求的目标以及什么是俄国人的理想。……俄罗斯精神，俄国思想当然不只体现在普希金一个人身上，但这两者在他身上体现得最充分，就像一个有始有终的完整的事实……”[③] 梅列日科夫斯基说：“普希金是迄今为止惟一的一个配得上由彼得提出来的关于俄罗斯民族在世界文化中的命运这个伟大问题的答案的人。”[④] 普希金神话成为俄罗斯诗歌、俄国文学、俄罗斯文化、俄国思想的一个永恒的在场，成为解答一切民族历史之谜的答案，是俄国人在痛苦中净化灵魂、寻求解脱的港湾。无怪乎阿赫玛托娃在生命极度困厄之际会埋头研究普希金，并引普希金为唯一知音。

普希金的伟大阐释者别林斯基和他的后继者车尔尼雪夫斯基都认识到，俄国文学之所以能够辉耀世人，在于它本身具有的民族特性，尤其是俄罗斯经典文学在全盛期给俄国人自我意识的形成和民族理念的构造提供的深刻意义。车尔尼雪夫斯基在《果戈理时期概论》一文中，强调了俄国

① *Письма Н. М. Карамзина к И. И. Дмитриеву.* М. Книга по Требованию. 2012. С. 183.
② 《果戈理全集》第6卷，冯玉律等译，河北教育出版社2002年版，第29页。
③ ［俄］《陀思妥耶夫斯基论艺术》，冯增义、徐振亚译，漓江出版社1988年版，第8页。
④ ［俄］梅列日科夫斯基：《先知》，赵桂莲译，东方出版社2000年版，第253页。

文学与其他欧洲国家文学相比，在思想领域里的特殊功能："不管我们如何通过与异国文学作比较来评断我们的文学，但在我们的智力运动中它起到意义更加重大的作用，超过法国、德国、英国文学在自己民族的智力运动中所起的作用。"① 而欧洲读者对俄国文学之所以如此感兴趣，正在于他们希望借助这一媒介来了解俄罗斯的习俗、风尚、思维、历史。

俄国文学在欧洲逐步站稳脚跟并有力地推广俄国思想，在这一过程中屠格涅夫厥功至伟。这里举出一件文学掌故并非多余：1878 年，应法国"文学协会"之倡议，在巴黎成立了以雨果为主席的国际文学代表大会，屠格涅夫当选为大会副主席，代表俄罗斯做了一个精彩的发言，主要内容是比较俄国与法国及其他欧洲国家的文学关系。屠格涅夫充满感情地说道：

> 俄国文学最终存在着；它获得了在欧洲的公民权。我们能够不无骄傲地在这里叫出你们并非一无所知的，我们的诗人们的名字：普希金，莱蒙托夫，克雷洛夫；散文作家的名字：卡拉姆辛和果戈理……两百年前我们还不太理解你们，但已经倾心于你们；一百年前我们是你们的学生；现在我们理解你们，就像理解自己的同志……②

虽然屠格涅夫这一演讲词里的观点不断遭到后人的反驳，但确实为欧洲对俄国文学的批评接受奠定了基调③。

到了 19 世纪末 20 世纪初，欧洲读者了解俄国的主要渠道便是俄国文学作品，都德、左拉、乔治·梅瑞狄斯、托马斯·哈代等很多欧洲作家都承认这一点④。1908 年英国著名科幻小说家赫伯特·威尔斯在他的作品集俄文译本的序言中写道："每当我想到俄罗斯，头脑里总浮现出我在屠格

---

① Чернышевский Н. Г. *Полн. собр. соч.*：*В* 15 *т.* М. Гослитиздат. 1939 – 1953. Т. 3. С. 303.

② Тургенев И. С. *Полн. собр. соч. и писем*：*В* 28 *т.* М.；Л. Изд. АН СССР. 1960 – 1968. Т. 15. С. 305 – 308.

③ 实际上，屠格涅夫列出的普希金、莱蒙托夫和克雷洛夫的名字，虽然在当时法国、英国、德国、意大利的刊物上时有提及，但真正为俄国文学赢得欧洲盛誉的恰恰却是屠格涅夫本人，以及他没有提到的托尔斯泰、陀思妥耶夫斯基和契诃夫（*Творчество И. С. Тургенева*：*Сборник статей.* М. Учпедгиз. 1959. С. 69 – 140）。

④ См.：Алексеев М. П. *Русская литература и её мировое значение.* Л. Наука. 1989. С. 351.

涅夫和我的朋友 M. 贝灵那里读到的东西。”[①] 俄国文学中的一些概念渗透进西方语言并引起欧洲学者们的广泛关注，甚至成为理论热点：比如俄国的“知识分子”（интеллигенция）这一术语，主要凭借屠格涅夫、托尔斯泰、陀思妥耶夫斯基、契诃夫的作品进入了英语的日常词汇[②]。

俄罗斯经典文学家们积极参与进俄国思想界的论道，以各自的创作力量，最大限度地反映出俄国文学的道德探索和爱好自由的精神。俄国作家似乎总有一种天赋使命感，要为苦难深重的人民大声呐喊，从人民的生活和脚下的大地寻找通往天国的道路。俄国文学的民主主义和社会关怀倾向，总是与广泛的胸怀、深厚的思想、充盈的道德追求、神圣的信仰激情联系在一起，使得它既是俄罗斯民族理念的重要载体，也成为世界文化宝库中的重要精神财富。在 20 世纪下半叶跨国资本主义的全球扩张势不可当之际，俄罗斯的文化成果却仍影响着俄国人和世界各国人民的论道方式和问道方向，保证着俄国的世界文化强国地位。

第四节　对中国文化复兴的启示

当前的跨国资本主义及其文化标准的霸权地位，对于中国在内的世界各国的传统文化产生了巨大的冲击。面对西方强势文化的来者不善，中国的文化安全问题应该被提上决策者们的重点考虑范围。在欧风美雨的吹打下，中国自身的文化定位和文化边界显得尤其重要，因为一个国家的民族品性和民族精神，说到底是由该国的文化传统建构而成，文化的失守意味着国家的安全空间（包括军事、经济、能源、文化）遭受巨大威胁。

在当前的国际竞争中，文化的软实力不容忽视，从上述可以看出，俄国文学和它参与建构并加以推广的民族核心理念，在俄国现代文化的强势崛起中起到重大作用，这为中国文学的发展和中国文化的世界辐射提供了参考和借鉴。

---

① См.：Уэллс Г. *Собр. соч.*：*В* 15 *т.* М. Правда. 1964. Т. 14. С. 293. 参见 Maurice Baring, *Landmarks in Russian Literature*, London：Methuen，1910. 贝灵介绍俄国文学的书《俄国文学》已经在 1931 年作为商务印书馆万有文库第一集中的一册被翻译为中文出版，译者梁镇。

② 关于英语词汇“intelligentsia”的俄语起源参见 Henry Cecil Wyld ed.，*The Universal Dictionary of the English Language*, London：Herbert Joseph for Selfridge & Co，1936，p. 613；Мирский Д. С. *Интеллидженсиа*. М. Сов. лит. 1934. С. 5 –6。

身处于跨国资本主义时代的今天，中国的文化工作者理应以保卫本国的文化安全为己任，争取世界格局中国家利益的文化空间。这首先要敢于正视和承认国外文化的优势与缺点，对各个民族文化的核心理念做严肃的研究，而不是哗众取宠，盲目跟风，一味追求市场而对论道采取不负责任的态度，甚至一些西方典籍的译本中出现了连篇的错误——以如此随意的态度来研究西方文化，必然是只得皮毛而不留真道。

目前中国文化部门虽然看到了文化建设的核心战略地位，但在短视的利益驱动下，一些文化官员常常把重心放在影视园、动漫城等低水平复制欧美文化工业标准的外部投资，忽视了以学术研究为基础的真正的民族文化根脉的滋养，无法拿出具有深厚学理根基和创新价值的文化核心标准，于是在欧美文化风潮之后亦步亦趋，丧失了自己的文化声音。

然而，中国文化在世界范围内的崛起，关键因素是用核心理念来制定自己的文化标准并且能得到世界认可。“得道多助，失道寡助”，“山寨”不可能振兴中国文化，能让世界信服的唯有中国文化的核心理念和论道的学术精神。我们一方面要大力引进西方文明宝库中真正具有人道主义精神和深刻思想内涵的文化精品，另一方面也要大力扶持国内的人文学术事业，创造出立足于中国文化传统、具有全人类价值的艺术精品。文化是上层建筑，但不是空中楼阁，没有深刻的人文学术精神，不对文化现象做出严肃的研究分析和反思，则永远无法在世界文化格局中占据重要地位。国家应该加大对于人文基础研究的投入，提高全民族的人文素养，让中国的论道者能够正心、诚心、安心养道。

中国的外国文学研究人员，应当努力做到贯通中西学术传统，从本国立场提出文化研究的新问题，引领学术研究主流的新方向，建设自己的文化标准和学理基点，为中华民族在文化上的伟大复兴贡献一份绵薄之力。

第一章　契诃夫与俄国思想

第一节　同时代批评家关于契诃夫思想性的争论

关于契诃夫在俄国文学史上的地位和作用，已经有大量文献进行了全面而深入的研究。然而，有关契诃夫与俄国思想的关系的探讨，契诃夫创作中反映出来的独特的俄国式的思维方式和哲学范畴，则是近年来学术界刚刚开始兴起的争论话题[①]。有一种说法由来已久：认为在契诃夫的创作中看不到对“思想领域里的知识”的爱好，缺乏理解神圣的逻各斯的内在力量；他的创作，他的生活行为甚至相貌，看上去都显得过于“平常”，缺乏宗教意义上的先知性和明确的道德说教，既没有把人提升到日常生活之上的崇高的精神意义，也没有让人凝视到眩晕的“深渊”。文学批评界在契诃夫 19 世纪 80—90 年代的作品里找到的是无思想性、悲观主义、作者对所描绘的东西的漠不关心，这意味着作家自己就缺乏思想。总之，他的一切似乎都与俄国思想特有的民族特征相去甚远，他是一流的文学家，一流的修辞家，一流的写生画家，唯独不是“思想家”。

如此定位契诃夫的原因，可以追根溯源到作家生前的时代。

19 世纪下半期，随着巴黎公社革命的失败，欧洲资本主义进入了稳定发展、相对和平的黄金时代，欧洲各国的哲学思想和文艺实践中弥漫着一股维护社会安定、生活稳固的情绪，个人的反抗精神逐渐消磨。在俄罗斯也有相似的情况。60 年代轰轰烈烈的民粹派运动，随着 1881 年极端的革命行动而告终结。19 世纪 80 年代到世纪末，俄国国内气氛之沉重令人窒

---

① См.：Катаев. В. Б. *Чехов плюс...：Предшественники，современики，преемники.* М. Языки славянской культуры. 2004. С. 365.

息。受教育阶层思想狭隘，信奉着轻松舒适、于人无害的自由主义思想。与此同时，俄国现实主义文学也似乎已经耗尽了自身的创作潜力，日益走向贫乏和衰落。现实情况不容乐观：屠格涅夫、奥斯特洛夫斯基、陀思妥耶夫斯基撒手人寰，萨尔蒂科夫－谢德林病入膏肓，40 年代登上文学舞台的那一班健将陆续退场，与他们的文学成就相匹配的接班人尚未出现。年轻的平民知识分子作家，如 H. 波米亚洛夫斯基、Ф. 列舍特尼科夫、A. 列维托夫，甚至享有盛名的斯列普佐夫、迦尔洵，担负起力不胜任的文学劳作，在专制政权和愚昧民众的双重高压下奄奄一息。“六十年代人”中的旗手，格列勃·乌斯宾斯基，也挣扎在死亡线上。现实主义经典作家中，只有托尔斯泰一人顽强地活着，顶住世俗偏见，“替大家做事”，凭自己个人的道德威望“把文学的情绪和潮流保持在一定的高度上”（WJ，16，316－317）。但他声嘶力竭的呼喊声，却加强了 80 年代后思想和艺术界的空旷感。其时万马齐喑，人心涣散，前有灿烂辉煌的俄国现实主义的黄金时代，后有群星辈出的现代主义艺术的白银时代，这两个时代不仅储备了庞大的诗学能量，而且在思想形态上也具有明确的哲理基础。对比之下，19 世纪末到 20 世纪初，文学艺术的整体境况似乎只是一种处于过渡状态的亚阶段，其中填满了各式各样的幽默“花絮”和自然主义的“生理学”特写。

在给老作家格利果罗维奇的信中，契诃夫总结在这个特殊时代下登上文坛的整整一代作家的宿命：“对于一切恼人的问题也应当做出使人痛苦的强烈回答，可是我们这辈人有足够的内在力量吗？……您那一代人除了有才能以外，还有博学、阅历、磷、铁，而当代的有才能的人却没有这类东西；老实说，他们不碰严肃的问题倒是应当高兴的事。”（WJ，14，277）

1884 年，年轻的契诃夫出版的第一部小说集《梅里波美娜故事》几乎处于无人问津的地步，1886 年 3 月他却意外地收到德高望重的格利果罗维奇充满鼓励和赞扬的信。这年 5 月他出版了自己的第二部小说集《形形色色的故事》，受到阅读界的广泛关注，6 月就读到了《厚杂志》对自己这本书的首次书评。当时匿名的书评人，坚守民粹派思想的批评家 A. 斯卡比切夫斯基把契诃夫视为“年轻的新鲜的天才”因缺乏思想倾向而在为通俗小报的娱乐性写作中自取灭亡的典型范例：

刚开始，成功伴随着报纸作者们，但过度疲劳逐渐压倒他们。报纸作家开始重复，失去人们的欢迎，最后的结局是他成了被榨干的柠檬。就像被榨干的柠檬，他必然昏昏沉沉地倒毙在篱笆下，若是同伴们依靠文学基金把他安顿到某个城市医院里，他就会感到十分幸福了。

契诃夫先生就是这样——可惜的是，当他首次在文学舞台上亮相时，他立刻就在小丑行会里登记了。然而，应当还他公正：作为小丑他表现得相当谦虚和聪明，他没有陷入任何污言秽语……他不沾染诋毁性的东西，总而言之，他不迎合人们的任何低级趣味……但所有这一切更加使人感到深深的惋惜，因为他身上挂满了丑角的小玩意，把自己的才华耗费在琐碎上，刚想到什么东西立刻就付诸笔端，没有深思熟虑自己短篇小说的内容。一般来说，契诃夫先生的书，不管读起来多么愉快，却呈现出年轻天才自我戕害的十分凄凉和悲惨的景象，他在报纸上做丑角表演，以这种慢性死亡把自己耗尽。①

另一部评论著作中的一篇文章为这种观点提供佐证："契诃夫精妙地描写了我们的城市（县城）生活，其中没有任何精神兴趣，在那里，思想在打盹。"②

1892 年，批评家 M. 普罗托波波夫在《俄国思想》杂志上发表论契诃夫的文章《萧条时代的牺牲品》，从此充满情绪性的定义"萧条时代"成为一种套话，直到今天还被用来描述契诃夫所处的时代。"萧条时代"（безвременье）这个词的俄文字面意思是"缺乏时间"，精确而传神地表达出俄国知识分子对这个时代的实质性感受：与过去断裂，感觉不到历史的发展，未来模糊不明，仿佛根本不存在时间的进程。在这样的时代感受中，19 世纪最后二十年被表现为思想的真空，而刚刚登上文坛的年轻人被称为"迷失的一代"。批评家认为，以契诃夫为代表的，19 世纪 80 年代的年轻作者们，虽然才华横溢，但丧失了俄国 40—60 年代的民主主义理想和现实主义文学的审美标准，因此误入歧途。

19 世纪 80 年代的知识界普遍感到，旧有的理想无法满足当前的需要，

---

① Цит. по：Соболев Ю. В. *Чехов. Статьи*，*материалы*，*библиография*. М. Федерация. 1930. С. 258.

② Гольцев В. А. *Литературные очерки*. М. Ред. журн. « Русская мысль». 1895. С. 39.

无法解释当下的现实。一方面，父辈理想的继承者们为新一代的文学家们的离经叛道而忧心忡忡，因为在他们的作品里找不到那能够引导人民向某个既定目标前进的“主导思想”，把这一现象理解为无道德性，甚至是对神圣原则的亵渎；另一方面，挺身捍卫理想的斗士们自己也认识到这些理想的空想性质，但希望能够追随父辈制定出新的理想，走出思想停滞的荒漠，虽然这一努力被证明收效甚微。普罗托波波夫在所提到的文章中绝望地哀叹：“一代代人的更替总是伴随着理想的更替……但这是一种理想给另一种理想让位，而理想本身不会被否定。”因此重要的是在旧理想崩塌的废墟上建造“另一座更好的神庙”①。批评界的“思想泰斗”米哈伊洛夫斯基非常准确地评价说，以契诃夫为代表的“子辈”们未老先衰，由于失去“热切的信仰和希望”，满足于现实情况未老先衰，因而“陷入极其暗淡的生活”，但他们却是有意识地“公然宣告自己的暗淡”，尽管“过去他们没有意识到这一点”②。

对于契诃夫似乎有意避免思想倾向的问题，在19世纪90年代刚刚崭露头角的年轻的象征派思想家梅列日科夫斯基有与米哈伊洛夫斯基相同的认识，但得出了截然相反的评价。梅列日科夫斯基将自己的批评处女作《论新天才的老问题》献给契诃夫，发表在1888年的《北方通报》上。在这篇文章中，时年22岁的梅列日科夫斯基谈论文学艺术是否应该和如何反映倾向性这一由来已久的问题，试图以一种似乎周到全面的态度来解决它。一方面，他高度认可回应当前最迫切问题的，带有尖锐的战斗倾向性的作家——萨尔蒂科夫-谢德林、涅克拉索夫等，承认倾向性艺术的合法地位；另一方面，他为契诃夫创作的无倾向性做审美上的辩护，认为这是他的才能的固有特性：“在年轻的小说家的作品中，没有我们习惯称作倾向的东西。赋予倾向生命的感情，不是被鲜明标出的政治方向，而是一些不确定的、模糊的，但亲切的、温暖的人道性，在我过去摘引的一个主人公的呼喊中，它得到最鲜明的表述：‘在生活中没有比人更宝贵的东西！’”③

---

① Протопопов М. А. “Жертва безвременья”. Сухих И. Н. Сост., предисл., общая редакция. *А. П. Чехов*: *pro et contra*: *Творчество А. П. Чехова в русской мысли конца XIX—начала XX в.* СПб. РХГИ. 2002. С. 129.

② Михайловский Н. К. “Об отцах и детях и о г-не Чехове”. Там же. С. 81.

③ Мережковский Д. С. “Старый вопрос по поводу нового таланта”. Там же. С. 74.

为了跳出民粹派批评为之绞尽脑汁的“艺术为了生活还是生活为了艺术”这一两难困境，梅列日科夫斯基建立了人类活动的另一两分法：分配和积累。前者包括倾向性艺术，力图“直接获得社会利益”；后者追求扩展人类的知识边界，增大文化和物质福利的总量，通过“积累”使全社会共享尽可能多的幸福。“如果是这样，那么一切艺术的，哪怕没有倾向性的绘画、雕塑、音乐剧、费特的诗，或者像契诃夫先生这样的作家的富于诗意的小说，都应当被认为，从科学功利主义道德的视点来看，是有好处的、有价值的和完全有理由的。”① 另外，在总体上，他反对那种从外部强加的，非艺术本身属性的思想倾向：

> 倾向完全合法，如果它是这种艺术气质的无意识的、不由自主的、有机的产品，就像构成创作行为的其它要素。可是，只要它一旦作为理论公式从外部被强加，它要么破坏和损害艺术作品，要么成为僵死的、无法合并的附属品，虽然这附属品不能抹杀整个作品的美：在这种情况下，倾向不能与作品融为一体，就像油不和水融合，就像捆在花上的小棍子与植物本身不融合一样。当然，批评家们可能因为贺拉斯不是尤维纳利斯，费特不是涅克拉索夫，契诃夫先生不是柯罗连科先生而恼火和大发脾气，但这种滑稽的愤慨是无聊、无理和不科学的，就像生物学家因为某一变体有五个而非六个花瓣，因为动脉血是红色而非黑色而愤慨一样。②

在文章结尾，梅列日科夫斯基引席勒为例，因为：

> 人们不会怀疑像席勒这样的艺术家，会对社会采取冷漠态度，会没有思想和深刻的感情，这种感情与他的气质特点密不可分，因此，是完全合法的倾向性，同时他也把创作活动定义为某种不由自主的、自发产生的行为，任何外部指令、理论公式和理性要求都无法对之发

① Мережковский Д. С. “Старый вопрос по поводу нового таланта” . Сухих И. Н. Сост. , предисл. , общая редакция. *А. П. Чехов*: *pro et contra*: *Творчесмво А. П. Чехова в русской мысли конца XIX – начала XX в.* СПб. РХГИ. 2002. С. 77 – 78.

② Там же. С. 79.

号施令……①

总而言之，文学作品只能按照其特有的规律来判断。

然而，梅列日科夫斯基在论述中显得缺乏信心，不得不向自己的对手妥协："并非生活为了艺术，而是艺术为了生活，因为整体比自己的部分更有价值，而艺术只是生活的一部分。"② 应该说，契诃夫本人对梅列日科夫斯基的这篇批评处女作不乏好感，在书信中做了积极的评价，但察觉到批评家这种畏首畏尾的态度："梅列日科夫斯基写得流畅而富于青春的气息，不过他在每一页上都胆怯，总是预先声明，留下退步，这是一种征象，表明他自己也没有把问题弄明白……"③ 但梅列日科夫斯基文章终究给契诃夫留下深刻的印象，在同一封信中他尤其推重文章的结尾："这个结尾有特色。"（WJ，14，447－448）

虽然米哈伊洛夫斯基在契诃夫的创作里发现了梅列日科夫斯基所说相同的东西，但使用的是完全不同的批评法则，对契诃夫的创作特色做出严厉的评判：

> 契诃夫先生尽管有才华，但不是独立分析自己的材料，并从某种总体思想出发对之进行分类的作家，而几乎是一个机械装置。在他的周围，全部现实都充满顽固不化的人和自杀的人、闹钟和铃铛，"他注定在这种现实中生活，因此承认这个现实"。有什么东西落入眼里，他就以同样的"冷血"描述它，而读者也以冷血阅读。④

米哈伊洛夫斯基明确地把缺乏总体思想看作作家应该并且能够克服的

---

① Мережковский Д. С. "Старый вопрос по поводу нового таланта". Сухих И. Н. Сост., предисл., общая редакция. *А. П. Чехов: pro et contra: Творчесмво А. П. Чехова в русской мысли конца XIX – начала XX в.* СПб. РХГИ. 2002. С. 79.

② Там же. С. 76.

③ 当代契诃夫学家 E. 托尔斯塔雅认为，梅列日科夫斯基的思想动摇引起了契诃夫的愤怒反应。援引该批评家分析契诃夫的短篇小说《在路上》为例，托尔斯塔雅表明梅列日科夫斯基一方面展示出契诃夫摆脱倾向性束缚的自由，但另一方面在实质上谴责了作家的非道德主义。（Толстая Е. Д. *Поэтика раздражения: Чехов в конце* 1880 – *начале* 1890 – *х годов*. М. Радикс. 1994. С. 163.）

④ Михайловский Н. К. "Об отцах и детях и о г-не Чехове". Сухих И. Н. Сост., предисл., общая редакция. *А. П. Чехов: pro et contra: Творчество А. П. Чехова в русской мысли конца XIX – начала XX в.* СПб. РХГИ. 2002. С. 86.

缺陷：

> 如果他断然不能把父亲和祖父辈的总体思想承认为自己的，——却认为应该对之进行权衡，——但也不能制定自己的总体思想，——无论如何应当制定它，——那么就让他权且是期盼总体思想并且痛苦地意识到它的必要性的诗人。在这一情况下他不是徒劳无功，在文学中也留下了自己的脚印。①

米哈伊洛夫斯基把契诃夫中篇小说《没意思的故事》视为作家创作立场产生明显变化的开端，把老教授的生活悲剧——“凡是我的想象所画出来的小小画面，就连顶精细的分析家也不能从中找出叫做总体思想或者活人的神的那种东西来”——归结到契诃夫名下，但认为在这篇小说中契诃夫的才华终于孕育出对总体思想的向往：“这篇短篇小说因为里面放进了作者的痛苦，才如此之好和有生命力。”②

俄国当代契诃夫学家И. 苏希赫公正地评断这两位批评家，认为外在的权威有着很重要的决定性作用，在这样的批评语境下，不久前还是大学生的梅列日科夫斯基与扬名文坛二十年的米哈伊洛夫斯基所作出的类似发现，在读者中间有着不同的接受命运。梅列日科夫斯基的文章很少有人提到，而米哈伊洛夫斯基的公式——缺乏总体思想，为之感到痛苦，渴望获得思想指导——在此后十年成为批评契诃夫的总则。为此苏希赫总结说：“在理解艺术本质方面，‘主观的社会学家’比未来的象征主义者更加理性。”③

例如，前文提到的普罗托波波夫重复了关于契诃夫在萧条时代找不到世界观的话语，Л. 奥博连斯基指出契诃夫在批判地分析悲观主义后得出“不能没有信仰、指导性思想”的生活意识。④ 学院派批评家Е. 李亚茨基

---

① Михайловский Н. К. “Об отцах и детях и о г－не Чехове”. Сухих И. Н. Сост., предисл., общая редакция. *А. П. Чехов*: *pro et contra*: *Творчество А. П. Чехова в русской мысли конца XIX－начала XX в.* СПб. РХГИ. 2002. С. 92.

② 《契诃夫小说全集》第7卷（题解），第676页。

③ Сухих И. Н. “Сказавшие «Э!». Современники читают Чехова”. Сухих И. Н. Сост., предисл., общая редакция. *А. П. Чехов*: *pro et contra*: *Творчество А. П. Чехова в русской мысли конца XIX－начала XX в.* СПб. РХГИ. 2002. С. 31.

④ 《契诃夫小说全集》第7卷（题解），第674页。另外，对于“总体思想”问题进行讨论的还有В. Альбов（«Мир божий». 1903. № 1. С. 96－97），Волжский（А. С. Глинка）（«Очерки о Чехове». СПб. Тип. М. М. Стасюлевича. 1903. С. 53）。

把《没意思的故事》的主人公的话明确地转用于“没有世界观的作家”：

“不，再也不能这样生活下去了！”——这是契诃夫先生给当代读者开的药方。当代读者，尽管生活中有各种各样的不幸情况，在听够了令人震惊的关于心灵和精神病的故事后，应该突然停下来说：不，再也不能这样生活下去。说完，——要么在碰到的第一根钩子上上吊自杀，要么找契诃夫先生问：那么该怎样生活呢，尊敬的大师？如果真的问他这样的问题，契诃夫先生就会不知道怎样回答这位读者；可是他在自己的作品中也没有给出答案……如果契诃夫先生就像《没意思的故事》中的老教授那样回答说：“我不知道”，并且为了岔开不愉快的谈话，提议去吃早饭，那么该怎样应付这个可怜的读者？命运既没有把他塑造成神经衰弱者，也没有塑造成精神异常的人，而且他在寻找生活中的意义和合理的目的。

这的确将是一个没意思的，非常没意思的故事……①

批评家 A. 多利宁为这一系列观点做了总结，他以“旅行者—旁观者”为副标题和核心概念的文章，使用契诃夫的书信材料，证明作家沉浸于具体的事例分析而缺乏思想总结的观点：

旅行者—旁观者，不停地感受自己的完成性，既不能同任何人，也不能同任何事融为一体，——他在生活中与周围人的关系就是这样；他在自己的创作中，在对待自己塑造的形象的态度上也是这样。他罕见的、实际上只是看上去如此的客观性，他非同寻常的平静和节制，就来自这里。

他寻找“总体思想”、“活人的上帝”；他揭穿我们所有局部的思想、我们的暂时的价值。原因都是一样：逃避自身，不可遏制地渴望超出自己的完成性界限，获得真正的、团结一切的综合。②

---

① Ляцкий Е. А. “А. П. Чехов и его рассказы”. Сухих И. Н. Сост., предисл., общая редакция. *А. П. Чехов*: *pro et contra*: *Творчество А. П. Чехова в русской мысли конца XIX – начала XX в.* СПб. РХГИ. 2002. С. 467.

② Долинин А. С. “О Чехове (Пустник – созерцатель)”. Там же. С. 960.

实际上，指出契诃夫缺乏“思想性”“倾向性”的批评家们，是把这一特点当作当时整整一代作家、“子辈”的时代属性。梅列日科夫斯基在1892年发表的纲领性宣言《论当代俄国文学衰落的原因和新流派》中，勾勒出19世纪俄国文学、批评和发表的整体画面。他认为，与西欧文学相比，在俄国客观存在的是天才型个人的文学环境，在这样的环境里，“对立的独创性的气质，在相互接触的同时，相互增强和激发活力”①。而19世纪末，随着一批大作家逐渐离世，文坛上只剩下最后一位天才托尔斯泰在苦撑大局，因此它被梅列日科夫斯基定义为“文学模仿者”的时代；他把诗人福法诺夫、明斯基、契诃夫归入“模仿者”的行列。当然，他赋予“模仿者”这个词的并非贬义，而只是中性含义——天才的追随者，却绝非天才。值得注意的是，梅列日科夫斯基后来鼓吹文学和文学家身上体现的“精神性”，贬低他眼中那些缺乏宗教意识的新作家。在1906年第一次俄国革命后，他把契诃夫与高尔基相提并论，认为契诃夫和高尔基只呈现出“现在有的或现在将有的事物”。他断言契诃夫可能是俄国文学最伟大的写实作家，“假如当代的俄罗斯从地球上消失，那么根据契诃夫的作品可以把19世纪末俄罗斯日常生活画面的每一个微小的细节恢复起来”；但此处也暗含契诃夫的弱点：“他比任何人都更加了解当代的俄罗斯日常生活；但是，除了这样的日常生活以外他一无所知，也不想知道。”与契诃夫相对应，“列夫·托尔斯泰和陀思妥耶夫斯基是俄罗斯最深刻的民族本性和最高的文化意识的表达者”②，因为后两位作家总是在反复追问上帝之存在以及人对上帝的态度这一俄国文学的永恒主题，在这一问题中反映了俄罗斯民族文化和民族思想的深度。

米哈伊洛夫斯基对于契诃夫这一代作家的评价也是相似的：对于丧失生活理想和世界观的“子辈”而言，“存在的只是现实，我们注定在其中生活，我们也因此承认它”③。

这样的观察在表面上也符合契诃夫本人的自我认识，在1889年写给

---

① Мережковский Д. С. “О причинах упадка и о новых течениях современной русской литературы”. Мережковский Д. С. *Л. Толстой и Достоевский*: *Вечные спутники*. М. Республика. 1995. С. 525.

② ［俄］梅列日科夫斯基：《先知》，赵桂莲译，东方出版社2000年版，第298页。

③ Михайловский Н. К. “Об отцах и детях и г-не Чехове”. Сухих И. Н. Сост., предисл., общая редакция. *А. П. Чехов*: *pro et contra*: *Творчество А. П. Чехова в русской мысли конца XIX – начала XX в*. СПб. РХГИ. 2002. С. 86.

自己同时代的作家 A. 季洪诺夫的信中，契诃夫把收信人和自己、其他作家如 И. 列昂捷夫－谢格罗夫、К. 巴兰采维奇、A. 别热茨基，包括柯罗连科这样的作家看作一个“团体”，相信其中任何一个人都不可能单独成为“我们当中的大象”，只能是凭借整整一代人的努力才能在文学史上留下脚印。在 1892 年写给 A. 苏沃林的信中，他把自己的时代定义为“疲沓的、酸溜溜的、乏味的时代”，认为自己这一代作家与前辈经典作家的区别在于：

> 凡是被我们称为永恒的或者单纯地称为优秀的作家，凡是使我们陶醉的作家，都有一个非常重要的共同标志：他们在向某个地方走去，而且召唤您也往那边走……其中最优秀的作家都是现实主义的，按照生活的本来面目描写生活，不过由于每一行都像浸透汁水似的浸透了目标感，那么您除了看见生活的本来面目以外就还感觉到生活应当是什么样子……那么我们呢？我们啊！我们也按照生活的本来面目描写生活，然而再往前就一步也动不得了……您就是拿鞭子抽我们，我们也没法往前走了。我们既没有切近的目标，也没有遥远的目标，我们的灵魂里简直空空如也。我们缺乏政治，我们不相信革命，我们没有上帝，我们不怕幽灵……凡是无所要求、无所指望、无所畏惧的人就不能成为艺术家。[①]（WJ，15，300－301）

契诃夫这段表述十分接近《没意思的故事》中老教授关于缺乏“总体思想”的独白：

> 我清楚地觉得我的欲望里缺乏一种主要的、非常重大的东西。我

---

① 实际上，此时契诃夫的文学声望已经广受承认。曾经撰文预言作家悲惨结局的斯卡比切夫斯基也就在这一年里正面回答契诃夫的理想问题，尽管使用了一个颇具疑问色彩的标题《契诃夫先生有理想吗？》。他解释误解产生的原因是在总体严酷的时代环境下，契诃夫“不得不隐藏自己的理想，在影射它们的同时摆出与它们完全矛盾的现象”。他举《第六病室》为例，向读者反问道：“您只要想象一下，艺术家如果在自己的灵魂里没有别样的、更加光明的、理性的和合乎愿望的生活的理想，他有可能描绘让您害怕的丑陋的、如此阴暗的画面吗？”（Скабичевский А. М. “Есть ли у г－на Чехова идеалы?” . Сухих И. Н. Сост. , предисл. , общая редакция. *А. П. Чехов*: *pro et contra*: *Творчество А. П. Чехова в русской мысли конца XIX – начала XX в*. СПб. РХГИ. 2002. С. 145. ）

> 对科学的喜爱，我要生活下去的欲望，我在一张陌生的床上的静坐，我想认识自己的意图，凡是我根据种种事情所形成的思想、感情、概念，都缺乏一个共同点，把它们串联成一个整体。我的每一种思想和感情在我心中都是孤立存在的；凡是我有关科学、戏剧、文学、学生的见解，凡是我的想象所画出来的小小画面，就连顶精细的分析家也不能从中找出叫做总体思想或者活人的神的那种东西来。（XS，8，61－62）

但书信里的话已经是不假借主人公的身份，而是属于作家自己的“没意思的故事”。

老教授的悲剧在于他无力对自己的年轻学生加以指导，无论女儿还是养女，从他那里都得不到“总体思想”的教导，他只能眼睁睁看着她们沉沦。不能教导别人，恰恰也是契诃夫备受指责之处。Д. 马科维茨基记录下托尔斯泰对契诃夫的抱怨：“我把契诃夫看作一位艺术家，而他们那些年轻人则把他视为导师、先知。可契诃夫教的是怎样勾引女人。”[①] 梅列日科夫斯基同样为此困惑不解：“契诃夫显示的神奇能力让很多人失明，他们喊道：‘他是导师！’可他这个导师教了些什么？”[②]

然而，拒绝先知、导师的立场就是契诃夫自己明确主张的艺术原则，在信中他申明：

> 我觉得不该由小说家来解决像上帝、悲观主义等问题。小说家的任务只是在于描写什么样的人，在什么样的情况下，怎样说到或者想到上帝或者悲观主义。艺术家不应当做自己的人物和他们所说的话的审判官，而只应当做不偏不倚的见证人……谢格洛夫－列昂捷夫责难我不该用这样一句话来结束这篇小说：“这个世界上什么事也弄不明白！”依他看来，艺术家兼心理学家应当把事情弄明白，他正是在这一点上才称得上是心理学家。可是我不同意他的看法。写作的人，特别是艺术家，现在总该承认这个世界上是什么也弄不明白的，就跟从前苏格拉底这样承认过，伏尔泰也这样承认过一样。人们自以为什么

① Маковицкий Д. П. *У Толстого*. 1904 – 1910. *В* 4 *кн*. М. Наука. 1979. Кн. 1. С. 378.

② Мережковский Д. С. “Брат человеческий”. Семенов М., Тулупов Н. Сост. *Чеховский юбилейный сборник*. М. Тип. Т – ва И. Д. Сытина. 1910. С. 208.

都知道，什么都了解；他们越愚蠢，他们的眼界倒好像越开阔。如果一个为人们所信任的艺术家敢于申明他对他所看见的事情什么也不理解，那么单是这个申明就成为思想领域里的巨大的认识和向前跨出的一大步。（WJ，14，354－355）

俄国白银时代思想家罗赞诺夫是最早提及契诃夫创作中哲学问题的人之一，1904 年契诃夫去世后不久，他在悼念文章中直接称作家是“思想家”和“抒情诗人”：“要知道在契诃夫笔下哲学是很多的；只需读一读《第六病室》中关于斯多葛派哲学家和斯多葛派哲学的议论。”但罗赞诺夫在总体上依然认为，在文明整体衰落的 19 世纪末，在缺少英雄的不幸时代，契诃夫完全没有黄金时代经典作家的宏伟身段，他高于同侪的只在他那种“高尚、沉思、富于才华的面容”，他“凭天生的智慧和精致站在我们这个实际上极其粗鲁的时代之上”，但也因此“他的才华总是停留在第二梯队：上帝保佑，我们在果戈理、托尔斯泰、陀思妥耶夫斯基那里看到这种惊人的、巨人的创作，当然，在契诃夫那里没有对这些力量的暗示，如果人们在他那里寻找这些，他恐怕第一个就会讪笑起来……”[①] 罗赞诺夫的这种看法深刻影响了 20 世纪初白银时代俄国知识界对契诃夫的认识。

第二节 “白银时代”思想精英的“反契诃夫学”

20 世纪初契诃夫在更加广阔的社会文化语境中被接受。按照当时一位批评家的说法：“即使不承认他的才华的人也都在读他，因为不知道契诃夫的作品就是落后的特征，人们过去和现在都经常进行关于契诃夫的交谈和争论。”[②] 纳博科夫在著名的俄国文学讲稿里提供佐证：“俄罗斯人喜欢把他的熟人朋友分成喜爱契诃夫的一类和不喜爱契诃夫的一类，仿佛是个

① Цит. по：Собенников А. С. *Между “есть Бог” и “нет Бога”* . . . Иркутск. Изд. Иркутского ун－та. 1997. С. 7.

② Муриня М. А. “Чеховиана начала XX века（Структура и особенности）”. Науч. совет РАН «История мировой культуры»，Чехов. комис. Ред. *Чеховиана*：. *Чехов и “Серебряный Век”*. М. Наука. 1996. С. 15－20.

游戏。那些不喜爱契诃夫的往往是不对劲的一群。”[①] 从 20 世纪 10 年代起，俄国文学界已经普遍将契诃夫确立为文学史上重要的“里程碑”“边界”、新的“征兆”“边境站”，从他那里延伸出“所有的道路”——它们通向新的文学、新的生活。从契诃夫开始，俄国文学必须分为契诃夫之前和契诃夫之后两个阶段，因为他的创作已经被广泛承认使得整个文学创作和读者趣味发生了革命性的转折。许多评论家断言，契诃夫是真正的“革命者”“俄国语言的改革者”“伟大的文学的重新审视者和重新评价者”。当时的人们已经普遍相信，契诃夫之后已经不可能按照过去的样子来写小说。[②]

世纪之交，俄国文化在全面吸纳契诃夫创作遗产的同时，也发生了一场以“白银时代”命名的规模宏大的现代主义运动。按照周启超先生的归纳，“白银时代”不只是一种“小写”的“隐喻”，而且演化为“大写”的“概念”[③] ——扩张为特定的历史—文化综合体，具有某些统一的，尽管也是极其丰富的审美特性和精神氛围。在研究契诃夫与俄国思想的关系问题上，“白银时代”作为最贴近契诃夫之后的文化历史时期，有着特殊的地位。正是在这一时代，最优秀的代表人物关注到契诃夫的创作，并且专门撰写严肃的批评文章。[④] 但因为契诃夫的创作似乎并不符合“白银时代”思想精英们的思想旨趣，因此这一时期的许多优秀作家，尤其是诗人，以各种形式，从各个角度，对契诃夫的创作展开“围攻”。现代主义诗歌的先驱安年斯基在书信中说自己烧掉了自己评论《三姊妹》的文章，不无厌恶地补充说：“俄国文学必须陷进陀思妥耶夫斯基的沼泽里，并且与托尔斯泰一起砍掉百年大树，以此来成为这个房前小花园的女主人……

---

① ［美］纳博科夫：《俄国文学讲稿》，丁骏、王建开译，上海三联书店 2015 年版，第 258 页。

② Муриня М. А. “Чеховиана начала XX века (Структура и особенности)”. Науч. совет РАН «История мировой культуры», Чехов. комис. Ред. *Чеховиана*: *Чехов и “Серебряный Век”*. М. Наука. 1996. С. 15.

③ 有关“白银时代”的概念、内涵、表征在学术界经历的一波三折的接受历史，以及今天包括中国学界对它的理论构建，参见周启超《白银时代俄国文学研究》，北京大学出版社 2003 年版，第 1—15 页。

④ 要知道契诃夫生前只是“引起了两耳垂肩的批评家的注意”；而同时代的文学大师们，无论当时的文坛泰斗格利果罗维奇、格列勃·乌斯宾斯基，还是享有盛誉的迦尔洵、柯罗连科，都没有为他专门写过一篇文章；例外是高尔基写过的几篇评论，其中在 1900 年 1 月号《生活》杂志上发表的评契诃夫中篇小说《在峡谷里》的文章受到契诃夫本人的赞许。托尔斯泰尽管多次在口头上称赞契诃夫的才华，但他仅有的那篇为契诃夫短篇小说《宝贝儿》写的《跋》，实际上是论证他本人的伦理信条。柯罗连科、布宁、库普宁等的确也写过契诃夫，但不是在专门的评论著作中，而是在回忆录里。

我再也不会去读契诃夫了。这是干巴巴的头脑，而且他想要杀死我们身上的陀思妥耶夫斯基。”[①] 应该说，把契诃夫与经典作家，尤其是陀思妥耶夫斯基和托尔斯泰对比，贬低前者而抬高后二者，是“白银时代”文学家们的惯用手法。梅列日科夫斯基在上文提到的《契诃夫与高尔基》一文中把托尔斯泰和陀思妥耶夫斯基论为“我们力所不能及的”“两个巨人”，随即话锋一转：“契诃夫和高尔基正好是我们力所能及的俄国知识分子”，而且他们两人把“俄国文学的最后两个巨人从我们身边排挤开了”[②]！——为此“应当有意识地把契诃夫推到身后”[③]。正如同时代人的回忆，他的妻子吉皮乌斯总是以更加尖锐的方式表述与丈夫同样的思想，直接说：“‘陀思妥耶夫斯基和契诃夫’彼此之间没有一个共同点，无论是作为人，还是作为艺术家，或者是作为‘先知’……陀思妥耶夫斯基令我们饱受折磨，痛苦万分地穿过整个大地直抵最深处、第二层天；契诃夫则沿着光滑的、舒缓的斜坡把我们拉至不深的、柔软的洞穴，那里甚至连第一层天也没有。”[④] 他们的同道人Д. 费罗索福夫则写道：“在陀思妥耶夫斯基和托尔斯泰那里总是：‘高则直入苍穹/深则堪比海洋。’在契诃夫那里没有任何的深度和高度，没有皮立翁山和奥萨山。”[⑤] 在“反契诃夫学”方面特别积极的库兹明，用普希金、陀思妥耶夫斯基和契诃夫的名字标志出19世纪俄国文学的每一个阶段，认为契诃夫“有着极端的地域局限，而且暗中起到破坏作用”[⑥]。阿赫玛托娃把契诃夫与自己的偶像——普希金和陀思妥耶夫斯基——对立：在契诃夫的世界里“没有英雄和受难者，没有深度，没有黑暗，没有精神高度”[⑦]。

“白银时代”的文化精英们如此排斥契诃夫和他在俄国文学的影响，使得那些既忠实于19世纪俄国经典文学，又对现代诗歌痴迷的俄国普通

---

① Анненский И. Ф. *Книги отражений.* М. Наука. 1979. С. 459 – 460.

② ［俄］梅列日科夫斯基：《先知》，赵桂莲译，东方出版社2000年版，第298页。

③ Мережковский Д. С. “Брат человеческий” Семенов М.，Тулупов Н. Сост. *Чеховский юбилейный сборник.* М. Тип. Т – ва. И. Д. Сытина. 1910. С. 208.

④ Цит. по：Чудаков А. П. “Чехов и Мережковский”. Науч. совет РАН «История мировой культуры»，Чехов. комис. Ред. *Чеховиана*：*Чехов и “Серебряный Век”*. М. Наука. 1996. С. 60.

⑤ Философов Д. В. *Старое и новое.* М. Тип. Т – ва. И. Д. Сытина. 1912. С. 221.

⑥ Цит. по：Хализев В. Е. “Чехов в XX веке：contra et pro”. Науч. совет РАН «История мировой культуры»，Чехов. комис. Ред. *Чеховиана*：*Взгляд из XXI века.* М. Наука. 2011. С. 13.

⑦ Курт Р. “Гость из будущего”. *Литературное обозрение.* 1989. № 6. С. 77.

读者在深感痛惜的同时，不由得十分困惑。[①] 其中的原因，与“白银时代”美学范式发生革命性转换有一定的联系。“世纪之交的作家们感觉到席卷所有领域的时代危机：社会—经济的、政治的、哲学的、美学的。所有的人都明白，必须寻找摆脱困境的出路。”[②] 虽然“白银时代”中每个人对危机和摆脱危机的手段的理解各不相同，但是与“黄金时代”保持独立的自觉态度，对周围生活秩序的怀疑，面对历史终结和期待以新的神秘主义本原复兴文化的启示录情绪，“重估一切价值”、解放人的个性的反叛精神，是这一时代文化精英的共识。勃洛克在1921年写道：“今天我让自己……做一个见证者，只要不是完全视而不见听而不闻，不是完全因循守旧，就可以指证，1901年1月已经笼罩着与1900年12月完全不一样的征兆，世纪的开端充满了本质上新的特征和预感。”[③] 这些新的征兆反映在文学中，则是文学家们注意到生活潮流的剧烈变化，并致力于推陈出新，在现代主义文化基础上改造经典遗产并开拓自己的道路。

恰恰在20世纪初，契诃夫获得了“文学王国的皇太子”的绰号（最近的两位王者是列夫·托尔斯泰和陀思妥耶夫斯基），批评家声称在契诃夫身上看到“我们的大作家们的普遍认可的原则”[④]。此时认为契诃夫地位已经接近托尔斯泰（谢尔盖·布尔加科夫、M. 涅韦多姆斯基），等同于陀思妥耶夫斯基（谢尔盖·布尔加科夫、M. 尼基丁）、果戈理（E. 李亚茨基）、屠格涅夫和冈察洛夫（H. 沙皮尔），则是被俄国知识界当作“习以为常、自然而然的情况”[⑤]。可是，与契诃夫相联系的这些伟大的名字一方面为“白银时代”诗人们提供了宝贵的财富，另一方面也造成了巨大的压力。于是象征主义者提出，在新旧文化时代的转折之处，“对已然被确立的价值的重估……只能是无情摧毁已经死亡的、不真实的、阻滞思想运动的观念。需要重新翻耕土地，这片地上已经没有任何东西生长。此时无论

---

① См.：Чуковская Л. К. *Записки об Анне Ахматовой*. Paris：YMCA – Press，1980. С. 486 – 487；Найман А. Г. *Рассказы о Анне Ахматовой*. М. Худож. лит. 1989. С. 41.

② ［俄］阿格诺索夫主编：《白银时代俄国文学》，石国雄、王加兴译，译林出版社2001年版，第2页。

③ Блок А. А. *Собр. соч.*：*В* 8 *т*. М.；Л. Худож. лит. 1962. Т. 6. С. 154 – 155.

④ Кузичева А. П. *А. П. Чехов в русской театральной критике. Комментированная антология.* 1887 – 1917. М. ЧПК. 1999. С. 264.

⑤ Сухих И. Н. “Сказавшие «Э!». Современники читают Чехова”. Сухих И. Н. Сост.，предисл.，общая редакция. *А. П. Чехов*：*pro et contra*：*Творчество А. П. Чехова в русской мысли конца XIX – начала XX в.* СПб. РХГИ. 2002. С. 42.

犁头下碰到什么神圣的遗迹，也不得不继续工作，不因循规蹈矩而停顿下来——为了新播种的作物和未来的发芽”①。象征主义者为确立自己新的哲学文化范式和新的文学风格范式，不惜抛开俄国19世纪的价值典范；在体裁领域里，则发生了从散文到诗歌（主要是哲理玄想性质的）决定性的重新定位。Л. 布姆彼扬斯基总结说，象征主义者们本质上固有“与陀思妥耶夫斯基、列夫·托尔斯泰、契诃夫的小说的一贯对立的情绪”②。契诃夫的创作恰恰成为离象征主义运动时间最近的经典小说的标志性符号，而契诃夫本人在当时有被“封圣”的苗头，反对契诃夫理所当然成为“白银时代”艺术家离经叛道的手段。И. 基多维奇推测，那种“被强加的理想人格及由此产生的令人厌恶的威望，契诃夫的主人公身上的人格概念（被作家生前的批评界用滥），契诃夫置身其中的那一代小说家如波塔片科、阿利博夫、巴兰采维奇等等”，和“艺术语言本身的发展逻辑，这种语言需要果断地离弃被声望和追随者变成刻板体系的形式”③，这些都导致了“白银时代”思想精英特有的对契诃夫所代表的俄国经典文学的反感。

但是，事情远远没有这么简单。要知道“白银时代”的文学家们对其他经典作家，尤其是陀思妥耶夫斯基十分崇拜，甚至视之为师，为什么唯独无法容忍契诃夫的经典地位?④ 这里更多的可能是价值导向的问题。有研究者指出，“白银时代”的诗人若真的吸收契诃夫的写作经验，则无异于艺术上的“乱伦”，因为“新的宗教仪式型艺术能够与19世纪的分析型艺术、说教型艺术达成谅解——实际上已经如此。它们都‘高于艺术’。但与把艺术只解释为手艺

---

① Цит. по：Чудаков А. П. “Чехов и Мережковский”. Науч. совет РАН«История мировой культуры», Чехов. комис. Ред. *Чеховиана*：*Чехов и“Серебряный Век”*. М. Наука. 1996. С. 63.

② Пумпянский Л. В. *Классическая традиция*：*Собрание трудов по истории русской литературы*. М. Языки русской культуры. 2000. С. 536.

③ Цит. по：Капустин Н. В. “З. Гиппиус о Чехове（К вопросу об античеховских настроениях в культуре‘серебряного века’）”. Науч. совет РАН«История мировой культуры», Чехов. комис. Ред. *Чеховиана*：*Из века XX в XXI*：*Итоги и ожидания*. М. Наука. 1990. С. 177.

④ 事实上，在19世纪90年代自我确立的时期，象征主义者们也曾积极地试图招揽契诃夫作为自己的同盟。А. 沃伦斯基长时间地希望把契诃夫转变为捍卫唯心主义的战友，梅列日科夫斯基夫妇做出相当大的努力想把契诃夫拉入自己的文学小组，布留索夫在《北方之花》上发表契诃夫的作品，指望继续合作。但最终契诃夫与他们分道扬镳。在1903年写给佳吉列夫的信中契诃夫坦言：“我怎么能跟德·谢·梅列日科夫斯基在同一个屋顶下和睦相处呢？……如果要我们拉车的话，我们就会把车往不同的方向拉去。”（WJ，16，562－563）

的契诃夫达成谅解，是不可能的。语言是一样的——调性则大相径庭”[①]。年轻的哲学家弗洛连斯基在他接近象征主义者的短暂时期所写下的评语可以标示出契诃夫与现代主义者的这种距离，他在 1904 年写给母亲的信中这样评价别雷的诗集《蓝天中的金子》：“在俄国诗歌中最终出现了清新和纯洁，仿佛星光闪耀的宝石瀑布洒落下来。”与之形成对比的是“我们的写生画、契诃夫式的情绪，其灰尘的密度超过任何一种肮脏灰暗的色调”[②]。

因此，果戈理的怪诞笔法，列斯科夫的传奇故事，托尔斯泰的“心灵辩证法”，陀思妥耶夫斯基的“残酷的天才”，比起契诃夫对日常生活“潜流”的深入挖掘，更容易为“白银时代”的人所接受。

文格罗夫在三卷本的《20 世纪俄国文学史》中把 19 世纪 90 年代到 20 世纪初称为“新浪漫主义运动阶段”。他指出：“把社会活动家马·高尔基与个人主义者康·巴尔蒙特，把现实主义者伊·布宁、象征主义者瓦·勃留索夫、亚·勃洛克、安·别雷与表现主义者列·安德列耶夫、自然主义者米·阿尔齐巴舍夫，把悲观主义者—颓废派分子费·索洛古勃与乐观主义者亚·库普林联系起来的是对平庸的传统的挑战，是‘对高、远、深的追求，这追求只是要远离令人厌恶的平淡无味、单调平凡的无所作为’。”因此“白银时代”的主导特征，是“精神和物质统一的思想，对洞察人生、生与死的永恒秘密的向往”[③]。“白银时代”的文化精英们与日常生活格格不入，他们的思想和做派断然远离普通人的平凡生活，远离平常人的忧虑和悲伤，处在完全不同的、“超乎世界之上的”领域。他们把生活里的一切视为音韵优美的诗的工具，在现实生活里力图模仿当时流行的文学主人公，把自己的生平当作“表演来理解”[④]，有时候直接导致悲剧性的结果[⑤]。正

---

① Найман А. Г. *Рассказы о Анне Ахматовой.* М. Худож. лит. 1989. С. 48.

② Цит. по：Иванова Е. В. “Чехов и символисты：непроясненные аспекты проблемы”. Науч. совет РАН«История мировой культуры»，Чехов. комис. Ред. *Чеховиана*：*Чехов и*“*серебряный век*”. М. Наука. 1996. С. 33.

③ ［俄］阿格诺索夫主编：《白银时代俄国文学》，石国雄、王加兴译，译林出版社 2001 年版，第 2、3 页。

④ Пастернак Б. Л. *Собр. соч.*：*В* 5 *т.* М. Худож. лит. 1991. Т. 4. С. 228.

⑤ 回忆录作者记录下阿赫玛托娃的丈夫古米廖夫对妻子的抱怨：“对她来说，我们的婚姻只是我们关系中的一个阶段性插曲，实质上没有改变任何东西。她和过去一样想要按照克努特·汉姆生的方式与我进行‘爱情战争’——折磨我，撕扯我，蓄意营造猜忌和醋意，以及激烈表白和激烈和解的场面……对她来说游戏仍在狂热和冒险地继续着。”（Одоевцева И. В. *На берегах Невы.* М. Худож. лит. 1988. С. 299）

如契诃夫在戏剧《海鸥》中对主人公悲剧命运的预言。

在“白银时代”批评史上，象征派领袖梅列日科夫斯基和吉皮乌斯夫妇的表现，以及契诃夫对这两位年轻后辈的态度，特别有代表性。契诃夫与梅列日科夫斯基夫妇交往最密切的时期是在1891年到1892年，在1891年春天，契诃夫与苏沃林结伴去欧洲旅游，在威尼斯偶遇梅列日科夫斯基夫妇，契诃夫在笔记本上留下记录：“晚上，和梅列日科夫斯基讨论死亡。”（WJ，13，444）而梅列日科夫斯基和吉皮乌斯则分别撰文回忆这次与契诃夫的相逢——无论在细节陈述还是在思想评价上，这两篇文章都高度吻合，可谓这对象征主义伉俪为契诃夫的思想研究文献所奉上的珠联璧合之作。在他们的回忆中，契诃夫对意大利具有悠久传说和文化气息的名胜古迹无动于衷，而他们自己则为这些遗迹的光荣历史兴奋不已，溢于言表。为此，梅列日科夫斯基指责契诃夫在威尼斯“只顾着一些鸡毛蒜皮的琐事，这让我觉得十分意外，而且在我看来它们是毫无趣味可言的”[①]。吉皮乌斯说契诃夫“确实对‘欧洲奇迹’有点不以为然。他对这些东西已经形成了自己的、契诃夫式的看法……他总是着急要去罗马。说什么，那里至少可以找块草地躺一会儿！”[②] 这让陶醉于崇高的艺术情感中的夫妻俩简直无法容忍！可是，“毫无趣味可言的”琐事，对契诃夫而言恰恰是来自现实生活的声音！而“契诃夫式的”直面世界的态度，与梅列日科夫斯基夫妇透过文化概念和逻辑命题的棱镜观看世界的方式，怎能不产生冲突？

梅列日科夫斯基和吉皮乌斯对契诃夫的观察并不是真相，事实上契诃夫对“欧洲奇迹”表达的欣赏之意丝毫不逊于他们[③]。为什么契诃夫故意要在他们面前隐藏自己的感情，托尔斯塔雅推测说，契诃夫有“社会性自卑情结”，在与受过良好教育的人文主义学家梅列日科夫斯基一家结伴时症状加剧[④]。很难同意这一观点——契诃夫不愿意在抽象玄思的领域里高

---

① Мережковский Д. С. *Акрополь*: *Избр. лит. – критич. статьи*. М. Книжная палата. 1991. С. 248.

② ［俄］吉皮乌斯：《往事如昨——吉皮乌斯回忆录》，郑体武、岳永红译，学林出版社1998年版，第215页。

③ 契诃夫从威尼斯给哥哥写信说：“比威尼斯更出色的城市我这辈子还没见过……建筑式样惊人，没有一个地方不引起历史的或者艺术的兴趣。你坐着小划船，观赏雨宫、苔丝德蒙娜住过的房子、著名画家的房子、宫殿……在那些宫殿里有塑像和画，像那样的塑像和画我们连做梦都没有见过。”（WJ，15，145）

④ Толстая Е. Д. *Поэтика раздражения*: *Чехов в конце* 1880 – *начале* 1890 – *х годов*. М. Радикс. 1994. С. 175.

谈阔论，是他在生活和创作中始终贯彻的一项原则。在写给涅米洛维奇－丹钦科的书信中，契诃夫自己解释说："因为既然你的四周都是冻土带和爱斯基摩人，那么与现实格格不入的普遍的思想很快就会烟消云散，无影无踪，正如关于永恒的幸福的幻想一样。"在一同游览欧洲的苏沃林眼中，契诃夫是一个"最质朴的人……在一群人当中很难把他同其他人区别开来：他的谈吐里既不卖弄机智，也不故作俏皮……他身上的一切都是质朴和自然的"①。

与之截然相反，梅列日科夫斯基和吉皮乌斯夫妻所代表的新艺术家们最为害怕的，是沦为大众的背景材料，屈服于日常生活的共同潮流，为此追求脱颖而出，追求标新立异，甚至常常以乖僻、越轨的行径展现其对彼岸世界的追求。这里不用举公然挑战社会趣味的未来主义者为例，只需看看老一辈象征主义者勃留索夫在伊凡诺夫家的文艺沙龙——著名的"塔楼"——如"珍稀野兽"般的表现："我玩尽了一个有学问的野兽所能玩的所有把戏——大谈象征主义，高声朗诵，手舞足蹈（独创性的标志）……"② 在这种令人瞠目结舌的行为策略之后，是诗人对芸芸众生的高傲藐视，和对自己天才的夸张强调："我将来要写一本书《这就是我》，它将是对所有人类种族的巨大的嘲弄。它里面一个正常的词语都不会有——当然，它一定会找到崇拜者。"③ 再看看他眼中的吉皮乌斯在社交场合的表现：女诗人手持吉普式长柄眼镜，女扮男装，带着一种故意吸引眼球的逞强姿态朗读自己写的令人惊诧的诗；每逢穿上白色的连衣裙，就说她要穿着它去赴"上帝先生的招待会"④。据另一位同时代人的回忆，吉皮乌斯"以一种挑衅的方式表现自己的'与众不同'：头脑比外表更特立独行。З. Н.（吉皮乌斯的名字与父称——引者注）自信直率地判断一切，不考虑习以为常的概念，她也喜欢以'相反的'判断惊世骇俗"⑤（这样的"与众不同"，在契

---

① Суворин А. С. "Маленькие письма". *Новое время*. 1904. 4 июля.

② Брюсов В. Я. *Дневники. Автобиографическая проза. Письма*. М. ОЛМА－ПРЕСС. 2002. С. 34.

③ Там же. С. 39.

④ Там же. С. 136.

⑤ Цит. по：Богомолов Н. А. *Русская литература первой трети XX века：Портреты. Проблемы. Разыскания*. Томск. Водолей. 1999. С. 12.

诃夫笔下往往成为讽刺的对象[①])。而吉皮乌斯则反过来认为契诃夫格局渺小，因为他尽管“才华卓越”，但没有宗教世界观，是“缺乏生命力的先知”[②]。一贯“妇唱夫随”的梅列日科夫斯基也不断地向契诃夫提问“永恒问题”，但后者总是用玩笑来搪塞[③]，这让梅列日科夫斯基十分失望——须知在他的文学等级表里，即使连托尔斯泰都因为缺乏“精神性”而稍显逊色。Г. 阿达莫维奇把梅列日科夫斯基沉醉于其中的这种“精神性”比喻为“特殊的、后浪漫主义的、空洞的、僵化的乙醚”，如果没有它，“梅列日科夫斯基就会痛苦地‘窒息’，像很多他这种气质的新人一样，他只能靠这种乙醚呼吸”[④]。

吉皮乌斯在那篇回忆契诃夫的文章里做出这样的判定：

> “正常”一词简直就是为契诃夫而想出来的。他连外表都是“正常”的……一个正常的外省医生，有着正常程度的教育和文化，他的生活与此相称，他的爱情与此相称，他的写作与他的出色才华相称。在自己的限度内具有细致的观察能力和——有些粗糙的手法，这也是正常的。
>
> 甚至他的病从某个角度来说也是“正常”的，没人能想到契诃夫会像陀思妥耶夫斯基或梅什金公爵那样，在“神圣的”癫痫病发作时瘫倒在未婚妻面前，打翻珍贵的花瓶。或者像果戈理那样，斋戒十日，焚毁《海鸥》《樱桃园》《三姊妹》，然后才死去。[⑤]

梅列日科夫斯基的评价与妻子如出一辙，不过，他用“平凡”（обыкновенный）一词来代替“正常”（нормальный）：契诃夫是“与我们相等的、站在我们身边的、平凡的人……上帝的特殊恩赐使他可以表达

---

① 据苏联科学院版《契诃夫全集》注释者 A. 丘达科夫考证，契诃夫短篇小说《跳来跳去的女人》的女主人公在现实生活里的原型除了众所周知的库甫什尼科娃外，还可能有另一个来源——“这一时代另一个文学沙龙的女主人——З. Н. 吉皮乌斯”（Чехов А. П. *Полн. собр. соч. и писем*: *В* 30 *т. Соч. в* 18 *т.* , *письма в* 12 *т.* М. Наука. 1974—1983. Т. 8. С. 430）。

② Цит. по: Капустин Н. В. “З. Гиппиус о Чехове” . Науч. совет РАН «История мировой культуры», Чехов. комис. Ред. *Чеховиана*: *Из века XX в XXI.* М. Наука. 2007. С. 243.

③ Гаспаров М. Л. *Записи и выписки.* М. Новое литературное обозрение. 2008. С. 57.

④ Адамович Г. В. *Одиночество и свобода. Лит. – крит. статьи.* СПб. Логос. 1993. С. 54.

⑤ ［俄］吉皮乌斯：《往事如昨——吉皮乌斯回忆录》，郑体武、岳永红译，学林出版社1998年版，第214页。

自己，揭示那永远埋藏于其他人的沉默中的内在的东西”[①]。无论“平凡”也好，“正常”也好，都是契诃夫的“欠缺”甚至“罪过”，都是与象征主义者认定的“天才”“创造”相对立的品质。梅列日科夫斯基对此有明晰的阐释，在文章《契诃夫与高尔基》中，他承认契诃夫“比任何人都更加了解当代俄罗斯的日常生活”，但这里隐藏着他的“弱点”，因为“除了这种日常生活以外他一无所知，也不想知道……契诃夫的主人公没有生活，有的只是日常生活——没有事件发生的日常生活，或者只有一个事件——死亡，日常生活的终结，生存的终结”[②]。吉皮乌斯进一步对“日常生活”（быт）和“生活”（жизнь）做了区分：

> 这是两个彼此排斥的概念。日常生活从生活终止的那个点开始，而且，按顺序，日常生活刚刚消失，生活便重新开始……生活是事件，而日常生活只是在被铸造出来的静止的形式中永远地重复、加固、保存这些事件。因此是向前运动着的生活在不断积累新的事件——唯独生活才是创造。创造排除日常生活。[③]

难怪，梅列日科夫斯基与吉皮乌斯的婚姻被认为是一种“几乎具有神秘主义性质的亲密联盟”[④]。在他们眼里，日常生活是如此微不足道；而普通大众则被嘲讽地命名为“药剂师”，与他们心目中的少数选民（诗人、哲学家）处在极端的对立之中。而契诃夫呢？当代最有影响力的契诃夫研究者之一 А. 丘达科夫令人信服地论证，契诃夫笔下的日常生活“同时属于两个领域——‘现实的’和象征的——其中任何一个都不比另一个的等级更高”[⑤]；Б. 辛格尔曼则在契诃夫的戏剧中看到“恒久的灵魂的力量，它表现在……日常性的要求之中，这种要求难以被人发现，但却绵延不

① Мережковский Д. С. *Акрополь*：*Избр. лит. – критич. статьи*. М. Книжная палата. 1991. С. 251.

② ［俄］梅列日科夫斯基：《先知》，赵桂莲译，东方出版社 2000 年版，第 305—306 页。

③ Цит. по：Чудаков А. П. “Чехов и Мережковский”. Науч. совет РАН «История мировой культуры»，Чехов. комис. Ред. *Чеховиана*：*Чехов и “Серебряный Век”*. М. Наука. 1996. С. 60.

④ Богомолов Н. А. *Русская литература первой трети XX века*：*Портреты. Проблемы. Разыскания*. Томск：Водолей. 1999. С. 9.

⑤ Чудаков А. П. *Поэтика Чехова*. М. Наука. 1971. С. 172.

绝”[①]；在短篇小说《黑修士》中，契诃夫则将自诩为“选民”的心态解释为一种精神病类型——自大狂。既然契诃夫排斥精英情绪，不属于“选民”，那么就不值得“白银时代”的精英去注意和尊重。可是，契诃夫的作品中关于道德、义务、良心、责任、服务的观念是如此深入人心，他自己在个人生活中也体现出高度的奉献精神（为不幸的家庭而操劳；终身免费为农民治病；虽自己身染结核病仍只身赴萨哈林岛考察苦役犯；在1892年霍乱大流行时期投身疫区组织防治工作；多方面地参加社会公益事业等），这对于生活在“塔楼”中的神秘主义小圈子而言，无异于一种活生生的责备。而契诃夫又是如此深受广大读者的喜爱——这更加刺激了“白银时代”那些崇拜尼采的精英集团。

可是，从“白银时代”以来，那些极力贬低契诃夫思想性的评论家遇到了十分有力的反击。即使是在象征主义阵营内部，也不乏对契诃夫的好感和拥护：年轻一代象征主义代表诗人勃洛克高度评价莫斯科艺术剧院上演的契诃夫戏剧，认为契诃夫的戏剧“不输于贝利尼”[②]；另一位年轻一代象征主义诗人、小说家、理论家别雷则把契诃夫尊为象征主义的导师，甘愿“拜伏”[③] 在他的面前。

将契诃夫与俄国文学中的“导师”进行对比，一位来自俄国外省的评论家高度看重契诃夫的亲切与质朴：

> 我们的作家们总是教导什么，呼吁什么，谴责什么——他们全都怒气冲冲，振臂高呼。他们所有人永远透露出对于我们这些普通的小人物的漠然和遥远。米哈伊洛夫斯基的形象神奇非凡，但在他身上有某种远离我们的冰冷的伟岸。还有陀思妥耶夫斯基的形象，托尔斯泰的形象——他们在谈论宏伟的东西，谈论无底的深渊，谈论精神的无限追求……谈论某种伟大的、冰冷的、针对我们的宽容。而契诃夫的形象……是一个人……契诃夫没有患上我们的任何一种民族病：既非没有文化，也非毫不宽容，同时没有那种咄咄逼人的思

① Зингерман Б. И. “Время в пьесах Чехова”. *Театр*. 1977. № 12. С. 93.

② Блок А. А. *Собр. соч.*: *В 8 т*. М.; Л. Худож. лит. 1962. Т. 8. С. 283.

③ ［俄］别雷：《安·巴·契诃夫》，赵桂莲译，《世界文学》1998年第5期。

想性。[①]

高尔基在契诃夫生前发表的论契诃夫世界观的文章，得到了作家本人的认可。高尔基同样发现契诃夫从来不写“现实中不存在的东西”，但认为这里蕴含着他的“才能的巨大力量”，即“他从来不凭空虚构什么，不描写‘世上所无’的，但也许是满不错的、也许是合乎愿望的东西”[②]。高尔基认为人们批评契诃夫缺乏世界观的谴责荒谬至极：

广义的世界观是一个人所必须具备的，因为它是一个人对世界以及他在世界上所起的作用的看法……契诃夫却有着比世界观更多的一点什么东西，——他拥有他自己特有的对生活的看法，因此就站得比生活更高。他从高度的观点上阐明它的沉闷，它的荒谬，它的挣扎，它的整个的混乱。虽然这种观点是不可捉摸的，不是随便能够加上定义的——也许正因为它崇高的缘故，——可是这种观点总可以让人在他的短篇小说里感觉到，总是非常鲜明地从字里行间透露出来。在他的短篇小说里，越来越经常地可以听到一种忧愁的、但却是沉重的和准确的针对人们不善于生活这一点而对它们发出的责备，越来越美丽地闪耀出对人们的同情，并且——这是主要的！——响彻着一种朴素的、强烈的、把一切人和一切事加以和解的东西。[③]

最后，高尔基断言，在契诃夫的每一部短篇小说里总是在加强“精力充沛的和热爱生命的音调”[④]。

B. 阿利波夫，也是契诃夫生前十分欣赏的一位评论家，同样指出在作家生命的最后几年表露出来的精力充沛的乐观情绪和“萌芽中的哲学”：

真理和美不在山后面，不在未来几个世纪后面，也不在天上，而在

① Цит. по: Собенников А. С. *Между “есть Бог” и “нет Бога”* ... Иркутск. Изд. Иркутского ун – та. 1997. С. 6.

② 这里的“世上所无”系论战性地引自吉皮乌斯的诗句。对比《海鸥》中现代主义者特烈普列夫的宣言：“不应当按生活的原来面目描写生活，也不应当按生活应有的面目来描写它，而应当按生活在我们的梦想中所表现的那样描写它。”（WJ，12，133）

③ ［苏］高尔基：《论文学·续集》，冰夷等译，人民文学出版社 1975 年版，第 43 页。

④ 同上书，第 48 页。

这里，在这个肮脏和无聊的大地上。人民的生活就维系在它上面，或者维系在对它的信仰上面，就像维系在主轴上一样；它从银灰色的古代到我们的时代，不断地调整和正在调整人类生活，永远构成人类生活中主要的和最重要的东西；它使得生活令人赞叹，神奇美妙，充满崇高的意义。这些生活的基石不在疯子的头脑里，而在灰暗的人们的清醒的意识里，在菜园主老太太的心里，在生活乐观的大学生的灵魂里。于是，真理、公正、美作为生活本身的元素，同时也是基本的、主要的元素——最后，回答这个问题：生活的意义何在，人们靠什么生活。①

按照苏希赫的看法，这些观点的来源是1889年苏沃林关于《伊凡诺夫》所写的书评②，依靠与契诃夫的通信和交谈，他对契诃夫的世界观做出这样的描述：

他有纯属他自己的、已经牢固地形成了的世界观，这是人道主义的世界观，但不带感伤主义成分，而且独立于各式各样流派之外，不管这些流派用什么样的鲜艳或黯淡的颜色打扮起来。这个世界的特点是明辨是非，热爱生活。我想以此说明，在他身上没有那种多数有才华的青年作家特有的悲观和"厌世"。这使他能够正视自然和人们，而且毫不狡猾地在生活翻腾起伏的地方欢迎新生活……他不喜欢唱高调，也不喜欢呻吟和绝望，他是最普通的人们的朋友……他好像是在说；应当朴实地生活，同所有的人一样，并为发展这种朴实平凡的生活而贡献自己最美好的力量和意向，不把它们浪费在建立力所不及的功勋上，无端不去"点燃大海"。③

这样的赞扬似乎有些变味，将契诃夫的理想等同于心安理得地屈从现实世界的通行法则，为庸俗的生活寻找借口，实际上遮蔽了作家崇高的精

① Альбов В. П. "Два момента в развитии творчества Антона Павловича Чехова". Сухих И. Н. Сост. , предисл. , общая редакция. *А. П. Чехов*: *pro et contra*: *Творчество А. П. Чехова врусской мысли конца XIX – начала XX в.* СПб. РХГИ. 2002. С. 391 – 392.

② Сухих И. Н. "Сказавшие«Э! »Современники читают Чехова" . Там же. С. 36.

③ ［苏］屠尔科夫：《安·巴·契诃夫和他的时代》，朱逸森译，中国社会科学出版社1984年版，第77—78页。

神视野，也无视契诃夫对革命前俄国社会巨大的思想触动。

契诃夫逝世前几个月，诗人 Ф. 巴丘什科夫在给他的信中已经说：“您是整整一代人的精神领袖，我也属于这一代人。”[①]

第三节　布尔加科夫眼中的思想家——契诃夫

契诃夫生前的一些评论者，例如前文提到的斯卡比切夫斯基、高尔基，虽然肯定地回答了契诃夫世界观的问题，但对这样的世界观具体是什么缺乏明确的表述。而第一位真正看到契诃夫创作理念的广阔规模和崇高指向，将契诃夫的创作与俄国经典文学和民族思想相联系，考察契诃夫世界观的具体内容的俄国思想家，是 20 世纪初俄国著名的宗教哲学家谢尔盖·布尔加科夫神甫。

1904 年布尔加科夫首先在彼得堡的杰尼舍夫中学做了题为“作为思想家的契诃夫”的讲座，后来又在雅尔塔公开宣读这一演讲稿。讲座以论文形式发表在 1904 年《新路》杂志第 10 期上，报纸《罗斯》也十分详细地报道了演讲内容，在俄国引发广泛关注。1910 年在莫斯科出版的演讲稿的单行本，至今仍是契诃夫思想研究的重要资料。讲座的标题表明，这篇文章是正面剖析契诃夫的创作中蕴含的哲学思想，为后来把契诃夫视为 19 世纪俄国文学和民族思想的继承人的观点奠定了基础。在此之前，布尔加科夫于 1903 年发表转折性的著作《从马克思主义到唯心主义》，重新思考自己过去的观点，试图在俄国文学中寻找精神基点，而这篇文章属于布尔加科夫对于文学中如何反映俄国知识分子精神探索的一系列思考的成果。

在讨论契诃夫之前，布尔加科夫与许多“白银时代”的思想家一样，将注意力放在陀思妥耶夫斯基的思想上。1901 年他的《伊凡·卡拉马佐夫（在陀思妥耶夫斯基的长篇小说〈卡拉马佐夫兄弟〉中）》，确定了俄国文学的核心思想、独特价值及与西欧文学的区别，尤其是非常准确地看出俄国哲学和文学之间十分密切的联系。在布尔加科夫看来，俄国哲学在理论研究上少有建树，迄今为止除弗拉基米尔·索洛维约夫外没有其他独创性的哲学家；但俄罗斯人向世界贡献出第一流的优美文学，俄罗斯民族的思

---

① Кузичева А. П. *А. П. Чехов в русской театральной критике. Комментированная антология.* 1887—1917. М. ЧПК. 1999. С. 306.

想力量没有表现在学术论著中，而是在艺术形象中得到鲜明的具体化。19世纪的俄国经典作家在某种程度上都是独特的实践哲学家，提出永恒的形而上学问题。在这一意义上，布尔加科夫举出陀思妥耶夫斯基、托尔斯泰和屠格涅夫作为欧洲文学的典范，同时认为"在最小程度上还有契诃夫"①。可是，三年之后在专论契诃夫的讲座中，布尔加科夫一方面重复了对俄国文学精神性的哲学理解，另一方面指出契诃夫作品中的精神资产还远远没有得到应有的评价，因此"契诃夫作为思想家"这一主题在很多人听来觉得有些怪异。但必须承认，契诃夫的灵魂是不可分割的，无论作为学者、哲学家还是艺术家，他的不断思考的精神的叩问都是一致的。在研究外部世界、善恶学说、人类的历史命运中，这些叩问凝聚成一个永恒的问题：认识人自己。契诃夫的艺术便拥有这样的伟大的属于全人类的思想，因此也成为一项责任重大和严肃困难的事业，它要求艺术家自我牺牲，呕心沥血，不断地奉献出神圣的祭品。

布尔加科夫把真正的艺术所具有的思想性同倾向性区别开来，而长久以来正是因为这两个概念的混淆制造出关于契诃夫"冷漠""无思想性"的错误观念。"倾向性艺术在艺术上是不真诚的，它是人造的谎言、软弱或者才华的被扭曲的方向的结果。"② 在这种倾向性下艺术失去了进行独立探索和找到全人类真理的权利，被从外部强加的教条主义和功利主义的目标所挟持。而自由的艺术则是严肃的、有内容的，正如《海鸥》中陀尔恩医生所言："艺术作品必须表达一种伟大的思想。只有严肃的东西才是美的。"（WJ，12，143）只有这种自由的艺术才获得严肃的、全人类的意义，揭示生活的秘密："得到上天启示的思想家—艺术家，有时候比闷死在自己办公室书籍尘土中的学院教授更清楚地发现永恒的问题。"③ 正因为俄国文学和作家具有探索永恒问题的目标，因此俄国文学"是出类拔萃的哲学"，以托尔斯泰和陀思妥耶夫斯基这两位巨人为代表，极大地提升了艺术创作的责任和思想性，致力于提出和解释人类精神生活中最深刻的和基本的问题。俄国文学巨匠的精神统治着俄国文学，就像宏伟的灯塔为俄罗斯民族指引道路

---

① Булгаков С. Н. *Сочинения. Избранные статьи*: *В* 2 *т.* М. Наука. 1993. Т. 2. С. 16.

② Булгаков С. Н. "Чехов как мыслитель" . Сухих И. Н. Сост. , предисл. , общая редакция. *А. П. Чехов*: *pro et contra*: *Творчество А. П. Чехова в русской мысли конца XIX – начала XX в.* СПб. РХГИ. 2002. С. 541.

③ Там же.

和目标。契诃夫则是俄国文学“最优秀传统的当之无愧的体现者”，在托尔斯泰和陀思妥耶夫斯基之后是“最有哲学意义的作家”[①]。

借助《没意思的故事》《我的一生》《公差》《出诊》《匿名氏故事》《第六病室》《决斗》《醋栗》《带阁楼的房子》《在路上》《伊凡诺夫》《万尼亚舅舅》《三姊妹》《樱桃园》中主人公的话语，布尔加科夫确定了契诃夫创作的总体内容：“它探讨的是，他在哪里看到真正的科学和艺术的任务：寻求真理、上帝、灵魂、生活的意义。”[②] 契诃夫的作品反映了俄罗斯人对信仰的寻求，对生活最高意义的渴望，以及俄罗斯灵魂永不安宁的病态的骚动，描绘那些全身心投入寻求生活真理，并且感受到寻求的痛苦的人的精神世界。这样的人之所以得到契诃夫的关注，往往不是因为他强大有力，而是因为他是虚弱无力的；不是因为他完成了什么英雄业绩，而是因为他被庸俗的力量所控制；不是因为他登上精神振奋的高峰，而是因为他正跋涉在幽暗腐朽的低地沼泽。由此，契诃夫创作内容中蕴含的全人类的哲学问题是“关于中等的人的灵魂中道德薄弱、善的无力的问题”，契诃夫的主人公“不做斗争就堕落，压倒他的不是大山，而是一根稻草，因此灵魂的懒惰和腐蚀性的庸俗制伏了善意的冲动和隐秘的梦想，因此理想的渴望没有提高人，却仅仅使人无力地痛苦”[③]。按照布尔加科夫的看法，契诃夫创造出伊凡诺夫、三姊妹、土旬巴赫、阿斯特罗夫、姚尼奇、拉耶甫斯基、匿名氏等这一类阴郁无聊的人的画廊，他们庸俗，凶恶，没有清楚的善恶意识；但他们自己也在受苦，用自己的渺小浅薄来毒害周围的生活。

可是，契诃夫在描绘这阴暗的世界时，并没有像热衷揭露的讽刺家和机智的幽默家那样，故意对描写对象进行浓墨重彩的夸张。从外表看来，契诃夫的艺术手法最贴近无动于衷做实验的科学家，力求客观充分地展现研究对象，但实质上“他的内心也在疼痛，也在爱，有着共同的痛苦的源头”[④]，因此他不是生活记录员，而是具有真正民族特性的俄国思想家。布尔加科夫引契诃夫《精神错乱》中关于主人公的话：“有的人有写作的才

---

① Булгаков С. Н. “Чехов как мыслитель” . Сухих И. Н. Сост. , предисл. , общая редакция. *А. П. Чехов*: *pro et contra*: *Творчество А. П. Чехова в русской мысли конца XIX – начала XX в.* СПб. РХГИ. 2002. С. 542.

② Там же.

③ Там же. С. 544.

④ Там же. С. 547.

能、演戏的才能、艺术的才能，可是他有一种特别的才能——人性的才能。他对一切痛苦有敏锐的感觉。如同好演员总是在自己身上演出别人的动作和声音一样，瓦西里耶夫也善于在自己的灵魂里体会别人的痛苦。”（XS，7，355）并且把这一才能归诸契诃夫本人，使得契诃夫与陀思妥耶夫斯基在创作理念上一脉相承。俄国另一位宗教思想家罗赞诺夫说陀思妥耶夫斯基在描绘无辜者，尤其是孩子们的痛苦时，“仿佛是在描写可见的东西一样，仿佛是他自己在经受他们的痛苦，仿佛他善于进入这痛苦之内部”[①]。而后来苏联文论家则把这种才能评定为“崇高的道德观念”，正是这种高尚的道德促使契诃夫不顾自己肺结核的早期症状毅然决定去萨哈林考察[②]。

梅列日科夫斯基在《契诃夫和高尔基》一文中断言，契诃夫“比任何人都更加了解当代的俄罗斯日常生活；但是，除了这样的日常生活以外他一无所知，也不想知道”，因此“他在最高程度上是民族的，但不是世界的；在最高程度上是当代的，但不是历史的……与世界历史和世界文化没有任何联系”[③]。布尔加科夫则认为，把契诃夫视为“俄国生活的描写日常的作家，并且不过如此——这意味着没有理解他身上最重要的东西，没有理解他的思想、他的艺术思维的世界意义”[④]。契诃夫式的忧郁，一方面在心理学上与80年代俄国社会情绪的萎靡不振有关，另一方面在哲学上有更加普遍的意义，因为他触及了一个形而上学的和宗教意识的根本的、伟大的问题——关于人的谜。

无论多么奇异，但布尔加科夫把契诃夫和拜伦这两位看上去相去甚远的文学家放进了同一序列，认为他们相似的基础是具有共同人性的“世界忧伤”。但两人的差别也十分重要。拜伦以自由之名反抗上帝，反抗世界，反抗个性的局限；人的个性意识到自己的力量，不愿意承认凌驾于自身之上的最高权力，渴望变成超人。但这种意识到自己无限的潜能的个性，却在存在的实际条件面前碰了钉子，无法实现自己的愿望。“人神，尽管要求成为神，终究是无力的，不能消灭世界上存在的恶，实现自己的冲动，于是——精疲

① ［俄］罗赞诺夫：《论宗教大法官的传说》，张百春译，华夏出版社2007年版，第75页。

② ［苏］屠尔科夫：《安·巴·契诃夫和他的时代》，朱逸森译，中国社会科学出版社1984年版，第177页。

③ ［俄］梅列日科夫斯基：《先知》，赵桂莲译，东方出版社2000年版，第305页。

④ Булгаков С. Н. “Чехов как мыслитель”. Сухих И. Н. Сост., предисл., общая редакция. *А. П. Чехов*: *pro et contra*: *Творчество А. П. Чехова в русской мысли конца XIX – начала XX в.* СПб. РХГИ. 2002. С. 549.

力竭。”拜伦的主人公们的灵魂世界，可以用“英雄的疲惫”来定义。①

与拜伦一样，契诃夫创作的基本动机也是为人无力在生活中实现他的理想而忧伤，无论他对理想的认识是清晰还是模糊。但不同的是，在拜伦那里，有着超人意志的人被客观的现实所局限，因此感到绝望；而在契诃夫那里，忧伤是因为人自身意志软弱，没有能力提升到他应该和可以达到的高度，淹没在日常生活的泡沫和垃圾中无法自拔。契诃夫和拜伦关于人的艺术和哲学阐释是对立的两极：拜伦只关注超人，人的本性的最高样本的命运，契诃夫则关注的是没有能力完全实现自己的精神能力的中等的人的灵魂。布尔加科夫通过对比总结说：

> 拜伦……是贵族化的；……他和他的主人公们满怀轻蔑，从上往下俯视芸芸大众。因此拜伦的精神，是愤怒的和严厉的，不知道宽容和原谅。在契诃夫那里相反。……在他的作品里没有英雄，却有平庸的人，正是因为自己的平庸而可怜，可笑，不幸。……为了表现他们，应当首先降低到他们的地位，爱和怜惜他们，洞察他们的世界，感觉他们的苦痛。契诃夫对精神上赤贫的人、精神残疾者、天生盲目者、瘫痪的人和软弱的人、不成功的人和在生活斗争中被打败的人的特殊关注，使得他在感情和理念上成为在伦理意义上深刻的民主作家。契诃夫接近基督教道德的基本理念，这种理念是一切民主主义的真正的伦理基石，任何活的灵魂，任何人的存在，都提供了独立的、无可替代的、绝对的价值，它不能也不应当只被看作手段，它有权要求被给予人的关注。②

布尔加科夫说，契诃夫作品中的人不可能适合强加给他的神的角色，因为他并非生活在奥林匹亚山上，而是生活在笼罩着毒雾的“峡谷”里。但即使透过峡谷里的雾气，也能够看到遥远闪烁的星星，晚上也能够听到教堂的钟声。而为了看到星星，首先需要的是顽强地仰望上空，不忘记自己最初的使命和愿望，用神圣的精神高涨来穿透心灵，使它燃烧起来。而支持人能够战胜自己的软弱并获得重生的唯一基石，就是对善的全能力量

---

① Булгаков С. Н. “Чехов как мыслитель”. Сухих И. Н. Сост., предисл., общая редакция. *А. П. Чехов*: *pro et contra*: *Творчество А. П. Чехова в русской мысли конца XIX – начала XX в.* СПб. РХГИ. 2002. С. 550.

② Там же. С. 553.

的信仰。在契诃夫的设置下，关于人的谜的最终解答，要么是基督教最核心的教义，即关于各各他和诱惑的学说，要么是可怕的和绝望的悲观主义。可是布尔加科夫信心十足地说，这两种答案的斗争是幸运的，契诃夫完全不是被批评界误认为的“悲观主义者”，他的世界观毫无疑问是积极的、乐观的，他相信善的超越性力量，相信这种力量“既在个别人的灵魂里，也在全体人类中获得最终胜利”①，契诃夫的全部文学活动都被难以用经院哲学概念定义的理想之光照耀。虽然这种信仰在契诃夫笔下没有得到正面的和直接的论证，但若是没有这一信仰，就无法理解在他的很多作品中对于永恒真理的勇敢探索和热切向往。

布尔加科夫进一步提到，契诃夫有着对人民心里埋藏的宗教感情的诗意的敏感，而且，尽管怀有世界忧伤、对人的软弱的忧伤，契诃夫从来没有失去“对超人的善的宗教信仰”②。

在论述契诃夫的总体世界观时，布尔加科夫也没有忽略他的公民热情和对社会问题的责任感。对于长期以来积淀下来的关于契诃夫公民感冷漠的神话，布尔加科夫首先以艺术家努力保持创作自由、避开任何一种倾向和成见来解释。契诃夫为之痛苦的世界忧伤，无论如何都不与公民忧伤矛盾，也不排斥公民忧伤。批评家认为没有必要举出契诃夫直接涉及社会问题的作品，而是把重点放在更具普遍性的问题上，比如在《农民》《新别墅》《在峡谷里》《万尼亚舅舅》中描绘的当代农民破产的令人震惊的艺术画面。用经济学语言来说，这里面有农业危机和农耕中心的衰落，还有确定无疑的统计学数字，反映农业欠税、缺少马匹和基本生活保障的情况，在这一基础上真实地再现老爷和农民之间的隔阂、阶级对抗、人民的质朴要求和失败经历。契诃夫鲜明地刻画出资本主义在原始积累阶段所采取的残酷的掠夺手段，表现已经在俄国形成的资本主义生产、社会经济组织的自发性、反社会性和内在的涣散，其准确性和深刻性可以“满足希望验证原始积累基本理论的最严格的经济学家”③。

契诃夫在《出诊》中表明，资本主义生产方式和经济制度最荒谬之处

---

① Булгаков С. Н. “Чехов как мыслитель”. Сухих И. Н. Сост., предисл., общая редакция. *А. П. Чехов*: *pro et contra*: *Творчество А. П. Чехова в русской мысли конца XIX – начала XX в.* СПб. РХГИ. 2002. С. 553.

② Там же. С. 557.

③ Там же. С. 561.

在于，它制造出一种强制性的人际关系，在这样的关系中无论资本家本人还是受剥削的工人都深受其害，痛苦不堪，良心和身体都承受巨大的压力，然而这里却没有故意心怀恶意的个人，有罪过的是资本主义控制下不合理的社会关系。而非个性化的恶，比起个人的阴谋诡计和邪恶动机，更加令人绝望，难以摆脱。由此谈到了契诃夫的民主主义，布尔加科夫断言，民主主义渗透在契诃夫作品的每一页纸上，他作为“民主主义的艺术家，在谈论自己时代的社会需要和病症的时候，不可避免地变成揭露者、自己时代的社会先知、社会良心的唤醒者”①。他就像《精神错乱》中的大学生、《醋栗》中拿小锤子的敲门人、《樱桃园》中的大学生特罗菲莫夫，不停地提醒人们敬畏上帝和自己的良心，履行自己的责任，用苦难、非同寻常的劳动去抵偿过去的罪恶。

20 世纪最初的十年，俄国国内形势风起云涌，社会历史激荡转折，布尔加科夫与一些志同道合者于 1909 年联合出版《路标》文集，成为当时冲击性的思想文化事件，“被视为俄国知识分子对自身思想发展史的清算，也被视为自由主义知识分子反省自己的社会责任、清除自身思想上的污垢、割断与政治激进主义暧昧关系的举动”②。布尔加科夫在这部文集中撰写的《英雄主义与自我牺牲》，即是政治危机之后对知识分子精神危机的深入而集中的思考。在文章中布尔加科夫一方面称赞俄国知识阶层的宗教无意识和乌托邦精神高于西方小市民的平庸和局限的日常德行，认为前者关于上帝之城、未来真理王国的末世论幻想、对人类救赎的追求、对生活根本矛盾的焦虑和克服矛盾的渴望，使得俄国最伟大的知识分子作家脱颖而出；另一方面，由于历史、地理、自然等原因，俄国知识分子过于轻松地吸收了欧洲最新思想中最不复杂的，而且极端、激进的哲学概念，没有经历痛苦而漫长的思想探索，因此他们对知识的掌握是肤浅的，况且这些知识又被赋予了狂热的形式，因此他们产生了一种近乎自我崇拜的英雄主义激情，认为自己有无限的能力和义务来改造和拯救自己的祖国。这使得他们不满足于普通劳动者的卑微角色，却梦想成为全人类的救世主，对来自现实生活的声音置若罔闻。事实上，英雄主义的张扬既需要特殊禀赋的

① Булгаков С. Н. “Чехов как мыслитель”. Сухих И. Н. Сост., предисл., общая редакция. *А. П. Чехов*: *pro et contra*: *Творчество А. П. Чехова в русской мысли конца XIX – начала XX в.* СПб. РХГИ. 2002. С. 562.

② 张建华：《俄国知识分子思想史导论》，商务印书馆 2008 年版，第 179 页。

人中之杰，也需要容许英雄施展雄才伟略的时世，可是在俄国和世界历史的当下，生活更多是由日常琐事组成，没有了真正的英雄和英雄表现的机会，“英雄主义则成为一种自诩，一种召唤的姿态”。对于这种失去真正内涵的空洞的英雄主义情结造就了一种特殊的精神，包括：“英雄的伪善、不负责任的品评、总是保持‘原则’的反对立场……对自身权利感觉的夸大，义务意识以及个人责任意识的弱化。一个极为平庸的凡夫俗子……当他披上知识分子的外衣，便开始对别人傲慢不逊起来。在我们外省的生活中，这种丑恶现象尤为明显。”①

但是，对权威、名声的自我崇拜并不能造就英雄，由于缺乏刻苦锻炼和长期不懈的学习研究，无法锤炼出坚实的道德准则和知识修养，向往英雄主义光环的俄国知识分子很容易受到虚无主义的诱惑，不知不觉地变成了契诃夫作品中的典型。在契诃夫的中篇小说《匿名氏故事》中，堕落的前革命者哀叹：

> 为什么我们感到这么厌倦？为什么我们原先那么热烈，大胆，高尚，有信仰，到了三十岁或者三十五岁却完全泄气了？为什么这一个害肺痨病死掉，那一个往脑门开一枪，第三个在酒和纸牌里把一切遗忘，第四个为了扑灭恐惧和痛苦就无耻地践踏自己纯洁美好的青春时代的形象？为什么我们一倒下去，就再也不努力爬起来，失去一件东西就不再追求另一件东西？为什么？（XS，9，75）

布尔加科夫援引契诃夫本人书信中的一段话：

> 应该负责的并不是省长，而是全体知识分子，全体，我的先生。知识分子在还是高等院校的大学生时，倒是诚实而优秀的人，是我们的希望，是俄罗斯的未来，可是一旦这些大学生自立了，长大成人了，我们的希望和俄罗斯的未来就顿时化为泡影，在过滤器里所剩下的就只有拥有别墅的医师、贪得无厌的官吏和手脚不干净的工程师了。您想一想吧，卡特科夫、波别多诺斯采夫、维希涅格拉茨基是大学里培养出来的

① ［俄］布尔加科夫：《英雄主义与自我牺牲》，基斯嘉柯夫斯基等《路标集》，彭甄、曾予平译，云南人民出版社1999年版，第42页。

人，是我们的教授，绝不是粗人，而是教授，巨擘……我不相信我们那些假仁假义、阳奉阴违、歇斯底里、缺乏教养、好吃懒做的知识分子，就连他们受苦而抱怨的时候，我也不相信他们，因为他们的压迫者来自他们的内部。我相信个别的人，我在那些到处分布于全俄国各地的个别人——无论他们是知识分子还是农民——身上看到拯救；虽然他们人数少，力量却在他们身上。(WJ，16，170)

显然，布尔加科夫认为，这是契诃夫对知识分子精神状态的无情诊断，也是给俄国年轻一代知识分子的遗嘱："只能靠非同寻常的、不停歇的劳动，和首先对自己，对自己的自我教养的锤炼，我们的知识分子才能够攀登到自己的历史任务的高度。但如果没有新人，没有新的个性，俄罗斯就不会更新，不会恢复健康……"①

布尔加科夫这篇论契诃夫的文章，是对俄国正步入沉重而伟大的历史实践的前夜的预感，在契诃夫身上，寄托着俄国思想家借民族的可怕审判清赎历史上的罪孽和不公正，以及实现民族复兴和成长的希望。

第四节　争论仍未停息

与布尔加科夫神甫同时期的批评家对契诃夫的哲学与俄国宗教思想的关系做出自己的解读。Г. 丘尔科夫在梅列日科夫斯基和吉皮乌斯领导的"宗教哲学研究会"机关刊物《新路》上发表悼词，声称契诃夫也应该算作自己的同道，并且这样来描述契诃夫的创作事业："契诃夫是美学宗教的祭司：他的叙事是贞洁地接触现实中的隐秘的东西；他的灵魂的运动是对化为肉身的上帝的祈祷。"② П. 索科洛夫断言："契诃夫的哲学是生活本身的哲学。"作家号召读者"凭对上帝的信仰生活"，这时"无论事物，还是全世界的生活的意义，对你们来说都将更加明确和更加简单"。索科洛夫认为，契诃夫善于在人们身上找到"神的火花"，在生活中找到"指

---

① Булгаков С. Н. "Чехов как мыслитель". Сухих И. Н. Сост., предисл., общая редакция. *А. П. Чехов*: *pro et contra*: *Творчество А. П. Чехова в русской мысли конца XIX – начала XX в.* СПб. РХГИ. 2002. С. 564.

② Чулков Г. И. "Антон Павлович Чехов". *Новый путь*. 1904. № 7. С. 194.

导性的思想"①。1910 年 A. 伊兹马伊洛夫在莫斯科宣读报告《在信仰和无信仰之间（契诃夫的宗教）》，主题是契诃夫对待宗教的态度：他认为契诃夫把"对信仰的热烈思念，对不朽的痛苦渴望，同理智的冷静暗示"结合起来。按照伊兹马伊洛夫的看法，有了信仰，"即使被砌在墙里也能生活得快乐"；而理智则告诉我们，"梦想是没有结果的，夜晚一点也不比白天可怕，天上空空如也，从死人身上只长出牛蒡"②。据亲历者回忆，报告做完后引起热烈讨论，一位发言人说契诃夫是"行动的基督徒，而不是言词的基督徒。他的全部生活都是基督教的"③。

尽管契诃夫坦率地表明他的童年因为宗教教育而"显得相当阴暗"，并且坚信知识界"已经离开了宗教"，当前的"宗教运动却是一种残余，几乎是一种已经过时或者正在过时的东西的尾巴"。但十分奇异的是，俄国宗教界的人士却对契诃夫有相当程度的好感，把他当作十分亲切的朋友，在私人书信里甚至把他视为忏悔神父。比如托木斯克的神学校学生 П. 索罗金在写给契诃夫的信中称他是"最高的使徒""果戈理第二""先知"。他恳求契诃夫"治疗那些沉迷于恶习的人们！根除恶！"。他向作家呼吁："你的药是能治病的——别吝惜它们！我知道，你为人们的恶习而难过，痛苦；你透过眼泪在哭泣……不要泄气！你还要不得不经历更多的痛苦，但记住，这些痛苦，是上帝有目的地从高处指派的……它是上帝的工具，他通过这个工具向你指明世界上的恶习。"④ M. 缅希科夫向契诃夫转交了一封他在柏林收到的中学生们寄来的信：

> 仁慈的阁下，我们，特维尔神学校学生小组，向您提交最诚挚的请求，请告诉我们关于我们深深尊敬的 A. П. 契诃夫的，哪怕十分简略的生平信息。一方面是对 A. П. 契诃夫个性的兴趣，另一方面则是不可能（至少是对我们而言）在出版物上找到对这一兴趣的任何一点满足，尤其不可能检验最近一段时期在我们这里流传的，关于 A. П.

---

① Цит. по：Собенников А. С. *Между "есть Бог" и "нет Бога"* . . . Иркутск. Изд. Иркутского ун – та. 1997. С. 8.

② Измайлов А. "Между верой и неверием（Религия Чехова）" . Семенов М. , Тулупов Н. Сост. *Чеховский юбилейный сборник*. М. Тип. Т – ва. И. Д. Сытина. 1910. С. 216.

③ Собенников А. С. *Между "есть Бог" и "нет Бога"* . . . Иркутск. Изд. Иркутского ун – та. 1997. С. 8.

④ Там же. С. 9.

> 的令人不安的消息，这迫使我们请求了解这方面的情况。我们对您提出请求，因为我们有根据认定您与 A. П. 相识，也因为，按照我们根据您的文章对您的认识，我们能够期待，可以从您那里比从别人那里更快速地满足我们的请求。①

神学校的学生竟然如此迫不及待地想要了解一个不信神的世俗作家的生平资料，就好像他们恭敬地诵读虔信宗教的圣徒行传，这是什么原因？神甫 M. 斯捷潘诺夫解释说："契诃夫很详尽地了解所有东正教教会和精神的结构。"② 在 19 世纪末俄国受教育阶层普遍不再相信宗教，甚至诋毁宗教的潮流下（托尔斯泰在《忏悔录》中给出了一个年轻的贵族青年背弃宗教的具体例子③），契诃夫"没有对宗教界抛出一句尖刻的评语！"④，由此得出的结论是："契诃夫信仰宗教！"⑤ 另一位神甫 И. 斯托伊科夫在《神学通报》上发表文章《知识分子的灵魂悲剧》，论及契诃夫内心中"宗教虚无主义杆菌"与信仰的矛盾冲突，并且断言："契诃夫很快便确信，科学和文化无力使人重生和使他幸福，从它们那里期待大地上的真理和公正获得胜利是徒劳的。在他的灵魂里，他按照知识分子方式进行思考的理智，与接受基督教教养的心灵的热情之间，发生了沉重的、痛苦的不协调。"⑥

1917 年后，苏联文论界将俄国文学与基督教背景做了割裂处理，在整体上以社会政治纲领来架构作家的世界观，如果发现像陀思妥耶夫斯基和托尔斯泰这样的作家有公开的宗教思想言论，则大多解释为作家世界观与艺术实践之间的矛盾。作家的宗教哲学思想被设为禁忌话题，要么从诗学角度，要么从道德修辞角度做迂回处理。官方契诃夫学在这一尝试中的典型代表，是 Г. 别尔德尼科夫获得诸多国家奖的专著《契诃夫：思想和创

① Собенников А. С. *Между "есть Бог" и "нет Бога"* ... Иркутск. Изд. Иркутского ун – та. 1997. С. 10.

② Степанов М. М. *Религия А. П. Чехова*. Саратов. Электро – Тип. газ. "Волга". 1913. С. 6.

③ 《列夫·托尔斯泰文集》第 15 卷，臧仲伦、冯增义等译，人民文学出版社 2000 年版，第 5—7 页。

④ Степанов М. М. *Религия А. П. Чехова*. Саратов. Электро – Тип. газ. "Волга". 1913. С. 7.

⑤ Там же. С. 57.

⑥ Цит. по: Собенников А. С. *Между "есть Бог" и "нет Бога"* ... Иркутск. Изд. Иркутского ун – та. 1997. С. 10 – 11.

作探索》①。与此相联系的，是契诃夫创作的哲学内涵经常遭到一般性的否定。例如 И. 古尔维奇在研究契诃夫小说的专著中说："在契诃夫的小说中'哲学主题'没有也不可能有独立意义。"②

谢尔盖·布尔加科夫论契诃夫的传统，即把作家个性纳入基督教文化的总体语境，研究契诃夫与俄国宗教哲学的思想渊源，在俄国本土没有得到发展，但在俄国境外文学研究中得到延续③。1934 年与宗教哲学家别尔嘉耶夫有密切合作的女文论家 M. 卡拉什（笔名库尔久莫夫）在巴黎出版专著《骚乱的心灵》，从东正教文化语境分析契诃夫创作中的信仰主题，在当时别开生面地填补了苏联的官方契诃夫研究的空白。对于布尔加科夫提出的契诃夫是否有基督教信仰这一问题，卡拉什的回答是契诃夫始终在有信仰和无信仰之间摇摆，直到生命终结这种摇摆也不曾停止："契诃夫的悲剧在于，他终其一生都停留在信仰之前，心灵、他的灵魂的全部气质都把他拉向信仰，但对他个人而言，信仰在他自己的意识前几乎是锁闭的。"可是，批评家认为，即使是怀疑甚至无信仰，也可能搅扰那些拥有坚定信仰的苦修者的心灵，因此虽然契诃夫曾说自己"无所信仰"，但这并不必然导致契诃夫成为宗教信仰的敌人：

> 归根结底契诃夫是否有信仰？
>
> 没有人能够有勇气回答这样的问题。我们知道，他有一次无意中说出一句话，说"有教养的人不可能信仰上帝"。
>
> 但从这些明确否定的话里仍然无法做出任何决定性的结论。人的灵魂不是金属或者石头，在上面可以无法磨灭地雕刻一些符号或者字母。甚至有意识地和坚定地鼓吹自己信仰的人，不仅度过动摇和怀疑的阶段，而且经历过对他们而言最沉重、痛苦的无信仰的时刻。甚至神圣的苦修者都知道这些精神阴暗的时刻。……

---

① Бердников Г. П. *А. П. Чехов. Идейные и творческие искания*. М. Худ. лит. 1984. 此书中文译本由华东师范大学出版社出版，译者朱逸森。

② Гурвич И. А. *Проза Чехова*（*Человек и действительность*）. М. Высшая школа. 1970. С. 49.

③ См.：Курдюмов М.（Каллаш М. А.）*Сердце смятенное*：*о творчестве А. П. Чехова*. Paris：YMCA – Press，1934；Зайцев Б. *Чехов. Литературная биография*. Нью – Йорк. Изд. имени Чехова. 1954；Спекторский Е. В. *Чехов*. Белград. Рыбинский. 1930；Ильин В. Н. "Глубинные мотивы Чехова". *Возрождение*. 1964. № 148. С. 76 – 93；Бицилли П. М. "Чехов". *Числа*. 1930. № 1. С. 162 – 168；и др.

> 他生活在永恒的灵魂动摇中，相信“没有人知道真正的真理”。我们也没有勇气猜测这个独特的封闭的人的内心的、隐藏得很深的世界的“真正的真理”。……
>
> 大部分人凭着在尘世间最后的思想、心灵和意志的最后的运动，随身带走自己最后的综合和临死前省悟的谜。
>
> 契诃夫也带走了这个谜，但他的艺术创造保留下来。[①]

作者没能回答契诃夫是否有信仰这个问题，他只是把作家的创作归结为两个主题：“人的存在的各种各样的负担。灵魂为某种最高的、暂时还不知名的东西而饱受折磨。”[②] 因为这两个主题的形而上学本质，契诃夫就不仅仅是描写日常生活的记录者，而是像陀思妥耶夫斯基和托尔斯泰一样的先知，始终在研究俄罗斯灵魂之谜、永恒的俄罗斯问题。他掌握了“直观的基督教世界观”，深刻感觉到“俄罗斯灵魂的根本的自发力量——俄国的寻神运动，在其不同形式和俄国文化的不同等级中”[③]。

契诃夫全部创作令俄国人振聋发聩之处在于，虽然他在所有的俄国经典作家中似乎离现实政治最遥远，但却在自己的全部作品的总和中讨论俄国革命的精神必然性，揭示俄罗斯历史命运的悲剧性根源：

> 无论是个别的俄罗斯人还是整体上的俄罗斯人民，都没有那种内在的精神轴心，生活围绕这轴心做创造性的旋转。“活水”的源头要么干涸，要么被阻塞……实证主义的“生命水”不能解除俄罗斯灵魂的渴望——实证主义的水分似乎是变质的，它以哀痛折磨或者毒化灵魂。这是契诃夫的主人公的哀痛，契诃夫本人的哀痛。[④]

---

① Курдюмов М. （Каллаш М. А.）“Сердце смятенное：о творчестве А. П. Чехова”. Сухих И. Н. Сост.，вступ. статья，общая редакция. *А. П. Чехов：pro et contra. Т. 2：Личность и творчество А. П. Чехова в русской мысли конца XX в.* СПб. РХГИ. 2010. С. 399 –400.

② Курдюмов М. （Каллаш М. А.）*Сердце смятенное：о творчестве А. П. Чехова.* Paris：YMCA –Press，1934. С. 183.

③ Там же. С. 15.

④ Курдюмов М. （Каллаш М. А.）“Сердце смятенное：о творчестве А. П. Чехова”. Сухих И. Н. Сост.，вступ. статья，общая редакция. *А. П. Чехов：pro et contra. Т. 2：Личность и творчество А. П. Чехова в русской мысли конца XX в.* СПб. РХГИ. 2010. С. 416.

阅读契诃夫的作品，可以帮助那些身不由己遭受时代风暴冲击而痛苦寻求出路的俄国人，清楚地认识曾经和正在发生的重大事件的历史必然，因为他准确而天才地预言了“俄国生活的极限处的内在绝境”[1]。

卡拉什认为，契诃夫作为提出这些深刻的精神问题的作家，完全有资格和果戈理、托尔斯泰、陀思妥耶夫斯基一道被归入俄国文学中先知性地表达民族思想的传统，因为这些问题的意义蕴藏在民族生活的根基，能够经受时代的变迁。契诃夫的价值和力量在于，他能够聆听到人的精神的跃动，而且只有站在尘世之上，面对那些最重要的和根本性的问题时，才会产生这样的跃动。

在侨民关于契诃夫所写的全部著作中，Б. 扎伊采夫在伦敦以俄文出版的书《契诃夫：文学传记》引起西方学者最强烈的兴趣，西方几乎所有研究契诃夫的著作都要引用扎伊采夫这本书里提出的观点，而扎伊采夫也成为西方“契诃夫的宗教性”问题的头号权威[2]。该研究者的注意力集中在契诃夫描写俄国东正教世界的作品上：《复活节之夜》《风滚草》《大学生》《在峡谷里》《主教》，竭力以此来证明作家对宗教信仰的向往。扎伊采夫清楚地知道，契诃夫本人始终一贯地表述过自己没有信仰，但他努力把契诃夫塑造为一个分裂的人，从表面看是唯物主义者，暗地里则是神秘主义者和有信仰的人，对上帝怀有深切的眷恋：“契诃夫对神性的眷恋由来已久……但他身上没有内在的完整性。没有完整性，有的却是分裂性，动摇和苦闷就来自这里。”[3] 甚至《主教》中主人公死前的彻悟也是“不自觉的”。“在永恒的问题中：上帝、死、命运、阴间——年龄的成熟既没有让问题明晰，也没有给出答案。他的人格怎样是双重的，他也这样保持到终结。”[4] 在扎伊采夫看来，这种自我矛盾使得契诃夫常常不理解自己写作的价值。

扎伊采夫也承认，19 世纪自然科学的突飞猛进和作家的大学医学专业教育，使契诃夫真诚地相信“科学、理性、劳动、进步”，但他说这种“天真的、偏执的”信念让契诃夫“感到拘束”[5]。另一方面，来自童年起

---

① Курдюмов М. （Каллаш М. А. ） *Сердце смятенное*：*о творчестве А. П. Чехова*. Paris：YMCA – Press，1934. С. 183.

② См. ：Катаев В. Б. *Проза Чехова*：*Проблемы интерпретации*. М. Изд. МГУ. 1979. С. 280.

③ Зайцев Б. Чехов. *Литературная биография*. Нью – Йорк. Изд. имени Чехова. 1954. С. 132.

④ Там же. С. 228.

⑤ Там же. С. 216.

参加教会仪式的印象、父亲和尤其母亲营造的基督教氛围，在他身上隐秘地培养起符合基督教标准的善良和仁慈的心灵，而且这种基督教信仰最终能够战胜科学的启蒙理性："在契诃夫的外表下存有某种内在的东西……大概，有意识的契诃夫，医生，观察者，试图用科学代替宗教，并且自己也不十分明白。"[①] ——难怪在《草原》中，契诃夫会首次完整地描写了一个俄国神甫，契诃夫在信中称为"有点傻的赫利斯托佛尔神甫"，这表明"他不理解他自己写出来的东西"[②]；而在《没意思的故事》里契诃夫则"没有意识到他已经埋葬了他总是带着极大的尊敬评价的唯物主义"[③]。契诃夫拒绝的是那种"简单的信仰"，他总是在"无意识地眷恋信仰"，因此契诃夫的所有优点都来自宗教；而契诃夫的人道主义，他对身边人的爱，他所从事的社会公益事业，在扎伊采夫看来是"第二诫与善良的撒马利特人的结合：爱你身边的人并积极地顺从他"[④]。契诃夫对人身上存有更好的东西的信念则被解释为"福音书的乐观主义"[⑤]。在这样的阐释中，契诃夫完全是一个基督徒——但并非在思想中，而是在实践中，在具体的行动中，在对神的无意识的眷恋中，在心灵中。

苏联解体后，俄国出现了一系列结合俄国文学研究俄国思想的独特性的著作[⑥]，在这些研究中，按照俄国现任契诃夫研究会会长 B. 卡塔耶夫的说法，"以专业的形式拒绝了从'哲学维度'的传统来看待契诃夫"[⑦]。卡

---

① Зайцев Б. Чехов. *Литературная биография*. Нью - Йорк. Изд. имени Чехова. 1954. С. 14.

② Там же. С. 68.

③ Там же. С. 88.

④ Там же. С. 103.

⑤ Там же. С. 118.

⑥ Гулыга А. В. *Русская идея и ее творцы*. М. Изд. Эксмо. 2003；Кочеров. С. Н. *Русская идея：Сущность и смысл*. Новгород. Изд. НГПУ. 2003. Платонов О. А. *Русская цивилизация. История и идеология русского народа*. М. Алгоритм. 2010；Белопольский В. Н. *Достоевский и философская мысль его эпохи：Концепция человека*. Ростов - на - Дону. Изд. Ростовского ун - та. 1987；Курляндская Т. Б. *Нравственный идеал героев Л. Н. Толстого и Ф. М. Достоевского*. М. Просвещение. 1988；Есаулов И. А. *Категория соборности в русской литературе*. Петрозаводск. Изд. ПГУ. 1995；Стенник Ю. В. "Православие и масонство в России XVIII века（к постановке вопроса）". *Русская литература*. 1995. № 1. С. 76 - 92；и др. Б. 叶果洛夫在《19 世纪俄国文化随笔》［Егоров Б. Ф. "Очерки по истории русской культуры XIX века". Егоров Б. Ф.，Кошелев А. Д. сост. *Из истории русской культуры. Т. V（XIX век）*. М. Языки русской культуры. 2000］中阐明，19 世纪俄国作家的世界观是何等丰富，黑格尔、费希特、孔德的哲学如何促成西方派和斯拉夫派的独特思想。

⑦ Катаев. В. Б. *Чехов плюс...：Предшественники，современики，преемники*. М. Языки славянской культуры. 2004. С. 366.

塔耶夫举 В. 柯日诺夫思考俄国文学的书为例，这本书在苏联解体前夕就出版了，其中收录的一些文章早在 70 年代写成，探讨俄国文学如何反映本民族哲学和美学的问题，系 21 世纪初俄国学界反思俄国文学中蕴含的俄罗斯民族思想和民族文化特性的先声。在谈及“批判现实主义”时，柯日诺夫对此概念颇有反感：“批判现实主义的基础是批判、否定，它丧失了伟大的社会—审美理想。”① 他反对用批判现实主义来统摄整个 19 世纪的俄国文学，尤其是他喜爱的那些伟大作家，契诃夫则是不幸的例外：“契诃夫的创作确实能够被定义为批判现实主义文学。可是这一概念显然不符合赫尔岑、涅克拉索夫、屠格涅夫，或者，另一方面，陀思妥耶夫斯基、列斯科夫、托尔斯泰的创作本质。”②

柯日诺夫把俄国文学史构造为俄罗斯思想和俄罗斯美学形成的历史，从都主教伊拉利昂开始，结束于陀思妥耶夫斯基。契诃夫处在这个从《法律与神恩讲话》到《卡拉马佐夫兄弟》的历史之外。因此俄罗斯思想在契诃夫之前便达到了自己的最高峰，而契诃夫对于俄罗斯思想的发展史顶多只是“注脚性的人物”③。在 Г. 加切夫同年出版的《俄罗斯思想》一书中，同样把契诃夫排除出俄国思想史上留下印迹的那些杰出作家——果戈理、陀思妥耶夫斯基、托尔斯泰、勃洛克，甚至还有叶赛宁。契诃夫是社会批评家、批判现实主义作家、敏锐的艺术家，但唯独不是思想家——这是许多现代文学史家和文论家们的观点。十分有代表性的是 Р. 加里采娃和 Н. 罗德尼扬斯卡雅合作撰写的论文，文中断言：“任何人都会毫不犹豫地称契诃夫为伟大的艺术家。但通常在他那里，生活的谜团只是在虚线的诗学联系中，以无足轻重的暗示或者允诺的形式得以解开，这种谜团使人无法确信，他的话语是否‘具有权威’。”④ 她们认为契诃夫天才地表现出艺术的分寸感，但绝对看不到思想的威力。

的确，19 世纪俄国伟大的现实主义作家，每一个都有完整的世界图景，有自己坚信不疑的思想观念和对直面探求上帝的真理的渴望，而 20

---

① Кожинов В. В. *Размышления о русской литературе*. М. Современник. 1991. С. 492.

② Там же.

③ Цит. по：Катаев. В. Б. *Чехов плюс...*：*Предшественники*，*современики*，*преемники*. М. Языки славянской культуры. 2004. С. 366.

④ Гальцева Р.，Роднянская И. “Журнальный образ классики”. *Литературное обозрение*. 1986. № 3. С. 50.

世纪以来俄国批评家对契诃夫的主要批评便集中在缺乏无论什么样的统一的思想本原。读者可以沉浸在普希金所营造的“智慧思想的世界中”，可以在果戈理那里猜测他许诺要解开的“历史运动之谜”[①]，感受冈察洛夫描写的“爱对人的命运和人的事业的命运的巨大影响”，体验陀思妥耶夫斯基的创作意识所从事的“宗教精神中的自我完善”，共同完成列斯科夫当作“最高尚和完全适时的”“人化福音教义”的任务[②]，承认托尔斯泰论证的“生命的意义和生存的可能性都是宗教信仰提供的”[③]。总之，用帕斯捷尔纳克的话说，他们都“做好了死的准备，费心烦神，寻找人生的真谛，得出种种结论”，而契诃夫则属于这样一类作家，他们虽然也深刻地理解“人类的最终目标和自身的拯救”，但出于谦虚和羞涩的品格而不愿使用这些宏大的字眼，况且他们也不属于那种官阶[④]。在书信中契诃夫把那些喜爱和擅长发表哲学议论的伟大作家比作文学界的将军：“一切伟大的智者都像将军那样专横，都像将军那样不礼貌，不客气……”联系到《克莱采奏鸣曲》的《跋》，他明确表达出对托尔斯泰的哲学说教的反感：“所以，让这世界上的大人物的哲学都见鬼去吧！所有这种哲学以及一切狂妄的跋和写给省长夫人的信的价值，都赶不上《霍尔斯托密尔》里面的一匹母马。”（WJ，15，180－181）

卡塔耶夫教授区分出俄罗斯艺术哲学中两个不同的分支：本体论和认识论。在俄罗斯思想中向来有着本体论优先传统，轻蔑地把认识论等同于消极的世界观，20 世纪初哲学家 A. 卡尔萨文甚至说它是“狡诈的人们虚构出来的伪科学”[⑤]。著名的俄国哲学史家 B. 津科夫斯基直接断言：“认识论并非哲学的核心学科。”因此俄国哲学缺乏对认识论的兴趣并非其重大缺陷，对世界的自信的本体论视角毫无争议在俄罗斯的逻各斯中占据统治地位。他写道：

---

① Гальцева Р.，Роднянская И. “Журнальный образ классики”. *Литературное обозрение.* 1986. № 3. С. 50.

② Катаев В. Б. *Проза Чехова*：*Проблемы интерпретации.* М. Изд. МГУ. 1979. С. 28.

③ 《列夫·托尔斯泰文集》第 15 卷，臧仲伦、冯增义等译，人民文学出版社 2000 年版，第 42 页。

④ ［苏］帕斯捷尔纳克：《日瓦戈医生》，蓝英年、张秉衡译，外国文学出版社 1987 年版，第 399—400 页。

⑤ Цит. по：Катаев. В. Б. *Чехов плюс...*：*Предшественники*，*современики*，*преемники.* М. Языки славянской культуры. 2004. С. 368.

> 在俄国哲学——就其150年的发展历程我们可以如此断言——有某种独异的特点，它们向来把认识论推到次要位置。俄国哲学家……都倾向于所谓本体论，也就是说他们都认为认识并非人身上占据首位和具有决定性意义的因素……认识仅被认为是我们在世上所做活动的一部分或一种功能，是生活进程中的某个事件，因此，它的意义、任务及其可能性，都取决于我们对世界的总的态度。[①]

这样的哲学观直到今天仍然对俄罗斯学界有着巨大的影响，上文提到的《俄罗斯思想》一书的作者加切夫便断言认识论腐蚀了人类智慧获得绝对真理的信心，使人陷入“不可知论的忧郁和愁闷”[②]。值得注意的是，契诃夫刚刚去世后九天，俄国报纸上就出现了对契诃夫哲学观的近乎苛刻的定位：“契诃夫是医生，自然科学家；他是个自觉的实证主义者，任何时候都没有尝试过扑向本体世界的怀抱。”[③] 难怪加切夫要把契诃夫排除出俄国思想史的发展轨迹。

20世纪20年代，俄国哲学家们对革命前夜和革命后几年的文学评价不高，Ф. 斯捷普恩认为“它是文学、技巧、写作，但不是真正的艺术……”[④]。联系到契诃夫的创作，他指责在契诃夫笔下看不到“形而上学的结构”，他的作品不是“本体论的”，它离开了“伟大的俄罗斯艺术的本体论遗嘱”[⑤]。

卡塔耶夫总结说，在本体论的观照下，艺术家正面认识自己的上帝，明确无误地判断“世界是什么。人是什么。上帝是什么”，陀思妥耶夫斯基、托尔斯泰因自己坚定的主张属于这类本体论艺术家。与这种本体论观照相对立，认识论的主要问题是“我们怎样能够认识事物，我们关于世界、人、上帝的知识和观念在多大程度上是真实而非虚假的?”契诃夫便是俄罗斯思想家中极其罕见的认识论类型的艺术家。正是契诃夫，在世纪末每一个人都在传播自己的伟大真理和救世良方，却勇于承认“谁也不知道真正的真理”，客观地呈现出各类不同人所持有的“真理”并对之进行

---

① ［俄］津科夫斯基：《俄国哲学史》，张冰译，人民出版社2013年版，“导论”第6—7页。

② Гачев Г. Д. *Русская дума*: *Портреты русских мыслителей*. М. Новости. 1991. С. 88.

③ Цит. по: Собенников А. С. *Между* “*есть Бог*” *и* “*нет Бога*” ... Иркутск. Изд. Иркутского ун－та. 1997. С. 7.

④ Степун Ф. А. Ред. *Шиповник* (*Сб. Литературы и искусства*). № 1. М. 1922. С. 84.

⑤ Там же. С. 85.

公正的检验，暴露出它们的虚假或者片面性质：

> 难道这不是俄罗斯思想主干上结出果实的重要一枝吗？难道在契诃夫创作中具体化的世界观类型不是一种特殊的、"之后"说出的、俄国的逻各斯发展中的道？它与作家—思想家的道展开平等的对话，它的权利位于这一系列中，记载于哲学百科全书。道和世界观类型，没有结束，没有合上的关于俄罗斯思想类型的书，但却，更准确地说，驳斥了结束它的可能性？①

① Катаев. В. Б. *Чехов плюс...: Предшественники, современики, преемники.* М. Языки славянской культуры. 2004. С. 369.

第二章　契诃夫与托尔斯泰主义

第一节　契诃夫创作的“托尔斯泰时期”

1894 年，契诃夫写信给苏沃林坦言：“以前托尔斯泰的哲学强烈地感动过我，有六七年的迷住我……”从这封信发出的日期倒推六七年，契诃夫迷恋托尔斯泰主义的时间被定在了 1886—1887 年，很多学者都在自己的研究中对此做过论证①。当然，这个年代的起点并非空穴来风，1886 年 4 月《Л. Н. 托尔斯泰文集》第 12 卷出版，上面首次刊载《伊万·伊里奇之死》《由人口普查引起的思考》和其他一些作品。另外，托尔斯泰在这一年 2 月写完从 1882 年就开始动笔的《那么我们应该怎么办?》一书，这本书甫一问世便大获流行，随即遭到书刊检查机关的禁止。无论如何，就在这一年里，俄国读书界对托尔斯泰的兴趣陡增，围绕他的争论异常激烈。

苏联时代著名学者 В. 拉克申由此发现，在苏联正统文学史家的著作中，有关契诃夫和托尔斯泰在思想和创作上的接近的研究全都集中在一条主线上：19 世纪 80 年代末契诃夫对“托尔斯泰主义”的短暂迷恋。② 俄国最早的契诃夫学专业研究者之一 А. 杰尔曼注意到，托尔斯泰主义在 80 年代后半期对契诃夫有明显的吸引力，在这种强大的影响下，契诃夫写出了《在法庭上》《好人》《乞丐》《邂逅》《哥萨克》《信》《鞋匠和魔鬼》《打赌》《草原》等一系列作品。随后契诃夫认识到托尔斯泰主义的缺陷，有意识地与之保持距离，1888 年写作的短篇小说《无题》中就表现出两者的分歧，但直到 1891 年的《决斗》中还可以找到托尔斯泰影响的痕迹，

---

① Дерман А. Б. *Творческий потрет Чехова*. М. Мир. 1929；Он же. *Антон Павлович Чехов*. М. Гослитиздат. 1939；Соболев Ю. В. *Чехов*. М. Журнально－газетное изд. 1934.

② Лакшин В. Я. *Толстой и Чехов*. М. Сов. писатель. 1963. С. 24.

最终在 1892 年的《第六病室》中契诃夫“完成了自己对托尔斯泰主义的清算”。按照杰尔曼的观点，“之后契诃夫已经再也不把托尔斯泰的哲学放在自己的主题的中心……仅仅四年过后返回它，准确地说——返回到托尔斯泰哲学的一个方面，返回到关于每个人都有从事体力劳动的义务的问题，并且没有把这一点当作作品（《带阁楼的房子》和《我的一生》）的基础，主要的是，没有任何理由认为，他自己附和对这个问题的这种或那种解决方法”[①]。在 1898 年的《醋栗》中契诃夫公开同托尔斯泰主义展开论战。

可是，这种观点对于契诃夫创作过程的提纲式的简单划界，在学术上是不严谨的。更有说服力的方法是仔细检验和分析契诃夫在具体的作品中对于托尔斯泰传统和托尔斯泰主义以这种或那种方式做出回应的文本案例，区分出哪些是对托尔斯泰主义的积极赞同，哪些是与托尔斯泰主义的争鸣，在此基础上总结托尔斯泰主义在整体上和以个别因素对于契诃夫文学和思想发展的影响。事实上，托尔斯泰的影响一直延续到契诃夫的晚期创作，化作了契诃夫所面对的文学和思想资源，是不可能绕开的历史背景，正如契诃夫自己在 1900 年所说：“我是一个无所信仰的人，不过在种种信仰当中我认为跟我最亲近最适合我的就是他（托尔斯泰）的信仰。”（WJ，16，316）

实际上，在契诃夫早期的以“契洪捷”为笔名发表的无伤大雅的幽默短篇小说里，立刻可以听到对社会上遍布的虚伪做派和谎言的嘲讽，这种语调使他能够超越无足轻重的趣闻笑话的作者，为走进“严肃”文学铺垫了坚实的道路，在客观上接近了他所崇拜的托尔斯泰。

比如契诃夫的短篇小说《化了装的》，让人不由自主地想起列宁对托尔斯泰的评价：“最清醒的现实主义，撕下了一切假面具。”[②] 这篇小说勾勒了几个短小的场景，每一个都以化了装的人的自我揭发来结尾，这种反复叠加的结构使人产生了化装现象无处不在的感觉，从而加强了讽刺的力度：阔太太衣饰华丽，骏马豪车，显得美丽而幸福，但她实为化了装的，只要男爵一旦变心，所有这些东西都会统统失去；包养她的阔佬在赌桌、

---

① Дерман А. Б. *Творческий портрет Чехова*. М. Мир. 1929. С. 210，213.

② 北京大学中文系文艺理论教研室编：《马克思 恩格斯 列宁 斯大林论文艺》，人民文学出版社 1999 年版，第 214 页。

饭厅、情妇身上一掷千金，原来也是化了装的，只要查账人一来，就会发现他是在挥霍公款；律师在法庭上为被告的辩护充满感情，但只要原告多给他一百卢布，他立刻就会戴上控诉人的面具；医科教授在讲台上高调宣扬科学就是一切，下课后脱下假面对妻子沾沾自喜地说，他评上了教授，一年要有两万五的进项了；剧院门口上书“讽刺与劝善”，人们为演出鼓掌喝彩写剧评，剧院宛如一座神殿，但这神殿却是化了装的，若摘掉“讽刺与劝善”的招牌，就会读到“淫荡和噱头”。年轻的契诃夫在这里没有使用隐喻或暗示，这是直接撕下假面予以当面嘲笑。

在契诃夫80年代的早期创作中，还有不少短篇小说揭露了法庭和审判制度中官僚主义的伪善和虚假。正如人们所知，对国家的暴力机器和法律制度的毁灭性批判是托尔斯泰主义“不以暴力抗恶”训条的主要内容。在审判程序中，强大无比的国家机器可以决定人的命运，而且是以神圣和正义的名义，这让托尔斯泰觉得无法忍受，将之当作外表冷酷无情而实际荒谬可笑的外在形式对生命的压制。《复活》开头处监狱和法庭的描写，集中了作家对国家审判和惩罚机制的愤怒抨击。法庭审判的场景尤其精彩，是托尔斯泰讽刺天才的高度体现。担任审判职务的公职人员，在生活中都有着各式各样的缺点和优点，有些在个人道德上甚至低于普通人。厅长和他的妻子过着极为放荡的生活，彼此互不干涉，喜爱体操和享受，看上去容光焕发，身体健康，精神愉快，性情温和。第一位法官性格阴沉，循规蹈矩，与妻子吵架，另一位法官患有胃炎，经常迟到，喜欢用各种方法占算他给自己提出的问题。书记官是个具有自由派甚至激进派思想方式的人，而副检察官思想保守，因此书记官嫉恨他，故意挑选他不熟悉的案件首先审理。法庭司祭自以为在为教会、国家和家庭的利益服务，死后将给家里留下一所房子和不下三万卢布的有息证券，因此感到十分自豪，他的工作是把手放在福音书上带领人们宣誓，而福音书恰恰禁止宣誓，不过他从未想到过这一点。担任陪审员的有性情宽厚的商人，有犹太裔店员，有五等文官，有退役上校。这些形形色色、性情各异的人，一旦进入了审判程序，就被一种非理性的力量所控制，自觉或不自觉地扮演起力不胜任的决定他人生死的裁判者角色。

极具讽刺意味的是，他们在行使神圣的职责时，每个人都心不在焉，想着各自的心事，于是做出的决定既愚蠢又残忍：“玛丝洛娃没有盗窃，没有抢劫，同时却毫无目的地毒死了一个人。”① 为了这个在许多偶然情况下做出的错误判决，玛丝洛娃就要毫无理由地被判流放服苦役。虽然这一判决荒谬绝伦，但是无论法官还是陪审员，都没有想过要故意陷害被告，甚至因为男女相互吸引的天性，对她还产生了一丝怜悯，只不过人一旦落入权力的魔圈，就无法让自己的良心做主，不得不屈服于冷冰冰的司法秩序。这种人为的、外在的权力秩序，在身处审判职位的、受过教育的人与被司法审讯和惩戒的、蒙昧无知的底层民众之间划下了一道无法逾越的鸿沟。法官、律师、检察官的精彩发言，三个被告都无法听懂，也不能理解他们的命运在判决书下达后会发生什么样的改变。

1894 年契诃夫在写给苏沃林的信中有条件地赞同托尔斯泰“审判是坏事”。作为“一切形式的虚伪和暴力”的敌人，契诃夫不可能放过沙皇俄国治下司法部门盛行的专横和盲目。在 19 世纪 80 年代中后期发表的有关法庭审判的短篇特写（《凶犯》《睡意蒙眬》《在法庭上》《黑暗》）中，契诃夫反对法庭决议的随机性和不公正，反对审判程序本身的官僚主义性质。在托尔斯泰的批判精神中，契诃夫把法律的僵死条文看作合法的谎言和暴力，把它同普通人的活生生的公正观念对立起来。在契诃夫的这类作品中，许多形象和情节都让人生动地想起托尔斯泰的《复活》中的审判场景。1883 年发表的短篇小说《凶犯》中，侦讯官逼问的是拧掉铁轨上螺丝帽的罪行，被告农民回答的是要用螺丝帽做钓鱼的坠子，两人说的是完全不同的话语，想的是完全不一样的事情。补充说一句，根据高尔基的回忆，《凶犯》受到了托尔斯泰的喜爱，被认为是“卓越而深刻的作品”，是“青年文学工作者写作的榜样”②。

《睡意蒙眬》讲述地方法院在开庭审案，书记官用单调枯燥的语调宣读起诉书，法官、陪审员、旁观者们都烦闷得无精打采，辩护人则在书记官喃喃声的影响下昏昏欲睡，在半梦半醒间想象家里的孩子、妻子、岳母、内弟的杂事，感觉自己陷在这种乌烟瘴气的烦闷和庸俗当中。此时他的思绪杂乱无章，早已忘记了审案工作：

书记官还在喃喃地念着，唠叨不停。……在辩护人眼里，一切东

① ［俄］托尔斯泰：《复活》，王景生译，重庆出版集团 2008 年版，第 83 页。

② 《契诃夫小说全集》第 3 卷（题解），第 450 页。

> 西都合在一起，跳动不定。法官们和陪审员们渐渐缩成一团，旁听者变成一堆斑点，天花板时而降下来，时而升上去。……思想也不住跳跃，最后中断了。……娜嘉、岳母、民事执行吏的长鼻子、被告、格拉霞，所有这些都跳动不定，转动不已，往远处退去，越退越远。（XS，4，86）

与托尔斯泰一样，契诃夫认为法庭的"机器般的冷漠无情"与单纯、自然的人情相对立。在小说《在法庭上》结尾处，被告指认法庭上的押解兵是他的儿子。这个致命的巧合，令人想起《复活》中聂赫留朵夫与玛丝洛娃的相会，极其清楚地阐明了官僚的法律与活生生的人的情感之间的矛盾。托尔斯泰认为《在法庭上》是契诃夫的最佳作品之一。

列宁曾说，托尔斯泰主义的力量在于揭露一切形态的不公正和暴力，"对社会上的撒谎和虚伪提出了非常有力的、直率的、真诚的抗议"[①]，这种鲜明的倾向表现在《安娜·卡列尼娜》《伊万·伊里奇之死》《复活》等所描写的国家事务、宗教活动和家庭生活中。对于托尔斯泰主义的这一方面，契诃夫不可能没有敏锐地感触和同情。1888 年 10 月 4 日在写给 A. 普列谢耶夫的信中，契诃夫说他痛恨"一切形式的虚伪和暴力"，厌恶"伪善、麻木、专横"（WJ，14，402），而且指出这些情况的普遍存在。契诃夫和托尔斯泰同样都感觉到，虚伪不仅浸透了国家机器和教会组织，而且侵入了世俗家庭，毒害了人的生活。短篇小说《沃洛嘉》的同名主人公，尽管很清楚地知道她妈妈所说的关于显贵亲戚的话都是实话，但她在母亲的每句话里都听到了谎言，觉得"她说话的口气也好，脸上的神情也好，她的眼光也好，总之，一切都显得她在撒谎"（XS，6，231），包围着他的谎言使他绝望自杀。而更多的情况是家庭成员忍受着这种虚伪，不得不用身边人的谎言来欺骗自己。《贵夫人英雄》《阴雨天》里的妻子都向自己隐瞒丈夫的荒淫无耻，闭着眼睛躲开烦恼，来维持她们的家庭平静。

在写完上面提到那封信的五天之后，契诃夫给同一个收信人再次写信谈刚刚发表的、关于虚伪毒害家庭生活的短篇小说《命名日》："难道在最

---

① 北京大学中文系文艺理论教研室编：《马克思 恩格斯 列宁 斯大林论文艺》，人民文学出版社 1999 年版，第 214 页。

近这个短篇小说里竟然看不出‘倾向’吗？……可是在这个短篇小说里我不是从头到尾都在对虚伪提出抗议吗？难道这不是倾向？不是？好，那么这是说我不会咬人……”（WJ，14，416）

短篇小说《命名日》里有自觉对比《安娜·卡列尼娜》的动机，但两部作品最显著的呼应之处在于对周围充满谎言和欺骗的环境的批判。《安娜·卡列尼娜》的女主人公安娜在自杀前觉得所有人都愚蠢、粗暴、蛮横、肮脏、可怕，偏偏还装腔作势，做出煞有介事的样子。“安娜觉得这对夫妻都很讨厌。……一切都是虚假，一切都是谎言，一切都是欺骗，一切都是罪恶！”[①] 在契诃夫的短篇小说里也可以找到类似的场景，依奥尔迦·米哈伊洛芙娜来看，同船的“每个人都反常，恶劣。她在每个人身上只看见弄虚作假……奥尔迦·米哈伊洛芙娜看一下别的小船，她在那边也只看见些不招人喜欢的怪人、装腔作势的人或者狭隘浅薄的人。……她觉得所有的人都平庸，苍白，闭塞，狭隘，虚伪，无情……”（XS，7，318－319）

《命名日》之所以暴露出原先不为人所察觉的虚伪，是因为女主人公奥尔迦·米哈伊洛芙娜正在怀孕，她特殊的身体状况使她能够跳出常规化和模式化的生活轨道，从旁观者的角度打量周围习以为常的庸俗环境，以孕妇所特有的洞察力和高度的敏感，体会到人际关系和生活方式中那些最细微的虚伪和谎言，诚如Г. 比亚雷所言，“正常、健康的人因其不可避免的感觉钝化，对此是无法感受到的”[②]。奥尔迦·米哈伊洛芙娜的丈夫、邻居等人都通过她的感受塑造，这样的方式带有强烈的主观色彩，但同时作者会直接发言来修正女主人公的评价。我们在托尔斯泰的《安娜·卡列尼娜》中总是能够碰到这样的修正：在赛马场上，安娜听着丈夫卡列宁“那尖细而均匀的声音，没有漏掉一个字。他所说的每句话，在她听来都是虚伪刺耳的”，但作者随即解释说：“她不了解卡列宁今天这样异乎寻常地饶舌，弄得她恼恨，完全是他内心烦恼和不安的反映。正像一个受伤的孩子拼命以蹦蹦跳跳来减轻疼痛那样，卡列宁需要用其他脑力活动来排除有关妻子的思想。”[③] 在《命名日》里也有这样的用作者的客观评论来修正主人公的主观判断：

---

① ［俄］托尔斯泰：《安娜·卡列尼娜》，草婴译，上海文艺出版社2008年版，第1017页。

② Бялый Г. А. *Русский реализм от Тургенева к Чехову*. Л. Сов. писатель. 1990. С. 270.

③ ［俄］托尔斯泰：《安娜·卡列尼娜》，草婴译，上海文艺出版社2008年版，第283—284页。

> 他那种装出来的架式，装出来的腔调，他所走的每一步路，所说的每一个字，都无非是演戏罢了。他照这样而不是照别的样子走路，是因为他知道人家在看他，他这样走路正好配得上他的身份。虚荣，浅薄，虚伪，虚伪，无穷无尽的虚伪。可是，我的上帝啊，他是在谁的面前做假，在谁的面前演戏，在谁的面前装腔作势？是在那些人面前，其中有一半人是糊涂而且无聊的，有一半人是不幸的。（XS，7，417）（这段话后来在契诃夫编辑自己文集时被删除——引者注）。

另外，契诃夫的客观性还表现在揭示出奥尔迦·米哈伊洛芙娜虽然痛恨虚伪，但本人也不由自主地投身于这一虚伪，而她在极力维持虚假人际关系之前，还在激烈地抨击丈夫的虚伪。躲在窝棚里偷听了丈夫与别的女人谈话，奥尔迦·米哈伊洛芙娜义愤填膺：

> 他那种做假早已惹得她厌烦：他经常装腔作势，卖弄聪明，嘴里说的跟心里想的不一样，极力装得跟他的本来面目不同，跟他应有的面目不同。何必这样做假呢？莫非一个正派的人不妨做假？如果他做假，他就既侮辱了自己，又侮辱了对方，而且对他所说的那件事也不尊重。难道他不明白，如果他在法庭上卖弄聪明，装模作样，或者只是为了惹恼她的叔叔，在宴会上谈论政府的特权，他这样做无异于把法院，把自己，把那些听他讲话和瞧着他的人都看得一文也不值？（XS，7，305）

然而，一旦奥尔迦·米哈伊洛芙娜出了窝棚，走上宽阔的林荫道，立刻便戴上主妇的假面。虽然她不喜欢那些客人，觉得他们待着不走简直使人厌倦，但是，

> 为了避免显得没有礼貌，就向侦讯官殷勤地微微一笑，还对他摇一下手指头。她穿过大厅和客厅，做出笑脸，装着她是去交代一件事，安排一件事的样子。“求上帝保佑，千万不要有人拦住我才好！”她想。然而她不得不在客厅里站住，出于礼貌听一个年轻人坐在钢琴旁边弹琴。她站了一忽儿，喝彩道：“太好了，太好了，乔治先生！”

她又拍两下手，再往前走。（XS，7，305）

从无所不知的作者视点加以客观的审视，加强了小说对虚伪批判的公正性和说教性质。难怪当时有评论家指出：

契诃夫先生最近的一篇短篇小说——《命名日》——完全在托尔斯泰伯爵的精神和风格中写成，这里的俄国知识分子、地主和地方自治活动家的生活完全是从真理的视点加以分析。在作者的描绘下，这种生活整个地充满了对自己和别人的不必要的谎言。根据其基调，短篇小说非常类似《伊万·伊里奇之死》。这两个短篇小说同样引起人们对所写到的那种生活的厌恶……①

契诃夫表明，上层社会外表看来极其冠冕堂皇的思想观念（无论是自由主义还是保守主义）和虚假的仪式，如何扭曲并损坏着人的感情中真正美好的东西。中篇小说的主人公彼得·德米特利奇和奥尔迦·米哈伊洛芙娜之间虽然有很深的感情，但在日常生活中被周围那些习以为常、似乎微不足道的谎言所缠绕，这些虚假的东西在夫妇生活中占据了如此重要的地位，以致夺去了他们最宝贵的东西——孩子。

在《命名日》之后，契诃夫又写了一个“糟糕透了的女人”——“公爵夫人”（《公爵夫人》）。与《命名日》一样，这篇小说的叙事中心也是女主人公，情节从属于对她的外部感受和内心情绪的描绘。当公爵夫人住进修道院，“那些羞怯的见习修士、那种宁静、那些低矮的天花板、那种柏树的香气、那种简单的素食、那些便宜的窗帘，都打动她的心，使她生出满腔的温情，而且不由得沉思默想，脑海中添了许多美好的思想”。

她一厢情愿、甜得发腻的想象是这样的：

往往有这样的情形：斋戒者正在昏暗的修道室里专心祷告，忽然，有一道阳光意外地射进房间，或者有一只小鸟停在窗台上，唱起歌来。这个严肃的斋戒者就不由自主地微微一笑，他的胸中，从罪恶积成的深重悲哀下面，就跟从石块下面那样，忽然涌出安宁的、无罪

① Р. Д. “Современная русская литература”. *Неделя*. 1889. 1 янв.

的欢乐，宛如一道溪流。公爵夫人觉得她自己从外界带到这儿来的，恰好就是阳光或者小鸟带来的那种安慰。她那亲切欢畅的笑容，她那温和的目光，她的说话声，她的笑谑，总之，她整个的人，她那穿着朴素的黑衣服的娇小苗条的身躯，一旦在这里出现，就一定会在那些纯朴严谨的人们心中引起一种温柔欢欣的感觉。每个看见她的人都一定会想："上帝派一个天使到我们这儿来了。……"她觉得每个人都会不由自主地想到这一点，就笑得越发亲切，极力装得像小鸟似的。（XS，7，380）

最后一句是作者的直接提示，加强了讽刺效果。

与《命名日》不同的是，《公爵夫人》中对女主人公的揭露，很大一部分是通过另一位人物的直接言语完成的。小说里的医生原在公爵夫人的庄园上任职，十分熟悉她在家里搞的那一套伪善做法，于是把他淤积的满腔愤恨向公爵夫人倾吐出来。原来，公爵夫人的虚伪和任性，不但毒害了她的家庭，折磨着她的下属，而且也给修道院带来了无尽的烦扰。在此契诃夫没有放弃他的不偏不倚，评论医生的嘲笑是有力的、尖刻的，"只有脾气不好的人才会这样发笑"，而且他揭露的话语"讲得那么笨拙、粗鲁，一点也没有诙谐和快活的味道"（XS，7，386），作者的评价公正地暴露出揭发者自身的恶毒和粗暴。也正因为此，公爵夫人根本听不懂对方所说的话，只觉得"医生在用帽子打她的头"，只明白一点："有个粗鲁的、没有教养的、恶毒的、忘恩负义的人在对她讲话，至于他对她有什么要求，他在讲些什么，她就不明白了。"（XS，7，387）在小说结尾，当公爵夫人离开时，"极力装得像是一只小鸟"，仍然觉得"她的笑容异常亲切而温柔。……不论走到哪儿都带去温暖、光明、快乐"（XS，7，391）。从头到尾她都是满足和幸福的，因为她自始至终都沉浸在虚伪的泥潭中，心甘情愿被自己的虚假欺骗。

托尔斯泰主义的道德要求，不仅仅是揭露一切形式的虚伪和暴力，而且有另一个更为重要的方面，即宣扬基督教的爱、顺从和宽恕的学说。1888 年契诃夫也写信给苏沃林谈到基督的爱，表述得更加极端。他指出，基督所说的"爱敌人要像爱自己一样"是一个"不彻底"的思想："一般人是一个总的概念，敌人是一个局部的东西。要知道，糟糕的不是我们痛恨敌人，因为我们的敌人很少；糟糕的是我们不十分爱一般人，而一般人在我们却是很多的，多得不得了。”（WJ，14，428－429）拉克申认为，契诃夫在此是质疑托尔斯泰的法则：“爱自己的敌人要像爱自己一样。”契诃夫不能赞同“人为什么应该对自己的感情施加暴力，屈从那引起他愤怒的东西”①。可是从契诃夫的原话和这一时期所写的作品来看，其实契诃夫对于“泛爱”的调门鼓吹得更加彻底。

1887 年发表的契诃夫短篇小说《严寒》中，省城的社会人士不顾冬天寒冷要办“民众”游艺会，极具讽刺意味的是，这个游艺会打着“慈善性募捐”的名义，却让警察、乐师们在严寒中挨冷受冻。对于躲在阁子里取暖的上层人士和太太们来说，严寒纯粹是一件快活事，但对于做工的穷人来说却是极大的灾难。契诃夫在日记中写道：

> 二月十九日。在大陆饭店举行宴会纪念伟大的改革②。乏味而荒唐。吃饭，喝香槟酒，喧哗，发表以人民的自觉、人民的良心、自由等等为题的演说，同时饭桌四周那些穿着礼服的奴隶，无异于农奴，川流不息，马车夫则在街头的严寒中等待着，这等于在向圣灵说谎。（WJ，13，627）

小说里的省长、市长、主教等几个老人轮番讲述他们对于过去艰苦生活的回忆，突然对那些在寒冷中冻得瑟瑟发抖还要强打精神奏乐的乐师产生了同情，于是开始了充满善意的沉思：“他们想到人们身上那种比门第还要高贵，比官位、财富、知识还要高贵的东西，想到那种使得最穷的乞丐也可以跟上帝接近的东西，想到人的孤立无援，想到人的痛苦，想到人的忍耐力。……”（XS，6，22）这些东西实际上就是托尔斯泰教导的，存在于每个人身上的，与上帝相通的灵魂，正是依靠这种人人都一致的灵魂，人才能够相互友爱，相互同情，才能够活在上帝之中。于是这几位位高权重的老人们也感受到他们下属的痛苦，放他们回家——托尔斯泰精神中爱的说教使得所有人的灵魂都柔和了。

紧接着《严寒》所写的短篇小说《乞丐》，呼应了托尔斯泰关于救济贫民的看法。1882 年托尔斯泰在莫斯科借人口调查的机会，向全社会呼吁

---

① Лакшин В. Я. *Толстой и Чехов*. М. Сов. писатель. 1963. С. 33.

② 指 1861 年俄国废除农奴制的改革。

应当去认识莫斯科的贫民，向他们提供有组织的救济。根据这一呼吁和随后的经历，托尔斯泰写作了最激动人心的政论之一——《那么我们应该怎么办?》，探讨对这一问题的种种现成观点和他自己所作出的结论。托尔斯泰在自己的论著中讲述了他救济穷人时经历的两次失败的例子：有一次，他遇见一个健康的能干活的庄稼汉向他乞讨，便给他找了个锯木柴的工作，并给他一些钱买锯子，可是这个庄稼汉拿了钱就跑了，根本没去做工。还有一次，托尔斯泰把一个住在贫民窟的男孩带回家，让他睡在厨房里，托尔斯泰说，这样做的结果“不是给我而是给我们家厨房的女仆添了麻烦”[①]，男孩却不领情，最后依然逃回贫民窟，去过他习惯的腐化堕落然而轻松的生活。在经过一番深刻的自省之后，托尔斯泰发现，自己之所以失败，是因为施救者本人与那些不幸的堕落者一样都陷在恶劣而虚伪的生活状态下，可是却被他生活的圈子看作“非常善良、非常好的人”[②]，因此穷人的卑鄙欺骗会对他产生如此之大的影响。托尔斯泰进而提出，为了帮助这样的人，只有改变他的世界观。而要改变他人的世界观，自己就应该有更好的世界观，而且更重要的是，自己的生活必须符合这样的世界观。由此提出了应该首先从改造自身做起。托尔斯泰的这部作品，激发起每一个有同情心的读者的热烈反响，契诃夫当然也不例外，在自己的文学创作中予以呼应。

契诃夫的《乞丐》也讲述了一个救助贫民的故事：律师斯科尔佐夫遇见一个自称做过乡村教师的乞丐路希科夫，发现他原来是一个骗子，于是用极其无情的话语来责备乞丐，因为他觉得，那个衣衫褴褛的人的谎言在他心里引起嫌弃和厌恶，侮辱了他身上的“善良、敏感的心、对不幸者的怜悯等”（XS，6，25）。也正因为如此，他下定决心要像托尔斯泰所讲的那样“动手去改造别人的生活”[③]。办法也一样，他把路希科夫带到自家厨房，让厨娘分派他干劈柴的活，还给他写推荐信让他去做抄写的工作。律师自认为是美德的典范，以为路希科夫能够走上正路是凭借他的恩典和教化，但实际上拯救乞丐的却是律师家的厨娘，她虽然痛骂路希科夫是醉鬼，但总是真心诚意地可怜他，为他发脾气，流眼泪，甚至替他劈柴。路

① 《列夫·托尔斯泰文集》第15卷，冯增义、宋大图等译，人民文学出版社2000年版，第115页。

② 同上书，第89页。

③ 同上书，第126页。

希科夫自己承认："我听到她的话，看到她的高尚行动，我的灵魂就起了变化，她把我挽救过来了……"（XS，6，29）

短篇小说《信》描写了神职人员的日常生活。在这篇小说1887年的杂志版本里，托尔斯泰主义体现得更加充分。监督司祭奥尔洛夫神甫"从小就严格遵守持斋的教规……他只承认由教堂主持的合法婚姻，其他一切，他统统认为是卑劣和罪恶，有损于灵魂和肉体"（XS，6，412）。由于大学生彼得从小就不守教规，不讲礼仪，做了大学生后根本不进教堂，待人高傲，最让他气愤的是居然和别人的太太同居，便替彼得的父亲留比莫夫助祭写了一封措辞严厉的信给彼得，在信里诅咒彼得是不信神的异教徒，堕落到了动物的水平。在后来被契诃夫删去的结尾中，当复活节的钟声响起，歌手们高唱"我们互相拥抱吧！……接吻吧，弟兄们！在这复活的节日宽恕那些憎恨我们的人吧！"，监督司祭体会到了别人的悲伤，原谅了别人的罪恶："紧接着，监督司祭让助祭吻自己，同时想起了彼得和他的信。先前，信写好的时候，他跟助祭一样，并没感到愤怒和敌意，可是现在，到了该宽恕一切的时候，他已经不记得彼得的罪过，只记得他的信措辞尖刻了。'那封信，助祭，暂时不要寄出去，'他说。"（XS，6，413）

短篇小说《哥萨克》也在托尔斯泰的宗教精神中写成。复活节早晨，田庄承租人托尔恰克夫和妻子一道包着受过圣礼的圆柱形大面包从教堂回家，觉得事事顺心，一切圆满。在路上偶然遇到一个生病的哥萨克，因为妻子说这不合宗教规矩，便拒绝分一小块面包给他开斋。回家后托尔恰克夫很快就受到良心的折磨，到处寻找那个哥萨克试图弥补自己的错误，但哥萨克已经踪迹全无。从此开始，有一个思想在托尔恰克夫脑海里挥之不去："万一这是上帝要试探我们，打发一个天使或者圣徒扮成哥萨克的模样来见我们，那可怎么好？"（XS，6，169）但他的妻子丝毫不能理解他的痛苦，于是夫妻俩争吵不断，家道也败落下去。

托尔斯泰在19世纪80年代初根据民间传说改写出一系列故事（《人靠什么活着》《哪里有爱，哪里就有上帝》《两个老头》等），讲述人不需要崇拜各式各样的奇迹以及外在的教会礼仪，而是要在日常生活中实践爱的法则，爱人和爱上帝是同一的。托尔斯泰引用《福音书》中的话说："因为我饿了，你们给我吃。渴了，你们给我喝。我作客旅，你们留我住……""这些事你们既作在我这弟兄中一个最小的身上，就是作在我身上了。"（《马太福音》25：35、40）

在契诃夫的《哥萨克》中，这种爱的基督教与托尔恰科夫妻子重仪式轻爱人的宗教观是相矛盾的。后者拒绝给哥萨克面包的理由是“没有到家就把复活节面包切开是罪过，这不合规矩，干什么事都得看地点和时间”。（XS，6，167）托尔恰科夫由于一念之差而相信了妻子，从此埋下家庭悲剧的祸根。他们的财产日益减少，债务越积越多，夫妻互相厌恶，“所有这些灾难，照玛克辛的说法，都是因为他妻子恶毒而愚蠢，因为上帝为那个有病的哥萨克生了他和他妻子的气……”（XS，6，171）Ф. 叶甫宁说：“契诃夫在这里把自己的任务设定为客观再现来自民间的人的宗教感受，而不是宣扬处于托尔斯泰的民间故事中心的‘普遍的爱’……”① 但这是改写后的结尾，遵照契诃夫从人物立场出发的客观性诗学，在1887年最初的版本里结尾如下：“上帝为害病的哥萨克生了他的气。丽扎薇达看到灾难来了，可是这该怪谁，她却不明白。”（XS，6，412）这纯然是作者的主观评价，受托尔斯泰主义影响的宗教说教意味十分明显。

契诃夫在札记簿里表达过这样的想法：

> 由于我们不严肃，由于大多数人不善于和不习惯于考察和思索生活现象，所以任何地方的人都不像我们似的常常说：“多么庸俗！”任何地方的人都不这样轻率地、讥诮地对待别人的功绩，对待严肃的问题。另一方面，也没有看到像我们俄罗斯人似的那样崇敬权威，屈从它的蹂躏，和由于经历了几世纪的奴隶生涯而养成的自轻自贱和害怕自由。（WJ，13，521）

契诃夫本人对待托尔斯泰主义这样严肃的问题，一方面给予充分的尊重并积极对之做深刻的观察和思考，另一方面也从来没有盲目地接受托尔斯泰的权威，虽然他对托尔斯泰本人保持着高度的敬仰。1887年1月在一次朋友聚会上，当人们就托尔斯泰的思想展开激烈的论争，契诃夫却冷静地证明说：“需要好好研究托尔斯泰的不抗恶理论，而目前无论赞成还是

---

① Евнин Ф. И. “Чехов и Толстой”. Благой Д. Д., Лаврецкий А., Ломунов К. Н., Сабуров А. А., Шифман А. И. Ред. *Творчество Л. Н. Толстого.* М. Гослитиздат. 1959. С. 405.

反对都不可能是诚实的……”[①] 同一时期契诃夫在信中写到，像不抗恶这样的问题“只有到将来才会解决”，现在给予它定论“无异于要我们走出我们能力的范围”（WJ，14，177）。正是本着认真研究的态度，在1886年年底到1887年年初契诃夫写作了两部短篇小说——《妹妹》（后来改名为《好人》）和《邂逅》——来讨论“不以暴力抗恶”理论，而且讨论确实在社会上产生强烈反响，“引起读者的惊奇”（WJ，14，180）。

短篇小说《好人》正面讨论了托尔斯泰的“不抗恶”理论。主人公里亚多夫斯基是一个正直、诚实的人，但眼光狭隘，知识浅薄，盲目自满，而且信心十足地从事自己的文学创作，对自己在写作上的评判权力毫不怀疑，对自己的文学纲领心满意足。可是，他对生活现实一无所知，缺乏实际的痛苦感受，只不过“靠书本和传说”了解生活。他的妹妹薇拉却过早地经历了人生的重大打击，显得乖僻，疏懒，冷漠，在短暂地崇拜哥哥之后很快就开始坚信其工作毫无意义；但恰恰是她首先提出托尔斯泰的那个“非常刺激人的思想”的“不抗恶”问题。

里亚多夫斯基用自己一贯的专横态度解释说，“不抗恶”就是对恶人恶行采取置之不理的态度，结果必然使犯罪横行，文明毁灭。这种说法无法让薇拉满意，在小说最初的版本里，契诃夫对他的错误做了明确的说明：

> 他的错误倒不在于他认定“勿抗恶”是谬论，也不在于他不理解这种学说，却在于他没有考虑他是否有能力充当一个解决这种艰深问题的裁判者。闯入别人的住宅或者拆看别人的信件，是不老实的，不懂医学而给人治病或者事先不熟悉案情就来审判盗贼，也是不老实的，然而，说来奇怪，在社会生活当中，如果有人没作好准备，也不熟悉内情，更不具备学问上和品德上的资格，竟然跑到他们只配做客人的某一思想领域里当起主人来，这倒不算是不老实了。（XS，5，467）

---

① 引自1887年1月2—3日A. 拉扎列夫－格鲁津斯基写给H. 叶若夫的信，其中提到契诃夫与A. 库列平的争论（См.：Гитович Н. И. *Летопись жизни и творчество А. П. Чехова*. М. Гослитиздат. 1955. С. 148）。

薇拉对待“不抗恶”理论的态度显得更加合理，也更加真诚。她其实并没有毫无保留地信奉托尔斯泰主义：“对我来说，这个问题已经部分地解决了。”（XS，5，363）解决的那一部分在于别人施之于本人的恶可以不反抗，若是施加于别人，却难以想好答案。另一位严肃思考托尔斯泰立场的柯罗连科则义无反顾地解决了后一部分，在1890年写给作家A. 埃尔捷利的信中，柯罗连科说：“我不能认为一个只身保护无力的受折磨的奴隶并反抗十个奴隶贩子的人是暴行者。不，对我来说，他每一次挥动手中的长剑，他的每一次出击都是善行。他在叫人家流血吗？那又怎么样呢？难道这么一来连外科医生使用的柳叶刀也可叫做作恶的工具吗？”①

无论如何，契诃夫和柯罗连科表达的都是要用自己的智慧和经验来检验托尔斯泰的教导，进而寻求真理的愿望，他们可以互不同意，可以相互争论，也可以走入歧途，但更重要的是找到解决问题的方法。薇拉建议哥哥：“只有自然科学才能够给你提供解谜的钥匙！”（1886年发表在《新时报》上的版本）

可惜，里亚多夫斯基虽然开始的时候似乎对妹妹充满温情，富于文学性地把妹妹比作一本“被人读过，翻旧，卷了边揉皱，丢在尘土里”的书：“您掀开她的封面，瞧一瞧她的灵魂，就会吓一大跳。前后不过三个月的工夫，薇拉经历到的事不下于人家一辈子的经历呢！”（XS，5，358－359）可是，他虽然热切地为一些丝毫不符合生活实际的小说写书评，却不愿意费力去读妹妹这本寻找生活的真正意义的“书”。当薇拉与他在“不抗恶”问题上起了争论的时候，“他心里想的并不是凡开始按新方式、按自己的方式思索的人都会经历到的孤独之苦，也不是人在严肃的思想转变时期难免遇到的痛苦，而是他那受到侮辱的纲领和他那受到伤害的作家的自尊心”。（XS，5，366）

对待托尔斯泰主义的态度的不同，揭示出兄妹俩的根本分歧，薇拉觉得哥哥的头脑里充满了虚伪和狭隘的偏见，由此发现所谓当代的思想似乎在一个狭小的专门领域故步自封，停滞不前，没有勇气在广阔浩渺的天地自由翱翔，不敢解决那些根本的问题。托尔斯泰认为，科学和艺术如果是为科学而科学，为艺术而艺术，而不造福社会大众，不操心人类的生命问

① 转引自［苏］屠尔科夫《安·巴·契诃夫和他的时代》，朱逸森译，中国社会科学出版社1984年版，第191页。

题，就会成为少数贵族阶级的精致玩具；而薇拉正是基于这一点把哥哥的文学工作称为浪费时间和精力的“炼金术”。

但是，我们看到，契诃夫对托尔斯泰主题的处理是纯粹契诃夫式的。小说符合这一时期集中出现的“发现型短篇小说”样式，与《风波》《恶梦》《熟识的男人》《歌女》《生活琐事》《侦讯官》《他的初恋》（后来的《沃洛嘉》）《阴雨天》属于一类，讲述的都是人的思想意识的飞跃进展，在某一件事情的触发下摧毁了过去对于生活的肤浅认识。[①]

在这篇小说里，契诃夫并没有直接判定兄妹两人观念的正误，而是给出了薇拉逐渐发现里亚多夫斯基的真实面目，自己独立探索真理的过程，以及双方处理问题的情绪变化。1889 年契诃夫在写给苏沃林的信中说：“所有那些见解就其内容而论，一点价值也没有。问题不在于它们的内容，这种内容是容易变换的，而且也不新鲜。症结在于这些见解的性质，在于它们对外界影响的依赖性，等等。”（WJ，14，150）在解释短篇小说《命名日》的立意时，契诃夫也表达过相似的意见，说他关注的并非是“平衡”各种思想倾向，而是要把“主人公的虚伪和他们真情”（WJ，14，413）做一个平衡。契诃夫的目的也不是解决问题，而是更深入地提出问题。《好人》里的两位主人公本性都很善良，但他们在表达和实践自己的思想观念时都有着天生的缺陷和盲目。在寄托着作者明显好感的薇拉身上，却怎么也摆脱不了给人骄傲、愚钝、萎靡不振的感觉，叙事者认为她拒绝仆人的行为和冷漠严峻的神情，“是思想偏执、信心强烈的人常有的”（XS，5，365）。在这场辩论中，冲突双方在思想的偏执和顽固上，可谓半斤八两。但是，不论薇拉秉持的托尔斯泰主义如何不合情理，在对保守思想的批判，对虚伪生活的否定，对自由真理的向往上，托尔斯泰的坦率和激情却远远超出了当代思想界的虚伪做作。可以说，正是托尔斯泰提出问题的勇气，为契诃夫在思想领域的独立探索开辟了一片更加广阔的天地，大大提升了年轻作家掌握现实的胸襟和气魄。

相比《好人》，短篇小说《邂逅》表面看上去更有托尔斯泰的味道，但实际上并不能证明契诃夫赞同不以暴力抗恶，而仅仅是反映出作家对它有浓厚的兴趣。小说中叶甫烈木大叔受家乡村社大会的委托，为焚毁的教

---

① См.：Катаев В. Б. *Проза Чехова*：*Проблемы интерпретации*. М. Изд. МГУ. 1979. С. 1 – 21.

堂募集捐款。在途中偶遇一个游手好闲的农民库兹玛，被他偷去了募来的款项。按照托尔斯泰19世纪80年代中期写作的劝善寓言的解扣方式，叶甫烈木既没有打骂库兹玛，也不愿意用世俗的审判来惩罚他，却一连七次说到上帝，用“钱是上帝的”，“你欺侮的是上帝”，“该让上帝来审问”这些谦恭的言辞和不抗恶的说教让库兹玛良心觉醒，幡然悔悟。可是，与纯粹的托尔斯泰说教不同，契诃夫笔下的这位普拉东·卡拉塔耶夫体现出了作家不经意的反讽态度。

首先，作者直接披露了叶甫烈木的虔诚中一丝炫耀的色彩。在玛洛耶村募捐时，叶甫烈木“神气活现，大声喊叫，倒好像他把那个上帝的仆人（他的大车上放着喀山圣母的神像，募化善款便是借用这位神仆的名义）置于他的保护下，或者他成了上帝的仆人的向导似的”（XS，6，133）。其次，库兹玛之所以醒悟，并非是被叶甫烈木的宗教虔诚和上帝的公正所震撼，而是出于契诃夫最擅长表现的、微妙的心理动机。这部短篇小说1887年在《新时报》首次发表时，库兹玛认罪的文本中，还有一段后来被作者删掉的话：

> 遭到欺负的人却这样冷漠，这叫人摸不着头脑，而且可怕。尽管他态度真诚，却让人感到其中藏着很大的心机，藏着一种莫测高深却又严峻的力量。叶甫烈木的冷漠不是做作出来的，然而他自己也罢，库兹玛也罢，都不明白他这种冷漠暗藏着心机和力量，他提到上帝就是在斗智，角逐，惩罚。（XS，6，409）

这段叙事者的插话，对心理因素的强调更加明显。最后，库兹玛的忏悔并非上帝真理的胜利，而是叶甫烈木使用“心机和力量”的“斗智”，所以这种醒悟并不持久。在小说结尾，库兹玛已经全然忘却了自己良心的重负，又在酒店里吹牛、说谎、骂人、打架。托尔斯泰笔下促成灵魂得救的说教，在这一不无幽默的场景中化作一团青烟，不留任何痕迹了。

由此可以看出，在契诃夫作家生涯的早期，对托尔斯泰的崇敬和爱戴，从来没有让他丧失自己冷静的评判能力。他欣赏托尔斯泰思想的广阔和深度，但不忘用自己特有的反讽手法，表现出实际生活与托尔斯泰鼓吹的宗教教义的反差。

第二节　家庭伦理

在契诃夫的艺术世界中，存在着与庸俗对立的另一种生活标准，另一种存在根基，蕴藏在描写孩子们的小说和片段中。在儿童的眼睛里，一切都与成人习惯看到的样子不同。在这里，世界是“四方形的”，每个角落的东西都是熟悉而且固定的：一个角落里放着他的床，另一个角落里放着保姆的箱子，第三个角落里放着一把椅子，第四个角落里点着长明灯。要是往床底下瞅一眼，就会看见一个断了胳膊的玩偶和一面鼓。保姆的箱子里有线轴、纸片、缺盖子的小盒、玩坏了的小丑等各式各样的东西。司空见惯的东西在儿童的思维里与出乎意料的评价标准联系在一起，于是成人世界里再平常不过的现象发生了变形：

> 妈妈很像玩偶。猫却像爸爸的皮大衣，只是皮大衣没有眼睛和尾巴。那个世界名叫“儿童室”，有个门通到一个空荡荡的地方，大家都在那儿吃饭和喝茶。那儿放着格利沙的高脚椅子，挂着一个时钟，它活着就是为了摇它的摆，敲出当当的响声。从这个饭厅可以走进一个放着红圈椅的房间。那儿的地毯上有一块乌黑的斑点，至今大家都为这块黑斑向格利沙摇手指头，吓唬他。过了这个房间还有一个房间，不过谁都不准进去，爸爸倒常在那儿出现，他是个极其捉摸不透的人！保姆和妈妈很容易使人了解：他们给格利沙穿衣服，喂他吃饭，服侍他上床睡觉，可是爸爸干什么活着，就不知道了。另外还有个捉摸不透的人，就是姑姑，那面鼓就是她送给格利沙的。她一忽儿出现，一忽儿又不见了。她到哪儿去了呢？格利沙不止一次往床底下看，往箱子背后看，往长沙发底下看，然而她总是不在。……（《格利沙》XS，4，414－415）

在小学徒工万卡的意识里，世界上只有两个地理概念：城市和农村。城市很大，但房屋都是老爷们的，老板的铺子里人人都欺侮他；农村里的一切都是熟悉的、亲切的，人们都疼爱他。他给爷爷写信，地址写的是：“寄交乡下祖父收。”（《万卡》XS，5，415）这一确定世界的坐标从成人的视点来看是荒谬的，从万卡的视点来看则是确定无疑的。被送进医院的小男孩第一次来到病房，丝毫不理解这里的苦难：

> 他一面走，一面张开嘴巴看两旁。楼梯啦，地板啦，门框啦，都是又大又直又亮，漆成漂亮的黄色，发散着好闻的素油气味。到处都挂着灯，铺着长方形地毯，墙上安着黄铜的水龙头。不过巴希卡最喜欢的莫过于他们叫他坐的那张床，上面铺着灰色毛毯。他伸手摸摸枕头和毯子，看看病房，断定大夫的日子过得满不坏。（《逃亡者》XS，6，394）

儿童的意识照亮了世界，同时这个世界在儿童的眼里也是奇怪的、不可理解的。《厨娘出嫁》的小主人公格利沙看到，魁梧壮实的马车夫怎样来求婚，狡猾的老保姆如何试探，彼拉盖雅怎样又激动又惊慌，婚礼时大家的忙乱，但一点都不明白发生的一切，人们似乎在做着一些无法理解的举动：人为什么要结婚？为什么可怜的彼拉盖雅要嫁给那个生着红鼻子、穿着毡靴的可怕的马车夫？看到彼拉盖雅羞红的脸，格利沙断定，结婚一定是丢脸的事，但大人们似乎对此无动于衷，感到惊奇的只有儿童和作者本人，后者有时候会代表孩子说话："这在格利沙看来又是一个问题：彼拉盖雅本来自由自在地活着，要怎么样就怎么样，别人谁也管不着，可是，忽然间，平白无故，出来一个陌生人，这个人不知怎么搞的，居然有权管束她的行动，支配她的财产！"（XS，4，41）

比亚雷认为，作者和儿童这种惊奇和天真"包含着毁灭性的力量"，他援引托尔斯泰为例，认为这种"惊奇和困惑"是一种强大的力量，使得惊奇的人"站在引起这种惊奇的秩序之外"[①]。正是这种惊奇，使得儿童的评价标准显得纯洁、可爱，具有非同寻常的感染力。托尔斯泰在《童年》里讲述了孩子们对于游戏所抱的认真态度，但欢乐的氛围被故作成熟的哥哥破坏。小主人公说，他自己也知道"用棍子打不死鸟雀，而且根本不能射击。这不过是游戏"，但若是没有这种儿童全心全意的投入，那么人生会减少多少乐趣！"若是认真，就没有游戏了。要是没有游戏，那还有什么呢？"[②] 契诃夫的孩子们即使在玩模仿大人赌博的游戏，比如短篇小说

① Бялый. Г. А. *Русский реализм от Тургенева к Чехову*. Л. Сов. писатель. 1990. С. 269.

② 《列夫·托尔斯泰文集》第1卷，谢素台译，人民文学出版社2000年版，第33页。

《孩子们》中的儿童，虽然赌得很起劲，但也很少关心钱财方面。在他们的规则里，戈比甚至比卢布贵重，钱财只不过是让游戏进行下去的道具而已。懂得不应该给孩子钱，不能容许孩子狂赌的，只有五年级学生瓦夏，但他也不由自主地想要加入到这种不计利害的赌博游戏之中，难以破坏儿童们自己建立的游戏法则。很快，孩子们就玩累了，纷纷沉入了香甜的梦乡，“那些戈比丢在他们身旁，已经失去原来的威力”（XS，4，246）。而契诃夫像是他们的老朋友一般走进了他们的世界，理解他们，喜爱他们，这种亲密的关系与枯燥的儿童教育理论是毫不相关的。

儿童的观念中，丝毫容不下成年人的生活秩序中荒谬而虚伪的一面。《生活琐事》中的男主人公别里亚耶夫正在与一位太太同居，令人入迷的最初时光早已过去，然而这种冗长乏味的风流韵事还在无限期地拖延下去。别里亚科夫闲来无事与太太家的八岁男孩阿辽沙谈话，阿辽沙不会说谎，在得到别里亚耶夫“用人格担保”不告诉妈妈的保证后，向他和盘托出与父亲不久前的秘密见面。可是男孩满怀信任对他说出来的秘密，却成为别里亚耶夫与他母亲翻脸的借口。在争吵中别里亚耶夫根本没把这个孩子放在心上，他是个“严肃的大人，完全没有心思顾到孩子”，他觉得“这件事比任何用人格担保过的话都要紧得多”，因此一面撕毁诺言，一面大言不惭地说：“惹的我愤慨的是伪善，是假话！”成年人这种公然的无耻和卑鄙，让阿辽沙觉得胆战心惊：“这是他生平第一次那么难堪地面对面碰到了虚伪，以前他从来也不知道在这个世界上，除了甜梨、馅饼、贵重的怀表以外，还有许多在孩子的语言里叫不出名字的东西。”（XS，5，257）契诃夫同情孩子的心理，用儿童世界的纯真来颠覆成人世界的虚伪。

有时候，孩子们在心里埋藏了自己的心事，他们为自己设计的生活显得神秘而又古怪：两个男孩打算到美洲冒险，“步行好几千俄里的路，在路上要跟老虎和野人搏斗，然后采到金子和象牙，杀死敌人，去做海盗，喝杜松子酒，最后娶美女为妻，经营种植园”（《男孩们》XS，7，84）。契诃夫笔下孩子对于世界充满好奇，勇于探知陌生领域，并且在这一过程中遭遇挫折，这和托尔斯泰在《童年》中“叙述一个孩子对世界的观察，以及他‘开发’这个世界时的欢乐和痛苦”[①] 是一脉相承的。

---

① ［苏］赫拉普钦科：《艺术家托尔斯泰》，刘逢祺、张捷译，上海译文出版社 1987 年版，第 10 页。

儿童的世界有自己的法则，要想进入儿童的世界，与他们心灵沟通，则需要大人放弃伪善的行为，用真诚的爱来打动儿童。这是托尔斯泰在《童年》《战争与和平》《安娜·卡列尼娜》中屡屡表现的主题，尤其典型的是《安娜·卡列尼娜》中卡列宁教育儿子谢辽查的场景。谢辽查的问话表现出孩子的天真，可是卡列宁却一贯用刻板的语气与儿子说话，这让谢辽查觉得，父亲“像对一个凭空想象出来、只有书本里才有的孩子说话，完全不像对他谢辽查说话”①。卡列宁说话的内容虽然正确无误，但却像僵死的教条，完全不能打动听者，从而使父子之间形同陌路，完全无法沟通思想。在父亲看来，儿子是不肯学习功课。儿子则是打心眼里不愿意学习，因为在他心里存在着比父亲提出的更迫切的要求。这两种要求彼此矛盾，因此受教育的人和教育者发生了冲突。通过这种冲突，托尔斯泰是要强调，谢辽查还是个孩子，“但他知道自己的心灵，他爱护它，就像眼皮保护眼珠一样。没有爱的钥匙，他就不让任何人闯进他的心灵”②。其实谢辽查并非抗拒知识，他的心灵洋溢着求知欲，他向仆人、奶妈学习，唯独不向缺乏爱心的父亲和教师学习，父亲和教师所花费的力气完全打了水漂。

契诃夫的短篇小说《在家里》在儿童教育的背景下直接上溯的托尔斯泰的这一传统。契诃夫的小主人公谢辽查，与《安娜·卡列尼娜》中的谢辽查·卡列宁不但同名，而且表现出相同的学习天性。检察官贝科甫斯基是一个“富有经验的法学家，这半辈子一直对犯人进行种种遏制、警告、惩罚”（XS，6，111），属于前文论述过的，按照法庭的判断模式思考的官员。回到家里放松下来，不再“顺着一条思路刻板地思索”，而是展开“私下里自由自在的遐想”（XS，6，107）。恰好就在这种恢复普通人性的情景下，家庭教师惊恐地告诉他，他的七岁小儿子谢辽查竟然偷他的烟抽。这种恐惧让检察官不由得暗想，人们对他们所不了解的罪恶所做的粗暴打击是多么荒谬，而且联系到受惩罚者的命运，“不能不认为惩罚的坏处常常比罪行本身带来的坏处大得多”（XS，6，107）。

吸烟的事情不能不问，贝科甫斯基叫来谢辽查进行教育。刚开始的时候，父亲和卡列宁一样，说了些正确但却不能打动孩子心灵的老生常谈。他向儿子解释什么是财产权，试图模仿孩子的语言让他懂得什么叫作私人的财

① ［俄］托尔斯泰：《安娜·卡列尼娜》，草婴译，上海文艺出版社 2008 年版，第 108 页。
② 同上。

产，可在谢辽查的精神世界里私有权这个概念根本不重要，也分不清“自己的”和“别人的”东西。在孩子的小世界里，什么事情重要，什么事情不重要，孩子有自己的看法。为了抓住他的注意力，抓住他的思想感情，光模仿他的语言是不够的，必须学会照他的方式思考。要想说服孩子，必须像托尔斯泰指出的那样，能够跟孩子同感觉，同哭，同笑。而单靠抽象理论和说教是无济于事的。

父亲绞尽脑汁给孩子讲了一个充满诗意的感伤故事：老皇帝的儿子由于抽烟得了肺痨，很早就死了。年老多病的皇帝从此孤孤单单，没有人来帮助他，于是敌人来了，毁灭了这个国家。谢辽查被这个故事感动和震撼，保证从此再也不吸烟了。这个故事情节简单，没有耸人听闻的噱头和花招，但契诃夫注意到，小孩子“跟野蛮人一样”有自己的艺术见解和要求，大人往往不能理解。在编造给小孩子讲的故事时，“情节越是平淡，不复杂，对孩子的影响反而越强烈”（XS，6，113）。契诃夫说明，就像托尔斯泰表现过的那样，儿童和野蛮人天生拒斥矫揉造作、暧昧不清的虚假情节，最看重的是通过朴实的故事形式传达真挚的情感。对于孩子来说最有效的教育方法，不是诉诸抽象的、现成的陈词滥调，也不是惩罚性的恐吓，而是儿童灵魂中最主要的东西——美和爱的力量。

1888 年，契诃夫的第二本短篇小说集《在黄昏中》获得俄国科学院颁发的普希金奖。但作为一个无比珍视自己的独立判断，努力不受他人趣味和推荐之影响的文学行家，托尔斯泰对契诃夫的注意却并非缘于契诃夫的获奖。须知普希金奖授予的是《在黄昏中》的第三版，在这之前已有两个版本，托尔斯泰的亚斯纳亚波良纳藏书室里保存着这本书的第二版。文集收录的短篇小说有：《梦想》《小事》《祸事》《在家里》《巫婆》《薇罗琪卡》《在法庭上》《不安分的客人》《安灵祭》《在路上》《不幸》《变故》《阿加菲雅》《仇敌》《恶梦》《复活节之夜》。这些小说被托尔斯泰反复阅读，并作了大量的标注。在书目部分，《薇罗琪卡》《在法庭上》《不幸》和《变故》这些标题上均画有标记，可能是托尔斯泰亲笔所作。

另外，托尔斯泰在日记上写下了自己的阅读印象。1889 年 3 月 15 日：“我在看契诃夫的几篇写得不错的小东西。他爱孩子，爱女人，但这还不够。”3 月 17 日早晨写道：“读契诃夫的作品，不好，毫无价值。”晚上的时候他再次捧起契诃夫的书，对自己早上的全面否定略作修正，肯定“他有爱到产生艺术悟性的能力”，但在坚持艺术的道德说教功能上寸步不让，批评契诃夫“目前还没有目标”①。

从书目可以看出，这本书里收录了充分体现“爱孩子”的小说《在家里》《变故》，而《巫婆》《薇罗琪卡》《安灵祭》《在路上》《不幸》《阿加菲雅》则描写了一些富有诗意的女性形象，对她们身世的不幸和抗争精神表达了真挚的同情，是为契诃夫懂得和能够“爱女人”的最佳证明，但没有赢得鼓吹禁欲和自我牺牲的托尔斯泰的喜爱。下面两个例子说明。

《巫婆》中教堂诵经士的妻子被丈夫的粗野、肮脏、愚蠢、嫉妒折磨得苦不堪言，而大自然的环境仿佛配合着这个女性的情感激动。这一夜刮起暴风雪，旷野上如同正在进行一场厮杀：

> 谁都难于听明白这是谁要结果谁的性命，究竟为了消灭谁才闹得天翻地覆，不过根据那种险恶而又经久不息的喧嚣声来判断，必是有谁打了很大的败仗。得胜的一方正在旷野上穷追敌人，咆哮着冲进树林，窜上教堂的房顶，举起拳头凶狠地敲打窗子，大发雷霆，败北的那一方却在哀号，痛哭。……凄厉的哭声时而就在窗外响，时而升高，到房顶上去了，时而又钻进火炉里。那哭声不是求救的呼喊，而是悲悲切切，知道大势已去、无法挽救的哀号。雪堆蒙上薄薄的一层冰壳，雪堆上，树木上都有泪珠颤抖，大路和小径上泛滥着由泥土和溶化的雪水合成的黑色泥浆。一句话，大地正在解冻，可是夜色太黑，天空看不清这一点，却用尽全力把大片的新雪撒在溶化的大地上。风在空中游荡，像醉汉似的。……它不让雪落在地面上，却在黑暗里由着性儿把它卷来卷去。（XS，4，316）

读完小说后我们却觉得，诵经士的小屋内刚刚掀起的一场心灵风暴，其强度丝毫不弱于自然界中肆虐的狂风暴雪。那得胜一方凶狠的咆哮，败北一方凄厉的哭喊，仿佛映衬着主人公对自己命运的愤懑和对生活的彻底绝望。屠尔科夫说，整个作品都“充满着这场戏剧性‘厮杀’的‘险恶而又经久不息的喧嚣声’，充满着两个主人公生活中的悲剧性”②。

---

① 《列夫·托尔斯泰文集》第17卷，陈馥、郑揆译，人民文学出版社2000年版，第143—144页。

② ［苏］屠尔科夫：《安·巴·契诃夫和他的时代》，朱逸森译，中国社会科学出版社1984年版，第111页。

小说刚开始的时候，契诃夫按照托尔斯泰常用的男性眼光，从全知的叙事者视角来看诵经士的妻子。她坐在窗旁的凳子上，一盏小灯“洒下微弱而闪烁的亮光，照在她宽阔的肩膀上，照在她美丽诱人的身体轮廓上，照在她那根垂到地面的粗辫子上”。作者告诉我们，她正在缝麻袋，“她的双手很快地活动着，然而她的整个身体、眼神、眉毛、厚嘴唇、白净的脖子，却一动也不动，专心干那种单调而机械的工作，仿佛睡着了似的”。这个美丽的女人仿佛蕴藏着无限的魅力，正在努力压抑着心中勃发的生机，但此时这张美丽的脸上却毫无表情，既没有愿望，也没有忧伤，更没有欢乐，让人不由自主地联想到：“美丽的喷泉在不喷水的时候，也总是这样一无表情的。”（XS，4，317）

然而情况不久就发生了改变，当一个有着淡黄色头发和泛起红晕的白脸的年轻邮差来到这个小屋后，诵经士的妻子仿佛活了过来，就像她丈夫说她身上的血沸腾了起来一般。她的眼神变得油亮、专注，“目光里燃着一种奇怪的火”，而契诃夫也开始用她女性的视角来看男人，这种注视主体和对象的颠倒，更加强调了契诃夫对女性心理的准确把握和同情：

> 邮差的脸给蒙上了，这倒没什么关系。引起她兴趣的，与其说是他的脸，倒不如说是他的整个身体，这个男子的新奇之处。他的胸膛宽阔，有力，他的手瘦长，好看，他那两条筋肉饱满而匀称的腿比萨威里的那两条“矮墩子”好看得多，挺拔得多。这两个人甚至不能相比。（XS，4，325）

女人居然带着某种“情欲”的眼光来评价男人的身体，这在托尔斯泰的小说中是难以想象的，同托尔斯泰禁欲主义的世界观更是背道而驰，这一类小说自然会遭到托尔斯泰的强烈抵制。

《阿加菲雅》也讲述了年轻的少妇对情欲无法自持的迷恋和追求。与她幽会的男主人公萨甫卡从今天的眼光看，就是一个对他人生活既无害也无益，完全随波逐流的“食草男”。他虽然年轻力壮，筋肉结实，却天生“有一种沉重而无法克制的怠惰跟他强大的体力同时并存”。从做工的角度来看，这个人“连一个铜钱也不值”。他不耕田，不播种，什么手艺也不学，任由自己的母亲沿街乞讨，“自己却像天上的鸟那样生活”。萨甫卡高兴的时候，无论打猎还是钓鱼都很擅长，但他对劳动毫无兴致，喜爱逍遥自在的闲散生活，于是他的才能也像他的力气那样白白地糟蹋了。在大家眼里，他是“一个公认的失意者，一个不幸从自家的小木房里被放逐到菜园里来的流亡者”，随遇而安，无欲无求，如同看守菜园的“稻草人”（XS，4，351－352），在与女性的关系上自然不可能占据积极的地位。尽管萨甫卡心肠软，人也厚道，但对待与他相好的女人却随随便便，态度傲慢，甚至不顾体面，鄙夷地嘲笑她们对他本人的感情。在大自然庄严雄伟的普遍安宁中，他与这种永恒的、意味深长而又不可理解的美相一致的生活目标和乐趣，对女人却有着很大的吸引力。

作者很少描写女主人公阿加菲雅的心理，但是通过作为主人公之一的叙事者对她外部动作和语气的细微特征的观察，阿加菲雅细腻微妙的心理过程却得到了极其精确的呈现。叙事者看到她刚来的时候“气喘吁吁”，“透不过气来”，猜测“多半不是由于走累了，而可能是由于她心里害怕”。她对在场的叙事者很不信任，“斜起眼睛瞟我，犹疑不决地坐下”。虽然黑地里看不清，但“从她肩膀和头部的动作来看，我觉得她的目光一刻也没有离开过萨甫卡的脸”。知道火车马上要开过去，丈夫也就要回家，她惊慌起来，“用激动的声调说”要赶快走；但是在汽笛鸣叫，火车轰响驶过之后，她却叹了一口气，“毅然决然地坐下来”，不愿放弃与萨甫卡的一夜之欢。叙事者和萨甫卡都提醒她早就该回去，此时看到：

> 阿加菲雅翻个身，坐起来，屈着一条腿跪在地上。……她心里痛苦。……我在黑暗中看出她全身有半分钟之久表现出挣扎和动摇。有那么一瞬间，她似乎清醒过来，挺直身子要站起来了，然而这时候却似乎有一种不可战胜和不肯让步的力量在推动她的整个身子，她就又倒下去，依偎着萨甫卡。（XS，4，360）

随着这些动作，是阿加菲雅发出的狂笑，在这笑声里“可以听出不顾一切的果断、软弱、痛苦”（XS，4，360）。

小说结尾处，阿加菲雅穿过旷野往村子走去，远处她的丈夫正站在村口的大道上，定睛瞧着归来的妻子。阿加菲雅的动作和姿态，显示出她内心的慌乱：

> 阿加菲雅站了一忽儿，又回过头来看一眼，仿佛期望我们帮忙似

的，然后又往前走去。像她那样的步伐，我不论是在醉汉身上还是在清醒的人身上都从来也没见到过。丈夫的眼光似乎弄得阿加菲雅周身不自在。她时而歪歪斜斜地走去，时而在原地踏步，两个膝盖软得往下弯，两只手摊开，时而又往后倒退。她再走一百步光景，又回过头来看一眼，索性坐下了。（XS，4，362）

正是在这个地方，显示出阿加菲雅整个心理过程的可笑，联想起她之前略带疯狂的坚决果断，最后的胆怯和害怕只是表明，这个“淫荡的”女人在家里的生活并不幸福，如今她回家后的前景更加可怕。而米哈伊洛夫斯基正是为此指责契诃夫的小说带有“毫无出路和‘阴暗’的色彩”，“对人物的命运漠不关心”[①]。可是，文本的结构实际上表述了对女主人公悲惨境遇的深切同情，须知对阿加菲雅混乱的思想逻辑加以嘲笑的并非作者的意图，而是不以人的意志为转移的生活逻辑。在阿加菲雅的心理活动中，潜藏着危险收场的可能性暗示，只是当时我们没有发觉。我们之所以没有发觉，是因为我们被女主人公确定无疑的思维方式俘虏了。于是，从小说预设的前景来看，阿加菲雅在谈到她丈夫时“语调越是坚定，那么在结尾处，她虚弱的步态和萨甫卡投向她的饱含着‘厌恶的怜悯’的目光，在观众的心灵里引起的反响就越加痛楚”[②]。而且小说中嘲弄人的命运最后也并没有取得压倒性的胜利，人的意志终究占了上风：“阿加菲雅忽然跳起来，摇一下头，迈开大胆的步子往她丈夫那边走去。显然，她鼓足力量，下定决心了。”对于女性追求婚姻之外的爱情，契诃夫虽然没有直接表示赞同，但极其客观地表明这种追求是多么符合人性，引起人的同情，尽管在托尔斯泰的理性范畴中无法说通。

托尔斯泰孩子们的家庭教师 И. 伊瓦金，在回忆录里记载了 1889 年 3 月 16 日托尔斯泰家庭里的一场谈话。托尔斯泰不无嘲讽地说，有人建议他读一位新进作家，并且请求他能够做一番“深入了解”。伊瓦金说，这位作家便是契诃夫，而推荐的书就是小说集《在黄昏中》：

喝茶时，Л. Н.（托尔斯泰）让我读短篇小说《阿丽娜》（他喜欢

① 《契诃夫小说全集》第 4 卷（题解），第 466 页。

② Полоцкая Э. А. *О Поэтике Чехова*. М. Наследие. 2000. С. 18.

我朗读），但很快就静静地从我手中把书拿走。

“别读了，这是个坏东西！”

对于朗读而言，短篇小说的内容确实有些轻佻。他拿着书走到一边，单独读了一会儿，然后说：

“我读了，不算坏，读的时候我一直在想，他一定会纠正错误，可惜他到底也没有纠正。”①

伊瓦金把短篇小说的名称搞错了，这篇小说其实就是《阿加菲雅》，契诃夫没有写过《阿丽娜》。可是他为我们提供了极佳的材料，解释了托尔斯泰日记中的笔记：“不好，毫无价值。”在契诃夫笔下，冲破法律和道德的、热烈奔放的情欲，不但没有受到谴责，反而以诗意的方式加以鼓励，这当然引起托尔斯泰的激烈反对②。

1898 年冬天，契诃夫在雅尔塔写出短篇小说《宝贝儿》，发表在 1899 年 1 月 3 日《家庭》杂志第一期上。1899 年 1 月 14 日，托尔斯泰和契诃夫的共同的朋友，作家 П. 谢尔盖延科把这一期杂志带到托尔斯泰家，在喝晚茶的时候大家开始谈到《宝贝儿》。谢尔盖延科回忆说：

列夫·尼古拉耶维奇问我是否读过这个短篇小说，觉得它怎么样。我说我读过，觉得它“还可以”。可是我看得仓促，有可能对它的看法不正确。托尔斯泰知道我手上有 A. 契诃夫的短篇小说，于是兴致高涨，提议由他来朗读《宝贝儿》。从短篇小说的最初几行起，他就开始大加赞赏：“太好了！多么优美的语言！”等等。而且，在十分精彩地朗读完《宝贝儿》后，Л. Н. 不解地问我：

“为什么您说‘还可以’？这简直是珍珠。女性之爱的全部特点被拿捏得多么细致！而且是多么好的语言！在我们这些人当中：无论陀

① ИМЛИ АН СССР. *Лит. наследство. Т.* 69. *Лев Толстой.* М. Изд. АН СССР. 1961. кн. 2. С. 101.

② 托尔斯泰在同一时期正在酝酿创作《克莱采奏鸣曲》和《魔鬼》这两部强烈否定肉欲的中篇小说。在后一部小说里，托尔斯泰讲述主人公叶夫根尼·伊尔捷涅夫因抵制不住性欲冲动与村姑斯捷潘妮达私通。虽然后来与其他女人结婚，仍念念不忘斯捷潘妮达的肉体诱惑，他自己也意识到自己生活的不道德，为此痛苦不堪。作者为他准备了两个结局：第一，主人公自杀；第二，主人公杀死了斯捷潘妮达，被判为精神病，最终成为酗酒的酒鬼。沉溺于肉体之欢的人，受到了严酷的惩罚。

思妥耶夫斯基也好，屠格涅夫也好，冈察洛夫也好，还是我也好，都不可能写成这样。”

列夫·尼古拉耶维奇于是便兴致勃勃地引用了《宝贝儿》中的几个地方。

这时有几个新客人来拜访托尔斯泰。列夫·尼古拉耶维奇寒暄过后，便问：

“你们读过契诃夫的《宝贝儿》吗?”

“没有。”

“请听一听，多么美妙！愿意吗?”

于是列夫·尼古拉耶维奇又一次十分精彩地朗读了《宝贝儿》。[①]

谢尔盖延科的回忆得到了其他文献的佐证。第二天托尔斯泰夫人索菲雅·安德烈耶芙娜在日记中写道：“列夫·尼古拉耶维奇再次为大家出色地朗读了契诃夫的《宝贝儿》，大家都笑得前仰后合。”[②] 1899 年 1 月 24 日著名的托尔斯泰主义者 И. 戈尔布诺夫-波萨多夫写信告诉契诃夫：

在莫斯科，列夫·尼古拉耶维奇为我（以及另外一些聚会的人）出色地朗诵了您的两篇小说《公差》和《宝贝儿》，朗诵得兴致勃勃。两篇都写得很好，特别是《宝贝儿》。它完全是果戈理式的作品。“宝贝儿”会在我们的文学中永世长存，就跟果戈理的典型一样，成为普通名词。这篇小说使列夫·尼古拉耶维奇着了迷。他老是说，这篇作品是一颗珍珠，契诃夫是很了不起的作家。他差不多朗诵了四遍，兴致越来越高。啊，他读得多么精彩，我多么希望您当时在场，看到他那张欢快的、迷人的脸，听他多么欢欢喜喜地朗读！[③]

契诃夫收到这封信时正在雅尔塔养病，过着孤寂无聊的隐居生活。托尔斯泰对《宝贝儿》的喜爱和朗读的消息，使契诃夫深受感动的同时，也给他带来极大的快乐。他在 1 月 27 日给戈尔布诺夫-波萨多夫写回信说：

---

① Сергеенко П. А. *Как живёт и работает гр. Л. Н. Толстой*. М. Тип. Т - ва. И. Д. Сытина. 1908. С. 54 - 56.

② Толстая С. А. *Дневники Софьи Андреевны Толстой*. 1897—1909. М. Север. 1932. С. 109.

③ Цит. по：Лакшин В. Я. *Толстой и Чехов*. М. Сов. писатель. 1963. С. 97.

"当初我写《宝贝儿》的时候，再也没想到列夫·尼古拉耶维奇会读它。谢谢您。您所写的有关列夫·尼古拉耶维奇的那几行文字，我是带着衷心的喜悦阅读的。"①

从此，朗诵《宝贝儿》成为托尔斯泰家的保留节目。每当托尔斯泰感到精神状态很好，希望与自己的家人和朋友们共享欢愉的时候，他常常会亲自朗读《宝贝儿》，而且百读不厌，每次都能从中得到新的体会。托尔斯泰的女儿塔吉雅娜·利沃芙娜写信告诉契诃夫说："您的《宝贝儿》妙不可言！父亲一连四晚都在朗诵，他说人读了这篇作品就会变得聪明一些。"② 根据所有回忆托尔斯泰朗读《宝贝儿》的人的回忆，托尔斯泰在朗读时表现出与晚年的节制生活不太协调的兴奋，以罕见的快乐心境力图逗乐听众。契诃夫这篇小说里潜藏着的每一处精致的诙谐或者机智的嘲讽，托尔斯泰在朗读时都没有漏过。虽然托尔斯泰的朗读与他后期的写作风格一样以质朴取胜，但他靠清晰有力地把握人物语调和不动声色地转换语调，却把契诃夫婉转微妙的幽默气息传达得淋漓尽致。而且毫无疑问，听到托尔斯泰朗读的人最受感染的就是这种幽默。

契诃夫本人也没有怀疑他这篇小说的幽默气质，他在给苏沃林的信中就直接把《宝贝儿》称为幽默短篇小说："前不久我写了一个幽默的短篇小说，占半个印张；现在有人写信告诉我，说列·尼·托尔斯泰朗诵了这篇小说，而且朗诵得非常好。"③ 契诃夫以为，他的短篇小说打动托尔斯泰的首先是幽默，他写信告诉妹妹："有人写信告诉我说，列·尼·托尔斯泰很好、很逗笑地朗诵了我那个发表在《家庭》上的短篇小说《宝贝儿》。"④

契诃夫写作这篇短篇小说最初的动机，正是想要以淡淡的幽默讽刺，营造出女主人公奥莲卡既可怜又可笑的生活氛围。《宝贝儿》发表于1899年，但契诃夫酝酿小说的构思则很早，还在1895年他就在札记中勾勒出情节的概要。当时作者的初衷是要嘲笑奥莲卡随波逐流的生活态度，而情节本身的喜剧性，在草稿中已经暴露无遗：

---

① 《契诃夫论文学》，汝龙译，安徽文艺出版社1997年版，第237—238页。

② 《契诃夫小说全集》第10卷（题解），第433页。

③ 《契诃夫论文学》，汝龙译，安徽文艺出版社1997年版，第237页。

④ 同上书，第238页。

她做了演员的妻子，因而爱上了剧院、作家，似乎全心全意投入了她的丈夫的事业，大家都为他的婚姻这样美满而惊奇；可是后来他死了；她嫁给了一个糖果点心商，似乎她所喜爱的莫过于熬果子酱了，这时候她看不起剧院，因为她如同信仰宗教一般地崇拜第二任丈夫。（WJ，13，477）

从《宝贝儿》最后发表的文本中也可以看出作者的戏谑味道。女主人公奥莲卡柔弱，胆怯，毫无主见，缺乏自己的意志，在生理和心理上都有驯服地顺从他人的需要："她老得爱一个人，不这样就不行。"（XS，10，240）她丝毫也没有想要保持自己的思想、见解、独立的活动，除了两任丈夫和一个同居者的工作兴趣之外，没有属于自己天性的兴趣。但极为可悲的是，她"如同信仰宗教一般地崇拜"的那些人，其关心的东西也都是浅薄渺小、微不足道的，于是奥莲卡全心全意地轮流投入这些兴致之中便充满了反讽意味。

小说文本用两个情节手段来加强人物性格的喜剧性质。首先，用两个重复句式来概括奥莲卡对丈夫兴趣的全身心迷恋。与第一任丈夫，一个剧院经理结婚之后，奥莲卡常常对她的熟人说，"世界上顶了不起的、顶重要、顶不能缺少的东西就是戏剧……"（XS，10，241）。第二次婚姻是嫁给一个木材商人，过不了多久，她已经觉得"生活中顶要紧、顶重大的东西就是木材"（XS，10，243）。此外，作者对于奥莲卡幸福的婚姻生活用几个富于表现力的细节加以浓墨渲染，却对因意外导致丈夫更换和随之发生的兴趣转变一笔带过，使得这种转变显得十分偶然。在谈到第一任丈夫去世和奥莲卡遭到无以复加的人生痛创时，叙事者什么也没有预告，只是简简单单地继续说："三个月以后，有一天，奥莲卡做完弥撒走回家去，悲悲切切，十分哀伤。凑巧她的邻居瓦西里·安德烈伊奇·普斯托瓦洛夫，也从教堂回家，跟她并排走着。"（XS，10，242）这让人觉得事实即是如此简单、"凑巧"——奥莲卡再次嫁人了。而第二任丈夫出意外，作者只用了两个转折连词"可是"，便做了个完整的交代："可是，唉，有一年冬天，瓦西里·安德烈伊奇在场里喝足热茶，没戴帽子就走出门去卖木材，得了感冒，病倒了。她请来顶好的医生给他治病，可是病越来越重，过了四个月他就死了。奥莲卡又成了寡妇。"（XS，10，245）与兽医的短暂恋情也毫无价值地结束了："可是这幸福没有维持多久。兽医随着军队开拔，从此不回来了，因为军队已经调到很远的地方去，大概是西伯利亚吧。于是剩下奥莲卡孤单单一个人了。”（XS，10，246）这一段孤独生活到最后一段场景同样也出乎意料，本来“日子就照这样，日复一日、年复一年地过去了，没有一点欢乐，没有一点见解”，紧接着说：“七月里炎热的一天……”（XS，10，247）忽然兽医带着他十岁的儿子回来，奥莲卡在个小孩子身上重新找到了见解和爱的幸福。从爱的一个对象转到另一个对象，于是全部的思想和见解也随着这些对象变换而发生彻底改变。然而每次改变都毫无心理准备，对任何一种信念的迷恋也是偶然的、“凑巧”的，仿佛被盲目的命运随意拨弄，这使得“宝贝儿”的爱显得既荒谬又可笑。

另外，契诃夫对宝贝儿的“幸福生活”所做的描写也充满嘲讽。比如讲述她与木材商的婚后生活时这样写道：

> 每到星期六，普斯托瓦洛夫和她总是去参加彻夜祈祷，遇到节日就去做晨祷。他们从教堂出来，并排走回家去的时候，脸上总是现出感动的神情。他们俩周身都有一股好闻的香气，她的绸子连衣裙发出好听的沙沙声。在家里，他们喝茶，吃奶油面包和各种果酱，然后又吃馅饼。每天中午，在他们院子里和大门外的街道上，总有红甜菜汤、煎羊肉或者烤鸭子等等喷香的气味，遇到斋日就有鱼的气味，谁走过他们家的大门口，都不能不犯馋。在办公室里，茶炊老是沸腾，他们招待顾客喝茶，吃面包圈。夫妇俩每个星期去洗一回澡，并肩走回家来，两个人都是满面红光。（XS，10，244）

这里连续使用的几个时间状语“每到星期六……”“遇到节日……”“每天中午……”“每个星期……”和几个地点状语“在家里……”“在他们院子里和大门外的街道上……”“在办公室里……”，造成生活的凝滞不变、循环往复的印象，而奥莲卡就在这种静止下来的家庭小圈子里找到了幸福。她满意地对熟人说：“还不错，我们过得挺好，谢谢上帝……只求上帝让人人都能过着像瓦西奇卡和我这样的生活就好了。”（XS，10，244）

我们知道托尔斯泰对女性的赞美就集中在这些全身心投入封闭的家庭环境的妇女身上，认为妇女的最高使命就是埋头经营家务和照顾子女。可是对于家庭幸福的这样动物性的追求，在契诃夫那里永远使人产生反感。在《宝贝儿》发表的前一年，契诃夫写出短篇小说《在朋友家里》，以嘲讽的语调描写满足于家庭生活的女人：

> 现在她已经三十多岁，仍旧像从前那么漂亮，体面，穿一件宽大的罩衫，两条胳膊又白又胖，她只关心自己的丈夫，关心自己的两个小姑娘。她的脸上带着这样的一种神情：虽然眼下她在说话，微笑，可是她心里想着别的，她时时刻刻在保卫她的爱情和她对这种爱情的权利，如果有人要夺去她的丈夫和孩子，她就随时会扑到这个敌人身上去。（XS，10，158）

这样的女人身上的喜剧性质，与宝贝儿是相同的：她们都盲目地相信自己的丈夫，不顾一切地维护家庭稳定，不管这种稳定是否建立在荒谬渺小的事务之上。

托尔斯泰固然对《宝贝儿》的幽默心领神会，可是打动他的却并不仅仅是幽默。相反，托尔斯泰严肃地把“宝贝儿”放入人类的“主要的性格”之列。在1905年3月18日的日记中托尔斯泰写道：“屠格涅夫写了一篇很好的东西《哈姆雷特和堂吉诃德》，在结尾处还加上霍拉旭。我觉得两种主要的性格是堂吉诃德和霍拉旭，还有桑丘·潘沙，还有宝贝儿。第一种人多半是男人，第二种人多半是女人。”[①] 在第二种性格的人身上，自我牺牲是主要的精神品质。托尔斯泰觉得，顺从丈夫、生养孩子，这才是女人神圣的天职，其他都是哗众取宠。

契诃夫去世后，托尔斯泰于1906年把这篇小说收入他编辑的《阅读园地》第一册，并写了一篇跋，用自己的方式重新解读它。托尔斯泰承认“尽管整个作品里贯穿着妙不可言、令人解颐的喜剧性”，但他坚决否认女主人公是可笑的；相反，在读到一些绝妙的段落时，他还为会为之潸然泪下。“库金的姓氏可笑，甚至连他生的病和关于他的讣电也可笑，那个老成持重的木材商人可笑，兽医可笑，男孩子也可笑，但是‘宝贝儿’的心

① 《列夫·托尔斯泰文集》第17卷，陈馥、郑揆译，人民文学出版社2000年版，第284页。

灵并不可笑，而是圣洁和异常优美的，她能为心爱的人献出自己的整个身心。”[①] 在托尔斯泰看来，“宝贝儿”所做的是“最崇高、最美好、最使人亲近上帝的事，即爱，为所爱的人献出自己的一切，这件事优秀的妇女们过去、现在和将来都做得那么出色，那么自然”[②]。

托尔斯泰对于这篇“幽默的短篇小说”所附加的普遍性意义，使契诃夫感到不安和窘迫。高尔基回忆，托尔斯泰是如何当着他的面赞扬《宝贝儿》的：

> “这好像是一个贞节的姑娘编织的花边。有时候有这种织花边的女工，都是些‘老姑娘’。她们把自己的一生，把所有幸福的理想都织在花纹里了。她们用花纹来寄托对最美好事物的向往，把全部纯洁而朦胧的爱情织进了花边，”托尔斯泰热泪盈眶，十分激动地说。
>
> 这一天契诃夫发着高烧，他坐在那儿，低下头，两颊出现红晕，仔细地揩擦着那副夹鼻眼镜。他沉默了好久，最后叹了口气，困窘地轻轻说：
>
> “小说里有印错的地方呢……”[③]

如今可以肯定的是，契诃夫之所以感到不安，并非由于他天性腼腆，而是他无法赞同这位伟大读者的权威性解读。而在托尔斯泰这一方面，则遇到了他的儿子谢尔盖所言的，契诃夫式的“沉默的抵抗”[④]，仿佛有一条鸿沟阻碍他们更深入地达成相互理解。

自然，托尔斯泰明白契诃夫不可能赞同他从《宝贝儿》中得出的看法。可是，托尔斯泰不能不被小说的艺术魅力所感染，他对谢尔盖延科说：“这是篇出色的短篇小说！作为真正的艺术作品，它在保持美的体验

---

① 《列夫·托尔斯泰文集》第 14 卷，陈燊、丰陈宝等译，人民文学出版社 2000 年版，第 400 页。

② 同上书，第 401—402 页。

③ ［俄］戈鲁勃夫等编：《同时代人回忆契诃夫》，倪亮等译，广西师范大学出版社 2016 年版，第 536—537 页。顺便说一句，高尔基也不赞同托尔斯泰的解读。在托尔斯泰大加赞赏的自我牺牲的女性身上，高尔基看到的是奴隶性的驯服导致的屈辱处境：“就在那里，那个‘宝贝儿’提心吊胆地穿梭般来回走着，像一只灰色的老鼠。她是一个温和可爱的女人，那么卑贱又那么深沉地热爱人。这个温顺的奴隶，如果有人打她的面颊，她连大声哼一哼都不敢。”（第 529—530 页）

④ Толстой С. Н. *Очерки былого.* М. Гослитиздат. 1955. С. 207.

的同时，能够产生各种各样的不同效果，就像石蕊试纸一样。”① 在上文所提到的跋中，托尔斯泰引《圣经·民数记》中的一则传说来解释不同效果之间的矛盾：摩押王巴勒请先知巴兰诅咒以色列人，许诺诸多礼物。巴兰心动，来见巴勒。途中为天使所阻，巴兰的驴看见了天使，巴兰却看不见。于是巴兰同巴勒一同上山，山上早已备下诅咒所用的祭坛和牛羊。岂知巴兰非但不诅咒，反而为以色列人祝福。托尔斯泰认为，巴兰所遇到的情况，真正的诗人—艺术家也可能遇到：或许受到名望的诱惑，或许因为自己的错误观点，诗人同样也会看不见他的驴所看到的天使，想要去诅咒，结果反而是祝福。

托尔斯泰由此推断，契诃夫在写《宝贝儿》的时候，遇到的恰恰就是这种情况：作者想要“去诅咒禀性软弱、百依百顺、忠实于男子的没有文化修养的女性，于是契诃夫来到山上，山上摆好了供祭祀用的牛犊和羊羔，可是诗人一开口，却祝福了原来想诅咒的”②。

关于契诃夫之所以有意要“诅咒”宝贝儿，托尔斯泰将之归咎于当时社会上流行的错误观念。他对 A. 戈利坚维泽尔说：“当代混乱的世界观认为，女性全心全意地爱的能力是陈旧的、过时的，——可是她最宝贵的、最优秀的特点，她真正的使命就是这个，而完全不是集会、课程班、革命等等。”③ 在《宝贝儿》的问题上同样如此，在托尔斯泰看来显然的是：

> 作者写《宝贝儿》时是根据推理，而不是在感情上对新妇女抱有一种模模糊糊的观念，认为她和男子有平等的权利，认为她有修养，有学识，有独立精神，能够为造福社会工作，即使不胜过男人却也不亚于他。他心目中的妇女正是提出并支持妇女问题的妇女。而他在开始写《宝贝儿》时，就想表现妇女不应该是怎样的。④

可是，托尔斯泰断言契诃夫的初衷是“诅咒”宝贝儿，未免有些言过

① Сергеенко П. А. *Толстой и его соверменники*. М. Изд. В. М. Саблина. 1911. С. 228.

② 《列夫·托尔斯泰文集》第 14 卷，陈燊、丰陈宝等译，人民文学出版社 2000 年版，第 400—401 页。

③ Гольденвейзер А. Б. *Вблизи Толстого*. М. Гослитиздат. 1959. С. 159.

④ 《列夫·托尔斯泰文集》第 14 卷，陈燊、丰陈宝等译，人民文学出版社 2000 年版，第 400 页。

其实。纵观契诃夫全部的创作历程，我们从来没有看到过他“诅咒”任何人。事实上，契诃夫反对作家充当自己笔下人物的审判官角色，主张要做“不偏不倚的见证人”，深入到人物的内心，探寻他们行为背后的思想根源，艺术性地传达他们的性格心理演变，使读者在充分理解人物性格和社会环境的复杂关系的基础上，做出自己的价值判断。《宝贝儿》的故事里女主人公生活的空洞、暗淡、苦涩，只能引起作者的惋惜、同情与淡淡的笑谑，但绝看不到一丝恶意的、刻薄的讥讽。

《宝贝儿》的创作史研究证明，托尔斯泰似乎揣测出契诃夫曲折的创作心理变化。俄国有评论家发现，在19世纪80年代末契诃夫留下了一篇未完成的中篇小说手稿，其中“粗略描绘出一个女人的形象，她引起的与其说是同情，不如说是作者的嘲笑”。“到1898年，当契诃夫动手写短篇小说的时候，在他的札记本里写好了情节框架，打算以否定的态度来描绘这一人物性格”，然而“在短篇小说的创作过程中，作者在思想狭隘、一开始显得可笑的女人身上，越来越深刻地洞悉了人类的灵魂”①。

无论托尔斯泰多么抵制契诃夫的“妇女理论”，契诃夫不偏不倚的艺术呈现力却在不知不觉间攻克了托尔斯泰的“理论壁垒”，使得后者对《宝贝儿》的日常生活判断偏离了他自己的理论原则。还是在高尔基的回忆录里，记载了托尔斯泰有一次不小心说漏了嘴，他对Л.苏列尔日茨基说：

> “契诃夫有一篇出色的短篇小说《宝贝儿》，——你有点像那个‘宝贝儿’。”
>
> “哪里像？”苏列尔笑着问。
>
> “你们都有爱——你有爱，可是你不会挑选爱的对象，于是你完全陷入了微不足道的琐事。”②

对于“宝贝儿”把自己的生命浪费在无聊琐事上，托尔斯泰在不经意间流露出一种惋惜之情，这证明了托尔斯泰在内心里无法避开契诃夫这篇

---

① Мелкова А. С. “Творческая судьба рассказа«Душечка»”. ИМЛИ АН СССР. *В творческой лаборатории Чехова*. М. Наука. 1974. С. 88，95，96.

② Горький М. *Собр. соч.*：*В 30 т.* М. Гослитиздат. 1949. Т. 14. С. 300.

短篇小说的真正立意。但是玩笑归玩笑，托尔斯泰在书面文字上仍然是一丝不苟的道德导师。托尔斯泰在《阅读园地》中发表《宝贝儿》时，除撰写那篇著名的跋以指导读者外，对小说文本也做了一些修改。这种修改在《阅读园地》的出版过程中乃是惯例，例如在莫泊桑的一些小说中就插入了托尔斯泰自己添补的东西，但托尔斯泰显然不愿意如此对待契诃夫的小说，仅仅允许自己做一些他认为十分重要的删减。这些被删除的部分分为三类：

第一类：具有少许情色味道的细节。比如在介绍宝贝儿的人物特征时契诃夫写道："男人要是看到她那丰满、红润的脸蛋儿，看到她那生着一颗黑痣的、柔软白净的脖子，看到她一听到什么愉快的事情脸上就绽开的天真善良的笑容，就会暗想：'是啊，这姑娘挺不错……'"

这一段男人们的反应被删除，而女人们看到她的反应则被保留下来。库金娶奥莲卡为妻后的兴奋样子也被删掉："等到他挨近她，看清她的脖子和丰满结实的肩膀，他就举起双手轻轻一拍，说道：'宝贝儿！'"（XS，10，240）对托尔斯泰来说，奥莲卡是精神之美的理想，容不得半丝"肉体的""罪孽的"联想。

第二类：以讽刺笔调突出宝贝儿思想的狭隘性和依赖性的梦境。在嫁给木材商之后，奥莲卡满脑子木材生意，甚至夜里做梦都在操心她白天的事：

> 夜里睡觉的时候，她梦见薄板和木板堆积如山，长得没有尽头的一串大车载着木材出了城，驶往远处。她还梦见一大批十二俄尺长、五俄寸厚的原木竖起来，在木材场上开步走，于是原木、梁木、毛板，彼此相碰，发出干木头的嘭嘭声，一会儿倒下去，一会儿又竖起来，互相重叠着。奥莲卡在睡梦中叫起来，普斯托瓦洛夫就对她温柔地说："奥莲卡，你怎么了，亲爱的？在胸前画十字吧。"（XS，10，243－244）

在描写奥莲卡寡居的孤独时刻也提到了她的另一个梦：奥莲卡孤苦伶仃，一个人坐在门廊上，漠然瞧着她的空院子，什么也不想，"然后等到黑夜降临，就上床睡觉，梦见她的空院子"（XS，10，246）。这两段梦境都被托尔斯泰删掉。

第三类：叙事者对宝贝儿直接的否定性评价。在告知奥莲卡因无人可依而丧失了一切见解之后有一段评论：

> *没有任何见解，那是多么可怕呀！*比方说，你看见一个瓶子，看见天在下雨，或者看见一个乡下人坐着大车走过，可是你说不出那瓶子、那雨、那乡下人为什么存在，有什么意义。*哪怕给一千卢布，也是什么都说不出来。*当初跟库金或普斯托瓦洛夫在一块儿，后来跟兽医在一块儿的时候，样样事情奥莲卡都能解释，随便什么事她都说得出自己的见解，可是现在，她的脑子里和她的心里，就跟那个院子一样空空洞洞。*生活变得又可怕又苦涩，仿佛嚼苦艾一样。*（XS，10，247）

斜体字是同情奥莲卡的托尔斯泰无法容忍的，因此被删掉。

在21世纪的今天，人们对妇女问题的认识不断深化，而一味抹平男女间客观存在的生理、心理差别的女权运动也经历了种种曲折反复和自我反思，社会上重又响起了“让女性回归家庭”这一传统呼声，但补充了更浓厚的人文关怀和理性精神。这时重温契诃夫的《宝贝儿》便让我们倍感亲切。我们发现，在这部精致小巧的短篇里包含了女性地位和价值的多么丰富而复杂的意义。当时的女权运动的倡导者和传统思想的守护者看来毫无疑义的问题，在契诃夫笔下表现出多少悖论式的无奈。作家客观冷静的笔调不允许作出单一意义的解答，但意义的体现方式中流泻出的融融暖意和细腻情感却仿佛为当代打开了一扇窥探人类共同命运的窗户。

1891年出版的托尔斯泰13卷文集中，首次发表了中篇小说《克莱采奏鸣曲》，这篇大胆讨论家庭和爱情问题的作品引发了“读书界的一场真正的地震”①。当时在莫斯科、彼得堡及外省城市的中学生、大学生小组和地方知识分子的例行聚会上，在上流社会沙龙里，在神职人员的教堂布道和书刊讨论②中，在医生和心理学家的公开课程和论文中，在作者收到的

---

① Катаев В. Б. *Литературные связи Чехова*. М. Изд. МГУ. 1989. С. 71.

② См.：Никанор. *Беседа высокопреосвященного Никанора，архиепископа Херсонского и Одесского о христианском супружестве против графа Льва Толстого*. Одесса. Афон. рус. Пантелеймонов монастырь. 1890.

有关《克莱采奏鸣曲》的大量信件和书籍[①]里，人们就这部小说进行热烈的争论，发表不同的意见，并且根据小说中涉及的问题又提出许多新的问题。宗教界、思想界、文学界、医学界的名流纷纷参与论战，大主教尼康诺尔，俄国作家和批评家普罗托波波夫、米哈伊洛夫斯基、列斯科夫和Я.波隆斯基都发表了文章、中篇小说、剧本、诗歌等[②]来支持或反对托尔斯泰的主张。另外，托尔斯泰这篇小说在国外也引起了极大的关注甚至轰动。由于俄国书报检查机关的查禁，《克莱采奏鸣曲》于1890年先于国内发表在德国、瑞典的出版物上。直到托尔斯泰夫人亲自奔赴彼得堡觐见沙皇亚历山大三世，1891年4月这篇小说才在国内获准出版，在此之前托尔斯泰赞助的《媒介》出版社私刻石印的单行本已经靠读者之间的辗转传阅而广泛流传。1891年和1894年契诃夫两次出国，都有机会目睹国外读者争相阅读这篇小说的盛况。据当时人的说法，《克莱采奏鸣曲》在国外找到了"上百万的读者"，是所有报纸和杂志讨论的对象[③]。

看待《克莱采奏鸣曲》的观点各色各样，五花八门，一方面说明托尔斯泰大胆揭发人们对于家庭和爱情的传统看法的矛盾，另一方面也暴露出作家自身的矛盾。他试图从圣经的基督教观点出发，以过分简单化的方式来给爱情问题提供一个极其明确的指导。而恰恰在追求极端性的时候，他的指导却经常引起相反的另一极的解释，无论是教会人士还是整个19世纪都在鼓吹"自由恋爱"的"先进"的知识分子，都会对他的观点大发雷霆。托尔斯泰的朋友Г.鲁萨诺夫后来回忆说："最近几年里，没有一部文学作品像托尔斯泰伯爵的《克莱采奏鸣曲》那样，对社会产生如此强有力的影响。除了读者中间的无休止的争论和探讨外，它还引起这样一些非同寻常的现象，比如宗教界的主教专门用来讨论它的布道和座谈会、公众的阅读会等等。"[④]

在苏联时代，《克莱采奏鸣曲》依然是托尔斯泰研究所关注的一个焦

---

① Толстой Л. Н. *Полн. собр. соч.*: *В 90 т.* М., Л. ГИХЛ. 1928—1958. Т. 51. С. 25, 27; Сухотина – Толстая Т. Л. *Воспоминания.* М. Худож. лит. 1976. С. 197.

② См.: Вилькошевский П. В. *Судьба «Крейцеровой сонаты» Л. Н. Толстого.* Самарканд. Изд. гос. пед. ин – та. им. А. М. Горького. 1940.

③ ИМЛИ АН СССР. *Лит. наследство. Т.* 75. *Толстой и зарубежный мир.* М. Наука. 1965. кн. 1. С. 187 – 188, 227.

④ Русанов Г. А. *Воспоминания о Льве Толстом.* Воронеж. Центр. – Черноозем. кн. изд. 1972. С. 257.

点。Н. 古德济、В. 日丹诺夫、К. 洛姆诺夫、Л. 梅什科夫斯卡雅、Л. 奥布里斯卡雅、М. 赫拉普钦科都专门研究过小说的创作史，而托尔斯泰这篇小说在契诃夫的创作中引起的反应，也出现在研究者的视野之内[①]。从现有文献得知，在《克莱采奏鸣曲》刊登于托尔斯泰1891年出版的13卷文集的最后一卷之前，契诃夫就在1890年年初或者更早1889年年底读到过这部小说第8版的一个抄本，就是在这个文本里“托尔斯泰骂医生是无赖”（WJ，15，180），但在最终的版本里这样尖刻的攻击得到了一定程度的缓和[②]。

托尔斯泰对医学的上述攻击，让契诃夫觉得无法忍受，但不影响他对作品的浓烈兴趣。1890年2月他无法掩饰首次阅读带来的兴奋和激动，在给普列谢耶夫的信中写道：

> 难道您不喜欢《克莱采奏鸣曲》吗？我不会说这是天才的，永恒的作品，在这方面我不是法官，不过依我看，在我们国内和国外目前所写的一大堆东西里，恐怕找不到一部作品在构思的重要性和实现构思的美上能赶得上它。姑且不提那些艺术上的优点有的地方达到了惊人的程度，单从它非常刺激人的思想这一点来说，我们就应该感激这部中篇小说了。人们在读它的时候几乎要忍不住叫起来：“这是真理啊！”或者：“这真荒唐！”

但是契诃夫并非没有看到托尔斯泰中篇小说的缺点：“托尔斯泰的大胆，他居然谈论他不懂的而且由于固执也不想弄懂的事情：例如他对梅毒、儿童收容所的判断，对女人厌恶性交等的判断，不但会被人驳倒，而且直接暴露了这个无知的人不肯劳一下神在漫长的一生中读两三本由专家写成的书。”（WJ，15，7－8）可以看出，即使在最初阅读的狂喜中，契诃夫依然保持着冷静的批判精神，一方面列举小说的不足，一方面承认小说在生活中的重大意义。

① См.：Семанова М. Л. “«Крейцерова соната» Л. Н. Толсого и «Ариадна» А. П. Чехова”. Опульская Л. Д.，Паперный З. С.，Шаталов С. Е. Ред. *Чехов и Лев Толстой*. М. Наука. 1980. С. 225－253；Линков В. Я. *Художественный мир прозы А. П. Чехова*. М. Изд. МГУ. 1982. С. 34－35；Катаев В. Б. *Литературные связи Чехова*. М. Изд. МГУ. 1989. С. 70－76.

② Катаев В. Б. *Литературные связи Чехова*. М. Изд. МГУ. 1989. С. 70.

数月之后，契诃夫有些惊奇地发现，《克莱采奏鸣曲》与全部生活相比原来并不是全部，对此他用萨哈林的见闻来解释：“在我出门旅行以前，《克莱采奏鸣曲》对我来说是一件大事，可是现在依我看，它却显得可笑，似乎不近情理了。要么就是因为我在这趟旅行当中成长起来了，要么就是因为我疯了，总之，鬼才知道我是怎么回事。”（WJ，15，125）

从契诃夫在萨哈林考察之后留下的书《萨哈林岛》中，可以找到这种转变的蛛丝马迹。在这本书里，契诃夫以十分客观的学术笔调讲述了在萨哈林岛见到的“由于恋爱和家庭事件犯罪而判刑”的妇女的悲惨命运：这些妇女刚到流放地就面临着被“分配”到各个移民区，其中一部分稍有姿色的或被官员当作女仆，或被小吏收入内室，更多的女人则经过相互挑选后走进了流刑移民的小木房，与当地的苦役犯和农民达成“自由结合的婚礼”。人们把她们运到岛上来，并不是要施以惩罚或者要她们改恶从善，而仅仅是要她们承担生儿育女和操持家业的任务。在这里，男女之间的“自由恋爱”实则是不合法的姘居，并且得到行政当局的默许，成了一条常规。流放移民区对女苦役犯持一种实用主义的看法：“她们既是人，是家庭主妇，又是地位比家畜还要低的生物。”（WJ，13，278）丝毫不曾考虑到她们的女性特征和羞耻心。我们记得，托尔斯泰在《克莱采奏鸣曲》中激烈抨击了男人挑选女人做情妇和奴隶这种淫乱行为，在为小说所写的《跋》中，托尔斯泰认为恋爱和婚姻都是为自己的利益服务，不是为上帝服务，因此是一种堕落和罪恶，妨碍人类任何有价值的目标的实现。按照这种方式生活的夫妻，除极其罕见的例外，最后的结局都是纵欲、分居、自杀或者杀死对方。可是，广阔的生活修正了《克莱采奏鸣曲》对男女之爱的控诉，契诃夫在《萨哈林岛》里所叙述的苦役犯们的同居生活，并非完全被性欲、堕落、仇恨所控制。虽然也有打骂、受气、为一块面包遭罪，但“流放犯们真心疼爱他们的同居女人，看重她们”，在严酷的自然环境中共同劳动，组建家庭生活。作为例证，契诃夫讲述了一些家庭里产生的“最纯洁动人的爱情”（WJ，13，280）。

对于《克莱采奏鸣曲》的《跋》，契诃夫感到无法容忍：“您就是打死我，我也得说这篇文章比我所鄙视的《致省长大人的信》还要愚蠢，还要令人窒息。让这世界上的大人物的哲学都见鬼去吧！一切大圣大贤都像将军那样专横，都像将军那样不礼貌，不客气，因为他们相信自己不会受到惩罚。”（WJ，15，180）这里提到的《致省长大人的信》指的是果戈理具有极端保守倾向的《与友人书简选》。有研究者发现，契诃夫可能无意中恰好猜中了托尔斯泰效法的“榜样”①。在写作《跋》的时候，托尔斯泰欣喜异常地重读了果戈理的《与友人书简选》，并且打算刊登在《媒介》上。他在1887年10月5日写给П. 比留科夫的信上表达了对《与友人书简选》的欣赏与喜爱：“近来果戈理的《与友人书简选》使我很感兴趣。真是不同凡响！……凡夫俗子们不能理解。”②

另外，契诃夫不但直接对《克莱采奏鸣曲》发表意见，而且见证了它在读书界所引发的强烈反响，对于普列谢耶夫、苏沃林等人的书评也感到浓厚的兴趣。1891年2月6日苏沃林在《新时报》上发表文章《短札》，认为波兹内舍夫既不是托尔斯泰本人的傀儡，也不是一个被作家进行道德审判的“淫荡好色的杀人凶手”。他把托尔斯泰的主人公视为作家塑造的关于当代人的艺术化的典型形象，从这一点出发充分肯定以这个主人公的忏悔为主要的叙述形式，认为在本质上符合这一类型的人物性格：“中篇小说的形式本身是完美的——关于教育、爱情和婚姻的忏悔和议论的形式。……波兹内舍夫完全不是托尔斯泰，波兹内舍夫是被完美塑造出来的艺术人物。”但《跋》中的观点则无可置疑应当归之于作家本人，苏沃林在文章结尾处注意到他的熟人们（包括契诃夫）对它的口头评价：“我知道很多人在读了《跋》以后，突然对《克莱采奏鸣曲》冷淡下来：似乎这篇《跋》给小说的训诫和道德说教穿上了一件手稿编织的衬衫，而小说则散发出一阵寒意……”③ 这样把主人公与作者区分开来进行辨析，同时直接揭露作者自我矛盾的做法，得到契诃夫的充分肯定：“您那篇论托尔斯泰的文章是一篇十分可爱的东西。写得非常非常好，它又有力，又委婉。”（WJ，15，139－140）

关于《克莱采奏鸣曲》中提出的爱情问题，契诃夫一直在思考，并且就在阅读这部小说之后集中写出了许多探讨家庭和爱情的短篇小说，可以看作对托尔斯泰爱情教导的回应。在这些小说里面，《跳来跳去的女人》《挂在脖子上的安娜》《我的一生》等在一定程度上表现出契诃夫对托尔斯泰爱情观的支持。

---

① Семанова М. Л. “«Крейцерова соната» Л. Н. Толсого и «Ариадна» А. П. Чехова”. Опульская Л. Д.， Паперный З. С.， Шаталов С. Е. Ред. *Чехов и Лев Толстой*. М. Наука. 1980. С. 227.

② 《列夫·托尔斯泰文集》第16卷，周圣、单继达等译，人民文学出版社2000年版，第220页。

③ Суворин А. С. “Маленькие письма”. *Новое время*. 1891. 6 февр.

托尔斯泰坚持认为，女性应该为了家庭而放弃社交、晚会和沙龙，放弃一切科学或艺术活动，全心全意地投身于她唯一的天职——生儿育女。而爱情，则只能是妻子对丈夫的依恋、自我牺牲，甚至如宝贝儿一般盲目的忠诚。契诃夫的短篇小说《跳来跳去的女人》的女主人公奥尔迦·伊凡诺芙娜却热衷于唱歌、弹钢琴、画油画、雕刻、参加业余演出这些活动，而且在所有这些艺术领域都表现出很大的才能。可是，她还有一项更大的才能，那就是：

> 她善于很快地认识名人，不久就跟他们混熟。只要有个人刚刚有点小名气，刚刚引得人们谈起他，她就会马上认识他，当天跟他交上朋友，请他到她家里来了。每结交一个新人，在她都是一件十足的喜事。她崇拜名人，为他们骄傲，天天晚上梦见他们。她如饥似渴地寻找他们，而且她的这种欲望永远也不能得到满足。旧名人走了，被忘掉了，由新名人来代替他们；可是对这些新人，她不久也就看惯，或者失望了，就开始热心地再找新的伟人，找到以后又找。

这种狂热寻找一开始引起的只是淡淡的嘲笑："这是为了什么呢？"（XS，8，290）

可是跳来跳去的女人周旋于名人之间的爱好和才能并非只是生活中无害的点缀，它酿成了自己轻佻放荡后遭到抛弃、丈夫的绝望与死亡的苦果。在奥尔迦·伊凡诺芙娜看来，她的丈夫，医生戴莫夫只是个"普通而又平凡的人"（XS，8，310），过去他从自己那里得到的爱情已经足够幸运；而与她交游的都是些有着灿烂前景的名流，其中的佼佼者就是正在追求她的画家里亚包甫斯基。在奥尔迦·伊凡诺芙娜眼里，与默默无闻的丈夫相反，里亚包甫斯基是一个"真正伟大的人，天才，上帝的选民"（XS，8，296），跟这个画家在一起，她就可以超脱庸俗而乏味的生活，在广袤无垠的天地里获得成功、荣耀和人们的爱戴。在虚荣与情欲的鼓动下，她背叛了丈夫，成为这个浅薄无聊的画家的情妇。戴莫夫在极度失望之下染上白喉病亡，而她居然害怕被传染一次也没有走近他。在丈夫临终之际，她虽然也暗自祷告向上帝起誓，若是戴莫夫病好，她一定会再爱他，做他的忠实的妻子，可随即又想到："做一个默默无闻的普通人，没有一点出众的地方……难道不乏味吗？"（XS，8，310）对遗忘家庭责任和放纵情欲的谴责，得到托尔斯泰的大力赞赏。契诃夫去世后，1907 年 3 月 29 日托尔斯泰的家庭医生在日记中写道，托尔斯泰对这部小说发表意见说："真精彩啊，真精彩啊！先是有点幽默，然后就严肃起来了……它使人们感到，在他死后她仍然会再干那一套的。"①

受到艺术诱惑而离弃丈夫的还有《我的一生》中的女主人公玛丽雅·陀尔席科娃，她与托尔斯泰笔下许多带有自传性质的年轻地主（《一个地主的早晨》中的聂赫留朵夫、《安娜·卡列尼娜》中的列文等）一样，满怀对农村生活的幻想，希望凭自己从书本上学到的农业管理和生产知识来造福自己田庄的农民。失败后她抛弃丈夫和农村生活，登上城里沙龙的舞台表演唱歌，"大家对她鼓掌，她心满意足地微笑着，左顾右盼，翻着乐谱，整理身上的连衣裙，好比一只鸟终于冲出鸟笼，在自由中拍着自己的翅膀"（XS，10，71）。她对丈夫表示，之前为农民做慈善，照农民那样做工、生活，对于周围的愚昧、饥饿、寒冷、肮脏、酗酒没有任何改变，为此需要的是"另外的斗争方式，强大、勇敢、迅速的斗争方式！……走出日常活动的狭隘圈子，设法一下子影响广大的群众！这儿需要的首先是轰轰烈烈的、有力的宣传"。为此她理直气壮地谈到了自己所从事的音乐："艺术，比方说音乐，为什么那样生动，那样广泛流传，实际上那样有力呢？这就是因为音乐家或者歌唱家能够一下子影响成千上万的人。可爱的艺术，可爱的艺术啊！"（XS，10，66）可是后来在写给丈夫的分手信上，玛丽雅·陀尔席科娃又对自己投身艺术做出了相反的解释，此时唱歌对她来说已经不再是"斗争方式"，而是"我的避风港，我的修道室"，而且她"现在从中得到了休息"（XS，10，78）——艺术只是她逃避生活责任、逃避家庭义务的借口而已。

《挂在脖子上的安娜》则讲述了年轻妻子怎样一步步被虚荣迷惑而人性堕落的过程。十八岁的姑娘阿尼雅为了穷困的家庭嫁给一个五十二岁的老官员，一开始害怕丈夫，最终却与上流社会的浮夸奢靡同流合污，失去了纯洁的天性。小说在收入作者自编文集时做了许多重要的增补和改动，其中一些词句特别鲜明地突出了阿尼雅的性格如何一步步扭曲。比如她与新婚丈夫乘火车参拜圣地的途中，她觉得做错了事，不由得悔恨万分，为自己的不幸哀叹。可就在火车停下来休息时，她偶然遇到富翁阿尔狄诺夫，在原稿中"她

① 《契诃夫文集》第 8 卷（题解），第 433 页。

发现阿尔狄诺夫在看她”之后新添了一句：“就卖弄风情地眯细眼睛。”而且，因为阿尔狄诺夫这个出名的风流男子和幸运的宠儿如此热切地看着她，她的心情便忽然好转，觉得快活起来，原文说“她就索性哼起从树林后面的军乐队那边传来的圆舞曲了”，终稿则把“圆舞曲”改成“波尔卡舞曲”（XS，9，469）。一般来说，俄罗斯的圆舞曲比较平稳、抒情，常用来表现深刻的、沉思的、忧郁的主题，然而波尔卡舞曲却是欢快活泼、热情奔放的，正是在这个场景里，呈现出阿尼雅这个形象发展的关键节点。

由于阿尼雅的婚姻，她与家里人的关系也变得生疏，小说原文只是轻描淡写地说：

> 她父亲和弟弟带着一种特别的神情瞧她，仿佛刚才在她进门以前，他们正谈到她为了钱而结婚，嫁给一个她所不爱的人。她的窸窣作响的衣服、她的镯子、她周身上下那种太太气派，使他们觉得拘束，不过他们还是跟从前那样爱她……

后来则改成浓墨重彩地表现家人的细微情感：

> 她父亲和弟弟带着一种特别的神情瞧她，仿佛刚才在她进门以前，他们正在指摘她不该为钱嫁给一个她并不爱的枯燥无味的男子似的。她的窸窣响的衣服、她的镯子、她周身上下那种气派，使他们觉得拘束，侮辱了他们。他们在她面前有点窘，不知道该跟她谈什么好，不过他们还是象从前那样爱她……（XS，9，470）

这样的改动表明，阿尼雅向上流社会作风的靠拢，实际上是对托尔斯泰极其重视的简朴生活和亲人伦理的背叛。

前文说过，萨哈林之旅后契诃夫对托尔斯泰的禁欲主义主张有了新的认识，倒不是说他用新的道德观念来取代托尔斯泰主义，而是他采用了更加广阔的视角来看待托尔斯泰主义。一方面不否定它的真理性；另一方面把这套道德标准放在生活中，通过不同的情境遭遇来检验它的实际有效性。1894年契诃夫在反思托尔斯泰主义的基础上写道：“深思熟虑和公正感告诉我说：对人类的爱，在电力和蒸汽中比在贞节和戒绝肉食中多。”（WJ，15，386－387）不但是萨哈林岛考察的实践，而且包括《萨哈林岛》一书的写作，都影响了契诃夫对于托尔斯泰开出的道德处方的判断。他在 1891 年 9 月 14 日的一封信中打趣地说："我在拼命工作，我在写萨哈林岛。这个工作的结束依我看是十分遥远的，如同大家根据波兹内舍夫的药方而变得贞洁的时代一样。"（WJ，15，182）难怪有研究者称，从萨哈林回来后，"契诃夫在所有的地方都看到萨哈林，它透过平常的生活现象显示出来"[①]，这里当然也包括平常生活中的爱情问题。

契诃夫 1891 年写作的中篇小说《决斗》，包含了从萨哈林返回后对《克莱采奏鸣曲》的爱情观的重新评价。在小说开始处谈到拉耶甫斯基与情妇娜杰日达·费多罗芙娜时，契诃夫似乎故意使两人的关系走上了《克莱采奏鸣曲》中设定的轨道。托尔斯泰的主人公波兹内舍夫断言，所谓终生不渝的爱情只在小说里存在，在现实里从来没有过。在现实中任何一个男人对每一个漂亮的女人都会产生"你们称之为爱情的那种感情"[②]，而且这样的爱情保持几年都属罕见，更多的仅为几个月，或者几星期、几天、几小时而已。为了强调这种爱情实质的普遍性，波兹内舍夫发现这是大家共同的命运。《决斗》中的拉耶甫斯基则这样评说他与情妇的关系："我爱上一个有夫之妇，她呢，也爱我……起初我们又是接吻，又是安静的黄昏，又是海誓山盟，又是斯宾塞，又是理想，又是共同的志趣……多么虚伪呀！"《克莱采奏鸣曲》中用"文化太高""科学的怂恿"来解释，而拉耶甫斯基则说：

> 我们受文明的害多么深啊！……实际上我们是从她丈夫家里私奔的，可是我们却欺骗自己说，我们逃脱了我们知识分子空虚的生活。……至于爱情，那么我得告诉你，跟一个读过斯宾塞著作而且愿意跟你走遍天涯海角的女人一块儿生活，就像跟安菲萨或者阿库里娜之流一块儿生活那样乏味。照样有熨斗、脂粉、药品的气味，每天早晨也照样有卷发纸，也照样自己骗自己。（XS，8，123）

卡塔耶夫发现，《决斗》对于《克莱采奏鸣曲》的回应指向，清晰地

---

① ［苏］屠尔科夫：《安·巴·契诃夫和他的时代》，朱逸森译，中国社会科学出版社 1984 年版，第 184 页。

② 《列夫·托尔斯泰文集》第 4 卷，臧仲伦、陈崇来等译，人民文学出版社 2000 年版，第 126 页。

体现于从后者处摘引的一段“潜在的引文”[①] 之中。在《克莱采奏鸣曲》中我们读到：

> 有时候，我看着她怎样斟茶、晃腿、或者把汤匙举到嘴边，吧嗒着嘴唇喝汤，就觉得不顺眼，对她深恶痛绝，认为这种举动太难看了。……我们是拴在一根锁链上的两个彼此仇视的囚犯，我们互相毒化对方的生活，而又极力对此视而不见。那时我还不知道，百分之九十九的家庭都像我一样过着这种精神上极端痛苦的生活，而且也不可能是另一种样子。[②]

契诃夫则在《决斗》中这样写道：

> 她带着专心的神情先用匙子搅一下果子羹，然后懒洋洋地吃果子，喝牛奶，他听着她的吞咽声，心里生出难以忍受的憎恶感，害得他的头皮都发痒了。……他这才明白为什么有的时候男人会杀死情妇。他自己当然不会杀人，不过如果他现在有机会做陪审员，那他就会主张将凶手无罪开释。（XS，8，133－134）

值得注意的是，除了生活细节的相似之外，契诃夫的男主人公还不无同情地直接回应了托尔斯泰笔下的杀妻的动机。

托尔斯泰笔下的男主人公的经历表明，违背宗教道德的爱情必然会导致悲惨的结果：“在我们这儿，人们虽然也男婚女嫁，但他们在婚姻中所看到的，除了性交以外，别无它物，其结果不是一场骗局就是使用暴力。……于是便出现了可怕的精神上的痛苦，它迫使人们去酗酒，去自杀，去杀人，去服毒自尽和互相下毒……”[③] 由于爱情和婚姻与基督教的理想并不相符，家庭的悲惨结局不可避免。而契诃夫笔下的拉耶甫斯基与娜杰日达·费多罗芙娜走得更远：他们起先非婚同居，尔后女主人公又与当地警察分局长私通，其罪过与堕落程度远远超过《克莱采奏鸣曲》的模范夫妻，这似乎

---

① Катаев В. Б. *Литературные связи Чехова*. М. Изд. МГУ. 1989. С. 72.

② 《列夫·托尔斯泰文集》第 4 卷，臧仲伦、陈崇来等译，人民文学出版社 2000 年版，第 168—169 页。

③ 同上书，第 127—128 页。

使他们俩势必要成为托尔斯泰谴责现代爱情的又一个鲜明的例证。

可是，《决斗》中的两个主人公，在经历了欺骗、背叛和抛弃之后，对自己的罪过幡然悔悟。在决斗前夜，拉耶甫斯基想到娜杰日达·费多罗芙娜之所以堕落，是因为在这件事上他与那些可憎的诱惑者都是同谋犯，而娜杰日达·费多罗芙娜则成为托尔斯泰所言的“供男人玩乐的工具”，“像镜子似的映出他的懒惰、堕落、虚伪”（XS，8，215）。认识到了自己的责任，拉耶甫斯基彻底改变了自己对爱情的看法，不但没有像《克莱采奏鸣曲》中的丈夫那样在嫉妒心点燃的疯狂状态下杀死妻子并且试图自杀，反而真心怜悯她，心里明白过来：“这个不幸的、不规矩的女人，对他来说，才是唯一贴近的、亲密的、无可替代的人。”（XS，8，217）

小说结尾处人物的转变让很多同时代读者觉得无法接受，1892 年普列谢耶夫写信给契诃夫说：“如果您能对我解释清楚，说明所有人物相互之间的关系怎么会发生突如其来的转变，那我会十分感激您的。……拉耶甫斯基本来痛恨跟他同居的那个女人，这种痛恨怎么会突然变成热爱呢，况且她干的事他都知道了。……依我看来，小说结束得过于武断。”[①] 可是契诃夫的目的实际上正是要表明，对人在爱情中犯的错误，绝不可以做不可更改的判决。无论陷入什么样的旋涡，人的意志永远都能够使他改正错误，在爱情问题上也一样。

紧接着《决斗》写出来的中篇小说《妻子》，作为对《克莱采奏鸣曲》的回应，又一次描述了“有文化”的家庭中无尽的争吵，暴露出被爱情掩盖的“大深渊”——夫妻间“实际的相互关系中的互相敌对”[②]。这一次契诃夫让他的男女主人公已经经历过“热烈而又不安宁的爱情”，就连“往日的口角、高声的谈话、责难、抱怨、突然发作的憎恨也已经不存在了”。现在剩下的只是“冷淡、空虚、乏味”（XS，8，242），两人形同陌路，互不干扰，勉强维持着外表的体面和名声。

然而，这里表现的家庭主题是在 1891 年俄国民间大饥荒的更加广阔的历史情境中展开，于是托尔斯泰笔下的个人道德问题，在契诃夫笔下与社会伦理问题发生了联系。人民的灾难，人民的痛苦，和有产阶级对于人

① 《契诃夫文集》第 8 卷（题解），第 427 页。

② 《列夫·托尔斯泰文集》第 4 卷，臧仲伦、陈崇来等译，人民文学出版社 2000 年版，第 151 页。

民所担负的责任的思想，不仅仅表现在人物的议论和思考之中，而且构成小说情节发展的内在动力。因此，这篇小说的文学背景便可以附加上托尔斯泰《论饥荒》等一系列讨论人民的苦难和伟大的问题的文章。在大饥荒肆虐的时期，沙皇政府处理手段的专横愚蠢，地主贵族面对人民表现出的冷漠和傲慢，和整个社会结构暴露出来的尖锐反差，使得托尔斯泰极其愤怒："吃奶的婴儿想要喂养自己的奶妈；寄生虫则想要喂养自己食用的植物！我们，最高的阶级，完全靠它（人民）生活，缺了它一步都走不了，居然说我们喂养它！这是故弄玄虚，让人觉得怪异。"[①] 这种荒谬的感觉，大概契诃夫和很多有良心的知识分子都体会到了，在信中他呼吁："必须有托尔斯泰的那种勇气和威望才能不顾一切禁令和情绪，按一个人的天职所要求的那样去工作。"（WJ，15，204）

回到家庭夫妻关系的探讨，许多研究者都论证过，说《妻子》的主人公阿索陵（同时也是叙事者）——富有的地主，全家的主人，显赫的宫廷侍从——在本质上让人想起托尔斯泰《安娜·卡列尼娜》中的卡列宁[②]。的确，像卡列宁一样，这位退隐乡间的高官对于自己的高尚品格毫不怀疑，习惯用"思想""理想""信仰""生活目标""原则"这些词语来侮辱人。在他的眼里，周围的人都是些没有受过教育、没有思维能力、没有同情心的人，他们要么不正派，要么任性而不认真，因此救济饥民的重任只能由他一人之力来承担。

然而正是他所自诩的纯正思想和对周围人的蔑视，使得阿索陵成为一个难以相处的人，虚荣心下掩藏着对别人的冷漠和憎恨，也断送了他与妻子本来应该十分美满的爱情。妻子娜达丽雅·加甫利洛芙娜劈面对他说：

> 您受过良好的教育，很有教养，为人十分正直，公平，有原则，可是在您身上这一切却造成这样一种后果：不管您走到哪儿，您总是带去气闷和压抑，弄得人感到非常屈辱，难堪。您的思想方式是纯正的，因此您憎恨全世界。您憎恨有信仰的人，因为信仰是思路不开展

① Толстой Л. Н. *Полн. соб. соч.* : *В* 90 *т.* М. , Л. ГИХЛ. 1928—1958. Т. 29. С. 104.

② См. : Видуэцкая И. П. "Место Чехова в истории русского реализма" . *Известия АН СССР. Серия литературы и языка.* 1966. № 1. С. 40 ; Евнин Ф. И. "Чехов и Толстой" . Благой Д. Д. , Лаврецкий А. , Ломунов К. Н. , Сабуров А. А. , Шифман А. И. Ред. *Творчество Л. Н. Толстого.* М. Гослитиздат. 1959. С. 423.

和愚昧的表现，同时您又憎恨缺乏信仰的人，因为他们没有信仰，没有理想。您憎恨老人，因为他们落后和保守；您也憎恨青年，因为他们具有自由思想。人民的利益和俄国的利益在您是宝贵的，所以您憎恨人民，因为您怀疑每个人都是贼，都是强盗。（XS，8，268）

对于思想、信仰和人民的这种态度，正是托尔斯泰笔下卡列宁的本质特征。

评论家叶甫宁一方面准确地指出阿索陵与卡列宁的相似，另一方面却过度抬高他的对立面娜达丽雅·加甫利洛芙娜，说她“兼具外在的美和内心的美，拥有宽广而有力的灵魂……使我们不由自主地想起安娜·卡列尼娜”①。可是通读全篇，我们看到的，是被妻子称作“难以相处的人、利己主义者、内心充满憎恨的人”（XS，8，267）在做极其沉重而艰难，然而真诚且充满希望的忏悔。是丈夫在为自己往日的过错，不停地寻找机会向妻子赎罪。在对妻子的爱情不断恢复并且越来越炽烈的过程中，阿索陵也试图用自己的专业知识来组织救济灾民的工作，弥补娜达丽雅·加甫利洛芙娜由于缺乏经验和意气用事造成的赈济资金管理上的混乱。同时我们看到，女主人公在丈夫艰难寻求精神重生的道路上表现出偏狭、冷漠、铁石心肠和缺乏公正。虽然她并没有出轨，但在夫妻不幸的爱情中也应当负同等的责任。在饥荒肆虐和灾民极度困顿需要援助的时候，娜达丽雅·加甫利洛芙娜仍然因个人情绪固执地拒绝丈夫对赈灾工作的专业指导，说：“生活留给我的只有这一点点了。”（XS，8，263）她对丈夫的指责：

有这样一些人……饥饿和人间的痛苦之所以存在，对他们来说，只是给他们一个机会，好让他们向这些受苦的人发泄一通自己那恶劣和无聊的脾气罢了。……有些人十分冷漠，根本缺乏怜悯心，然而这种人偏不肯放过人间的痛苦，偏要插一杠子，生怕人家缺了他们也能办事。对他们的虚荣心来说，没有一种东西是神圣的。（XS，8，249）

这些话同样也适用在她自己的身上。在民间灾难的激发下，原来隐藏

① Евнин Ф. И. “Чехов и Толстой” Благой Д. Д. , Лаврецкий А. , Ломунов К. Н. , Сабуров А. А. , Шифман А. И. Ред. *Творчество Л. Н. Толстого.* М. Гослитиздат. 1959. С. 424.

着的夫妻间仇恨的老毛病再度发作，看来又要重走托尔斯泰指定的老路：那些“眼泪啦，嚷叫啦，咒骂啦，皮箱啦，出国啦，然后就是连绵不断的、病态的恐惧”（XS，8，255）又将卷土重来，把夫妻生活带入地狱。只不过，这次的争吵却把受灾的饥民也牵扯进来，成为他们争执的原因。“这倒象是我们互相追逐着，无意间跑到圣坛上，就在那儿吵起架来似的。”（XS，8，266）

阿索陵的转变既是他心里复活的爱情的推动，也归功于他从等待救济的农民身上学到的东西。在受灾的村子里，看不到惊慌失措的脸，也听不到哀求哭泣咒骂的声音，一切都安静，平常，朴实。他这才明白“任什么灾难也打不倒这些人”，觉得“空中已经弥漫着胜利的气息”（XS，8，272）。为了摆脱生活的危机，他应该丢弃死板僵化的“思想原则”，投身到成千上万为人民工作的人群当中，以朴实的态度对待农民。这里对他触动巨大的索包尔医生的话近似托尔斯泰的言论：

> 只要我们对待老百姓的态度仍旧带有普通的慈善工作的性质，如同孤儿院或者残废院那样，那么，我们就只是在耍花招，蒙蔽人，欺骗自己而已。我们的态度应当实实在在，建立在计算、知识和公正上。我的瓦斯卡在我家做了一辈子工人，如今他那儿没有收成，他挨饿，得了病。如果我现在每天给他十五个戈比，那我是想借此恢复他原先的工人地位，也就是说我首先是要维护我的利益；可是不知为什么，我却把这十五个戈比叫做赈济，补助，做好事。……唉，要是我们少谈点人道主义，多算一算，想一想，而且本着良心对待我们的责任就好了！（XS，8，284）

小说的结尾处，阿索陵向妻子坦白：“我总算战战兢兢，战战兢兢地把原来的我摆脱了，我看不起他，为他害臊。不过，从昨天起，在我心里出现的新人，却不容许我走掉。”（XS，8，285）这番话和主人公性格的转变是真实的，妻子最终也相信了他。夫妻间仇恨的这种结局，破除了《克莱采奏鸣曲》中所判定的关于爱情的“共同的命运”[①]。但契诃夫也没

① 《列夫·托尔斯泰文集》第4卷，臧仲伦、陈崇来等译，人民文学出版社2000年版，第153页。

有把这一结尾处理成新的爱情生活的盛大收场，阿索陵说："以后会怎样，我就不知道了。"（XS，8，286）作者强调在这一问题上主人公们只是摆脱了原先的错误，过渡到了一个新的阶段，但并没有获得最终的答案，而是将面临新的问题。

1895 年他写作的短篇小说《阿莉阿德娜》与托尔斯泰的《克莱采奏鸣曲》的关联更加明显，很多研究者都已经注意到这一点。比如 B. 林科夫发现："契诃夫在《阿莉阿德娜》中机智地与托尔斯泰展开论战。"① 在小说主人公沙莫兴的议论中，古尔维奇看到"有些地方似乎直接借用自托尔斯泰笔下波兹内舍夫的讲述"②。M. 格罗莫夫断言其阐发的是"《克莱采奏鸣曲》的论题"③。M. 谢曼诺娃则从《阿莉阿德娜》的"艺术概念、结构、主人公—讲故事人和叙事者的形象，作者对他们的态度的表现方式"④ 出发，分析契诃夫对《克莱采奏鸣曲》的观察和思考，以及同它的作者的争论。在这里，我们要做的是通过这两部小说来对比契诃夫和托尔斯泰关于爱情问题的看法。

当然，我们决不能把托尔斯泰与主人公的观点完全等同。只要看一看波兹内舍夫的肖像、性格、生活经历、人际关系和他的所作所为及最后的命运，就可以明白他与作家本人其实相距甚远，这对于一些同时代人已经不言而喻。可是，参考小说的题词和《跋》，以及托尔斯泰在其他政论文中传播的那些广为人知的对爱情的看法，自然也无法把他与主人公彻底拆开，读者和研究者依然能够在波兹内舍夫"冗长的、破坏了艺术平衡感"的独白中寻找到"属于托尔斯泰伯爵本人"⑤ 的见解。这可以部分归因于托尔斯泰本人的意愿，他允许自己塑造的艺术形象与自己有局部的相近，

---

① Линков В. Я. "К проблематике идейного обобщения в прозе А. П. Чехова". *Филологические науки*. 1969. № 6. С. 56 – 57.

② Гурвич И. А. *Проза Чехова*（*человек и действительность*）. М. Высшая школа. 1970. С. 74 – 75.

③ ИМЛИ АН СССР. *В творческой лаборатории Чехова*. М. Наука. 1974. С. 150.

④ Семанова М. Л. "«Крейцерова соната» Л. Н. Толсого и «Ариадна» А. П. Чехова". Опульская Л. Д., Паперный З. С., Шаталов С. Е. Ред. *Чехов и Лев Толстой*. М. Наука. 1980. С. 233.

⑤ Николаев Ю.（Говоруха – Отрок Ю. Н.）*Последние произведения графа Л. Н. Толстого*. М. Университетская типография. 1890. С. 34. См. также：Соловьев А. Е. *Отрицает ли Лев Толстой семье и брак*（*по поводу «Крейцеровой сонаты»*）. Пенза. Тип. Губернского правления. 1893. С. 3 – 4.

于是强调“每个人都能够认识作者发现的真理的哪怕一小部分”[①]。

托尔斯泰在小说题词中引用福音书中的文字：“只是我告诉你们：凡看见妇女就动淫念的，这人心里已经跟她犯奸淫了。”（《马太福音》，5：28）“门徒对耶稣说，人和妻子既是这样，倒不如不娶。耶稣说，这话不是人都能领受的，惟独赐给谁，谁才能领受。因为有生来是阉人，也有被人阉的，并有为天国的缘故自阉的。这话谁能领受，就可以领受。”（《马太福音》，19：10、11、12）这些福音书文字，稍作改头换面后，在小说主人公波兹内舍夫的自白中被宣讲出来：

> 男人们需要的是肉体，以及使肉体纤毫毕露、显得最富有诱惑力的一切。于是女人们就投其所好，如法炮制。我们对这种不成体统的事已经习以为常，而且这种见怪不怪已经成了我们的第二天性，假如我们抛弃这种习惯，睁眼看一看我们这些上层阶级卑鄙无耻的生活的真面目，就不难看出，这不过是一所彻头彻尾的大妓院罢了。[②]

有时则是直接引用，丝毫不改变其意义和情感：

> 性欲，不管它怎样梳妆打扮，也是一种恶，一种必须与之斗争的可怕的恶，而不是像我们现在这样去鼓励它。《福音书》上说，看见妇女而生邪念的，他心愿已经跟她奸淫了，这话不仅是对别人的妻子而言，实际上，这话主要还是针对自己的妻子说的。[③]

在波兹内舍夫激动的讲述中，可以听到多重主题的交错发展。主人公关于家庭冲突和爱情悲剧的痛苦感悟，与作者对于真理和善的最终胜利、对于人类的共同幸福的追求，构成了推进情节发展的相互矛盾的主题。最重要的是，这两大主题的“分谱”在结尾处终于达成了统一的“和声”——贯穿整部中篇小说的基调，是托尔斯泰固有的禁欲主义思想。

---

① Семанова М. Л. “«Крейцерова соната» Л. Н. Толсого и «Ариадна» А. П. Чехова”. Опульская Л. Д., Паперный З. С., Шаталов С. Е. Ред. *Чехов и Лев Толстой*. М. Наука. 1980. С. 236.

② 《列夫·托尔斯泰文集》第 4 卷，臧仲伦、陈崇来等译，人民文学出版社 2000 年版，第 138—139 页。

③ 同上书，第 150 页。

契诃夫无法赞同这种禁欲主义的结论。《阿莉阿德娜》的同名女主人公固然美艳动人，对男人充满魅惑，同时也是一个冷酷无情、虚伪浅薄、自私放荡的女人。可是从男主人公沙莫兴的立场对她的谴责，以及对爱情所做的极端结论，也不可能符合契诃夫的观点。在沙莫兴本人的大段议论中可以看出，他与波兹内舍夫有一个同样的错误：喜爱以幻想的标准来衡量他人，把个案无限放大为普遍的情况，因而总是在认识上发生错误。起初他们都是从“把女人写得美丽、富于诗意、崇高的长篇小说和中篇小说”（XS，9，405）里获取关于爱情和婚姻的知识，从妇女“美丽的相貌和美丽的体态”就推测“她有高尚的灵魂”（XS，9，408），成为一个盲目崇拜女性的“理想主义者”，提出远远超出现实所能给予的要求。然而一旦跟一个女人结婚或同居，不出两三年就感觉失望，悲愤莫名，觉得受了欺骗，于是对一切女人都充满怨恨。在小说的杂志文本中有一段更加骇人听闻的议论，沙莫兴在激愤中武断地归纳说，无论俄国女人还是外国女人“都跟我的阿莉阿德娜一模一样。在她们的每一瞥中，每个姿态上，每句话里，每个蝴蝶结和额发里，我都感到狡猾，智力的贫乏，淫荡，残酷”。他想出来的解决方法荒谬绝伦：“我觉得，如果从战神玛斯的手里掉下一块大石头，把所有的女性统统埋在他脚底下，那倒会是无比公正的行动呢。”（XS，9，475）

尽管这段话后来被契诃夫删去，但作者与主人公的距离仍然表现得十分明显。然而，传统批评的方向仍然是谴责小说女主人公，并且赞成沙莫兴幼稚的理想主义爱情观。与之相反，有西方的研究者却挺身捍卫女主人公，指责契诃夫让她担负起“一大堆罪责”，“不给自己的牺牲品任何辩护权就把她交付审判”[①]。由此论证契诃夫“厌恶女性”，既没有能力也没有愿望以同情和理解的态度对待“不忠实的妻子”，因而“既没有创造出安娜·卡列尼娜，也没有创造出包法利夫人”[②] 这样令人心醉神迷而又惊心动魄的女性形象。

应该说，这位女权主义者其实没有体会出契诃夫独特的客观主义手法。卡塔耶夫对之反驳说，契诃夫在塑造人物时有一个他所“专有的，在

---

① Virginia Llewellyn Smith, *Anton Chekhov and the Lady with the Dog*, London: Oxford University Press, 1973, pp. 21 –24.

② Ibid. , p. 33.

他的前辈们笔下还没有遇到过的手法：在连贯的独白或者同一个人物的同一段独白中显示出特殊的内在矛盾”①。沙莫兴在一大段议论中说出了他对于爱情的看法，充分暴露出他的爱情观的幼稚：作为在“我们这个时代”的文明人，他认为真正的爱情应该“充满纯洁的真挚的热情和对女人的尊敬”，这一点自然无可厚非。但他又将之与肉体的爱对立起来，坚持说后者是一种单纯的“兽性的生理机制”，人类跟自然的斗争也应该包括跟肉体的爱斗争，“把它看作敌人一样”，爱情中“缺乏精神的和诗意的成分是被人看做返祖现象而加以蔑视的”。这些话其实是对人类自然本性的否定，是对人的天然情感的压抑。他提出的斗争方法也是自欺欺人的：要求蔑视爱情中“缺乏精神的和诗意的成分”，给肉体的爱包上“一层同胞之情和爱情的网”（XS，9，415）——契诃夫在此实际上暴露出沙莫兴不自觉的虚伪。而整部小说绝不可以简单地归结为对女主人公的批判，因为阿莉阿德娜对沙莫兴的指责也不能说全无道理：“真的，您算不得男子汉，而是一团稀泥……男子汉应当入迷，发疯，犯错误，受苦！女人会原谅您的莽撞和无礼，可是女人永远也不会原谅您这种顾虑重重、瞻前顾后的德行。”（XS，9，412）

托尔斯泰在晚年时期对爱情的理解，与契诃夫有着本质的区别。受禁欲主义思想的诱导，托尔斯泰断然否定了男女之间存在真正的爱情，把这样的爱当作与灵魂之爱——对上帝及他人的爱——相对立的动物感情。为此最好是一生不结婚而保持童贞。即使结婚，夫妻之间也不能沉溺于肉体的享乐，而要努力克制自己的感情，最后从性欲之中解放出来。因此若想在婚姻生活中获得幸福，首要条件是净化爱情，清除爱情中令人感到侮辱的肉欲冲动，只留下女性对家庭的依恋、为了孩子的自我牺牲、对丈夫的盲目忠诚——这些才是上帝教导的，具有普遍意义的人类之爱。他在契诃夫笔下的“宝贝儿”身上看到了这样的伟大的爱，同时也顺从自己在一系列有关爱的文章中的思考逻辑，在《家庭幸福》《战争与和平》《安娜·卡列尼娜》等一系列作品中讨论了爱情问题。

《战争与和平》结尾处的娜塔莎，《安娜·卡列尼娜》结尾处的基蒂，以及把全部生活献给孩子们的多莉，所有这些人物形象都体现出托尔斯泰对于妇女美德的赞颂，而妇女赢得尊严的唯一途径就是忘记社交、打扮，

① Катаев В. Б. *Проза Чехова*：*Проблемы интерпретации*. М. Изд. МГУ. 1979. С. 165.

全心全意献身于家庭并且养育子女。作为一个热爱生活并且通晓生活秘密的人，托尔斯泰完美地描画了青年男女引人入胜的恋爱故事、心灵真挚的感情被爱人唤醒后的美妙。可是一旦进入婚姻，对家庭的责任和义务必然要压倒少年人羞怯而又天真的爱情。这是作家对爱的本质的不容置疑的论断。

然而，在托尔斯泰笔下最让契诃夫喜爱的女性形象是安娜·卡列尼娜，这个骄傲、美丽、真诚的女人，全身洋溢着非凡的热情和不可遏止的生命活力，以高尚的灵魂和独立的个性征服了读者的心。而她不甘沉沦、坚持为爱情抗争最终失败的悲剧性光彩，竟然使得基蒂和多莉的美德黯然失色，成为安娜不平静的寻找爱情之路上的陪衬。开场便陷入混乱的奥布隆斯基与多莉的家庭，实际上代表了当时许多贵族家庭的普遍情况：夫妻间互相欺骗，追求享乐，毫无灵魂，不负责任，且以此为荣。同时还有一批看似正派、大谈宗教、满口正义公理、操劳公益事业的人。然而他们所有这些高贵的外表都只是个人获取功名利禄的手段。贵族社会道德败坏，人们只有在虚伪中才能安生，就像鱼儿离不开水一样。但社会却承认这种虚伪的道德至高无上，谁若敢逾雷池一步，稍稍揭开这层虚伪的面纱，谁就会成为“全民公敌”，遭到整个社会的无情打击。安娜却是与这一切虚伪格格不入的人，托斯泰多次写到安娜眼里一闪即逝的光彩和天真、纯朴的脸红，这种生命活力虽屡遭环境压制，但却保持着充盈、强大、生机勃勃的反抗欲望。她毫无机心，却聪敏异常，因此她在劝慰多莉时流出的同情泪水比一切话语、一切道德说教更为管用；她易于害羞，常常脸红，可是却在追求爱情时异常勇敢，在确定了能在伏伦斯基身上找到生活、爱情之后便勇敢地冲破社会道德规范，如飞蛾扑火般投入能将自己燃为灰烬的烈烈激情；她自认有罪，毁了两个男人和自己的生活，可是在上帝面前她可以毫无愧疚地敞开心灵；她作为情妇疯狂地爱着伏伦斯基，可是作为母亲却割舍不下对儿子的爱，她的生命只有这两个最重要。正是这一系列矛盾的性格使得安娜血肉丰满、魅力四射、光彩照人。安娜是上流社会腐朽堕落土壤里一颗反抗的种子，是燃烧腐朽的一星火种。

契诃夫在思考爱情问题时，呼应最多的就是安娜·卡列尼娜的形象。这并非空穴来风的模糊联想，要知道契诃夫创作的最动人的女性形象——中篇小说《匿名氏故事》中的齐娜伊达·费多罗芙娜、短篇小说《关于爱情》中的安娜·阿列克谢耶芙娜、《带小狗的女人》中的安娜·谢尔盖耶芙娜、戏剧《三姊妹》中的玛莎，在一些本质方面与安娜有着相同的血缘，也面临着相同的命运的可能。

有趣的是，托尔斯泰本人并不喜欢契诃夫这一类型的作品，1900 年 1 月 16 日他在日记中写道："读了契诃夫的《带小狗的女人》。还是尼采的那一套。人们没有树立区分善恶的明确人生观。以前他们胆怯，追求；而现在他们自以为到了善与恶的彼岸，实际上仍停留在此岸，就是说，几乎是兽性的。"①

在道德上如此严厉的判决（"兽性的"），甚至可以与他在《安娜·卡列尼娜》卷首的题词"伸冤在我，我必报应"做比照。在自己的长篇小说里，托尔斯泰主观上意图用基督教的道德来匡正人们的爱情关系，"诅咒"不正当的激情与反叛，但"诗神不允许，命令他祝福，于是他就祝福了，不由自主地使这个可爱的人焕发如此奇妙的光辉，并且永远成为一个典范"②——托尔斯泰论断契诃夫《宝贝儿》的话，恰好也可以用在他自己身上。

托尔斯泰在自己强大的托尔斯泰主义规定的道德要求下，把爱情当作善的女仆，而契诃夫则赋予爱以独立的意义：爱不是其他崇高价值的附属品，虽然平等、依恋、同情、自我牺牲，这些美好的感情都与爱共生，但爱情当中最重要的仍然是爱本身。在青年时期写给哥哥亚历山大的信里，契诃夫已然开始以教训的口吻指责他轻视爱情的婚姻观："你清楚地知道家庭、爱抚、好话，不是随便跟一个初见面的人结婚就可以得到，而要通过爱情才能得到的。如果没有爱情，那么爱抚从何谈起呢？"（WJ，16，391）这一观点直到晚年也未曾改变。1898 年他最小的弟弟用一些老生常谈建议契诃夫结束自己的单身状态，只要找一个"好姑娘"结婚就成，契诃夫对此答复说：

> 结婚只有在相爱的情形下才是有趣的；至于仅仅因为一个姑娘惹人喜欢就跟她结婚，那就无异于在市集上买下一种不需要的东西仅仅因为它很好一样。在家庭生活这架机器里最主要的螺丝钉就是爱情、

① 《列夫·托尔斯泰文集》第 17 卷，陈馥、郑揆译，人民文学出版社 2000 年版，第 244 页。

② 《列夫·托尔斯泰文集》第 14 卷，陈燊、丰陈宝等译，人民文学出版社 2000 年版，第 403 页。

性的吸引、性生活的和谐，至于其他一切东西，不管我们的看法多么明智，都无关紧要而且无聊。（WJ，16，82）

这种对爱情的中肯态度与托尔斯泰禁欲主义的婚姻观不可同日而语，而且也落实在契诃夫的文学作品中。在短篇小说《关于爱情》中，主人公阿列兴领悟到阻碍爱情的东西是多么渺小和虚妄，不由自主地感叹道："如果人在恋爱，那么他就应当根据一种比世俗意义上的幸福或不幸、罪过或美德更高、更重要的东西来考虑这种爱情，否则就干脆什么也不考虑。"（XS，10，205）

托尔斯泰笔下安娜的反抗是自发的，范围是狭隘的，因此也是不全面不彻底的。她按照一个女人的方式，没有超出对伏伦斯基的爱情考虑和她所伴随的小圈子，因此她的激烈行动只是表现出一种无意识的本能，只是达到完善的一个中间站，没有肯定的否定必然招致最终的自我否定。当然，契诃夫也没有在爱情里看到善的理想和真理的实现，相反，人如果只关心自己个人的爱情，忘记了除生活在其中的小世界之外，还有另一个广阔无垠的大世界，就会变成"让庸俗团团围住"的"乏味而渺小的人"（《文学教师》XS，9，234），忘记自己的崇高使命。契诃夫在《醋栗》中让他的主人公为普通家庭里安静而太平的气氛感到苦恼："我不敢瞧人家的窗子，因为现在对我来说，再也没有比幸福的一家人围住桌子坐着喝茶的情景更使人难受的了。"（XS，10，195）因为这是对那些隐在暗处受苦受难的人的漠视，是在安心享用那些沉默地背负重担的人的劳动成果时的麻木不仁。

那么，爱情到底对人起到什么作用呢？契诃夫在札记簿里写道："我们在热恋中经历到的那种状态也许是正常的状态。热恋指示人们应该做一个什么样的人。"（WJ，13，453）爱情的确不能把人带到道德完善的彼岸，但却真真切切地向人们指示出一种符合人的真正本性的"正常的状态"。《带小狗的女人》中，古罗夫在爱情感召下便领悟到这种真正的正常与表面的正常之间的区别：原来每个人都过着双重生活，一种是公开的，人人都看得见，人人似乎也都这样过，但"充满了传统的真实和传统的欺骗"；而另一种则是在暗地里悄悄进行：

凡是他认为重大的、有趣的、必不可少的事情，凡是他真诚地去做而没有欺骗自己的事情，凡是构成他的生活核心的事情，统统是瞒着别人，暗地里进行的；而凡是他弄虚作假，他用以伪装自己、以遮盖真相的外衣，例如他在银行里的工作、他在俱乐部里的争论、他的所谓“卑贱的人种”、他带着他的妻子去参加纪念会等，却统统是公开的。他根据自己来判断别人，就不相信他看见的事情，老是揣测每一个人都在秘密的掩盖下，就象在夜幕的遮盖下一样，过着他的真正的、最有趣的生活。每个人的私生活都包藏在秘密里……（XS，10，296）

爱情并没有让古罗夫和他的情人获得道德救赎的良方，而只是“把他们两个人都改变了”，于是直到小说结尾他们只是发现了真正的爱情与社会常规的不相容，但终究解决不了这个问题，契诃夫评论说：“似乎再过一忽儿，解答就可以找到，到那时候，一种崭新的、美好的生活就要开始了，不过这两个人心里明白：离着结束还很远很远，那最复杂、最困难的道路现在才刚刚开始。”（XS，10，298）

托尔斯泰为了道德的理想贬低爱情，试图禁锢爱情，这些观点在他生命的最后几年达到了绝对的性质，但他对人生的热爱却不容许他在艺术作品里扭曲这样的爱情。枯燥的道德说教在他异常丰富的心灵面前显得无能为力，而《安娜·卡列尼娜》成为描写爱情之美好与力量的典范。契诃夫则既不同意否定，也没有让爱情成为生命的唯一价值，他只是赋予爱情本来的含义，既包括精神也包括肉体方面的正常要求。最重要的是，契诃夫不愿意用当代庸俗的小圈子来玷污爱情。在短篇小说《在朋友家里》，主人公波德果陵感觉到正在向他呼唤的爱情已经“过时了”，他苦苦渴求的是：“世界上没有，也不可能有的东西”，即使讲到爱情，也不是现在所谈论的那种爱情，而是“号召人们去过一种高尚而合理的新型的生活，说不定我们已经生活在它的前夜，这是有的时候可以预感到的。”（XS，10，171－172）

第三节　艺术思想的论战

1897年春天，契诃夫病况极其凶险。3月25日，契诃夫的好友奥勃隆斯基医生把他送到当时甚为有名的奥斯特罗乌莫夫医院，住进了第十六号病室（与契诃夫的名作《第六病室》的题名恰好相差十个号码）。

这一年的3月28日，托尔斯泰亲自来到病房看望契诃夫，除了慰问病人，宣扬自己的永生观念外，根据契诃夫后来的书信回忆，他还饶有兴致地谈起了这段时间他觉得特别迫切需要解决的艺术问题："托尔斯泰在写一本论艺术的小书。他到我的医院里去过，说他把他的小说《复活》丢开了，因为他不喜欢它，目前专写关于艺术的论文，读了六十本有关艺术的书。"（WJ，15，578）这里所说的书便是托尔斯泰当时正全身心投入写作的《什么是艺术?》

在这本耗费十五年时间的理论著作中，托尔斯泰表达了对日益兴起的颓废派艺术的愤慨，批驳了欧洲过去的美学界对于艺术的定义，认为由于上层富裕阶层的奢侈腐化和精神堕落，当今的艺术正在走向衰亡。在反对颓废派艺术上，托尔斯泰和契诃夫达成了一致。但是，托尔斯泰把文艺复兴和宗教改革后，所有偏离宗教感情的艺术——包括但丁、歌德、贝多芬的杰作——判定为艺术赝品，而且由此得出一个令人绝望的结论：

> 我们基督教世界的上层阶级所特有的艺术已经走进了死胡同。沿着它过去所走的那条道路走下去是没有出路的。这种艺术一旦脱离了艺术的主要要求（即让它受宗教意识指引），变得越来越为少数人所特有，因而越来越扭曲，它就堕落到失去任何意义。①

契诃夫对此无论如何是不能接受的，在上面的那封信中，契诃夫继续写道：

> 他的想法并不新颖，历代所有的聪明老人都用不同的方式重复过这种想法。老人总是容易看见世界的末日，说道德已经败坏到 nec plus ultra（拉丁语：极点），说艺术正在变坏，正在衰落，说人们变得软弱了，等等，等等。列夫·尼古拉耶维奇打算在他的书里证实现在艺术正在走进最后一个阶段，走进一个（前面）没有出路的死胡同。（WJ，15，578-579）

① 《列夫·托尔斯泰文集》第14卷，陈燊、丰陈宝等译，人民文学出版社2000年版，第307页。

托尔斯泰的这部论著首次发表在《哲学和心理学问题》杂志1897年的第5期和1898年的第1期上，随后出版了单行本，在思想界立刻就引发了轩然大波。这个消息传到在法国养病的契诃夫那里，他从尼斯写信给《俄国思想》的编辑B.戈利采夫，请求后者把那本饱受争议的书寄给他。

然而，十分奇怪的是，无论在契诃夫此时及以后的书信和日记中，还是在后人对契诃夫的回忆中，都没有留下对托尔斯泰这本书的任何评价，似乎他根本就不曾读过。从法国返回后，契诃夫完成了《姚尼奇》和"小三部曲"（《套中人》《醋栗》《关于爱情》），之后发表的所有作品，对于托尔斯泰反复探讨，而他自己也十分关心的艺术的本质问题也一字不提。世纪之交，各种文艺思潮争奇斗艳，新的文学流派此起彼伏，前有伟大的俄国文学的黄金时代，后有冉冉升起的象征派文学运动，19世纪80年代的沉闷气息一扫而空，俄国敏锐的知识分子都感应到并且期盼即将发生的大变革的风暴。艺术，已经成为时代精神和社会潮流的风向标，以做一个"自由的艺术家"为己任的契诃夫，居然对这个问题不置一词，这实在有些反常，只能设想，是否他还没有思考出一个明确的答案？

但是，在契诃夫的手稿里有一部尚未完成的作品，可能写于1902—1903年，其中大量谈到了艺术尤其是文学的本质、内容、功能等问题。

手稿的主要内容是一位逃离宗教学院的年轻人巴希达诺夫，给他或许正在热烈迷恋的女士写的一封热情洋溢的信，这封信开头就提到了一本非同寻常的书："敬爱的玛丽雅·谢尔盖耶芙娜！我星期三在信上提到的那本书，现在奉上。请您读一遍。请您注意第十七页到四十二页，第九十二页，第九十三页和第一百十二页，特别要注意我用铅笔划过线的那些地方。多么有力量啊！"（XS，10，376）

丘达科夫指出，在契诃夫早期的幽默作品中，进入文学世界的"物品"具有确定的属性，其"现实的准确性令人吃惊"，而且契诃夫全集的注释者详细地考证出契诃夫笔下提到的大量报纸书籍的准确名称和页码①。可是在作家的成熟期作品，尤其是戏剧中，角色阅读的书刊却表现出"不确定性原则……书和报纸一般没有名称……我们无法知道说的是哪一本书"②。作家生前修订自己的文集时，对早期文本中提到当时真实的人名、

① Чудаков А. П. *Мир Чехова*: *Возникновение и утверждение*. М. Сов. писатель. 1986. С. 52.

② Полоцкая Э. А. *О Чехове и не только о нём*. М. 2006. С. 19.

地名、书报名做了大量的删削；在晚期作品中，已经几乎找不到现实生活中具体的对照物，此时契诃夫笔下朦胧的抒情意味逐渐增强为作品整体意境的主导元素。可是，在这部未完成的小说里，竟然让人产生指向某个确定作家的某一部作品的具体篇章的联想，这同样也是一件相当反常的事。

同时契诃夫提到的这本书一定是思想深刻、形式优美的杰作。因为巴希达诺夫随后赞叹道：

> 多么有力量啊！这本书的形式显然是笨拙的，然而在这种笨拙中可以使人感觉到多么宽广的自由，感觉到一个多么了不起的、博大的艺术家啊！一个句子里三次出现“它”字，两次出现“显然”这个词；句子造得很粗糙，似乎不是用笔写的，而是用擦子刷的，可是从这些“它”字下面涌出多么有力的喷泉，包藏着多么灵活、严整、深刻的思想，多么泼辣的真理啊！您读着这本书，就会在字里行间看见仿佛有一头鹰在云端飞翔，在这种时候人就无心为文字的美丽操心了。思想和美类似飓风和海浪，不应当顾到习常的固定格式。它们的格式就是自由，不应该由于考虑到“它”和“显然”这些字眼而受到束缚。（XS，10，376）

虽然没有提及作者，但主人公对它的评价基本上与 C. 休金在回忆录中所引用的契诃夫的话相符：“您注意到托尔斯泰的语言没有？大量的圆周句，句子一句句地重叠起来。您不要以为这是出于偶然，这是缺点。这是艺术，经过劳动才获得的。这些圆周句给人留下强大有力的印象。”（XS，10，552）

契诃夫研究者 З. 帕别尔内首先提出一个假设，认为巴希达诺夫在这里极力称赞的是托尔斯泰的理论著作[①]。拉克申对此也表示同意，并且补充了一个重要论据——文中提到的书的页码。通过对比，他最后把这本书确定为托尔斯泰为《媒介》撰写的系列著作中，出版于 1989 年的《什么是艺术?》[②]。

小说中巴希达诺夫的论敌特拉甫尼科夫否定艺术的崇高使命，认为他用在阅读文学上的时间是白费，因为“这些书里充满了装模作样、自命不

---

① Паперный З. С. *А. П. Чехов.* М. Гослитиздат. 1954. С. 96 – 102.

② Лакшин В. Я. *Толстой и Чехов.* М. Сов. писатель. 1963. С. 88 – 90.

凡的调子，可是它们并没有向我解释和说明任何一个现象”（XS，10，377）。美只为快乐服务，是纯粹主观的东西，其中没有任何合乎逻辑的理性。如果在美里寻求真理，就会受到欺骗。这种论点在托尔斯泰那里找到了支持。托尔斯泰在《什么是艺术?》中写道：“如果我们不想卖弄词藻，就我们所理解的来说的话，美只不过是使我们喜欢的东西。美的概念不但跟善不相符合，而且毋宁说是相反……我们越是醉心于美，我们就跟善离得越远。”①

随后，特拉甫尼科夫举出歌德的例子，说明艺术之美让人偏离善：“我读《浮士德》的时候就没有注意到玛格丽特是杀死自己孩子的凶手，在拜伦的《该隐》里不管该隐本人也好，魔鬼也好，在我看来都是无比可爱的。”（XS，10，377－378）在这里，和托尔斯泰一样，特拉甫尼科夫勇敢地批评歌德和拜伦这两位文学偶像，这种论证方式完全是托尔斯泰的典型方式，虽然这种否定十分偏颇。原因就在于巴希达诺夫所说的，特拉甫尼科夫过于“专门”地理解艺术。而反对通过艺术解决“专门”问题，是契诃夫长久以来的努力方向。

1888 年 10 月 27 日，契诃夫在写给苏沃林的信中强调：“解决狭小的专门问题不是艺术家的事。要是艺术家去过问自己所不懂的事，那是不好的。专门的问题自有我们的专家去管……”（WJ，14，437）在《一封信》中，巴希达诺夫发出同样的感慨：

> 诗和散文没有解释任何一个现象！那么难道电光一闪的时候解释了什么吗？不应当由它来对我们解释什么，而应当由我们来解释它。如果不去解释电，而去否定电，只因为它没有对我们解释许多东西，那我们也未免太妙了。要知道诗和一切所谓优美的艺术都是自然界的严峻神奇的现象，我们应当学着解释它们，而不是静等它们来向我们解释什么。就连聪明、优秀的人也用专门的、偏执的、纯粹个人的观点来看待每个现象，这是多么叫人惋惜，多么叫人难过啊。比方说，特拉甫尼科夫被关于上帝和生活目标这个专门问题折磨着；艺术没有解决这个问题，没有解释人在死后会怎么样，因而特拉甫尼科夫就认

① 《列夫·托尔斯泰文集》第 14 卷，陈燊、丰陈宝等译，人民文学出版社 2000 年版，第 190 页。

为艺术是偏见，把它贬低到简单的娱乐的地步，认为缺了它也不难过日子，有一次他甚至当着您母亲的面似乎开玩笑地说：艺术是“世代相传的罪恶”的一种。在这方面他不是会使您联想到我们都认识的一个熟人吗？（XS，10，378）

受到“上帝和生活目标这个专门问题折磨”，把艺术贬低为“世代相传的罪恶”，这个熟人难道不就是托尔斯泰？

巴希达诺夫揭示了特拉甫尼科夫矛盾的根源：“他需要上帝，寻找上帝，日日夜夜寻找，可是他只找到一个深渊，你越是对这个深渊看得久，它就越显得深，越显得黑。”但是，这种观念上的矛盾却激发了巴希达诺夫对特拉甫尼科夫的更深的喜爱和敬佩：“如果我一个星期连一次也看不见特拉甫尼科夫，那我的生活就不算圆满，这个人被自己那贪婪的、顽强的、痛苦的思想吸引到泥潭里去了，他在那个泥潭里越是陷得深，我倒越是强烈地喜爱他。”（XS，10，379）这种同样矛盾的情感，难道不是契诃夫对待托尔斯泰的真实写照？在这里，托尔斯泰的说教和艺术成就在契诃夫主人公那里获得了截然相反的评价。一方面是艺术不能够解答生命、真理等终极问题，解决这些问题只有皈依宗教；另一方面是艺术本身的美具有无与伦比的强大力量——这种奇妙的矛盾复合把托尔斯泰造就为时代最伟大的思想家和艺术家。

作为一位伟大的现实主义作家，托尔斯泰塑造出在真实性和完满性上均至化境的生动人物和具体环境，但这并不妨碍他设定这样一个主要任务：使笔下的主人公能够承担起赋予他们的抽象思想。这一点最鲜明的表现便是，当主人公们操心日常事务时，作者的叙事仿佛牢固地紧贴在大地之上，充满了生活中各色各样实实在在的事件和物体；而主人公一旦为根本性问题苦苦思索，那么作家立刻转用哲学思辨性的抽象语言，叙事仿佛远远超出了大地的引力，飞进无边无际的永恒领域。托尔斯泰表达的美学思想封闭在自己的逻辑范围内，不受外在物质环境的影响，无条件地肯定文本中鼓吹的唯一真理，排斥其他思想，丘达科夫断言：“抽象思辨占据本质地位的结构，比起该思想从未得到过抽象表述的结构，其中思想的教条程度更高。”①

① Чудаков А. П. *Мир Чехова*：*Возникновение и утверждение*. М. Сов. писатель. 1986. С. 317.

在契诃夫的文学世界中，思想从未脱离过实在的物质世界和琐碎的日常事务，相反，思想和日常生活总是密切交织，相互影响的。《决斗》中拉耶甫斯基之所以无法实施自己诚实劳动的美好思想，是因为高加索地区炎热，荒凉，“烟雾迷蒙的淡紫色山峦单调乏味”（XS，8，146），社交圈内无休止的喝酒、打牌妨碍了他。《大学生》中的伊凡·韦里科波尔斯基之所以产生阴郁绝望的心境，是因为“他母亲正光着脚，坐在前堂里的地板上擦茶炊，他父亲躺在灶台上咳嗽。这天是受难节，他家里没烧饭，他饿得难受”（XS，9，299）；他讲述的故事中彼得之所以背弃耶稣，是因为“没有睡足”（XS，9，230）；最后他之所以重新焕发了青春的欢乐，是因为菜园里两个女人听完故事后失声痛哭。在这一思想反复的过程中，日常生活的事务起到了关键作用。

取消了思想的纯粹思辨性质和自我封闭，契诃夫也就彻底颠覆了说教的艺术传统。契诃夫承认伟大作家说教上的天才，甚至欣赏说教者的高尚纯洁，但是无论如何无法接受任何以说教形式宣扬的真理。因为任何说教都会犯下将实际复杂多样的世界图景简化的错误。在契诃夫的文学世界中，思想总是以反对说教的形式，在普通的生活环境中呈现出对于不同的人的接受意义。

俄国文论家 A. 阿盖耶夫曾论述说，在俄国文学中一直存在着所谓的“极权主义内核”，即几乎所有的俄罗斯作家，无论 19 世纪还是 20 世纪，都念念不忘改造、拯救人类的崇高使命，他们总是献身十分强大的思想信念，从某种带有专横性质的原则出发，将全人类纳入思考的公式，直至英雄主义地牺牲个性的独立和自由。他只看到了两个特例——普希金和契诃夫：

> 19 世纪始于普希金。……他对自由的热情经受住了果戈理的“优选的地位……”，和陀思妥耶夫斯基的“谦恭吧，骄傲的人……”，以及托尔斯泰的阴郁的道德极端主义的考验。……可能，普希金的精神独立、普希金理解生活的完满，首先表现在他对自然派的信任上，最鲜明和天才地在契诃夫的创作中复活。这样的作家拒绝同上帝和国家合作，不可能适合任何意识形态的精神——他与极权思维的接触点太少了。……“社会主义现实主义”更容易同托尔斯泰和甚至陀思妥耶

夫斯基交遇，而不是契诃夫。①

Б. 布尔索夫在仔细研究的基础上得出结论，断定普希金之所以区别于俄国其他作家就在于他具有“精神上的自足性”②，“不承认在创作之外有支持自己创作的任何其它源泉”，而其他作家或多或少都有“以非艺术本身的东西支撑艺术”③ 的意图。现代散文家 Р. 基列耶夫发展了这一思想，指出：“经过整整一代人的头脑，契诃夫成为普希金的直接继承人……首先是他和普希金一样没有‘本人自足性的缺憾’。”④

正是基于对艺术本身的信心，契诃夫在 1888 年自信地写道：“我不是自由主义者，不是保守主义者，不是渐进主义者，不是修士，不是冷淡主义者。我打算做一个自由的艺术家，仅此而已……”（WJ，14，402）在《没意思的故事》中，老教授尼古拉·斯捷潘诺维奇批评了俄国作家与法国作家相比所缺乏的那种个人自由的创造性要素，在他最近的阅读中，所有的新书“从第一页起就尽力用种种世俗的偏见和种种对良心的束缚把自己禁锢起来”（XS，8，51），也就是用种种僵硬的“标签和招牌”来掩盖自己真实的感受。

托尔斯泰非常欣赏契诃夫小说的魅力，不止一次在别人面前称赞契诃夫是青年作家的典范，在俄国文学史上首次把契诃夫与普希金相提并论。但是，对于契诃夫主动疏离各种思想流派的作家立场，是有很大的保留意见的：“他，和普希金一样，向前推进了形式……”这句话曾被无数教科书引用，但往往删掉后半句话：“和普希金一样，没有内容。”⑤

再次回到普希金和契诃夫的独特禀赋上来。对于这两位在俄国文学中特立独行的艺术家，两位具有启蒙主义、实用主义信念的批评家，别林斯基、米哈伊洛夫斯基分别在自己的时代作出了相似的评价。他们都发现了俄国文学中杰出的客观主义艺术家，但同时对于作家作品中缺乏某种确定的思想原则而有所保留，认为他们的创作与艺术当前的迫切使命不合，而此时的艺术应该首先满足实践的、社会的、伦理的需要。

---

① Агеев А. Л. “Конспект о кризисе”. *Литературное обозрнение.* 1991. № 3. С. 18.

② Бурсов Б. И. *Судьба Пушкина.* Л. Сов. писатель. 1989. С. 438.

③ Там же. С. 249.

④ Киреев Р. Т. “Другая жизнь людей”. *Литературная газета.* 1984. 18. апр.

⑤ Толстой Л. Н. *Полн. собр. соч.*：*В* 90 *т.* М.，Л. ГИХЛ. 1928—1958. Т. 54. С. 191.

别林斯基认定："普希金属于在欧洲已经完全过时的艺术流派……普希金的诗歌主要是对世界的诗性直观……表达的与其说是思想，不如说是感情或者直观……说明了欧洲教育的失误……"① 相隔半个世纪后米哈伊洛夫斯基对契诃夫作出了相似的评价，并且言辞更加尖刻："对他来说只存在他必须在其中生活的现实，父辈和祖辈的理想在他之上是无力的。……风格是诗意的……但在这里的一切就连最擅长分析的人也找不出总体思想。"② 当时斯卡比切夫斯基断言契诃夫的作品中"缺乏不管是哪一种的统一的思想原则"③。

当然，托尔斯泰所指的"内容"和别林斯基、米哈伊洛夫斯基所指的"内容"是不一样的，但他们都发现普希金和契诃夫体现出俄国文学中的一种另类风格，而在当时最符合俄国文学特征的是一些布道者、导师类型的艺术家。根据 B. 拉祖尔斯基的回忆，托尔斯泰对于契诃夫"不会教导别人"深感遗憾，尽管后者富有"艺术的洞察力"④。在托尔斯泰看来，若是缺乏教导别人的能力，那么这就是艺术缺陷的标志。然而时间证明了，契诃夫不在自己的艺术作品中进行说教，这属于新型的艺术类型，服从于作家新型的艺术思维——复杂、全面地表现生活，不作居高临下的道德审判。

19 世纪 80 年代，托尔斯泰着手为普通农民编写适合他们阅读的、语言朴素优美的故事、传说、童话、寓言，把自己的创作目的确定为教化百姓，劝人向善，也就是用艺术手段向广大人民直接说教，引导他们遵循基督教导的道路。在这一时期他公然号召，文学为了实现自己应当担负的布道功能，必须"不是描写现有事物的真实，而是描写临近我们却尚未到来的天国的真实"⑤。正是在这种宣扬上帝真理的激情感染下，托尔斯泰在《复活》的结尾让聂赫留朵夫从福音书的戒律中找到了解决一切生活问题并能够拯救自己和他人的答案。虽然这个答案"起初让他觉得怪异、荒

---

① Белинский В. Г. *Собр. соч.*：*В* 9 *т.* М. Худож. лит. 1976—1982. Т. 6. С. 286 – 288.

② Михайловский Н. К. *Литературно – критические статьи.* М. Гослитиздат. 1957. С. 599 – 603.

③ Цит. по：Катаев В. Б. *Чехов плюс...*：*Предшественники*，*современики*，*преемники.* М. Языки славянской культуры. 2004. С. 31.

④ Там же. С. 32.

⑤《列夫・托尔斯泰文集》第 14 卷，陈燊、丰陈宝等译，人民文学出版社 2000 年版，第 59 页。

诞，甚至可笑”，但在那一个神奇的不眠之夜，他却突然领会了隐藏在福音书的字里行间的全部意义，明白“这原来是一条最简单而又最不容置疑的真理”①。但是这个结尾却引起了契诃夫的激烈反对，他批评说：

> 这篇小说没有结尾，至于现有的这个结尾，是不能叫做结尾的。写着写着，然后一下子把一切都归结到《福音书》的经文上去，这未免太神学化了。用《福音书》上的经文解决一切——就跟把犯人分成五种一样专横。为什么分成五种而不是分成十种呢？为什么引《福音书》的经文而不引《古兰经》的经文呢？必须先使人相信《福音书》，相信它确实是真理，然后才能用那上面的经文来解决一切。（WJ，16，317）

对于托尔斯泰的这种绝对化和极端化倾向，屠格涅夫也无法赞成。1883年，他请求托尔斯泰不要走《忏悔录》中声明的道路，而应该回到文学活动上来。在屠格涅夫看来，文学艺术高于说教，更为当前的时代所需要。而契诃夫则把托尔斯泰的说教和艺术看作一个整体，他赞赏自己前辈的文学技巧，也同情说教者的良苦用心，更加钦佩托尔斯泰独自进行道德探索的勇气和智慧。对于托尔斯泰的说教天性，契诃夫虽无法赞成，却把它当作一个客观事实加以接受下来——艺术家托尔斯泰不可能不是说教者。契诃夫试图在作品中论证，强烈的说教信念，再结合上托尔斯泰这样的艺术力量，会产生说教者完全不曾预期的结果。

卡塔耶夫认为，契诃夫对待托尔斯泰的思想说教的态度，清晰地反映在短篇小说《无题》中②。

这篇小说中的老修道院长的形象有充分的理由可以让人联想到托尔斯泰。首先，修道院长具有非同寻常的才华，掌握了言辞的无边威力，不管他说什么，那热烈的灵感和雷鸣般的嗓音总是能抓住听他说教的修士们的心，这时就算吩咐他们纵身跳海，他们也会“齐心一致，欢欢喜喜，赶紧按照他的意志行事”（XS，7，130）；其次，老人怜悯那些头脑糊涂、性格软弱、在恶习和缺乏信仰中沉沦的芸芸众生，怀着“美妙而年轻的希

---

① ［俄］托尔斯泰：《复活》，王景生译，重庆出版社2008年版，第452页。

② См.：Катаев В. Б. *Литературные связи Чехова*. М. Изд. МГУ. 1989. С. 55－58.

望”（XS，7，132）创作诗歌，编写赞美歌，也就是用艺术来感召迷途的罪人；最后，他对于“魔鬼的一切魔力、恶的美丽、可恶的女人肉体的千娇百媚”（XS，7，133）满怀真挚的愤怒，尤其是痛骂了最能引诱人背弃上帝真理的性欲（这是托尔斯泰的《谢尔盖神父》《魔鬼》《克莱采奏鸣曲》等作品中人犯下罪行的主要动机）。这样的老人听到城里的人们沉溺在放荡的生活里，既没有信仰，也没有真理，当然要以自己说教才能来拯救他们的灵魂。

于是老修道院长毅然在垂暮之年走向人群去宣扬教义，可是在城里他“生平第一次看到而且懂得魔鬼是多么强大有力，恶是多么美丽，人是多么软弱，懦怯，渺小”（XS，7，132）。回来后，老修道院长脸色疲惫，露出深深悲哀的神情，就像一个受了侮辱的人。他愤怒地向修士们叙述城里人们所过的那种纸醉金迷的罪恶生活。他的语言才华又一次发挥出惊人的效力，“他讲得热烈，动听，响亮，仿佛在弹奏肉眼看不见的琴弦”，而多年以来一直忠心耿耿地追随他的修士们“目瞪口呆，贪婪地听他讲话，兴奋得透不出气来”（XS，7，133）。最后的结果怎样呢？老院长“第二天早晨走出修道室，修道院里却连一个修士也没有。他们统统跑进城里去了”（XS，7，133）。

这难道不是对托尔斯泰的反讽性批评吗？然而须知作者本人对那种杰出的说教激情和才能并没有半句嘲讽之辞，发出嘲弄的主体不是契诃夫，而是全知的生活本身，是客观现实无情地证明了伟大的说教者的失败。对于这种通过整篇作品语境客观地表达出来的特殊反讽，波洛茨卡雅在自己的专著中把它定义为“内在的反讽”①。

在《无题》中，托尔斯泰的说教最终遭到了毁灭性打击，对于那些有罪和软弱的人们来说，尘世的浮华充满了诱惑，而在艺术家栩栩如生地描绘下它的吸引力增强了百倍，于是就产生了一个可悲的悖论：作家的说教艺术越完美，越雄辩，那么就越会产生说教者不愿看到的相反结果。契诃夫在小说中的论战对象不是托尔斯泰主义的个别论点（比如对城市文明的否定），而是这些论点在复杂现实中的实际遭遇，也没有提出另一种理论来反驳托尔斯泰的说教，而是赞赏说教的激情，同时客观地指出说教力量

① Полоцкая Э. А. “Внутренняя ирония в рассказах и повестях Чехова”. Поспелов Г. Н., Державина О. А. и др. *Мастерство русских классиков*. М. Сов. писатель. 1969. С. 438 – 493.

的局限。

作为佐证的还有短篇小说《灯光》，其中工程师阿纳尼耶夫、大学生冯·希千堡和叙事者对于黑夜中的铁路工地各自得出不同的看法。工程师为了说服对手讲述的自己年轻时的一个故事具有十足的说教意味——在亲人面前犯罪，因而造成了良心的痛苦、忏悔，直至发生精神上的更新和转折——“这是典型的托尔斯泰式的情节，这种情节使托尔斯泰有充分的自由进行道德—伦理说教”①。可是契诃夫已经是相当独立的艺术家，不可能遵循托尔斯泰走出的老路，小说中说教的结果是，大学生冯·希千堡的脸“跟先前一样表现出头脑的懈怠，看来阿纳尼耶夫讲的这个故事一点也没有打动他的心”（XS，7，314），最后叙事者不得不用“这个世界上的事谁也弄不明白”这一总结来回味阿纳尼耶夫的说教意义。

世界上没有放之四海而皆准的普遍真理，应该根据具体情况来分析每一种理论是否适用于现实生活，这里当然包括对托尔斯泰主义的客观而严格的审视——这既是作为医生的契诃夫的诊疗方案，也是作为艺术家的契诃夫的美学原则。分别处理每一种情况，这首先就要求搞清楚，同样的社会现象为什么在不同的人眼里会产生不确定的影响，从解释学的观点来看，就是一个人在认识理解某一事物时，总是从自己先入为主的成见出发，以个人的先见为基础，把意义从主体投射给了客体。契诃夫没有像后来的海德格尔、伽达默尔等解释学家那样从哲学角度阐明了偏见对于解释的必要性，但在19、20世纪之交在艺术领域内表现出偏见对于理解的必然性，强调正是每个人独特的成见造成了认识的偏差。

《精神错乱》中的医生墨守成规，没能找到主人公瓦西里耶夫的真正病因，契诃夫却用整篇小说向我们描绘出主人公瓦西里耶夫一步步走向精神错乱的全部病程，在写给普列谢耶夫的信中，作家不无得意地说：“我觉得，我作为医生把精神病写得挺确切，符合精神病学的一切规定。”（WJ，14，460）在稍早的一封信中，契诃夫向苏沃陵解释，所谓按“医学概念思考”就是摆脱“局部的东西”，上升到“总的概念”高度来下判断，“在文学方面也一样”（WJ，14，429）。

在去C街之前，瓦西里耶夫关于堕落的女人知道得很少，“只听别人

① ［苏］屠尔科夫：《安·巴·契诃夫和他的时代》，朱逸森译，中国社会科学出版社1984年版，第142—143页。

说起过或者从书本上看到过”（XS，7，371）。在他原先的想象里，这些不道德的女人在环境、不良的教育、贫穷等压力下不得不出卖自己去换钱。她们没有爱情，没有儿女，没有公民的权利，亲人为她们痛哭，“科学鄙弃她们，把她们看成坏人”，可是尽管如此，“她们却没有丧失上帝的形象。她们都体会到自己的罪恶，希望得救，凡是可以使她们得救的办法，她们总是尽心竭力去做”（XS，7，371）。这些想法来自瓦西里耶夫“以前在书上读过的一个故事：一个青年男子，心地纯洁，富于自我牺牲的热情，爱上一个堕落的女人，请求她做他的妻子，可是她觉得自己不配享受这种幸福，就服毒自尽了”（XS，7，371－372）。

瓦西里耶夫走进妓院后，发现所有一切都与他头脑中的幻想不符。他试图在每个女人的脸上寻找那种寂静、神秘、惭愧的笑容，然而看到的只是日常的庸俗的烦闷和满足：愚蠢的眼睛，愚蠢的笑容，愚蠢刺耳的语声，无耻的动作，此外就没有别的了。

> 他想起从前读过的关于堕落的女人的故事，他如今却发现那个带着惭愧的笑容的人的形象跟他眼前所看见的人没有任何共同之处。他觉得自己看见的仿佛不是堕落的女人，却像是属于另一个完全独特的世界里的人，那世界对他来说既陌生又不易理解，要是以前他在戏院的舞台上看到这个世界，或者在书本里读到这个世界，他一定不会相信。（XS，7，381）

妓院里的事情他弄不懂，对于那些沉沦的女人，他原本有着明确的先入之见，以为她们因为自己的罪孽而惭愧，把她们叫作“堕落的女人”；可是他无论如何也没法把眼前这些随着杂乱的乐声跳舞、说出一长串下流话的女人纳入任何一个现成的概念范畴，因为“在这儿生活的确实是人，真正的人，她们跟别处的人一样也会觉得受委屈，难过，哭泣，求救”（XS，7，385）。

对于那些已经形成先见的人来说，“白酒是给我们喝的，鲟鱼是给我们吃的，女人是给我们玩的，雪是给我们踩的”（XS，7，373）。他们干着坏事，却丝毫没有犯罪的感觉，反而无所顾忌、厚颜无耻、大胆放肆地加入共同戕害女人的行动。当瓦西里耶夫听到他的朋友们和医师讲到那些女人和那条悲惨的巷子时用那么淡漠的、镇静的、冷冰冰的口吻时，不由得大感惊诧，问医师："卖淫是不是坏事？" 医师表现出这个问题他早已解决了的神情，回答说："这还有问题吗？"（XS，7，397）

对于医师不假思索就提供的标准答案，瓦西里耶夫当然无法满意。他苦苦思索怎样才能拯救"今天看到的那类女人"。按照既定的方法，回想有关这个问题的历史和文献，他把迄今为止为拯救这类女人的尝试分为三组，可惜都不合用。于是他"换了一个方式提出问题：必须怎么办才能使得堕落的女人不再被人需要？"为要达到这个目的，首先必须使那些买她们、害死她们的男人充分感到自己是多么不道德，他认为"唯一的办法就是传播教义"（XS，7，391－392）。

别尔德尼科夫认为，瓦西里耶夫身上暴露出的"托尔斯泰式的空想和幻想"和"使他鬼迷心窍的布道思想"① 是主人公的首要错误。然而问题在于，契诃夫在此设定的艺术任务并非表现瓦西里耶夫服从了哪一种思想倾向（包括托尔斯泰主义），也不是为了赞成或反驳任何一种现成的拯救方法。对于迦尔洵曾经使用过的材料，契诃夫以全新的复杂化艺术思维进行了加工：重点表现的是像"迦尔洵这样稀有的人"（WJ，14，458），由于本人的先入之见和独特的性格气质，不可能按照任何一种固定的思想方案来解决社会问题，从而证明了在这个复杂的世界上根本没有放之四海而皆准、对所有人都普遍适用的绝对真理。

对于瓦西里耶夫的独特的"迦尔洵气质"，契诃夫也给出了自己的解释：

> 他有一种特别的才能——博爱的才能。他对一切痛苦有敏锐的感觉。如同好演员总是在自己身上演出别人的动作和声音一样，瓦西里耶夫也善于在自己的灵魂里体会别人的痛苦。他看见别人哭泣，自己就流泪。他在病人身旁，就觉得自己也有病，呻吟起来。要是看到暴力，他就觉得暴力正在摧残自己，害怕得跟小孩似的，而且等到害怕过后总要跑过去搭救。别人的痛苦刺激他，使他激动，弄得他放不下，摆不开，等等。（XS，7，392）

---

① ［苏］别尔德尼科夫：《契诃夫传》，陈玉增、邢淑华、傅韵秋译，黑龙江人民出版社 1988 年版，第 183 页。

这样的人虽然正义感和同情心异常强烈，但在直接面对粗暴力量肆虐时却显得软弱无力，不敢采取任何行动，甚至比不上他的那位艺术家朋友：他们在妓院看见一个客人殴打喝醉酒的姑娘，瓦西里耶夫虽然满怀深切的怜悯和对打人者的气愤，却害怕地跑开了；而艺术家却勇敢地挺身而出，保护被打的弱女子——善与恶的体现都无法用现成的概念范畴来归纳。

《精神错乱》中的医师无法理解瓦西里耶夫的痛苦，用医学和社会规范中的老套路来给病人治疗，而在契诃夫的戏剧《伊凡诺夫》中，另一位无法理解复杂人性的医生里沃夫同样也做出了错误的诊断。

一般来说，出于“谦逊”和“腼腆”[①]，契诃夫不愿意把自己的创作意图“说透”，尤其是在自己的戏剧作品中故意留下许多不确定的情境[②]，在和剧院演出人员交流时偏又语焉不详，含糊其辞，顾左右而言他，常常令听众如坠五里云雾[③]。唯一的例外是他首部大型戏剧《伊凡诺夫》上演后，针对评论界普遍的不理解，不得不在写给苏沃陵的信中详细“说透”剧本的主旨。

在这封信里，契诃夫写道，里沃夫是个“诚实、坦率、激烈的人，然而胸襟狭隘，头脑简单”，“通过一个狭窄的框框看每个现象和每个人，凭先入为主的成见评断一切”（WJ，14，487）。俄国存在主义哲学家舍斯托夫敏锐地发现，就其“胆量及诚意看”，里沃夫“丝毫不逊于斯塔罗杜姆及从前戏剧中的其他可敬人物”，是具有确定意义的“思想的代表”。可是在契诃夫的戏剧中原本属于思想的力量却跑到了精疲力竭的伊凡诺夫一边，使得两位女主人公萨拉和萨沙都热烈钟情于伊凡诺夫，“崇拜地、冷漠地从诚实的斯塔罗杜姆及里沃夫身边走过”[④]。里沃夫医生自认为“完完全全了解”伊凡诺夫，称后者为“达尔杜弗”和“第一流的骗子”（WJ，11，305），义正词严地揭露伊凡诺夫是要谋夺萨沙的家产，是个标准的伪君子；毫不留情地当面痛骂破产的公爵沙别尔斯基，而且“不是随随便便

---

① ［苏］爱伦堡：《捍卫人的价值》，孟广钧译，辽宁教育出版社 1998 年版，第 54 页。

② 关于导演和演员私下里就契诃夫戏剧中不确定之处所作的各种猜想，参见 Полоцкая Э. А. *О Чехове и не только о нём*. М. 2006. С. 11 – 18。

③ ［俄］戈鲁勃夫等编：《同时代人回忆契诃夫》，倪亮等译，广西师范大学出版社 2016 年版，第 402—404 页。

④ ［俄］舍斯托夫：《开端与终结》，方珊译，云南人民出版社 1998 年版，第 24、25 页。

说的，而是有意图的”（WJ，11，327）。对于这样的指责，伊凡诺夫回答说：“人就是这样简单而不复杂的机器……不，大夫，人身上的齿轮、螺丝、阀门多得很，所以我们相互之间不能凭初步的印象或者两三个外部的征象就做出判断。”（WJ，11，355）每一个个人都有不同的个体特征和处境，因此绝不可能用整齐划一的框子来套所有的人，只能对每一种情况作个别处理。

在同一封信中，契诃夫解释了像伊凡诺夫这样的俄国知识分子走向精神毁灭的内在原因：伊凡诺夫“生性容易冲动，发热，动不动就入迷”，可是和大多数俄国中等知识分子一样，有一个共同的弱点：“因为俄罗斯的冲动有一种独特的性质：它很快就被厌倦代替了。”（WJ，14，483）

其实，伊凡诺夫和瓦西里耶夫在本质上都属于同一类人——在黑暗中迷失方向的中等的人。和伊凡诺夫一样，瓦西里耶夫也产生了献身某一确定思想，着手干一番事业的热望。他的感觉“很像着魔”，因为这一热烈的心境“没维持很久”，他“不久就疲乏了”（XS，7，393）。从“冲动”到“厌倦”，伊凡诺夫用了近两年，瓦西里耶夫则只用了一夜时间。

在托尔斯泰的《伊万·伊利奇之死》中，主人公戈洛温也碰上了一个自以为是且墨守成规的医生。这位彼得堡名医摆出一副俨然的架势，“提出一些问题，要求人家作出他事先早已明确、显然是多余的回答”（我们记得契诃夫在《精神错乱》中说过：“凡是勤恳的医师通常问到病人的种种问题，即使有一半不回答，也丝毫无损于病人的健康……”），信心十足地用“千篇一律”[1] 的治疗手段来安排所有人的命运，唯独却忘了对病人来说最为重要的一个问题——生或死的问题。

在批判了医生绝对化的治疗方案之后，托尔斯泰又提出自己的绝对化方案：用爱、怜悯、宽恕、自我牺牲等基督教精神战胜死亡。须知死亡的威胁笼罩着每一个人，忘记了上帝的真理，就是浪费自己的生命而做了错事；记住人的生活的真正意义在于实现上帝赐予的生命，这既是具体个人的也是绝对普遍的头等大事。虽然人世浮华不过是过眼云烟，可是身陷红尘的芸芸众生又有几人能够看破？即便是明白自己快要死了，身处绝境的伊万·伊利奇也弄不明白这一点：他学过逻辑学中的三段论的例子：卡伊

① 《列夫·托尔斯泰文集》第4卷，臧仲伦、陈崇来等译，人民文学出版社2000年版，第76页。

是人，人都是要死的，所以卡伊也要死。他承认这个例子的正确性，但仅仅适用于“卡伊这个人，一般的人”，而绝不适用于他，因为“他既不是卡伊，也不是一般的人，他乃是一个从来都有别于所有其他人的完全特殊的人”[①]。而且不止他一人试图欺骗自己，在看到伊万·伊利奇的尸体时，他的同事也觉得“死不过是一种例外，这种例外仅为伊万·伊利奇所独有，而与他毫不相干”[②]。

在此，托尔斯泰似乎达到了个体化的极限，每个人都有自己的童年、少年、青年时代的美好回忆，都体验过不可能发生在别人身上的喜怒哀乐，都有着不可重复的思想和感情，这难道还不足以抚慰他，告诉他必然跳出那个必有一死的卡伊公式？可是作家以明朗和不容置疑的语调告诉读者，所有人的最终结局都早已注定，谁都躲不开那个严峻冷酷的最高审判。无论你个人的生活多么丰富多彩、与众不同，但得救的方法只有绝对的一种：服从上帝的真理，找到那拯救生命的“光明”。在《复活》的结尾，托尔斯泰进一步明确了人生唯一的合理意义就在于履行《福音书》的训诫，只有如此才能实现人类至高无上的幸福——在地上建立天国。而且这些训诫并非复杂而难以实现，而是“简单明了切实可行的戒律”[③]。前文说过，契诃夫无论如何也可能接受这种解决问题的方法。

托尔斯泰从个体化又返回到绝对化的极限，把真理归结于一个简单的、公开的、人人可走的道路（就像《战争与和平》中的安德烈公爵临终前的感悟），很多研究者都把这一点与托尔斯泰“晚期”的写作风格和心理描写——简化主人公的内心世界，性格塑造中的唯理主义，描写的简洁和粗线条，结构的单线性，语言中禁欲主义式的朴素——联系起来。“社会制度运行机制，和控制人的行为的动机的明朗性，要求‘简化’真实的图景：把它引向最基本和最重要的方面。”[④] 俄国托尔斯泰和契诃夫研究专家 E. 塔格尔写道。他指出了契诃夫与托尔斯泰的重大区别：“如果说托尔斯泰以天才的勇气简化了生活，开辟了一条对生活作根本理解的道路，撕

---

① 《列夫·托尔斯泰文集》第 4 卷，臧仲伦、陈崇来等译，人民文学出版社 2000 年版，第 88 页。

② 同上书，第 55 页。

③ ［俄］托尔斯泰：《复活》，草婴译，上海译文出版社 1983 年版，第 525 页。

④ Тагер Е. Б. “Новый этап в развитии реализма” . Бялик Б. А. Ред. *Русская литература конца XIX—начала XX века.* М. Наука. 1968. С. 100 – 101.

下遮掩本原的面纱……那么契诃夫则巧夺天工地重现生活的复杂性，其中恶分散和沉默地存在着，控制人的命运和关系的线索是紊乱的和几乎看不见的。”①

契诃夫1889年著名的中篇小说《没意思的故事》常常被看作《伊万·伊利奇之死》的异文，然而就是在这篇小说中契诃夫最鲜明地表现出把现实真理还原为复杂现象的努力。老教授尼古拉·斯捷潘诺维奇所追求的“总体思想”在每个人身上都表现出了意义相对性。

尼古拉·斯捷潘诺维奇本人是一位出色的医学家和教师，在教治疗学的时候，总是劝人“分别处理个别的病例”，因为“教科书里作为范例而推荐的最好的、最适宜的治疗法在个别病例中往往完全不适用”（XS，8，58）；在对待当代大学生的问题上，他反对用“退步啦，缺乏理想啦，比不上过去的灿烂时代啦”（XS，8，45）等陈词滥调作笼统的责难，情愿列出一些琐碎的“小事”：抽烟、喝酒、晚婚、冷漠地对待挨饿的同学等；即使死亡在即，当他仰望星空时，也不会像《战争与和平》中的安德烈公爵那样领悟到深邃而又绝对唯一的真理。他苦苦追求的“总体思想”并不是任何一种拥有绝对意义的世界观，而是包容了无限的细节小事的美好理想。老教授已然处于生活的终点，可是老教授的两个女儿，卡嘉和丽扎却刚刚开始生活，对她们来说，总体思想是她们必须用青春和生命来实践的生活指南；而对老教授的助手彼得·伊格纳捷维奇来说，总体思想早已确定，那就是对权威的奴性崇拜。总体思想由于每个人情况的不同，需要做具体的分析。

契诃夫写于1886年的短篇小说《生活的烦闷》与《没意思的故事》不仅标题相似（«Скука жизни», «Скучная история»），而且主人公的境况也十分相似：无论是尼古拉·斯捷潘诺维奇还是将军夫妇都是在距死亡不远的暮年突然开始寻找指导生活的“总体思想”。《生活的烦闷》的两位主人公在表面上应验了托尔斯泰在《忏悔录》中的预言：如果一个人发现生活没有意义，为了尽快结束不可避免的死亡恐惧，或者自杀，或者皈依基督的教导。这两条出路都在契诃夫的小说中被主人公轮番尝试：安娜·米海洛芙娜的丈夫先是迷上了去教堂和讨论神学问题，后来随着宗教、社

---

① Тагер Е. Б. “Новый этап в развитии реализма”. Бялик Б. А. Ред. *Русская литература конца XIX—начала XX века*. М. Наука. 1968. С. 118 – 119.

交等空想一一破产，最终自杀；安娜·米海洛芙娜在丈夫死后重新拾起了原先的“生活目标”，开始捐献，持斋，发誓，准备朝圣：“‘到修道院去！’她小声说着，害怕地依偎着老女仆。‘到修道院去！’”（XS，5，103）这一回，“总体思想”只不过表明了两个老人为了打发空虚无聊的晚年岁月而进行的自我欺骗，失去了托尔斯泰规定的绝对意义。

逼近死亡而思考总体思想的还有《贝琴涅格人》中令人厌恶的退伍哥萨克军官日穆兴。在得了一次中风后，他写下了遗嘱，于是那些“于临近的死亡、关于尘世的空虚、关于人间万物的短暂等忧郁而严肃的想法”（XS，10，148）就一直缠绕着他。同样在死亡的威胁下，他“巴望在老年找到一个什么信仰，使心灵有所寄托，而死亡不至于显得这么可怕”，羡慕那个因为信奉素食主义而认为自己变得完善的客人。他不住地深思冥想，渴望抓住某个与众不同的、杰出的思想，使它成为生活的指南和原则。这里，契诃夫一如既往地表现出总体思想对于每个人的相对意义：同样是素食主义信仰，让那个健康、胖乎乎的客人找到了生活的寄托，“活像一块谁也搬不开的大石头”（XS，10，152）；而日穆兴只要一幻想人类不杀害动物的理想时代，就总是被那些没人照管的猪搅乱了头脑。这里个体化任务表明，总体思想在最愚昧无知的人的头脑里是多么荒诞。

在当前的学术背景下，如果不把托尔斯泰主义纳入研究的视野，则不可能充分评估契诃夫在19世纪末20世纪初的对俄国思想发展的创新意义，只有在同托尔斯泰的比较中，我们才能正确地评价契诃夫思想伟大的独特性。契诃夫自己总结过托尔斯泰主义对于他的意义：“影响我的倒不是这种哲学（托尔斯泰的哲学——作者注）的基本原理，这些原理我早先就已经熟悉了，而是托尔斯泰的表达方式、他那种审慎，另外大概还得算上他那种独特的催眠术。”（WJ，15，386）可以认定，契诃夫最为看重的，是人在什么样的情况下，接受了托尔斯泰哲学的影响，和托尔斯泰哲学究竟采取了什么样的表达形式才会产生如此之大的魅力，以及现实生活中托尔斯泰哲学的实际遭遇。也只有考察了契诃夫的接受视野，我们才能公正地评价托尔斯泰主义在俄国思想史上的独特价值。

第三章　契诃夫与文化启蒙

第一节　契诃夫的启蒙观

源自文艺复兴和宗教改革的启蒙运动，从根本上改变了欧洲思想界对自然、历史、社会、政治、宗教的整体性看法。随着科学革命带来的一系列伟大发现，更重要的是一种奠基于观察和实验之上的理性的科学方法的制定，使得人类在18世纪时对于“无限知识这一目标唾手可得”[①] 充满信心。到19世纪下半叶，作为启蒙运动高举科学和理性旗帜的后果，唯物主义、实证主义、功利主义、进化论思潮在俄国流行开来，深刻影响了当时大多数俄国读书人的思想。在自然科学方法的强大推动下，知识分子立足于研究现实，拒绝对世界的先验判断，坚持客观地看待生活，这些新的思考问题的态度，毫无疑问促进了俄国现实主义文学的创作发展。可以说，启蒙精神在当时的条件下仍然切合俄国的时代要求，广泛渗透进文学家们的世界观和创作实践。固然在19世纪末启蒙哲学的一些具体内容和基本概念已经遭遇到一些挫折，但由它所激发的人对教条和迷信的怀疑，对人自身潜力的自由发展的追求，对历史规律的乐观主义信念，仍然是当时的“俄罗斯灵魂刻不容缓的需要”[②]。

在19世纪末的俄国，与科学盛行并存的是宗教思想的复兴，而后者的意识中已经受到了自然科学观念的入侵。在契诃夫图书馆里保存着大司祭H. 谢尔吉耶夫斯基的一本重要著作，其中谈到各门科学的迅猛发展，迫使人们以新的方式看待奇迹和权威：“我们时代的宗教对立物（科学——引者注）立于其上的总体基础，是否定奇迹。……在这种观点看来，它（基督

---

① ［英］伯林：《启蒙的时代》，孙尚扬、杨深译，译林出版社2005年版，第4页。

② Долженков П. Н. *Чехов и позитивизм*. М. Скорпион. 2003. С. 3.

教——引者注）不是神的事业和因此永恒的事业，而仅仅是人类历史生活中的自然—历史现象，因此也是暂时的现象。”[①] 受过科学教育的人不能不坚持，一切都应该接受理性的检验。20 世纪初法国天文学家弗拉马利翁的著作被译成俄语，在俄国知识界风行一时，在书中这位科学家断言：“在一切情况下，有一点可以确定：我们所能够观察到和进行研究的一切，全都是自然的。人们经常把所有稀奇的、非同寻常的、无法解释的东西称为超自然的。更准确地说，这是未经研究的、尚未知道的东西”[②]。

在此精神的鼓舞下，俄国思想界试图用对基督教的历史和科学的理解，来代替对奇迹的教义式解答，而契诃夫无疑支持这一思想倾向，在晚期的一封信中他直接拒绝参与以梅列日科夫斯基为代表的新宗教探索运动：

> 不管人们怎么说，也不管办了一些什么样的哲学宗教团体，可是关于我们社会里受过教育的那部分人，可以说他们已经离开了宗教，而且越离越远了。……当今的文化是一种为了伟大的未来而进行的工作的开始，这种工作也许还要持续几万年，为的是人类至少在遥远的将来会认识到真正的上帝的真理，也就是无须猜测，无须到陀思妥耶夫斯基的作品里去寻找，而是认识得清清楚楚，如同认识二乘二等于四一样。当今的文化是一种工作的开始，而我们所说的宗教运动却是一种残余，几乎是一种已经过时或者正在过时的东西的尾巴。（WJ，16，506 –507）

苏联学界早已确立下把契诃夫看作唯物主义者的研究视角，自 20 世纪 40 年代开始出现了以“契诃夫和科学”为主题的论著[③]，比较有代表性

---

① Сергиевский Н. А. *Об основных истинах христианской веры. Апологетические чтения*. М. Унив. Тип. 1872. С. 6.

② Фламмарион К. *Неведомое*. СПб. Изд. А. С. Суворина. 1901. С. 20.

③ Роскин А. И. “А. П. Чехов и наука”. Роскин А. И. *А. П. Чехов*: *Статьи и очерки*. М. Гослитиздат. 1959. С. 220 – 232; Романенко В. Т. *Чехов и наука*. Харьков. Харьковское книжное изд. 1962; Усманов Л. Д. *Литературно – художественный процесс конца XIX века и развитие научной мысли в России*: *Материалы к спецкурсу*. Ташкент. Укитувчи. 1977; Грачева И. В. “А. П. Чехов – естественник и художник”. Собенников А. С. Ред. *О поэтике А. П. Чехова*: *Сборник научных трудов*. Иркутск. Изд. Иркутского ун – та. 1993. С. 4 – 22.

的是B. 洛曼年科认为契诃夫是坚定的无神论者和自觉的唯物主义者，能够克服“自然—历史唯物主义的狭隘框架”，也就是“不自觉的唯物主义哲学”①。

然而，单从唯物主义角度远远无法解释契诃夫和以他为代表的那一代知识分子思想之复杂。事实上契诃夫虽然拥护唯物主义的探索，却决不能说他完全否定了人类意识中信仰的精神力量。在他的笔记本里有一段十分有趣的话，值得反复玩味：

> 在“有上帝”和“没有上帝”之间有整整一个广阔的地域，真正的智者艰难地在其间穿行。可是俄国人只知道这两个极端当中的一个，而对两者之间的中段不感兴趣，所以他照例什么也不知道，或者知道得很少。（WJ，13，478）

因此笔者认为，与其谈论作为“无神论者”的契诃夫所掌握的唯物主义和科学知识，不如深入挖掘19世纪末20世纪初俄国进步思想界对启蒙精神的继承，以及契诃夫创作与俄国现实的启蒙任务的联系。须知启蒙思想家们原初也并非要推翻上帝的存在，而是以批判和独立的态度来检视教会的历史，主张理性与信仰的相互支持，争取宗教宽容和自由，摒弃基督教中的迷信、无知、残忍、荒谬的因素，这些都符合契诃夫的价值立场，他在笔记本里写道：“信仰是人的高级精神能力。”（WJ，13，520）

在契诃夫的早期幽默小说里，对市侩的庸俗行为和猥琐心理的嘲笑取得了无往不胜的力量。但年轻作家的幽默笔法，与前辈作家果戈理、萨尔蒂科夫－谢德林、格列勃·乌斯宾斯基的讽刺艺术截然不同——这里没有痛心疾首的劝谕，没有声色俱厉的言辞，没有金刚怒目的斥责，没有慷慨激昂的揭露，甚至缺乏确定的社会—政治纲领；有的只是轻松愉快的讲述，一针见血的直率，无忧无虑的笑声，和对自己才华、灵感、智慧、力量的信心，反映了作家在青春年代所焕发的健全理智和活跃的生命力。这样的幽默是“自给自足的，没有特别针对什么，因此是不得罪人的”②。当然在讽刺力度上弱于文学前辈，但却在俄国幽默故事体裁上独放一枝，开

① Романенко В. Т. *Чехов и наука*. Харьков. Харьковское книжное изд. 1962. С. 57.

② Бялый Г. А. *Русский реализм от Тургенева к Чехову*. Л. Сов. писатель. 1990. С. 259.

辟了另一片广阔的空间，展现出契诃夫幽默天才的璀璨光辉。当契诃夫《形形色色的故事》甫一问世，柯罗连科就对其中表现出来的“幽默，欢乐，往往是真正的机智，非凡的简练以及描绘的才能”大加赞赏，由衷希望“那些心中生来蕴藏着笑的能量的人，能够在自己身上和周围环境中发掘出足够的力量，以更加有力的笑来战胜俄罗斯生活中深深的哀愁”①。

别尔德尼科夫认为，契诃夫之所以对现实怀有这种清新自然的乐观主义态度，是因为他“坚定不移地相信科学知识的力量、人类智慧的威力，因此也相信人。这样他就作为俄国启蒙主义思想和传统的继承者步入了文学界”②。也就是说，契诃夫相信，人天生赋有认识世界、明辨是非、去恶向善的理性能力，因此现实的合理秩序和道德准则是人人皆明，众所周知的；而他笔下那些小人物的卑微心理和猥琐行为，都可以用愚蠢、怯懦，因而不敢实施甚至思考理性赋予他们的现实规律和道德理想来解释。因此，契诃夫的任务就在于赤裸裸地展示庸俗习气的违背常理，鼓励每个人都能够摆脱不合理的外在权威和习俗偏见，唤醒人的尊严和理性精神。用康德对启蒙运动的定义来说，就是“人类脱离自己所加之于自己的不成熟状态”，而这种不成熟状态并非由于缺乏天赋理智，而在于“缺乏勇气与决心去加以运用”，因此启蒙的第一要义便是“敢于认识”和“有勇气运用你自己的理智”③。

这里仅举契诃夫写于1883年的早期名篇《一个文官的死》为例。小官员切尔维亚科夫（俄文意思是“蛆”）打了一个不大不小的喷嚏，不小心把唾沫喷在一位将军的身上，为此他彻夜难安，不断地寻找机会向那位将军道歉，最后居然惊吓至死。这个故事仿佛安排了一个经典文学中司空见惯的冲突模式——小人物遭大人物碾压，同情自然是在小人物一方。但契诃夫却把嘲笑毫不留情地指向了“弱者”，强调将军实际上并没有整治小官员。而最终导致小官员死亡的原因在于：对方是个“将军，可是竟然不懂”我们这些小人物对于大人物的“敬意”（XS，2，165）——这是小官员最无法理解和无法接受的，因为它直接违背了小官员给自己制定的官

① ［俄］戈鲁勃夫等编：《同时代人回忆契诃夫》，倪亮等译，广西师范大学出版社2016年版，第81、90页。

② ［苏］别尔德尼科夫：《契诃夫传》，陈玉增、邢淑华、傅韵秋译，黑龙江人民出版社1988年版，第91页。

③ ［德］康德：《历史理性批判文集》，何兆武译，商务印书馆1996年版，第22页。

场规矩。嘲笑文学传统中的“小人物”，而且是一个死掉的可怜人，这几乎有一种亵渎的味道，但契诃夫的用意绝非故意亵渎传统，他是在嘲笑扭曲的人性，嘲笑趋炎附势的奴性，嘲笑那荒谬至极的官场原则——为这样外在的原则而担忧、激动、死亡，更是毫无意义的事。后来在1886年契诃夫写信给哥哥建议说：

> 你做做好事，把你那些受压迫的十四品文官丢开吧！难道你用鼻子嗅不出来这种题材已经过时，现在只能惹人打哈欠了吗？……那些被驱逐的特约记者现在应该连同那些受压迫的十四品文官一齐束之高阁才是！目前，更切合实际的倒是描写那些十四品文官闹得他们的长官大人活不下去……（WJ，14，112－114）

康德在论启蒙的文章中继续说：

> 任何一个个人要从几乎已经成为自己天性的那种不成熟状态之中奋斗出来，都是很艰难的。他甚至于已经爱好它了，并且确实暂时还不能运用他自己的理智……只有很少数的人才能通过自己精神的奋斗而摆脱不成熟的状态，并且从而迈出切实的步伐来。①

契诃夫在许多幽默小说（《合二而一》《胜利者的胜利》《胖子和瘦子》《变色龙》《上尉的军服》《普利希别耶夫军士》等等）中描写了软弱的人对“不成熟状态的”“爱好”。这种奴性的自觉遵从，和人的自由天性相互抵触，最终在契诃夫笔下出现了一系列“双重人格”，真实地表现了人丧失自由和理性后落入的内在的奴役状态，以及作家对崇高的道德理想的追求。契诃夫在书信中说过，若是能描写一个青年人“怎样把自己身上的奴性一点一滴地挤出去，怎样有一天早晨醒来，觉得自己血管里流着的已经不是奴隶的血，而是真正的人的血了”（WJ，14，500），这将是何等美妙的一件事！

启蒙时代的哲学家们从17世纪的物理学和数学的巨大发现中受益良多。他们认为，虽然人类在自然科学领域取得了辉煌的成就，发现了支配

① ［德］康德：《历史理性批判文集》，何兆武译，商务印书馆1996年版，第23页。

宇宙运转的明确规律，但形而上学、伦理学、美学、历史学和社会科学仍处于蒙昧之中，充斥着混乱的思想和语言。这种情况让启蒙思想家们觉得难以忍受，因为如果不能描绘出与自然科学同样清晰的关于人类心灵的知识图谱，就不可能确定各种认识的确定来源及其普遍有效性。关于自然的科学已经创立，而关于精神的科学也必须与之保持同一，休谟说："由于关于人的科学是其他科学的惟一坚实的基础，所以，我们能赋予这门科学本身的惟一坚实的基础必须基于经验和观察。"① 于是哲学的目标是被改造成一种自然科学，与一切真正的科学一样，必须从经验和观察开始。

众所周知，契诃夫是莫斯科大学医学系的毕业生，他接受的专业医学教育和后来从事的医生职业，对他的文学创作（包括他的唯物主义世界观、客观主义的描写手法、冷静的洞察力等）影响深远。这一点作家自己也坦然承认：

> 我不怀疑我的医学工作对我的文学活动有着重大的影响；它大大地开阔了我的视野，丰富了我的知识，这种知识的真正价值只有作家本人兼做医生的人才能领会。医学工作还有指导作用，大概多亏接近医学，我才得以避免许多错误。我由于熟悉自然科学，熟悉科学方法而变得始终存有戒心，凡是可能的地方我总是极力按照科学根据考虑事情，凡是不可能的地方我就宁可一点也不写。（WJ，16，252－253）

另外，在他之前俄国文学中还没有任何一个人在作品中能够从医学的专业角度描写主人公的病症和病程。包括伟大的同时代人托尔斯泰，按照契诃夫公允的批评，居然也会"大胆"地"谈论他不懂的而且由于固执也不想弄懂的事情"。在契诃夫的艺术世界里，没有超自然的奇迹，一切都可以得到合理的解释。当他读到诗人 A. 阿姆菲捷阿特罗夫的叙事诗《恶魔》时，对其中的神秘主义元素十分不满，开玩笑说："人应当写人的真理……如果自然界里存在鬼，那么就让鬼去写鬼好了。"②

在 1889 年契诃夫写给苏沃林谈法国作家布尔热的信中，作家对科学

---

① ［英］伯林：《启蒙的时代》，孙尚扬、杨深译，译林出版社 2005 年版，第 9 页。

② Собенников А. С. *Между "есть Бог" и "нет Бога"* ... Иркутск. Изд. Иркутского ун－та. 1997. С. 30.

和唯物主义立场做了最有力的辩护：

> 唯物主义流派不是一个学派，也不是在报章的狭隘意义上的一个流派；它是必不可少的，不能避免的，不是人力所能左右的。凡是在地球上生存着的东西必然是唯物的。……高级的生物，有思想的人，也必然是唯物主义者。他们在物质里寻求真理，因为他们在别的地方找不到，因为他们所看到的，所听到的，所感觉到的，只有物质。他们必然只能在用得上显微镜、探针、刀子……的地方去寻求真理。禁止人们具有唯物主义思想无异于禁止寻求真理。在物质之外既没有经验，也没有知识，因而也就没有真理。（WJ，14，544）

契诃夫并非在严格的学术意义上理解“唯物主义”，而是把它当作19世纪引起普遍反响的时代精神——客观地研究生活现象，拒绝对生活做抽象教条的刻板说教。这种时代精神依然是启蒙哲学的精神遗产，鼓舞着哲学、科学和文学走上全新的方向，掌握了一种全新的科学思维方式——分析而非演绎的方法。按照这种方法，科学家决不能从某种先验的假设入手，然后充分展开其中蕴含的逻辑结论，真正明确的出发点只有通过经验和观察才能获得。伏尔泰说：“决不要制造假设；决不要说：让我们先创造一些原理，然后用这些原理去解释一切。应该说，让我们精确地分析事物。……没有数学的指南或经验和物理学的火炬引路，我们就绝不可能前进一步。”[①] 在19世纪末，这种重视现象分析的启蒙主义方法，深刻影响了包括医学在内的俄国几乎所有的科学门类，契诃夫在莫斯科大学医学院学习期间，恰好见证了俄国医学界的一场几乎是革命性的进步。接受了启蒙精神熏染的医学教育，不但使得作家能够正确地分析具体的病症病理，而且潜移默化地进入了作家考虑问题的方式。契诃夫的大学教师，俄国著名的医学家Г. 扎哈里因的医学教育对于这种全新的艺术思维方式的形成可谓厥功至伟[②]。

19世纪下半期，医学中的诊断和治疗科学极不完善，当时著名的内科

① ［德］卡西勒：《启蒙哲学》，顾伟铭、杨光仲、郑楚宣译，山东人民出版社1988年版，第10页。

② См.：Катаев В. Б. *Проза Чехова*：*Проблемы интерпретации*. М. Изд. МГУ. 1979. С. 87 – 96.

医生 Э. 埃赫瓦尔德指出，医生不得不用上百种药物来治疗数量庞大的疾病，而这些病程又因为机体的个别特点呈现出更加多样的特征。著名的临床医师 Л. 波波夫在分析最新的“医学知识”时发现，其中大量的篇幅被“许多世纪沉积下来的累赘占据，这些东西并不全是科学资料，用十分不完善的研究方法获得”；同时他看到，各不相同的治疗原则“在新出现的疾病名录中相互颠倒和混乱”，因此“疾病的分类和术语常常不符合病案的实质”①。

在这样一个混乱的医学发展时期，当时俄国大量的中等医生或是走向了完全的虚无主义，就像契诃夫剧本《三姊妹》中的医生承认的那样：“他们以为我是医生，什么病都能治，我呢，简直什么也不懂，以前我学来的知识全忘光了，什么也不记得，真是什么也不记得了。”（WJ，12，315）或者就像小说《精神错乱》中那个“勤恳”而又“医道高明”的精神病医师那样，把任何疾病（包括社会病）看作“早已解决”了的问题，开出的药方“一个是溴化钾，一个是吗啡”，病人“从前也吃过！”（XS，4，360）——不问具体病症，用一套公式化的诊断和治疗方法来处理所有疾病。

与上述方法相反，扎哈里因断然拒绝了医疗中的墨守成规，要求个别对待每一个病例，考虑到病人身上所有的个体因素，产生和伴随具体病症的独特性。扎哈里因总结说：“没有笼统的疾病，只有具体的病人。”应该得到治疗的不是对所有人好像都一样的疾病，而是带有全部复杂个体特征的病人。“为了预防落入陈规”，他教导说，“医生应该探明遇到的病例的全部特点——作个别化处理。”② 在自己的医学理论和实践中扎哈里因特别强调，应该摒弃照本宣科，墨守成规的统一性诊疗方式，尽最大可能分析患病者的个体特征，找出一般病症在哪些个体因素的干扰下并发了哪些综合症状，并在治疗中尽可能全面地考虑到所有这些影响因素，进行“辨证施治”。作为莫斯科大学受教于扎哈里因的学生，契诃夫自觉地把老师教导的这一医学原则运用于自己的文学创作，对每一个别人的生活的复杂现象做具体的个体分析，在俄国文学史上开创出新的艺术思维类型——对每一种情况都做个别的艺术处理。

① Попов Л. В. *Клинические лекции.* Вып. II. СПб. Тип. Штаба Отд. корпуса. жандармов. 1896. С. 41.

② Захарьин Г. А. *Клинические лекции.* М. Типо – лит. т – ва И. Н. Кушнерев и К°. 1889. С. 10.

在19世纪与20世纪之交，契诃夫在新的人文知识和科学知识的交汇处形成了自己独特的文学立场：一方面指出流行的种种理论、学说、信仰的局限，力求成为没有偏见的冷静的观察者和研究者；另一方面，契诃夫也没有排斥“普遍真理”，而是把绝对的思想具体化，放置在复杂的人性和社会环境中进行个别考察，展示出它们在与现实生活发生离奇反常的复杂关系时产生出的不同意义。从这样的文学立场出发，呼应着时代的要求，形成了契诃夫自己的启蒙观：通过对传统文学形象的改造和文学思维的创新，展现帝俄社会在专制压迫下的蒙昧状态和启蒙民众的内在需求，同时表明作家的一个重要信念——人应当摆脱不合理的社会制度和权威偏见的束缚，相信自己的理性、智慧、良心的自由判断，以科学知识和科学方法的合理掌握为基点，尊重历史规律的现实主义文学也应该为俄国的启蒙重任提供一种诗意的证明。

由此，契诃夫完全有权利作为启蒙主义思想的继承者，在俄国文学中开辟新的方向。

第二节　书籍在外省的文化功能

与欧洲其他国家相比，在俄国的社会文化历史中，“首都—外省”的关系具有特别迫切的现实意义。俄国横跨欧亚大陆，土地广阔无垠，虽然国土主要为整块陆地，各地区之间没有高山大川的阻隔，但由于历史上长期落后的政治、文化、技术状况，缺乏完善的道路和通信等基础设施建设；也因为叶卡捷琳娜时代免除了贵族义务军事服役后，受过良好教育的贵族家庭不愿造福乡里，而是将外省行政事务托付给腐败的官僚集团，自己则抽身在首都寻欢作乐——这些都造成了俄国外省的社会生活极端落后，造成了首都和外省之间的特殊关系：在文化上外省亦步亦趋地效仿首都的典范，来自首都的文学书籍在外省受到热烈追捧，首都在某种程度上决定了外省的审美趣味。

首都对外省的支配性地位常常反映在俄国文学作品中。早在19世纪初，别林斯基在一篇论及俄国两个首都——莫斯科和彼得堡——的文章中指出：“在生活形式的一切方面，彼得堡是全俄国的典范。”[1] 诗人К. 巴

① Белинский В. Г. *Полн. собр. соч.*：*В* 13 *т.* М. Изд. АН СССР. 1953—1959. Т. 8. С. 397.

丘什科夫在《忘川河畔的风景》中略带讽刺地描绘外省人对首都来客的追捧："可是，这里有一些新来的人/他们来自白色石头建造的莫斯科……"①"白色的石头"搭成的庞然巨物，不仅与旧都莫斯科相对照，也成为作家们在描绘新都彼得堡给外省人造成的压迫性感受时常常使用的传统意象。比如冈察洛夫的《平凡的故事》中，从外省来到彼得堡的小阿杜耶夫"望望那些房屋，心里越发烦闷了：这些千篇一律的石头的庞然大物，就像一座座大坟墓，接连不断地延伸开去，勾起了他的抑郁心情"②。19 世纪末的作家 И. 雅辛斯基的中篇小说《三姊妹》中的女主人公承认："我害怕彼得堡。我不知道，我对这座城市怀有的是尊敬还是恐惧。我觉得巨大的房屋是一些白眼的怪物，它们从自己伟岸的高处轻蔑地看着我。"③

俄国学者 A. 索别尼科夫指出，在俄国与"首都—外省"的空间结构对应的，是有关世界的"中心—边缘"的神话诗学模型。其中，"中心"具有仪式性的神圣意义，为周围混乱的"边缘"制定秩序。因此决定这一关系的并非地理学角度，而是价值角度④。在俄国古典主义戏剧中，来自首都的钦差大臣和智慧代表联手以皇帝的名义教化外省愚昧无知的地主子弟（《纨绔子弟》），彰明首都以文明的理念规训外省的权威地位；甚至果戈理的冒牌的"钦差大臣"，在某种程度上也成为外省颂赞首都的国家性全权的标志。但是，到 19 世纪末，在以契诃夫为代表的新戏剧中，日益清楚地表现出"去中心化"的趋向。它的剧情并非发生在首都的宫廷或者贵族沙龙里，而是在外省的庄园或县城，戏剧主角也不再是首都的高官显贵，而是外省里那些为身边的日常事务和永恒的生活意义问题而苦恼不堪的普通知识分子；如果有来自首都的知识代表，那么他们则失去了指导外省生活的能力和声望。当然，这样的"去中心化"并不意味着取消首都的"中心"地位，而是引入"边缘"和"中心"的新的文化关系。在契诃夫戏剧的"首都—外省"新坐标系中，舞台上人物阅读的书刊和这种阅读行为，履行着重要的指示功能。

书籍是文化活动不可或缺的要素之一，是知识分子接受和传播知识的

① Батюшков К. Н. *Стихотворения*. М. Худож. лит. 1987. С. 43.

② ［俄］冈察洛夫：《平凡的故事》，周朴之译，上海译文出版社 1980 年版，第 45 页。

③ Ясинский И. И. "Три сестры". *Русское обозрение*. 1891. № 5. С. 483.

④ См.：Собенников А. С. *Художественный символ в драматургии А. П. Чехова*. Иркутск. Изд. Иркутского ун – та. 1989. С. 161.

基本媒介，也是19世纪俄国文化进步的的重要杠杆。“作为历史文化现象，书籍反映了制作它的社会的精神和物质文化状态。”① 在契诃夫两部集中描写外省庄园和城市的戏剧《万尼亚舅舅》和《三姊妹》中，通过人物的阅读，显现出外省人以首都为参照的文化认同的困境，表明普通外省知识分子对身边环境和文化理想不协调的痛苦感受。

在整个19世纪，俄国的外省与首都实际上存在着巨大的文化差距，在某种程度上形成一道撕裂俄国文化生态的鸿沟。一方面，首都在俄罗斯国家的社会生活中扮演着决定性的作用，它是国家的政治、经济、军事、文化中心，同时也是朝向欧洲文明的窗口。俄国一切时髦的风尚和理念都发源于首都，首都的生活方式成为全俄国仿效的典范：在建筑中，是古典主义的对称结构；在社交界，是贵族沙龙中使用的法语；在知识分子的兴趣中，是欧洲的启蒙主义读物、政治经济学书籍和最新的流行文学作品。在此，书籍起到十分重要的文化中转的作用，而那些不加选择翻译过来的欧洲小说，尤其让身处僻壤的外省人感到新奇。20世纪初卡拉姆辛记录道：“最贫穷的人在订阅书籍，最缺乏知识的人都希望知道，其他国土上的人的书里写的是什么。我知道有一些贵族，每年的收入不超过500卢布，但乐此不疲地收藏图书……每本书都带着新的兴致读好几遍。”② 普希金在《叶甫盖尼·奥涅金》中提供佐证：在乡间长大的地主小姐达吉雅娜“心领神会地”阅读卢梭、戈旦夫人、克留德纳男爵夫人、歌德、理查逊、斯达尔夫人等欧洲18世纪浪漫主义作家的作品，当时它们的译本在俄国受到普遍的追捧。一位同时代人写道：“英国、德国、法国刚刚展现一下自己的智慧和天才的作品，书评家们刚刚写出他们的解读，我们那些紧张不懈的翻译家们就已经迫不及待地把它们翻译成俄语了……”③ 这些“可怕的”“逗趣的”“多愁善感的”“讽刺的”“道德劝谕的”长篇小说，在俄国以印刷精美的小册子的形式出版，篇幅为200—250页，为俄国人提供本土文学当时还无法提供的内容，达吉雅娜便在其中寻找自己对未来生

---

① Кошман Л. В. и дрг. Ред. *Очерки русской культуры XIX века*: *В 6 т. Т.* 3. *Культурный потенциал общества.* М. Изд. МГУ. 2001. С. 388.

② Карамзин Н. М. “О книжной торговле и любви ко чтению в России”. *Вестники Европы.* 1802. № 9. С. 58 – 59.

③ Цит. по: Кошман Л. В. и дрг. Ред. *Очерки русской культуры XIX века*: *В 6 т. Т.* 3. *Культурный потенциал общества.* М. Изд. МГУ. 2001. С. 392.

活的幻想。

首都的上流社会是国家文化和教育的最高层，首都上流社会的宠儿一旦来到外省，就会像果戈理笔下“钦差大臣”的“巡访”，在外省生活凝滞不动的一潭死水中激起骚动的漩涡——他们仿佛来自另一个世界，是自己国家里的外国人，而他们的阅读书单常常成为外省人尽力理解时代潮流的风向标。还是在普希金的诗体小说里，达吉雅娜在奥涅金书房里读他留下的书籍，真实地了解到当代人“卑鄙龌龊的灵魂”和“自私自利的冷酷”①，对她自己的个性和智力发展起到至关重要的推动作用。首都人对外省人的优势地位，在赫尔岑的《谁之罪》、屠格涅夫的《罗亭》中都有表现。19世纪末，虽然外省文化有了长足的发展，但首都作为外省“思想导师”的职能有增无减，按照当时一位享有盛名的小说家И. 波达片科的主人公所说：“我们待在外省，习惯于把彼得堡看作一座工厂，这座工厂制造思想、流派，归纳零散观点、倾向，然后再投放它们进入流通。”②

作为对以往文学经验的总结（或者说反叛），契诃夫在戏剧《万尼亚舅舅》《三姊妹》中也讲述了从彼得堡来的教授谢烈勃利亚科夫③和从莫斯科来的军官韦尔希宁在外省引发的波动。可是，他们登场时显然都失去了指导外省人思想和行动的权威；他们使外省生活发生了一些表面上的改变，但生活的本质丝毫没有变化。沃伊尼茨基在与教授分手时说：“您会按时收到以前您得到的收入。一切照旧。”（WJ，12，257）随后便与索尼雅一道返回日常的劳碌；库雷京则在戏剧结束时宣布：“我们会再照老样子生活下去……”（WJ，12，345）外省生活以其压抑的停滞使所有人都产生沉重的苦恼，但同时也促发了一种预感或信念——生活必将改变。而且从《万尼亚舅舅》到《三姊妹》的戏剧情绪可以看出，生活越是僵化麻木，主人公（包括作者）对彻底改变生活的风暴、对未来幸福的期待便越加明朗。

---

① 《普希金小说戏剧选》，智亮等译，人民文学出版社1994年版，第194页。

② Потапенко И. Н. “Не герой”. *Северный вестник*. 1891. № 9. С. 17.

③ 剧本里没有直接指明谢烈勃利亚科夫教授在哪里的大学执教，但当代学者的研究证明，这个人物的原型之一是彼得堡一位声望卓著的大人物（［苏］屠尔科夫：《安·巴·契诃夫和他的时代》，朱逸森译，中国社会科学出版社1984年版，第210页；Лакшин В. Я. *Толстой и Чехов*. М. Сов. писатель. 1963. С. 210），而且同时代人也立刻把他当作在彼得堡坐享清福的“蠢人”（［俄］戈鲁勃夫等编：《同时代人回忆契诃夫》，倪亮等译，广西师范大学出版社2016年版，第404页）。

在《万尼亚舅舅》的开头，是一幅枯燥乏味的外省乡村图景和断断续续交缠着喝茶、吃饭、睡觉、散步、荡秋千等懒散的谈话。但这种波澜不惊的生活表面下隐藏着尖锐的矛盾，压制着冲动的激奋，主人公们实际上已经站在爆发的关头，正面临着信仰动摇的深刻危机。沃伊尼茨基首先起来，对着那蒙蔽“真正的生活”的书本，对着那欺骗自己一生的偶像造反。在所有冲突达到顶峰的第三幕，沃伊尼茨基指着谢烈勃利亚科夫叫道：

> 二十五年来我同我的母亲像鼹鼠似的关在这四堵墙里……我们所有的心思和感情都用在你一个人身上。白天我们谈论你，谈论你的工作，为你感到骄傲，恭恭敬敬地念你的名字，晚上我们总是把时光虚度在读杂志和书本上，而我现在深深地藐视这些东西！……对我们来说，你原是一个高人一等的人，你的文章我们能够背下来……可是现在我的眼睛打开了，我什么都看明白了！你老是写关于艺术的文章，可是你对艺术一窍不通！我从前喜爱过你那些作品，可是它们连一个小铜钱也不值！你欺骗了我们！（WJ，12，245）

可是，生活真正的悲剧性在于，沃伊尼茨基认为导致他白白耗费生命的“敌人”——谢烈勃利亚科夫教授，实际上并没有故意要欺骗他。之前把教授当作首都文明的偶像，彻夜为教授翻译外文书籍，阅读教授和其他人写作的各类小册子，以此作为自己投身于俄国进步运动的伟大功绩，只不过是他在枯寂无聊的外省生活中，为自己从事书刊相关的事情编造的神话。按照英国学者谢涅利克的考证，在戏剧刚刚上演时，谢烈勃利亚科夫被最初的观众领会为“80 年代人，他有着正确的思想，但实质上是亚历山大三世压迫制度下情绪消极的知识分子，恰巧他的名字也叫亚历山大”①。另一位西方学者克莱顿据此反推：“谢烈勃利亚科夫在 50 年代和 60 年代读过屠格涅夫，在 60 年代和 70 年代——亚历山大二世时期，是一名激进分子。”“谢烈勃利亚科夫”这个名字的意思（白银）是对俄国文学“黄金时代”的引喻，在谢烈勃利亚科夫身上可以看到“曾经进步的信念与专

① Laurence Senelick, *Anton Chekhov*, London: Macmillan, 1985, p. 100.

横霸道的作风的典型的俄国式的混合”①。如此看来，谢烈勃利亚科夫并非像沃伊尼茨基所说的只是个“运气好得出奇”的欺名盗世之徒那么简单；而且沃伊尼茨基提出的论据也毫无说服力：“他是一个普通的教堂小职员的儿子，宗教学校的学生，后来得了学位，在大学里教书，做了‘大人’，又做了枢密官的女婿……他退休了，活人没有一个知道他的，他完全默默无闻……”（WJ，12，202－203）这种眼光之势利是一目了然的，难怪阿斯特罗夫嘲笑他是在“嫉妒”。

可是，在沃伊尼茨基编造的神话背后，是19世纪40年代以来俄国进步书刊自从关注外省问题以来所编造的另一个广为流传的神话：一些作家在内地的“穷乡僻壤”里热衷于寻找弊病和揭发的材料，极力放大外省习俗中的愚昧落后，建构出外省人完全无知无识、每一步都需要步首都后尘的神话。在戏剧中，沃伊尼茨基阅读此类书刊已有“二十五年”，一直深信这种片面的神话，但在谢烈勃利亚科夫教授退休后突然醒悟。

对此神话表示不满的还有19世纪的其他作家，比如M.扎果斯金在他的中篇小说《莫斯科和莫斯科人。博格丹·伊里奇·别利斯基札记》里指责俄国的一些喜剧和长篇小说：“当你读到俄国的这些外省人的时候，你简直觉得毛骨悚然！……所有人都是彻头彻尾的丑类……所有人仿佛都一个样子……神圣的罗斯！……你能怎么办呢？……在首都，人民变得开明……为什么我们的外省人在往后退步呢？”在亲身经历外省生活后，该作家指出了外省的思想现状的一个很少被人注意的方面，即“在对待一切印刷品，尤其是杂志的态度上，有一种几乎幼稚的轻信”②，这实际上是外省久已存在的理想化，甚至神圣化书刊文本的传统，它解释了外省对首都典范的心醉神迷，而外省人接触到这种典范的重要媒介是刊印出来的图书杂志。

随着40—50年代外省地方自治的独立性增强，地方人士顶住各种压力努力从事的文化工作取得一定进展（这里面起到重要作用的是各地纷纷开办的图书馆，欣欣向荣的图书贸易，源自18世纪的地方修史传统，和私人报刊向外省的艰难推进），到80—90年代，外省的知识分子更加自觉地

---

① Клейтон Д. “Отсутствие веры（О психологическом строе，символике и поэтике пьесы ‘Дядя Ваня’）”. Науч. совет РАН «История мировой культуры»，Чехов. комис. *Чеховиана: Мелиховские труды и дни.* М. Наука. 1995. С. 160.

② Цит. по：Кошман Л. В. и дрг. Ред. *Очерки русской культуры XIX века：В 6 т. Т.* 1. *Общественно－культурная среда.* М. Изд. МГУ. 1998. С. 157.

争取独立思考的权利。对于外省现象的认知而言，俄国著名政论家 H. 舍尔古诺夫 1886—1890 年发表在《俄国思想》上的系列《俄国生活概论》文章具有显著意义。他与广为流传的外省落后的神话论战，一方面承认“在首都聚集了国家最杰出的思想力量”，另一方面公正地指出：

> 在外省的大学城有非常卓越的学术力量，而在首都有时也有很差的学者；在外省有丝毫不逊于首都的记者；民间习俗领域里的优秀研究者只生活在外省。在居民人口所占比例上，外省城市，尤其是大学城的知识分子数量，未必少于首都。行政机关、法庭、地方自治局能够拿得出在能力、发展、知识和智慧上完全具有首都气魄的代表人物，尽管，可能，他们没有首都活动家们那样位高权重。一句话，不可能说所有最聪明的俄国人只在首都，因此首都便比外省聪明。①

在客观地提供了首都—外省的比较后，舍尔古诺夫指责长期以来书刊杂志给外省编造的“依赖、次等地位”的神话，因为它“剥夺了外省一切的勇气、自信、权威……外省发不出声音，被操控；外省无法起主导作用，无法说自己的话，不知道如何指引人……”② 正因为如此，谢烈勃利亚科夫教授这样的平庸之辈，才能够沾沾自喜地讲述自己在彼得堡的“成就”“名望”和“热闹”，轻蔑地把外省比作“墓穴”，把在乡村辛勤劳作的人说成“庸俗的人”和“渺小的人”（WJ，12，214）。而沃伊尼茨基在神话破灭后则绝望地呼喊：“我这辈子完了！我有才能，聪明，有勇气……要是我生活得正常，我就可能成为叔本华，陀思妥耶夫斯基……”（WJ，12，246）这种自负实质上是他为自己编造的又一个神话，这既是因为他本人的精神发展不成熟③，也因为他所生活的那一历史时期，外省没有为民族天才的成长提供沃土。

① Цит. по：Кошман Л. В. и дрг. Ред. *Очерки русской культуры XIX века*：*В 6 т. Т.* 1. *Общественно－культурная среда.* М. Изд. МГУ. 1998. С. 186.

② Там же.

③ 加拿大学者威金斯论证，沃伊尼茨基对自己姐姐的孩子式的爱置换了其成年的过程，他保持为一个永恒的孩子，既盲目相信姐姐的智慧，也盲目相信姐夫谢烈勃利亚科夫教授的书本工作［Цит. по：Клейтон Д. “Отсутствие веры（О психологическом строе，символике и поэтике пьесы ‘Дядя Ваня’）”. Науч. совет РАН«История мировой культуры»，Чехов. комис. *Чеховиана*：*Мелиховские труды и дни.* М. Наука. 1995. С. 161］。

契诃夫的戏剧并不以规模宏大取胜，而是将那些日常生活的细节加以提炼、充实，提升至象征性的符号，从而获得具有不同意义的形而上学本质。从这一角度来看，把契诃夫的任何一部戏剧场景与具体的时代挂钩，是稍显牵强的阐释方法。但是，契诃夫确实是在极端顽固守旧的尼古拉二世统治时期创作的《万尼亚舅舅》和《三姊妹》，肃杀压抑的国内政治氛围不可能不影响到戏剧的总体情境。自 1881 年后被称为“解放者”的沙皇亚历山大二世被民意党刺杀后，继任者亚历山大三世和尼古拉二世都盲目坚信沙皇独裁权力的神圣性和必要性，中断了改革的进程和希望。政府一方面坚定依靠贵族和官僚，加强对地方事务的管制；另一方面复活尼古拉一世的“东正教、专制、人民性”国家意识形态，打压一切自由思想。1881 年公布的《临时性法令》使得政府官员可以任意查禁公共出版物，搜查、逮捕、监禁和流放具有异己思想的知识分子，即便那些具有温和的自由主义倾向的书刊也是如履薄冰。在沙皇政府存在的最后那段时间，“俄国人就像生活在一个部分军事管制的国家之中”①。

国家的高压政策反映在外省的文化生活中，则是政府高举“官方爱国主义”的旗号，极力保持俄国内地的秩序、稳定、团结和对首都独裁统治的绝对服从。1874 年俄国先进知识分子发起的“到民间去”的运动，最终因为千百年来农民的蒙昧状态和对抽象理念的排斥而遭遇失败。正如《万尼亚舅舅》中在外省乡间苦苦支撑的理想主义者阿斯特罗夫医生，作为最接近作者本人的主人公之一，带着“自己的哲学体系”（WJ，12，221），在夜以继日地拯救森林和普通民众生命的艰苦工作中看到自己对未来人类的责任，一心想要挣脱周围“乏味、愚蠢、叫人厌恶的”（WJ，12，199）生活，但最终在这样的生活中沉沦下去。他对沃伊尼茨基说：“全县只有两个正派的、有教养的人：我和你。可是不过十年光景，庸俗的生活，可鄙的生活，就使我们陷进去了；它那种腐烂的臭气毒害我们的献血，我们变得跟大家一样庸俗了。”（WJ，12，253）

1895 年末代沙皇尼古拉二世登基是一个重大的历史事件。在独裁君主制国家，每一次专制君主的更替总会带来变革的希望，而 19 世纪末俄国外省工业和城市经济发展取得的显著成就，也支持了地方对沙皇主动推行

① ［美］梁赞诺夫斯基：《俄罗斯史》，杨烨、卿文辉译，上海人民出版社 2007 年版，第 360 页。

善政的希望。然而回应这种期待的是沙皇要求“地方自治议会”取消“不切实际的梦想”，在国家事务管理上他将“坚定不移地，正如我那刚刚去世的父亲一样维护独裁统治的原则”①。从80年代起俄国外省开始的反动倾向，至此达到顶峰：地方管理彻底官僚化，使地方自治局和地方杜马完全服从省长的权力。省城知识分子从事文化工作的选择日益减少，只能在被严格限定的框架里合法地维持“60年代人—父辈—改革者”的理想，基本上在受到政府代理人和行政权力重重压制的地方自治局里供职。伏尔加河流域诺夫哥罗德的杰出地方文化活动家A. 嘉泽斯基这样描述19世纪后半期外省文化和外省知识分子命运的转变：“在40年代的（自由主义的——引者注）理想中受教育，在60年代着手加工并将这些理想付诸实现，无论如何也无法接受在80年代的理想丧失……”②

诚然，19世纪80年代的反动趋势并非一蹴而就，60年代启动的改革力量维持着强大的惯性，在推动文化的思想运动依然在积极地寻找出路，这里面尤其值得关注的是图书和期刊的出版及印刷企业的增加。1865年俄国共出版1863本书，两年后已达到3388本，到1890年俄国出版物在总体数量上仅次于法国和德国，1895年以俄文出版的书籍共计8728本；与之相应的是出版机构数目的增长：1861年俄国有164家印刷厂，1894年已经有了1315家印刷厂。③ 在外省，图书出版活动集中在城市，尤其是省会城市。书籍出版数量从1855年的185本增加到1881年的2401本（增长了近13倍），尽管总体上外省出版的书目只占俄国总体的三分之一。④ 外省的书刊出版和订阅情况提供了对于积极参与文化建设的外省人的某种认识，举杂志《欧洲通报》为例，该杂志每一期都有专门讨论省城生活问题的专栏《国内纵览》，因而广受外省知识界的关注。1870年第12期公布了订户的分布和数量：在俄国和国外共有7000个订户，其中彼得堡有

---

① ［美］梁赞诺夫斯基：《俄罗斯史》，杨烨、卿文辉译，上海人民出版社2007年版，第366页。

② Цит. по：Кошман Л. В. и дрг. Ред. *Очерки русской культуры XIX века*：*В 6 т. Т.* 1. *Общественно – культурная среда.* М. Изд. МГУ. 1998. С. 172.

③ См.：Орлов Б. Н. *Полиграфическая промышленность Москвы*：*Очерк развития до* 1917 *г.* М. Искусство. 1953. С. 165 – 166；Павленков Л. Н. “Книжное дело и периодические издания в России в 1895 году”. *Исторический вестник.* 1896. № 10. С. 361. Куфаев М. Н. *История русской книги в XIX веке.* Л. Культурно – просветительное кооперативное товарищество Начатки знаний. 1927. С. 343 – 350.

④ Фролова И. И. Общ. ред. *Книга в России.* 1861—1881：*В* 3 *т.* М. Книга. 1990. Т. 2. С. 141.

1519人，莫斯科有489人，而杂志的基本订户在外省城市，有4915人。在外省和边区，贵族文化传统浓厚的地区，订户在人口中的比例较高[①]。

在上层官僚中，以波别多诺斯采夫、德米特里·托尔斯泰、季里亚诺夫为代表的极端保守分子，花费了相当长的时间，才使得外省文化的改革方向被彻底终止。在外省，则是付出整整一代人的生活为代价，这里面就有《三姊妹》中的普罗佐洛夫一家，他们和周围人的书刊阅读，反映出具有史诗规模的外省文化变迁过程。

在戏剧的第一幕中交代了三姊妹和她们的哥哥在去世的“父辈”—理想主义者[②]教导下曾经的读书活动。这种读书习惯至今维持，玛霞在开场时便坐着看书，安德烈出场时则宣称他今天“心绪不佳”，“看书一直看到四点钟”，打算在暂居外省的时间“翻译一本英文书”（WJ，12，280）。在之后的剧情发展中，安德烈和切布狄金与《万尼亚舅舅》中的玛丽雅·瓦西里耶芙娜一样，基本上做到手不释卷，不过这种读书反映的已经是另一种情况，下文中将有分析。

按照安德烈的说法：“我们的父亲，愿他在天国安息，硬逼着我们念书。这是可笑而愚蠢的……多亏父亲督促，我和姐妹们才学会法文、德文、英文，伊莉娜还学会了意大利文。”玛霞紧接着总结说，在外省城市里“学会三种语言是一种不必要的累赘，好比第六个手指头一样。我们学会许多多余的东西”（WJ，12，280）。的确，在这样的外省城市里，没有人能够欣赏音乐，读书更是一件奢侈的事情。现实中的粗暴庸俗在逐渐排挤真正的文化：伊莉娜懂四门外语，但已经忘记了如何用意大利语说“窗子”或者“天花板”，娜塔霞则自信地在一切地方展示她蹩脚的法语；玛霞在念普希金的诗时觉得“脑子乱了”，索列内依则在野蛮地杀害土旬巴赫之前还念着莱蒙托夫的诗句；最后，安德烈放弃了英文书的翻译，最终没有成为莫斯科大学的教授，而平庸胆小，在一切方面模仿权威的库雷京不停地背诵拉丁语的格言来“教导”三姊妹如何遵照“形式”生活。蛮横狡诈的娜塔霞，戏剧中唯一的母亲，毫不留情地把三姊妹赶出房子（外省城市里的文化堡垒），摧毁了美丽的花园，从她这一方面，普罗佐洛夫一

---

① См.: Кошман Л. В. и дрг. Ред. *Очерки русской культуры XIX века: В 6 т. Т.* 1. *Общественно – культурная среда.* М. Изд. МГУ. 1998. С. 179 – 180.

② 契诃夫戏剧中普遍存在的“父亲”的失职（《万尼亚舅舅》）或者干脆早死（其余的五部大型戏剧），是一个深刻的隐蔽的创伤，它解释了父辈理想的缺席和两代人联系的中断。

家的读书简直可以用“文化的无效性”[①] 来定义：在她逐步霸占房子的过程中，安德烈只能凑着她忘在桌上的蜡烛读书；在她无耻地与普罗托波波夫出门兜风的时候，毫不在意地打发丈夫继续“读书”，而安德烈则在这个普罗托波波夫担任主席的地方自治局做了秘书。

对于安德烈的堕落，玛霞评论说：“所有的希望全完了。成千上万的人民抬起一口钟，为它花费了很多的劳力和金钱，可是它忽然掉下地，砸碎了。这是忽然之间，无缘无故发生的。安德烈就是这样……”（WJ，12，335）“在描写一个只是未成功的教授的菲薄的命运中，这种史诗的气魄从何而来？”俄国学者 P. 拉普申问道，“这里说的不只是安德烈，也不只是普罗佐洛夫将军教育体系遭遇的破产。这里——并非偶然——说的是‘成千上万的人民’，他们不可能在生平上与安德烈相交接，但可以假设，他们在数代人的时间里为这个主人公的生活最终应该表现出的东西做着准备……”[②] 要知道，像三姊妹、土旬巴赫、韦尔希宁这样的知识分子，在外省并非凭空而降，他们的文雅、知识、礼貌、修养是几代人付出艰苦的劳动和耐心、缓慢地积蓄文化力量的结果，但“忽然之间”就“无缘无故地”毁灭了。

丧失了学术前途的安德烈，只能向耳聋的费拉朋特回忆以往在读书中寄寓的希望：“生活起了多么古怪的变化，多么会欺骗人啊！今天我闷得慌，闲着没事做，就拿起这本书，大学的旧讲义，我就觉得好笑……我只能做本地的地方自治局的委员，而我每天晚上却梦见我是莫斯科大学的教授，著名的学者，俄罗斯国土引以为傲的人！”（WJ，12，291）

与三姊妹一样，安德烈萦绕于怀的首都莫斯科是他们祈求能一劳永逸解决生活意义问题的但却永远无法触及的幻想。费拉朋特，听不清安德烈的话，只能前言不搭后语地转述从“包工头”“省税务局的看门人”那里听来的话：“在莫斯科……有一个商人吃了四十个煎饼，好像胀死了。”“要把整个莫斯科用一根大索横着隔开来。”“今年冬天彼得堡好像冷到零下二百度了……好像有两千个人冻死了……不知道这是在彼得堡还是在莫斯科，我记不清了。”（WJ，12，341－342）费拉朋特是外省城市的代表，

① Линков В. Я. *Художественный мир прозы А. П. Чехова.* М. Изд. МГУ. 1982. С. 16.

② Лапушин Р. Е. “...Чтобы начать нашу жизнь снова”（Экзистенциальная и поэтическая перспективы в “Трех сестрах”）. Науч. совет РАН «История мировой культуры», Чехов. комис. Ред. *Чеховиана: «Три сестры» 100 лет.* М. Наука. 2002. С. 22.

也是外省浑浑噩噩的集体意识的承载者，同样将许多荒诞不经的奇迹注入对首都的幻想。这种幻想展现了俄国知识分子与人民大众之间，外省与首都之间悲剧性的隔阂。

在写作《万尼亚舅舅》和《三姊妹》的19世纪90年代和20世纪初，契诃夫的中短篇小说里的外省城市的落后形象逐渐与“不读书”绑定在一起。比如在以“一个外省人的故事”为副标题的《我的一生》中，主人公这样描述自己的故乡：“没有公园，没有剧院，没有象样的乐队。市立图书馆和俱乐部的图书馆只有犹太籍的少年才去，因此杂志和新书放在那儿，一连好几个月没有人去裁开书页。”（XS，10，14）在《姚尼奇》中则说道：“一般说来本城的人是不大看书的，此地图书馆里的人说，要不是因为有这些女孩子和年轻的犹太人，图书馆尽可以关掉。”（XS，10，212）最后，《我的一生》的主人公在向自己的父亲控诉这个城市时绝望地说道：

> 我们这座城已经存在了几百年，在这几百年里它没有为祖国献出一个有用的人，一个也没有！凡是稍稍带点生气的、稍稍发出点亮光的东西在萌芽时期就统统被你们扼杀了！这座城只培养小店主、酒馆老板、办事员、教士，这是一座无用的、没益处的城，即使它忽然陷进地底下去，谁也不会觉得可惜。（XS，10，84）

《三姊妹》中安德烈最后的独白为外省城市形象的定格描下最浓重的一笔：

> 我们的城市已经存在二百年，有十万居民，可是其中没有一个人跟其余的人有什么不同；过去也罢，现在也罢，没有一个建立丰功伟业的人，没有一个学者，没有一个艺术家，就连一个稍稍出众因而惹人羡慕或者使人产生模仿的热烈愿望的人也没有……大家光是吃饭，喝酒，睡觉，然后死掉……另一些人出生，也还是吃饭，喝酒，睡觉，为了不致闲得发呆，他们就进行卑鄙的诽谤，灌酒，打牌，打官司，借此使生活添一点花样；妻子欺骗丈夫，丈夫做假，装出什么也没有看见，什么也没听见的样子；无法抗拒的庸俗影响压制着孩子们，神圣的火花在他们的身上熄灭，他们变得像他们的父母那样渺小

可怜，彼此相仿，就跟死人一样……（WJ，12，341）

正如安德烈所说（这段话完全可以用在他自己身上），在远离文明的外省城市，稍微露出一点苗头的“神圣的火花”，在四周庸俗力量的压制下，很快便熄灭了。一部分外省知识分子心力交瘁，理想崩溃，自暴自弃；同时另一部分属于父辈的知识分子则依旧在“思想性”的书籍里寻找往日的幻想，正如《万尼亚舅舅》中沃伊尼茨基对自己母亲玛丽雅·瓦西里耶芙娜的评定：“一只眼睛已经在瞧着坟墓，另一只眼睛却还在她那些深奥的小书里寻找新生活的曙光。”（WJ，12，202）当自己的儿子和孙女已经陷入绝望和痛苦的深渊时，她依然埋头读书，手里捏着一支铅笔，丝毫不理会周围生活中发生的变化；唯一感到“可怕”的，是书本中不断变化的思想潮流。

在《三姊妹》中，主人公们阅读书籍，尤其是切布狄金大量地阅读报纸，意味着“置换现实的世界”[①]。切布狄金说他自从离开大学以后一本书也没有读过，光是看报纸。这些是什么报纸，剧本中没有明说，但在这样的报纸上既可以读到杜勃罗留科夫、巴尔扎克的名字（正如在俱乐部里听到莎士比亚和伏尔泰的名字，可是无论切布狄金还是其他高谈阔论的人，对这些作家写的作品都一无所知），也可以看到治头发脱落的方子和齐齐哈尔天花流行的消息。但是，所有这一切在他看来都“无所谓”，因为“也许我们只是觉得我们存在，而实际上并不存在”。在最后一幕中，他声称要“从根本上改变自己的生活”，可是在说话的同时他“把一张报纸放进衣袋里，取出另一张”（WJ，12，331），似乎表明这样的改变只不过是换了一种虚幻的形式而已。

当19世纪末俄国外省知识分子面对沉重的社会环境时，这种书刊实际上是逃避现实的强烈诱惑，而且对三姊妹产生了致命的影响：玛霞说自己“渐渐变得粗暴，变得凶恶”（WJ，12，335），而伊莉娜则在工作中“无缘无故”地对一位太太说了许多无礼的话，只是因为这位太太的儿子死了，她要打电报给自己的弟弟，可是只知道弟弟住在萨拉托夫，却想不起地址，结果这个电报没有地址就打出去了，如同在信封上只写了“乡下爷爷收”的万卡。只有来自莫斯科的军官，一生中“读了很多书”的韦尔

① Ивлева Т. Г. *Автор в драматургии А. П. Чехова*. Тверь. Твер. гос. ун – т. 2001. С. 105.

希宁，在精神上鼓舞三姊妹：

> 这个有着十万人口的城市当然是落后和粗鲁的，我们就假定其中像你们这样的人只有三个。不消说，你们没法征服你们周围的愚昧的群众；在你们的一生当中，渐渐的，你们不得不让步，隐没在那十万人当中，生活把你们压倒了，不过你们仍旧不会消失，你们不会不留下影响；你们死后，像你们这样的人也许会出现六个，然后十二个，到最后，像你们这样的人就成了大多数。过上二百年到三百年，人间的生活就会不可思议地美好，令人惊叹。（WJ，12，280－281）

可是，就在这段话之后，库雷京将契诃夫戏剧中唯一指明确定内容的一本书送给了伊莉娜（到处送书本身暗示了这本书确实微不足道而且无人问津）。这本书是他写的本地中学五十年的历史，在其中可以找到“五十年来我们中学全部毕业生的名字”（WJ，12，282）。屠尔科夫认为，“韦尔希宁对进步所抱的不具体的浪漫主义指望竟与库雷金关于当地半个世纪来的教育工作所做的死板的形式主义总结紧紧地联在一起”，因此这份毕业生的名单“似乎是一大片墓地，甚至与其说这是埋葬人的墓地，不如说它是埋葬希望的墓地”①，而安德烈便已经被埋葬在这片墓地中，前面引用的那段独白仿佛也是对自己这一时代外省命运的注解。

契诃夫这两部戏剧中外省人物阅读书刊信息，反映了19世纪后半期在愈益保守的政治生态环境下外省知识分子的命运变化。书刊在60年代本来是进步的标志，到了19世纪末20世纪初则成为逃避生活现实的海市蜃楼。在契诃夫戏剧中，唯一写书的只有首都教授谢烈勃利亚科夫和外省中学教师库雷京，也只有他们自认为找到了生活的意义，信心十足地向周围人提供明确的“指示”。因此，这两部戏剧中的外省，仿佛具有两个不一致的时间远景。其中之一，显现在阿斯特罗夫对“一千年后人类会幸福”（WJ，12，209）和韦尔希宁对“过上二百年到三百年，人间的生活就会不可思议地美好，令人惊叹”（WJ，12，281）的难忍难熬的期待中；另一个，显现在一切将返回原状，未来的人们仍然痛苦缠身的预感之中：

---

① ［苏］屠尔科夫：《安·巴·契诃夫和他的时代》，朱逸森译，中国社会科学出版社1984年版，第414页。

“再过一千年，人仍旧会叹着气说：‘唉，生活是苦事！’”（WJ，12，297）与之相应，有两种对立的历史感始终保持着复调性共存：其一是主人公们指出的明显的进步：“现在没有拷问，没有刑讯，没有敌寇入侵……这个社会的道德水准有了一定程度的提高”（WJ，12，277）；“现在和过去有着多么大的差别！”（WJ，12，319）其二是主人公们亲身感受到的退化、堕落，文化和知识面对庸俗力量的无效性。

难道，戏剧主人公们用自己的生活实践所确证的退化，要推翻他们口头宣称的历史进步？契诃夫对这个疑问有十分明确的回答，在 1894 年写给苏沃林的信中他说：“我从小就相信进步，而且也不能不相信，因为在我挨打的时代和我不再挨打的时代之间的差别是非常大的。”（WJ，15，386）

相信进步，意味着相信个人为总体的文化所付出的持之以恒的努力，拒绝“首都—外省”的对立神话，以广阔的全民族视野和深刻的历史性眼光看待身边的一切似乎琐碎微小的事物。契诃夫在给地方上一位医生朋友的书信里说：“我相信个别的人，我在那些到处分布于全俄国各地的个别人——无论他们是知识分子还是农民——身上看到拯救；虽然他们人数少，力量却在他们身上……”（WJ，16，170）90 年代末同时期创作的一系列小说，如《我的一生》《贝琴涅格人》《在故乡》《在大车上》《新别墅》《公差》《新娘》等，呼应了外省戏剧的文化隔绝主题。在《公差》中，年轻的侦讯官雷仁原本认为，在他所生活的距离莫斯科一千俄里的外省，“一切都算不得生活，算不得人”，而莫斯科和彼得堡才是“祖国，真正的俄罗斯”（XS，10，273）。可是，当雷仁意识到自己的责任后，他看到外省与首都有着“肉眼看不见的，然而有意义的、必要的联系”，而且“在生活里，甚至在最荒凉的穷乡僻壤，也没有一件事情是偶然的，一切事情都充满一个共同的思想，一切事情都有同一个灵魂，同一个目标”（XS，10，279）。

因此，在契诃夫笔下，“首都—外省”这一具体的历史事实，超出了历史时间的框架，获得了永恒的，具有“拯救”性质的道德价值。

第三节 人民与文化问题

俄国最优秀的文学家，无论出身贵族或是平民，无论倾向革命或是改良，无论信奉科学或者宗教，在热爱人民的感情，捍卫人民利益的决心上都是一致的，都为俄国文化的人民性做出自己的贡献。可是，以暴力和掠夺为基础的农奴制压迫，千百年来在地主老爷与劳动人民之间造成尖锐的利益冲突，使得不同时代、不同阵营的文化创造者们，在如何理解人民、人民的文化问题上，出现了很大的分歧。虽然如此，伟大的作家总是能够以自己的全部生命和创作，深刻而真实地捕捉人民生活的各个方面，不但洞悉人民的心理要求，而且反映人民最根本的利益所在，创造出最优秀的文化作品。随着农奴制衰落和国家经济的发展，人民自我意识逐步增长，人民中数量最大的那一部分——不识字的广大农民和城市贫民，产生了掌握这种最优秀的文化的渴望和实践努力，尽管这一过程充满了矛盾。

1812 年卫国战争中人民爱国精神的高涨，十二月党人的革命运动，激发了 19 世纪初俄国文化人民性的进展，此时文化的创造者首先是以普希金为代表的 20—40 年代的先进贵族。普希金天才地吸收了时代最先进的思想和民间艺术的精华，在他的诗歌、戏剧、小说和评论中，世界文化与民族传统被和谐地熔铸为一个完整的世界。然而在当时，这样的被别林斯基称为“百科全书”的世界虽然包含着人民的生活，却只能在先进贵族的小圈子里得到欣赏，被隔绝于广大劳动人民的阅读范围之外，由此显露出人民大众与精英文化的悲剧性分裂。如何弥合这种分裂，使得优秀文化能够为人民所吸收并且造福人民，成为此后一代代先进文化创造者们共同肩负的责任和目标。而普希金，作为一个开创了俄国未来发展各种可能性的鲜明个性，将自己的根脉深藏在人民的土壤之中，对他的后继者们而言则成为未来伟大的人民文化的保证。离他最近的学生果戈理预言在他身上看到了“一个不断完善的俄罗斯人，这种人也许只有再过两百年后才会出现。俄罗斯的本质、俄罗斯的灵魂、俄罗斯的语言、俄罗斯的性格在他的身上是表现得如此清纯……”①。

普希金去世后，果戈理继承普希金领导的先进贵族文化，仔细全面地研究人民生活，在早期的《夜话》以及《死魂灵》的抒情插笔中，以高度诗意的方式表现俄罗斯语言、俄罗斯文化和普通俄罗斯人民的伟大力量。在普希金和果戈理的创作中，似乎包含着未来的人民文化的全部秘密。

从 50 年代末开始，经历了农奴制改革的 60 年代，一直到 70 年代末，

① 《果戈理全集》第 6 卷，冯玉律等译，河北教育出版社 2002 年版，第 29 页。

是俄国革命情绪高涨的时期，民主主义革命思想和准备工作向俄国文化提出了新的要求，而俄国文化日益暴露出诸多矛盾。首先，是俄国资本主义发展导致的市民阶层兴起，和在此过程中难以避免的文化低俗化、浅薄化的趋势；萨尔蒂科夫－谢德林把当时文化消费的主体——小资产阶级读者称为“市井之徒”（улица），他们要求文学作品能够迎合其庸俗的审美趣味和刺激性的感官享受。其次，随着人民当中识字人数的扩大和个性意识的增长，一部分出身底层的平民知识分子越来越渴望掌握俄国文化和世界文化的最高典范，优秀作家为人民普及经典文化产品的任务也愈益迫切。最后，也是绵延整个 19 世纪的矛盾在于，尽管所有伟大的民族文学家在创造自己的作品时，都希望不仅仅是为了某一个社会群体，而是为了整个国家的全部人民，但他们的作品在很长一段时间里都无法接近人民群众中数量最大的那一部分——不识字的广大农民和底层民众。

在新的历史条件下，平民知识分子登上社会思想舞台的前沿，而贵族文化则逐渐脱离了精神高涨的人民生活，暴露出狭隘的自由主义和个人主义的情绪。革命民主主义者杜勃罗留波夫在 1860 年指责贵族文化中与人民对立的老爷做派：“社会仍在赞赏普希金和 1812 年……可是 1812 年和普希金一样，并非全都属于所有的人民，而且也并非所有的贫民都能够理解《叶甫盖尼·奥涅金》的美妙……”[①] 应该指出，杜勃罗留波夫看待经典文学的这种眼光实际上代表着改革时期年轻一代平民知识分子的普遍倾向，而不仅仅属于革命民主主义阵营。比如 60 年代刚刚崭露头角的出身平民的年轻学者，后来持温和的社会改良立场的著名历史学家 B. 克柳切夫斯基，在写给友人的信里宣称，他从涅克拉索夫和俄国民间创作中所听到的“忧郁的歌曲……比之茹科夫斯基、普希金、莱蒙托夫的诗歌，比之如烟花般绚烂，也如烟花般空洞的上流社会的诗歌，更加宝贵也更富有人道主义精神。天知道这个上流社会是用海外的什么零碎拼凑成的亮闪闪的线头，完全没法套进俄国人的肩膀”[②]。

60 年代的年轻知识分子片面地、缺乏历史眼光地低估了普希金的诗歌遗产，反映出一定的虚无主义倾向，引起了一流大作家的抗议。在 1861 年陀思妥耶夫斯基坚决捍卫普希金的人民性，反驳《祖国纪事》在 1860

① Добролюбов Н. А. *Полн. собр. соч.* : *В* 6 *т*. М. Гослитиздат. 1934—1941. Т. 2. С. 260.

② Ключевский В. О. *Письма. Дневники. Афоризмы и мысли об истории.* М. Наука. 1968. С. 58.

年对普希金的创作“毫无人民因素”的判定：

> 普希金是一部分人的人民诗人。但这一部分人，第一，本身就是俄罗斯人；第二，感觉到了普希金是第一个自觉地用俄语、俄罗斯形象、俄罗斯眼光和见地同他们说话，他们在普希金身上感受到了俄罗斯精神……只要人民一有了发展，普希金对大众便立刻会具有人民的意义。①

陀思妥耶夫斯基一方面坚持普希金所代表的精英文化自身的人民性；另一方面也预言俄国文化基础向底层人民扩展的趋势，虽然伴随着尖锐的矛盾，但这一强大而复杂的进程是不可逆转的。到 70 年代中期，陀思妥耶夫斯基指出：“随着十二月党人的消失——贵族中的精粹仿佛也消失了，只留下了犬儒主义。”② 与此同时他敏锐地察觉到新的文化精神与 60 年代的本质区别：“现在我们已经壮大，难道这一改变是偶然的？不，它源自人民。从这一世纪初，我们就感到是一些孤立的力量，即某个单一的文化阶层在起作用；而如果说我们现在壮大了……那是因为人民作为活动家们加入进来了。您暂且等等就会看到，人民给我们的活动带来了多少东西。”③

可是，对俄国文化与人民结合的这种乐观预期，在 80 年代遭遇到了重大挫折。1881 年后俄国政治风向收紧，反动思潮盛行，沙皇政府加强了对社会思想与言论的管制，直接阻碍了人民吸收先进文化和一流的文化活动家向民间输送文化的进程。按照苏联著名文艺学家 Я. 埃利斯别尔格的说法，在 70—80 年代（可以再加上整个 90 年代——笔者注），“能够在思想、政治和意识形态上领导时代精神生活，在民主主义文化发展中起到指导作用的伟大的政治家、政论家、哲学家、批评家，一个都没有”④。而在 19 世纪末，建设人民文化的重任则落到这一时期最伟大的作家，首先是托

---

① 《陀思妥耶夫斯基全集》第 17 卷，白春仁译，河北教育出版社 2010 年版，第 175—176 页。

② ИМЛИ АН СССР. *Лит. наследство. Т.* 83. *Неизданный Достоевский*: *Записные книжки и тетради* 1860—1881 *гг.* М. Наука. 1971. С. 380.

③ Там же. С. 462.

④ Эльсберг Я. Е. “Литература 70—80 - х годов XIX века и русская культура”. ИМЛИ АН СССР. *Котекст.* 1975. М. Наука. 1977. С. 189.

尔斯泰和契诃夫的肩上。

这一时期，俄国的现实提出了一系列有关人民的命运和人民的文化的基本问题。比较托尔斯泰和契诃夫对这些问题的解答，一方面可以理解俄国文学史发展中的自我更新和与人民生命力共存的强大力量，另一方面也可以搞清楚19世纪最后二十年，对整个俄罗斯生活而言极其迫切的，先进文化如何与人民相结合的不同道路。

在托尔斯泰和契诃夫对普通人民的态度中，既有与之前俄国文学发展相承继的一贯性，也有属于自己时代的独特之处。早在19世纪上半叶，俄国文学尤其是“自然派”便开始留意“小人物”，其后继者民粹派作家诸如格列勃·乌斯宾斯基着力研究城市和农村贫民的处境，但这些普通人并非个性独立的人物，而是人民大众的代表，或者是以群体身份推动历史进程的“无声的力量”，他们往往被打上了唯理主义公式化的印记。在探索人的道德和精神自我确定的道路上，俄国作家注目的是那些杰出的个性，在19世纪60—70年代我们可以举出屠格涅大的巴扎罗夫，陀思妥耶夫斯基的拉斯科尔尼科夫，车尔尼雪夫斯基的拉赫梅托夫，以及列斯科夫在一系列作品中试图塑造的“义人”形象。这些杰出的人物一般具有坚强的意志和优秀的品质，鼓吹一种超越所处时代和现实生活的非凡的“思想”，从而脱离了大多数民众的平常感情、习惯、要求。因此有学者指出，整个19世纪的俄国文学都表现出“被优选出来的人的存在的理想模范”①，表达人数不多的民族精英分子的反思和行动。当然，优选的贵族精英的事业也属于人民。

80—90年代，思想激变后的托尔斯泰和攀上创作顶峰的契诃夫，取消了环绕在文学主人公身上的浪漫主义优选性的光环，在根本上加强了俄国文学的民主主义倾向。此时这两位作家所追求的，是描写和情节的质朴无华、生活情境的日常关切，从人们觉得习以为常甚至平庸无奇的东西中找到非同寻常的特征。处在他们共同关注的中心地位的，则是具有鲜明个性和独特魅力的普通人民。但在这之后，是他们对“人民”这一概念的不同理解。

众所周知，70年代末80年代初托尔斯泰在世界观发生危机并转变后，完全站到了到宗法制农民的立场，从农民的眼光来看待、理解一切社会问

---

① Долгополов Л. К. *На рубеже веков. О русской литературе конца XIX – начала XX века.* Л. Сов. писатель. 1977. С. 20 – 21.

题，激烈否定现存的社会制度。诚如他在《忏悔录》中所记载："我背弃了我的圈子里的生活，因为我承认，这不是生活，而仅仅是生活的类似物。"在背弃了按照自己的出身、教育、生活方式而从属的那个特权阶层后，托尔斯泰认为真正创造生命意义的是"普通劳动人民的生活"[①]。到1906年托尔斯泰断言这个劳动人民指的就是农民：

只要你们清楚地想象一下这数百万俄国从事农业的人民，严格来说，他们构成了俄国人民的主干，而且你们要明白，你们所有人，无论教授、工厂工人、医生、技术人员、报社记者、大学生、地主、高等女子讲学班学员、兽医、律师、铁路员工，所有那些关心人民福祉的人们，你们全都不过是人民主干上的有害的寄生虫，从它身上榨取汁液，在它身上腐朽，并且还把自己的腐朽传染给它。[②]

如果说列宁把托尔斯泰称为"俄国革命的镜子"，那么这一革命的主要内容在他笔下便表现为"农民问题"，他的观点表现力俄国革命是"农民资产阶级革命的特点"[③]。托尔斯泰的伟大之处在于，在地主与农民相互对立的旧生产关系和社会关系中，他始终捍卫受到沉重压迫而无法发声的农民利益，批判、揭露贵族地主阶层的虚伪和不正当的生活，以最清醒的现实主义艺术"撕下了一切假面具"[④]。而俄国农民的简单质朴则成为典范，他一生的全部道路都在走向农民的价值观和生活方式。

在托尔斯泰的文化观念中，文化的主要使命就是服务农民，因为农民才是人民的主体。在推崇农民和抨击老爷的两极之间，广大的中间阶层很少进入托尔斯泰的艺术视野，托尔斯泰的政论也很少关注到这一中间阶层，偶尔提及则把他们的生活视为脱离了农村宗法制的健康本原的堕落。然而应当指出，中间阶层在改革后的俄国具有了越来越重要的历史意义，被托尔斯泰轻蔑提及的"教授、工厂工人、医生……"等等，他们不仅仅

---

① 《列夫·托尔斯泰文集》第15卷，臧仲伦、冯增义等译，人民文学出版社2000年版，第56页。

② Толстой Л. Н. *Полн. соб. соч.*：*В* 90 *т*. М.，Л. ГИХЛ. 1928—1958. Т. 36. С. 307.

③ 北京大学中文系文艺理论教研室编：《马克思 恩格斯 列宁 斯大林论文艺》，人民文学出版社1999年版，第215页。

④ 同上书，第214页。

是老爷和农民之间的过渡等级，而且构成了人民当中不可忽视的一个重要部分，俄国文化也应当满足他们的需要。柯罗连科在对托尔斯泰人物性格的丰富多样性大加赞赏的同时，也富有洞察力地指出：

> 然而在这一异常丰富的集合中也有一个本质性的空白：您徒劳无益地在它里面寻找"中等阶层"、知识分子、自由职业者、市民，——也就是拿薪水的小官员、办事员、会计、私人银行出纳员、细木工、工厂工人、报纸员工、工艺师、工程师、建筑师……世袭的贵族在托尔斯泰作品中越过中等阶层向农民伸出手来，中等阶层在这个丰富的集合中几乎没有或者仅仅一闪即逝，缺乏自己处境、自己的心理和习俗的重要特征①。

柯罗连科指出的这一空白，完全可以用契诃夫的创作来填补。对于晚期托尔斯泰而言，"人民"这个概念就相当于"宗法制农民"，与他不同，契诃夫没有把人民仅仅局限于农民，而是把更加广阔的社会阶层包括进"人民"的概念。在札记簿里他写道："行政机关把人分为纳税阶层和特权阶层。然而任何分法都是不适当的，因为我们都是人民，凡是我们所做的最好的工作都是人民的工作。"（WJ，13，446）他的创作全面展现19世纪末资本主义充分发展，劳动分工细化后城市和农村里各色各样的普通民众生活。有西方学者认为他是那个时代忠实的"时事记录员"，他的创作"提供了两个世纪之交俄罗斯的人物、情境和直观世界的一个令人惊叹的目录表"，在他的作品中寻找"丰富的文献材料，涉及俄国城市和农村、首都和外省、资产阶级和官吏、演员和知识分子的日常生活"②。契诃夫和托尔斯泰一样都反映了导致1905年革命的社会矛盾，在某种程度上也是"革命的镜子"，但这面镜子映照出来的，除了作为托尔斯泰道德支柱的农民，而且还包括了参与民主主义运动的城市平民、知识分子。在写到农村时，契诃夫以更加清醒、冷静甚至无情的态度描绘农民意识的愚昧和粗暴、农村习俗的野蛮真相，这引起各色各样自由主义者和民粹主义者的批

---

① Короленко В. Г. *Соб. соч.*：*В* 10 *т.* М. Гослитиздат. 1955. Т. 8. С. 102.

② Страда В. "Антон Чехов（1860—1904）". Жоржа Нива，Ильи Сермана，Витторио Страды и Ефима Эткинда. Ред. *История русской литературы XX век*：*Серебряный век.* М. Изд. группа «Прогресс» – «Литера». 1995. С. 52.

评，说他片面地强调农村生活的阴暗色调；托尔斯泰的指责尤其严厉，认为契诃夫的《农民》是“对人民的犯罪”①，而他虽然也展示“黑暗的势力”的全部恐怖，但总要保留一线道德转折的光辉，引导堕落者回归未被金钱污染的农民原始的宗教价值观。

托尔斯泰和契诃夫虽然对人民的概念有不同的理解，但他们对当时富裕阶级的利己主义文化原则和人民被隔绝于文化成果的状况的不满是共同的。托尔斯泰否定当代文化的根本基础，是文化福利分配存在着深刻的不公平——在当前的事实情况下，人民不仅没有，而且实际上不可能享用到城市和从事脑力劳动的人创造的大部分的文化财富。在论艺术的文章中托尔斯泰说：

> 即使在我们的基督教社会里也未必有百分之一的人享受着这种我们称之为“整个艺术”的艺术。我们欧洲各民族中其余的百分之九十九的人世世代代都终生过着紧张的劳动生活，从来也没有领略过这种艺术，而且它是这样一种艺术：就算他们能享受这种艺术，他们也不会理解它。②

在剥削制度下，文化和科学的进步只能是在富裕阶层掠夺劳动人民的劳动成果的基础上获得。在过去，享用他人劳动的人用自己高贵的血统和上帝赋予他们的特殊权利，即管辖和教导人民的特殊使命，来解释自己不劳而获的寄生生活；而在现在，统治者则发明出经验的、实证的科学和劳动分工的理由，为自己脱离体力劳动辩护：

> 只有分工，只有科学界和艺术界人士摆脱生产自己食物的必要性才有可能取得我们在现代看到的那种非同等闲的科学成就，——人们对此会这么说。——如果大家都要耕地，那就不会有现代所达到的那些巨大成绩，不会有那些扩大人对大自然的控制权的惊人成就，也不会有使人类智慧为之惊奇、使航海业得以巩固的那些天文学的发现，

① ИМЛИ АН СССР. *Лит. наследство. Т.* 68. *Лев Толстой.* М. Изд. АН СССР. 1961. кн. 1. С. 519.

② 《列夫·托尔斯泰文集》第 14 卷，臧仲伦、冯增义等译，人民文学出版社 2000 年版，第 258 页。

也就不会有轮船、铁路、令人惊叹的桥梁、隧道、蒸汽机、电报、摄影术、电话、缝纫机、电灯、天体望远镜、分光镜、显微镜、三氯甲烷、利斯特、石炭酸。[①]

但是，以暴力手段强迫人民劳动、受苦的富裕阶层，虽然打着科学研究和文明进步的旗号，实质上却是在逃避“首要的和毫无疑义的人类义务——用双手在人类与自然的共同斗争中从事劳动”[②]，而他们创造的所谓科学和艺术对劳动人民而言是既不适用也无法理解的。托尔斯泰认为，侵吞他人劳动的人，一方面相信自己“是在为进步服务，从而给全社会的人带来好处，这个好处可以赎回因为消费人民的劳动而对人民造成的祸害”[③]；但更多的可能是忘记了自己许诺承担的义务，对为其服务的人民本身也当成科学和艺术活动的对象，研究和描写他们只是为了供自己娱乐和消遣，因此常常十分冷漠、轻蔑地对待人民的命运。

对于当代文化与劳动人民的脱离，契诃夫同样持十分激烈的批判态度。在十分明显地呼应托尔斯泰的劳动主张，被苏联托尔斯泰研究专家称为“契诃夫版的《复活》”[④]——中篇小说《我的一生》中，布拉果沃医生维护托尔斯泰所反对的文化特权，虽然他钦佩波洛兹涅夫与贵族家庭决裂投身体力劳动的果敢举动，但不乏真诚认为若是把从事体力劳动的精力“用在逐步成为一个伟大的学者或者艺术家上，那么您的生活就会变得更加宽广，更加深刻，在各方面都有更大的收获”；反之，如果“最优秀的人物、思想家、大学者……一律参加生存斗争，把时间花在敲碎石头和油漆房顶上，你不认为那就可能给进步造成严重的危害吗?”对此波洛兹涅夫公正地反驳说：“为了使强者不奴役弱者，为了使少数人不成为多数人的寄生虫，经常不断地吸取多数人身上的脂膏，那就必须使所有的人，强者和弱者，富人和穷人，没有一个例外，各人为自己，一律参加生存斗争，在这方面，没有比体力劳动，作为普遍的、人人必尽的义务，更好的

① 《列夫·托尔斯泰文集》第14卷，臧仲伦、冯增义等译，人民文学出版社2000年版，第46页。

② 同上。

③ 《列夫·托尔斯泰文集》第15卷，臧仲伦、冯增义等译，人民文学出版社2000年版，第221页。

④ Евнин Ф. И. “Чехов и Толстой”. Благой Д. Д., Лаврецкий А., Ломунов К. Н., Сабуров А. А., Шифман А. И. Ред. *Творчество Л. Н. Толстого.* М. Гослитиздат. 1959. С. 443.

消灭差别的办法了。”（XS，10，28－29）进而主人公几乎逐字重复了托尔斯泰关于进步的思想：

> 随着人道思想的逐渐发展，另一种思想也在逐渐发展。农奴制度没有了，可是资本主义在成长。在解放思潮的全盛时期，也跟在拔都的时代一样，多数人供少数人吃穿并且保卫他们，而多数人本身却挨饿受冻，没人保护。这样的社会秩序能够跟任何一种思潮和潮流融洽共处，那是因为奴役的艺术也变得逐渐巧妙起来……在我们这儿，思想只不过是思想罢了，要是如今，在十九世纪末尾，还能够把我们感到最沉重的体力劳动推给工人们去干，那么，我们当然会这样办，而且事后无疑会为自己辩白说：如果最优秀的人、思想家、大学者把宝贵的光阴耗费在这方面，就可能为进步造成严重的危害。（XS，10，30）

在社会制度的奴役本质不发生改变的情况下，上层阶级即使有心用文化和科学进步来弥补人民，但对于极端贫穷困苦的人民生活条件而言都是隔靴搔痒，无法解决根本问题，相反却是加重了人民的负担。托尔斯泰并非不知道科技成就使得劳动生产率和社会财富倍增，产品质量提高，但这些进步都与劳动人民的具体福利无关：

> 如果说工人可以不再步行而乘坐火车，那么火车却烧光了他的森林，从他眼前运走粮食，使他陷于近乎资本家的奴隶的地位。如果说，多亏蒸汽机和机器，工人能廉价买到不耐用的印花布，那么这些蒸汽机和机器却使得他不能在家里干活挣钱，从而陷入完完全全的工厂主奴隶的地位。如果说有并不禁止他使用的电报（从他的收入来说他是不可能使用的），那么，正因为有了电报，他的任何产品看涨的时候，在他知道这种货有销路之前，资本家就以贱价从他眼前把它收购走了。如果说有电话、天文望远镜、诗歌、小说、戏剧、芭蕾舞、交响乐、歌剧、画廊等等，那么，工人的生活却并没有因此有所改善，因为由于同样的不幸，这一切他都不能享用。①

① 《列夫·托尔斯泰文集》第14卷，臧仲伦、冯增义等译，人民文学出版社2000年版，第47页。

另外，用在救治普通民众的地方医学设施，却使人民付出更大的物质损失的代价。针对地方自治活动家们认为医学之所以对人民无用，是因为迄今为止医学事业尚不够发达的观点，托尔斯泰一针见血地讽刺说：“显然，它还不太发达，因为如果上帝保佑它一旦发达起来，那么在一个县里骑在人民脖子上的就不是两个医生、助产士和医士，而是像他们希望的那样有二十个，若真是如此，一半的人民就会死于这个医疗编制的沉重支出，短期内谁也没法治疗他们。”①

在《带阁楼的房子》里，契诃夫同样揭露了富裕阶层对农村文化设施所投入的盲目自信，指出在人民被体力劳动压迫得喘不过气来的情况下，所有的这些医疗所、学校、读书室、药房，包括绘画、音乐等一切艺术形式，都是“专为奴役服务的”，为束缚人民的“巨大的锁链”添上一些“新的环节”。小说主人公指责“小事情”理论的狭隘和与人民的现实需要之间的脱节：“您用医院和学校去帮助他们，可是您用这些东西并没有解除他们的桎梏，反而加深了他们的奴役状态，因为您给他们的生活里带来新的迷信，给他们增添了需求的项目，更不用说他们为了买斑蝥膏和书本就得付钱给地方自治局，因而就得更加弯着腰干活了。”（XS，9，442）这些理由与托尔斯泰的说法如出一辙。

但是，从这里托尔斯泰和契诃夫却得出了关于文化的不同结论。

托尔斯泰早在1862年热衷于在亚斯纳雅波梁纳建立农村学校时，便把服务人民设定为文化知识的标准：“在把处于我们的权威下的那些熟悉的知识传授给人民，并且发现这些知识对他产生了坏影响后，我得出一个结论……不是人民没有成长到要接受和使用这些知识，就像我们这样，而是这些知识本身不好、不正常，我们应当在人民的帮助下制定出新的，与我们大家、社会和人民相应的知识。”② 为了满足人民的需要和符合人民的利益，托尔斯泰不惜贬低高级科学和高级艺术，把“那些毕生老老实实从事微生物研究、天体现象和光谱现象研究的科学家，那些在勤奋地研究古代文献以后去创作历史小说、绘画、交响乐和优美的诗歌的艺术家们”③

① Толстой Л. Н. *Полн. собр. соч.*：*В* 90 *т.* М.，Л. Гослитиздат. 1928—1958. Т. 25. С. 359.

② Там же. Т. 8. С. 112.

③《列夫·托尔斯泰文集》第14卷，臧仲伦、冯增义等译，人民文学出版社2000年版，第54页。

排除出真正的文化创造领域，认为这样的活动对社会和人类的福利没有直接的积极作用。

托尔斯泰的思路极其清晰：如果最广大的农民不能在与受过教育的人同等程度上享用文化成果，如果只是靠牺牲大多数人民的利益来让少数富人心安理得地从事纯科学和纯艺术的工作，那么就应该彻底拒绝这种高级的文化，转而在宗法制农民的生活里寻找基督教的理想。对于为少数人专有的艺术维护者的说法——“如果现在并不是所有的人都享受到目前存在的艺术，那么这不是艺术的罪过，而是不合理的社会制度所造成的。我们可以想象，在将来，体力劳动将部分地为机器历代替，部分地因了劳动的正确分配而减轻，为生产艺术而从事的劳动将由大家轮流分组，不必让某些人经常坐在舞台下面搬移布景，或者经常举起机器，经常制造钢琴和法国号，经常排字、印书，做所有这些工作的人可以每天只工作很少几个小时，而在空闲的时间享受艺术的一切幸福。”——托尔斯泰反驳说，这种情况根本不可能出现，因为：

> 我们这种精致的艺术只有在人民群众处于奴隶地位的情况下才可能生产，只有当这种奴隶制度还存在时才可能继续；只有在工人的紧张劳动的条件下，专家们——作家、音乐家、舞蹈家、演员——才可能达到他们所达到的那种精致和完美的程度，才可能生产他们那精致的艺术作品；只有在这些条件下才可能有评赏这些作品的精致的公众。把资本的奴隶解放了，就不可能生产那样精致的艺术。①

托尔斯泰永远保持着的俄国最优秀的贵族代表所特有的，对于人民无法偿还的负罪感，对于契诃夫来说并不存在。在写给苏沃林的一封信里契诃夫说：

> 我的身上流着农民的血，农民的美德不会使我惊讶。我从小就相信进步，而且也不能不相信，因为在我挨打的时代和我不再挨打的时代之间的差别是非常大的……深思熟虑和公正感告诉我说：对人类的

---

①《列夫·托尔斯泰文集》第14卷，臧仲伦、冯增义等译，人民文学出版社2000年版，第194页。

> 爱，在电力和蒸汽中比在贞节和戒绝肉食中多。战争是坏事，审判是坏事，不过因此却不能得出结论说：我应该穿树皮鞋，应该跟长工和他妻子一块儿睡在炉台上，等等，等等。（WJ，15，386－387）

在契诃夫的观念里，人民要建设美好生活，是通过人民自己掌握人类积累的所有最优秀的文化成果来实现的。对契诃夫而言问题不在于受教育阶级创造的文化是否符合基督教精神，而在于如何改变不合理的劳动分配制度，帮助人民掌握优秀的文化。在《带阁楼的房子》里画家宣称的恰恰是托尔斯泰反驳的文化主张：

> 必须把人从繁重的体力劳动中解放出来……必须减轻他们的重负，给他们喘息的时间，让他们不致一辈子守在炉灶和洗衣盆旁边，守在田野上，也要有时间考虑灵魂，考虑上帝，可以比较广泛地发挥他们的精神力量。每个人的使命就在于精神活动，在于探讨真理和生活意义……如果我们大家，城市和乡村的居民们，无一例外，全体同意：凡是人类用来满足生理方面的需要而耗费的劳动由大家平均承担，那我们每个人也许一天只要工作两三个钟头就够了。请您设想一下，我们大家，富人和穷人，每天只工作三个钟头，其余的时间一概是空闲的。您再设想一下，为了少依赖体力，少辛苦，我们发明机器来代替劳动，而且极力把我们的需求的项目减少到最低限度……那么最后我们会剩下多少空闲的时间啊！我们大家就共同把这些空闲的时间献给科学和艺术。（XS，9，443－444）

与自己的主张契合，晚期的托尔斯泰挑选出他认为的最易于让农民理解的体裁——圣徒传、民间故事、寓言等，而契诃夫在描写不识字的农民时，使用的仍然是与描写知识分子的作品同样优美精致的叙事散文体裁，人民的生活场景有机地融入了俄罗斯生活的总体画面。在表达农民情绪、揭发专制制度的愤怒和绝望的力量上，契诃夫不如托尔斯泰笔力万钧的明白质朴，但契诃夫的艺术实践更富有历史性的公正全面：“人民戏剧也罢，人民文学也罢，这都是胡闹，这都是人民的糖果。不应当把果戈理降低到人民的水平上去，而应当把人民提高到果戈理的水平上来。”（WJ，16，605）

19世纪末俄国两位最伟大的作家便是如此理解人民与文化的关系。

第四章　人的哲学

第一节　探索选择主人公的新视角

契诃夫在小说《纠纷》里说到，人际关系中的琐事、误解是如此之多："它们构成了整个生活，如同沙子堆成山一样！"（XS，7，245）在两年前的一封书信里他感叹说："生活纯粹是由灾祸、纠纷、庸俗构成的，它们混在一起，互相更替……"（WJ，14，162）如果没有这些无聊的琐事、无谓的纷争，人间生活会呈现为完全不同的样子，人们的心灵也会为更加崇高的精神所吸引，无论他们出自什么阶层，受到过什么样的教育，是否从事外表高贵、炫目的智力活动，令人翘首期盼他们未来将肩负起拯救人类的伟大事业。在这一点上，契诃夫既有别于19世纪俄国文学的传统兴趣，又是这一传统发展的合乎逻辑的结果，同时也反映了自己的时代特色。

19世纪下半叶，俄国资本主义迅速成长，以官僚、市民、知识分子为代表的中等阶层枝繁叶茂，其结构成分来源各异，阶层内部暗流涌动，组成的人物群像画面斑驳陆离，形形色色：破产贵族精神萎靡，沉迷于幻想，无可救药地向下堕落；底层民众的一部分攀升到中等阶层，这其中既有克服巨大困难靠自我教育获取地位的平民知识分子，也有不顾廉耻贪婪攫取财富的小经营业主、低级官员。俄国的中等阶层是契诃夫对俄国社会进行观察和深入分析的着力点，是他每天都要面对并力图完整呈现的现实处境。

俄国文论大家艾亨鲍姆在论俄国小说艺术的书中指出：在19世纪俄国文学史上，与关注社会政治斗争的文学并存的还有另一类文学："它在知识分子传统的狭隘圈子外发展，与俄罗斯偏远的外省——许多作家回避的世界——有着牢固的联系。它不明确鼓吹什么东西，不直接教导什么东西，只是细致鲜活地讲述俄罗斯生活——为自己日常事务奔忙的，遍及一切阶层和职业的人。"[①] 在这样的文学里，似乎不太直接关注那些尖锐的社会问题，没有明确鼓吹特定的思想倾向，因此常常遭到谴责，被打入"二流"文学的境地。但是这类文学有自己的"雄心抱负"：它把眼光放在更加广阔的民族生活的所有细节上，力图全方位地展现社会各个阶层、职业、环境的习俗和特征，使同时代人可以从各个方面了解俄罗斯生活，为总结俄罗斯民族的精神内涵，探索未来的发展道路收集最基本的材料。艾亨鲍姆认为，这类文学的代表人物是皮谢姆斯基和列斯科夫，契诃夫的直接师承就是他们。

在写作生涯开始后的很长一段时间里，契诃夫混迹于《闹钟》《蜻蜓》《花絮》等幽默小报，发表一些虽然观察犀利却与人无伤的"小东西"，与所谓最有影响力的大知识分子和思想界的权威们毫无瓜葛。这一方面是因为这位刚起步的年轻作家天性谦虚，不爱声张，另一方面也是因为契诃夫的文学出身并不显赫，与同时代人期待的新晋大作家形象相距甚远。小说家A. 拉扎烈夫－格鲁津斯基回忆契诃夫向他述说自己早年的创作情况：

> 您知道，我是莫斯科大学毕业的。大学一年级时，我就给一些杂志写稿；毕业以前，我以"安·契洪捷"（与我的姓很相似）的笔名发表了几百个短篇。我的大学同学中却根本没有一个人知道"安·契洪捷"就是我，他们谁也对此不感兴趣。他们知道我在给某处写东西，仅此而已。至于写的是什么，那就跟他们完全无关了。[②]

1886年在给格利果罗维奇的信中契诃夫证实了拉扎列夫－格鲁津斯基的说法：

> 如果我确实具有应该予以尊重的才能，那么，我要在您的纯洁心灵面前招认：我至今没有尊重过它。我觉得才能我是有的，然而我一向认为它微不足道……所有我的亲友一向都用宽容的态度对待我的写

① Эйхенбаум Б. М. *О прозе.* Л. Худож. лит. ленингр. отд－ние. 1969. С. 358.

② ［俄］戈鲁勃夫等编：《同时代人回忆契诃夫》，倪亮等译，广西师范大学出版社2016年版，第102页。

作生活，不断地出于好意劝我不要用这种糟蹋纸张的事来代替正经的工作。我在莫斯科有好几百个熟人，其中写文章的人有二十来个，可是我记不起有哪一个人肯读我的作品或者把我看做艺术家。（WJ，14，127）

在年轻的作家心目中，写作是为养家糊口而从事的职业手段，也是释放他过剩的创造精力的“享受和娱乐”，其重要程度和合法性可能远远不如他为自己选择的医学专业。在信中他多次戏谑地把医学比作“妻子”，把文学比作“情妇”，虽然互相妨碍，但还不至于势成水火。他轻松愉快，漫不经心，似乎毫不费力地把身边普通人的生活和随处见到的琐事编排成最初的小作品。据作家柯罗连科的回忆，初次与契诃夫相见时，看到他的眼睛里流淌出“一股源源不绝的机智和天真的欢乐之泉”，这种充满青春气息的乐观力量难以遏制，以至于他可以随手拿起桌上看到的第一件东西并放在柯罗连科面前说：“这是只烟灰碟……您要是高兴，我明天就可以写出一个短篇……篇名就叫《烟灰碟》。”[①] 实际上，这是以某种半开玩笑半一本正经的方式在向委托柯罗连科来拜访契诃夫的《北方导报》示威，因为后者代表的所谓“大杂志”始终对这位年轻而富有才气的作家疑虑重重，觉得他过于轻率地选择描写对象，因此缺乏责任感。

应该指出，在很多同时代人眼中，契诃夫选择题材的随意和行文的过于轻松，绝不是单纯因为作家思想轻浮和玩世不恭。与之相反，契诃夫对于文学的意义有着明确的认识，并且从青年时代起就表达出强烈的使命意识，虽然在当时的社会环境下真心从事文学创作的人常常感到举步维艰。在契诃夫 1882 年的特写《集市》中，这样描写一座简陋剧场上演的粗鄙的剧目，和观众们充斥着市井无赖气息的欣赏趣味：

剧院有两个。它们坐落在广场中央，互相挨着，看上去灰溜溜的。棚子用木棍和潮湿粘滑的坏木板搭成，外边蒙一层破布。棚顶上补丁压补丁，线缝挨线缝。寒酸极了。几根梁木和几块木板胡乱搭成房外的露台，上面有两三个小丑站着，逗下边站着的观众发笑。那是

① ［俄］戈鲁勃夫等编：《同时代人回忆契诃夫》，倪亮等译，广西师范大学出版社 2016 年版，第 83—84 页。

> 些最不苛求的观众。他们哈哈大笑倒不是因为真有什么可笑的，而是因为看见小丑理应大笑。小丑挤眼睛，扮鬼脸，装洋相，可是……唉！所有我们那些普希金时代和非普希金时代的舞台祖宗们早就过了时，很久很久以前就完成任务了。从前那年月，他们的杰出人物传播过辛辣的讽刺和海外的真理，然而现在他们的诙谐却弄得人莫名其妙，才能的贫乏不亚于棚子设备的寒酸。您一面听，一面觉得恶心。在您面前表演的，不是流浪艺人，而是两条腿的饿狼。驱使他们向缪斯求援的是饥饿，而不是别的什么东西。……他们饿极了！他们饥肠辘辘，破衣烂衫，神色憔悴，面带病容，身体消瘦，不住在露台上扭动身子，竭力做出一脸的傻相，好让场子里多添一个龇着牙笑的人，因而多得一枚十戈比硬币。……结果他们做出来的却不是傻相，而是庸俗的脸相：那是把冷漠的神情和矫揉造作、习以为常、什么感情也没表达的怪相混在一起的杂拌。（XS，1，293）

特写开头告诉我们，这座小城小得“无人注意”，但它在俄国广大外省地区几乎无处不在，因此是俄国现实生活的真实写照。它提供的娱乐产品反映着、迎合着俄国普通城市居民和形形色色最广泛的中等阶层的精神要求：一切都是商品，都可以买卖，在城市的每一个角落里都散发着“重商主义精神”（XS，1，290）。屠尔科夫机智地指出，这段描写极其符合契诃夫同时代幽默作家们的创作环境，契诃夫早期经常合作的《花絮》主编，名噪一时的讽刺作家 H. 列伊金便说过这样的话：“我们大家都是靠顾客吃饭的，必须奉承他们，而不惹他们生气。否则还做什么生意呢！”[①]

列伊金与契诃夫可谓关系密切，自 80 年代初契诃夫便为《花絮》杂志积极撰稿，契诃夫早期很多表露创作心声，阐发文学观念的话语便是写在给列伊金的书信中。1887 年他在给列伊金的信里说：“《花絮》是我的圣水盘，而您是我的施洗神父。”[②] 表达对这本杂志及其主编的敬意和感激。在契诃夫尚为医科大学生之时，列伊金早已蜚声幽默文坛，一度得到涅克拉索夫的赏识，70 年代被遭受右翼批评围攻的萨尔蒂科夫－谢德林引

① ［苏］屠尔科夫：《安·巴·契诃夫和他的时代》，朱逸森译，中国社会科学出版社 1984 年版，第 16 页。

② Чехов А. П. *Полн. собр. соч. и писем*: *В* 30 *т. Соч. в* 18 *т.*, *письма в* 12 *т.* М. Наука. 1974—1983. П. 2. С. 164.

为同道[1]。在万马齐喑的80年代，列伊金和他的偶尔闪烁讽刺锋芒的杂志令人想起民主思想活跃的60年代，那时俄罗斯的讽刺文学“愉快而威严，刻薄而有力，才华横溢，目标明确。那时它的否定的的确确‘以破坏来建设’”[2]。而列伊金主持《花絮》时也曾抱有继承谢德林主编《祖国纪事》下属的《火花》杂志的小小野心，试图恢复60年代的幽默传统，他自己甚至自称“小谢德林”[3]。可惜的是，严酷的时代并不允许这样的希望存在。

据同时代人回忆，列伊金当时在市民中也广受欢迎。但到19世纪80年代中期之后，随着契诃夫幽默作品大量问世，列伊金在读者当中的地位已经被契诃夫排挤。1886年契诃夫在写给哥哥的私信中宣布：“列伊金过时了。他的位置由我取代了。如今在彼得堡我更时髦……”[4]

契诃夫的地位并非轻松取得。在功利主义的商业欲望和来自政府的高压政策双重围堵下，年轻的作家依然坚持自己为人和作文的原则，也因此他充分感受到一个不出卖良心的“小作家”在选择题材时所面临的重重困难。在短篇小说《两个记者》中那个打算自杀的人哀叹道：

> 四下里好象迷雾重重，变幻无常……模糊不清……简直没有什么东西可写。单是想到四下里都是人吃人，人抢劫人，人践踏人，互相往脸上吐唾沫，可是又没有什么东西可写，那就能上吊十次！生活在沸腾，劈啪地响，嘶嘶地叫：可是又没有什么东西可写！这种该死的二元论啊……（XS，4，65）

在更早一篇小说《玛丽雅·伊凡诺芙娜》里，契诃夫极其罕见地表露过自己的文学心声：即使遭到误解，难以得到“大知识分子”的赏识，但为小杂志撰写诙谐小作品的幽默作家仍要明确认识到时代提出的要求，首

---

① См.：Катаев. В. Б. *Чехов плюс...：Предшественники，современики，преемники*. М. Языки славянской культуры. 2004. С. 73.

② Амфитеатров А. В. “От составителя” . Амфитеатров А. Сост. *Забытый смех*：*«Поморная муза»*. М. Московское книгоиздательство. 1914—1917. Сборник 1. С. 2.

③ См.：Ясинский И. И. *Роман моей жизни*：*Книга воспоминаний*. М.；Л. Гос. изд. 1926. С. 204.

④ Чехов А. П. *Полн. собр. соч. и писем*：*В* 30 *т. Соч. в* 18 *т.*，*письма в* 12 *т.* М. Наука. 1974—1983. П. 1. С. 231.

先必须以诚实的写作态度担负起自己的责任。为了直率地宣明意图，契诃夫甚至采取了类似车尔尼雪夫斯基在《怎么办?》中与读者对话的形式，这既是向神圣的60年代致敬，也是借助伟大的思想导师来阐明自己写作立场的正当性。小说里以第一人称自述的“职业文学工作者”，“文学界的真正工人”，对那些指责作者轻浮的“严肃的、疾言厉色的、思想深刻的读者”推心置腹地说道：

然而这种文学一天也不能停顿，读者先生。虽然您觉得它渺不足道，有点灰色，没有趣味，虽然它没激起您的欢笑、愤怒、喜悦，然而它仍旧存在着，发挥它的作用。缺了它是不行的。……要是我们走掉，离开我们的园地哪怕一分钟，立刻就会有一批戴着可笑的圆锥帽和挂着马铃铛的小丑来接我们的班，立刻就会有一批坏教授、坏律师以及按照“左！右！”的口令叙述荒谬的恋爱故事的士官生来接我们的班。(XS，2，366－367)

对于读者要求的严肃题材，契诃夫反问：

您说得对，不管是现象还是问题，都有很多，不过请您指出来您究竟需要什么。既然您那么愤慨，那就请您指出来，以便使我彻底相信您说得对，相信您真是很严肃的人，您的生活很严肃。请您指出来，而且请您讲明白，否则我就可能认为，您所说的问题和现象根本不存在，您只不过是个可爱的人，由于闲得没事干，偶尔也喜欢谈一谈严肃的东西而已。(XS，2，367)

此时契诃夫不由自主地在代表80年代整个幽默阵营的同人说话——这样的语气过于急迫，与其成熟期特有的含蓄、克制、平静的描写风格背道而驰，以至于这篇作品后来未被作者收入自己编撰的文集。

可是，契诃夫最终告别了列伊金的幽默阵营，并且最终取代了后者的地位。这首先反映在他们对笔下主人公的选择和对待他们的态度的分歧上。80年代列伊金已经遭遇到写作危机：他笔下的人物范围过于封闭局限，因此在巨大的数量中显得单调。同时代人批评他说：

> 在他数量巨大的小戏中（它们在他那里有将近五千种!）有的是同样一些登场人物：必不可少的商人，或者“东家”，他们都愚蠢，无知，粗鲁或者酗酒，因为这些品性他们落入各种各样的喜剧状态中，或者更经常的只不过是满嘴琐碎可笑的胡言乱语；他的妻子，或者“东家太太”，——虚胖的商人家女儿，比她丈夫还要稍许蠢笨和无知些；当然，他们还养着浑浑噩噩的一窝子女——和父母一样蠢笨，但还加上点城市的道德败坏、大言不惭和游手好闲，他们是有男有女的“脱缰的役马”；店铺里雇佣的“年轻人”——骗子和耍花招的人；狡猾的和鬼鬼祟祟的厨娘，粗鲁的打扫院子的人，来自退伍的士官的守卫和看门人，满口军队的行话；小官员，“身材高大的长舌妇”和这一类人。所有这些人早已被列伊金先生塑造为一劳永逸的、完全独立的类型，现在他仅仅让他们去赴每天的约会，根据报纸上的各种事情大放厥词，可是在阅读这些荒唐无稽的谈话中的所有内容和他的小戏的全部精华的时候，不可能不笑出声来。①

按照惯例，每一个进入《花絮》等幽默杂志的作者都必须掌握并遵守早已积累下来的一定之规，而列伊金在教导契诃夫时更加充满期待，他曾一本正经地通知自己的好友说：“先生们，我发现了一个新谢德林。”② 但契诃夫显然在早期就已经超越了这些条条框框，并且写作了风格上十分“另类”的小作品。这里指的是1883年4月在《花絮》上连续发表的两篇小说《柳树》和《盗窃犯》。这两篇小说属于俄国文学的一类特殊体裁“复活节短篇小说”，按照B. 扎哈洛夫的定义，这类小说的情节必须关乎人的“灵魂拯救”和“道德重生”，使读者联想起福音书真理——宽恕罪人，复活死魂灵，复原人的精神③。契诃夫通过这两篇小说离开了《花絮》的一味逗乐的套路，努力探索自己的叙事基调，将叙事者对主人公深深的同情感放入文本。在后一篇小说里，主人公费多尔·斯捷潘诺维奇因贪污

---

① Михневич В. О. *Наши знакомые* : *Фельетонный словарь современников*: 1000 *характеристик рус. гос. и обществ. деятелей*, *ученых*, *писателей*, *художников*, *коммерсантов*, *промышленников и пр.* СПб. : Тип. Э. Гоппе. 1884. С. 125 – 126.

② ［苏］屠尔科夫：《安·巴·契诃夫和他的时代》，朱逸森译，中国社会科学出版社1984年版，第32页。

③ Захаров В. Н. “Пасхальный рассказ как жанр русской литературы”. Захаров В. Н. Ред. *Евангельский текст в русской литературе XVIII—XX веков.* Петрозаводск: Изд. ПГУ. 1994. С. 256.

公款被流放到西伯利亚，受到全城的嫌弃。在俄国人心目中最最光明的复活节前夜，他独自一人在黑暗潮湿的街道上游逛，遇到县城里“唯一的受过教育的”医师，后者“掀开皮袄的一角，为的是向流放犯炫耀一下皮袄里的挂在纽扣眼上摇摇晃晃的斯坦尼斯拉夫勋章”（XS，2，106）。医师不愿意接纳费多尔·斯捷潘诺维奇来家里一同开斋，可是却天天在家招待另一个贪污犯巴拉巴耶夫吃饭喝茶，原因是他贪污的钱更多。他为之铤而走险的情妇，也抛弃了他，并且投奔了出手豪阔的巴拉巴耶夫。回到寄居的寓所，他在绝望情绪笼罩下毫无意义地摔死了房东家的鸟，而房东，一个狂热的分裂派教徒，也同样忘记了宗教的宽恕精神，在神圣的复活节恶语相向：

> 房东的脸气得发抖，脸上淌满泪水。
>
> “该死的，为什么你弄死我的小鸟？为什么你把我这只唱得好听的鸟弄死，恶魔？啊？你弄死了什么？你凭什么干这种事？你这个不要脸的家伙，凶狗！你给我滚出去，永世也不要再踏进我的家门！你马上就走！马上！”（XS，2，109）

复活节是东正教最为看重的节日，在这一天里上帝的神恩降临信徒，人们因为共同的圣礼仪式团结起来。费多尔·斯捷潘诺维奇在大街上孤独地游荡时，远处有举着十字架的教徒行列，闪烁的点点火光仿佛在提醒复活节的神秘意义，可是现实中的人际关系却充满了嫉妒、愤恨、背叛、欺骗。虽然契诃夫多次表示他没有宗教信仰，但在复活节其对流放犯流露出来的，却正是符合福音书教导的对不幸的人的温暖、关爱，而这样的抒情笔调却被《花絮》的主编看作不适合的，甚至是危险的。契诃夫为此答复列伊金说：

> 要不是因为我在寄稿子的时候受到某种考虑的影响，我原不会把这两篇不逗笑的作品（《柳树》和《盗窃犯》——引者注）寄给您。我认为一篇严肃的小作品，短短的，只有一百行左右，是不会十分刺眼的……小作品只要相当轻松，合乎杂志的精神，即使包含一点深意，也加上恰如其分的抗议，照我看来，读者仍旧会乐于读一读，就

是说不会枯燥乏味的。……再者，里奥多尔·伊凡诺维奇[①]也不是永远插科打诨，不过《花絮》的读者恐怕没有一个放过他的诗不读的吧。一个小作品不管怎样严肃，只要写得轻松短小，就不会使人读着而不感到轻松。……求上帝保佑，千万别写得枯燥无味，然而在复活节，对一个已经流放在外的盗窃犯说一点温暖的话，也不至于就把幽默扼杀了。（再者，说老实话，一味追求幽默是困难的！有的时候，人只顾追求幽默，胡乱写出一些东西，连自己看着都恶心。人就不由自主地钻进严肃的领域里去了。）（XS，2，509－510）

列伊金显然没有就此放弃这位才华横溢的年轻作家，依然在努力试图把契诃夫培养成为自己的忠实门徒。同年9月他继续向契诃夫约稿，按照自己的想法为契诃夫圈定讽刺对象："狠揍那些放荡的商人和蛮汉……狠揍那些演员……讽刺、漫画、奇想怪念在这里都有用……把这些恶作剧写得越蠢越好。"[②] 但契诃夫显然无法接受如此狭隘的观察人的眼光，尤其反对以如此简单的方式来处理那些备受轻视，毫无防卫力，因而沦为似乎可以被公众任意侮辱的人。上文中提到的，试图将契诃夫从幽默小报拉入己方阵营的《北方导报》，也正是在这一点上批评列伊金："他对一切都过于冷漠，他才不会去讥笑什么。他不过是在嘲弄一个厨娘，就好像在商店里的活计嘲弄一些过路人一样，既不必担心他们会反击，也不必担心他们会训斥。"[③]

甚至在日常生活中，他们对待普通人的态度也有类似的分歧。契诃夫在彼得堡列伊金家做客时，很快就同列伊金家的两个仆人交上了朋友。其中一个是车夫季莫菲耶夫，下巴上留着胡子，按照契诃夫的评语，"尽管有点蠢……但很可爱，有些诗人气质"，而且他精通钓鱼。可恰恰是这个

---

① 里奥多尔·伊凡诺维奇·巴尔明是把契诃夫介绍给列伊金认识的诗人，他在给《花絮》寄去自己的诗作《六月之夜》后，也曾向列伊金抱怨说："你似乎在凶狠地迫害自然之美，说这里没有任何讽刺。"（Катаев. В. Б. *Чехов плюс...：Предшественники，современики，преемники.* М. Языки славянской культуры. 2004. С. 89.）

② ［苏］屠尔科夫：《安·巴·契诃夫和他的时代》，朱逸森译，中国社会科学出版社1984年版，第17页。

③ 同上书，第17—18页。

爱好引起列伊金极大的不满："要知道他是来做工的，不是来拿钓竿钓鱼的。"[①] 卡塔耶夫引用这一事例时评论说："人性的、生活的复杂性，即使像在车夫季莫费耶夫天性中愚蠢和诗意的混合，在文学中和生活中一样，都不能引起列伊金的兴趣。而这种性格学的复杂和多义的组合，却开始在契诃夫的兴趣中占据优势。"[②]

第二节 普通人与杰出个性

在契诃夫之前的俄国文学世界里，所有的经典作家虽然都能超越人物外在的社会阶层，以平等的视角评判每一个灵魂的幽微深刻，但都自觉地设立一种内在的等级来将人划分为三六九等人，俄国文论家 B. 马尔科维奇在论屠格涅夫的书[③]中将其称为"人性的等级"。在托尔斯泰那里，这一等级以民间智慧和福音书教导为基础，在屠格涅夫那里有历史文化的等级标准，在陀思妥耶夫斯基那里人物的价值等级由基督自我牺牲的真理和道路决定。他们笔下的人物角色在性格、经历和教育背景、文化身份上无论有多么悬殊，但作者的道德审美理想始终都在评定他们在艺术体系中的等级。在这样的等级框架内，甚至那些看上毫不出众的"平常人"，都闪现出不平常的光彩，因为在他们身上反映出作者的精神寄托和"总体思想"。陀思妥耶夫斯基这样评价他所表现的普通的俄国民众：

> 在俄国普通老百姓的身上，需要善于把他的美从偶尔沾染上的野蛮行为中区分出来。由于几乎是全部俄国历史条件的原因，我们的人民沉湎于恶习，被腐蚀、诱惑并经常受到磨难，他居然能生存下来，保持着人的形象，而并非指保持他的美这一点，实在令人惊讶。可是他同时也保持着他的形象的美。谁是人类真正的朋友，谁的心哪怕有一次因为人民的苦难而颤动，他就会理解和原谅他沉溺其中的、无法回避的、偶然沾染的污秽，并从这污秽中发现宝石。我重申，评价俄

---

① Чехов А. П. *Полн. собр. соч. и писем*: *В 30 т. Соч. в 18 т.*, *письма в 12 т.* М. Наука. 1974 – 1983. П. 1. С. 445.

② Катаев. В. Б. *Чехов плюс*…: *Предшественники*, *современики*, *преемники*. М. Языки славянской культуры. 2004. С. 90.

③ Маркович В. М. *Человек в романах И. С. Тургенева*. Л. Изд. Ленинградского ун – та. 1975.

> 国人民，不能根据他常常所作的卑鄙行为，而是要根据他在作出卑鄙行为时也经常怀念的伟大和神圣的事物。①

也正因为如此，陀思妥耶夫斯基笔下的醉鬼马尔美拉陀夫（《罪与罚》）和“树皮擦子”斯涅吉辽夫上尉（《卡拉马佐夫兄弟》）在绝望的堕落中不忘向基督请求宽恕；妓女索菲雅（《罪与罚》）则成为迷途的灵魂的拯救者。托尔斯泰的普通农民卡拉塔耶夫（《战争与和平》）和在西伯利亚流浪的老头子（《复活》）用民间的俗语和格言传达永恒的朴素和真理，体现出生活的完整意义；出身于旧莫斯科平庸的地主家庭的娜塔莎（《战争与和平》），实质上是个最最平常的贵族少女，从小接受的是法国家庭女教师的教育，满身绫罗绸缎，一副上流社会的举止，但竟能体会到纯朴的俄罗斯农民的内心世界，理解俄罗斯民间舞蹈和歌曲的意义，这让她全身充满了美妙的魅力。即使谢德林笔下戈洛夫廖夫一家彻底腐朽的老爷太太小姐们，在某些特殊时刻感受到严肃的生死问题迫近时，也会暂时从猥琐的地主生活中抽身而出，从神的王国的高度反思自己的生活，返回到从果戈理开始世世代代点燃死魂灵内心火花、激发作家创作灵感的基督教理想。

契诃夫去世后不久，费罗索福夫发现，与这些文学前辈相比，契诃夫的人物似乎显得平庸许多：

> 当然，无论托尔斯泰还是陀思妥耶夫斯基都看到了小人物。但他们的小人物不知为何都始终是巨人。普通的农民卡拉塔耶夫——至少像孔夫子一样，而近卫军军官鲍尔康斯基公爵——类似叔本华。马尔美拉陀夫或者大尉“树皮擦子”在醉酒的样子中必然提出一大堆“该死的”问题。无论托尔斯泰还是陀思妥耶夫斯基——都是宇宙级的伟大作家。他们在奥萨山上建起了皮利翁山。契诃夫的小人物则保持着他们本来的样子。②

---

① ［俄］陀思妥耶夫斯基：《陀思妥耶夫斯基论艺术》，冯增义、徐振亚译，漓江出版社1988年版，第183—184页。

② Философов Д. В. “Липовый чай”. Сухих И. Н. Сост.，предисл.，общая редакция. *А. П. Чехов*: *pro et contra*: *Творчество А. П. Чехова в русской мысли конца XIX – начала XX в.* СПб. РХГИ. 2002. С. 854.

这样的看法也影响到苏联时代的研究者，A. 别尔金比较契诃夫与陀思妥耶夫斯基的区别时指出："根据思想的性质，他们（契诃夫笔下的人物——引者注）全都——甚至最优秀、善良的人——与拉赫梅托夫、巴扎罗夫、康斯坦丁·列文、伊凡·卡拉马佐夫相距甚远。他们全都是中等的、平庸的人，像是渺小的、眼光有限的市侩，或者循规蹈矩的人。"[①] 俄国当代契诃夫学家苏希赫也赞成这一点，认为"在契诃夫所描写的人的类型的平常、平庸中看到他们的独特性，是不准确的"。但他随即补充说："俄国文学所描写的不仅仅有巴扎罗夫和列文们，还有维林和巴什马奇金们。"另外，"在契诃夫笔下不仅仅有中等的、平庸的人，还有哲学家、艺术家、著名的医学家。契诃夫鲜明的、原则性的独特之处，并非体现在主人公身上，而是更清楚体现在他们的艺术的相互关联，作者看待他们的眼光上，他的眼光不接受'平庸'这个范畴。"[②]

拉克申则完全不同意这样的观点，他认为契诃夫笔下的平常人物，与托尔斯泰体现民间理想的普通人一样，都有着不同寻常的内在的伟大特性："艺术家把日常的、习惯的意见中的非同寻常的东西归结为普通的、简单的、甚至平庸无奇的东西，仿佛在复现事物的被忘记的真正尺度，在普通、平常的东西中找到非同寻常的特点，这些特点直到此时还没有被评价，没有被猜透。"[③]

的确，在契诃夫的作品中我们可以找到这两种对立观点的直接证据。一方面，契诃夫笔下的确不只有平庸的人，而且还有像《没意思的故事》中的主人公那样德高望重、贡献卓著、声名远播的教授。但即使这样一位具有毫无争议的天赋与才华的杰出人物，却被契诃夫写成一个饱受衰老和失眠症折磨的可怜的老人，既得不到亲人朋友的理解，也没法给别人提供帮助，更重要的是失去了发现生活意义和形成世界观的"总体思想"。与之相似的还有《主教》里让所有人感到敬畏的彼得主教，实际上已经病入膏肓，软弱疲惫，被自己的高级教职束缚。他渴望回到童年时的巴甫鲁沙，成为"一个普通的、平常的人"（XS，10，363）。当《海鸥》中的尼

---

① Белкин А. А. *Читая Достоевского и Чехова.* М. Худож. лит. 1973. С. 206.

② Сухих И. Н. *Проблемы поэтики Чехова.* СПб. Филологический факультет СпбГУ. 2007. С. 308，309.

③ Лакшин В. Я. *Толстой и Чехов.* М. Сов. писатель. 1975. С. 295.

娜把特利果陵看作一个“有名望、有才能的作家”，羡慕他“过着一种有趣的、光明的、充满意义的生活”，断言“您的生活是美好的！……您自管不满意您自己，可是对别人来说您是伟大而美妙的！”（WJ，12，155）时，后者真心诚意地坦白：

> 我从来也不喜欢我自己。我不爱我这个作家。最糟的是我总是迷迷糊糊，常常不明白我在写什么……喏，我爱这水，这树，这天空，我感觉到大自然，它在我的心里激发出热情，引起难忍难熬的写作愿望。可是要知道我不光是一个风景画家，我还是一个公民，我爱祖国，爱人民，我觉得我是一个作家，我就得谈人民，谈他们的苦难，谈他们的未来，谈科学，谈人权，等等，等等，我就样样都谈，急急忙忙，人们在四面八方紧催我，生我的气，我就从这一边跑到那一边，像是一只被猎狗追赶的狐狸；我看见生活和科学不住地前进又前进，而我总是落后又落后，像是一个误了火车的乡下人；到头来我才感觉到：我只会描写风景，在其他一切方面我都是虚伪的，而且虚伪透顶。

他不得不承认自己是这样一个作家：“光是挺可爱，有才气，挺可爱，有才气，别的什么也没有……”（WJ，12，158）到死也比不上托尔斯泰和屠格涅夫。随后契诃夫让灰心丧气的作家看见了那只被白白打死的、预示着尼娜悲惨命运的美丽的海鸥——因为他的软弱、冷酷和自私，他将来也会这样亲手造成尼娜的不幸。由此，那些从远处看辉煌灿烂，在传闻中高不可攀的伟大人物，在契诃夫的艺术显微镜下，显出其平凡渺小的弱点。

另一方面，契诃夫那些看上去渺小卑微的人物，也并没有彻底丧失人性，契诃夫的目的并非像传统现实主义小说那样平衡主人公的正面因素和反面因素，而是要——用契诃夫关于他的短篇小说《命名日》所说的话——平衡他们身上的“虚伪和真情”。对于小说中的主人公彼得·德米特利奇，契诃夫毫不隐晦自己的判断：“虚伪，在法庭上装模作样，他使人难于相处，毫无希望，可是我不能掩盖这样的一点：按天性来说他是一个可爱而温柔的人……”（WJ，14，413）他的妻子原来一直深爱着他，但在怀孕的特殊状态下（作为医生，契诃夫十分清楚妇女在怀孕期间常常陷入病态的抑郁症状态），她突然敏感地察觉到包围着他们夫妻生活的重重虚伪，为这种虚伪竟然使所有人习以为常而惊讶。在难以忍受的愤怒与失望情绪交织下，她不明白他这个三十多岁的人“从哪儿学来这种将军般的庄重步态的？他从哪儿学来了这种严厉的优美风度？他从哪儿学来了用这种上司般的颤动音调讲话？这些‘什么’啦，‘嗯，是啊’啦，‘老弟’啦，都是从哪儿来的？”（XS，7，307）契诃夫在将该小说收入自编的文集时，删掉了1888年杂志版本上对彼得·德米特利奇“装模作样”背后更加尖锐也更具主观性的诛心之论：

> “他这种威风凛凛的架式和过分的自负都是从哪儿来的？是的，既然他从我手里除了拿到土地以外，还拿到三十万卢布，那么现在他当然可以这样走路，这样装腔作势！”奥尔迦·米海洛芙娜暗想。“要是没有我，他就只有他那个已经抵押出去的柯谢甫卡庄园，那我想得出他走路会是什么样子！……他那种装出来的架式，装出来的腔调，他所走的每一步路，所说的每一个字，都无非是演戏罢了。他照这样而不是照别的样子走路，是因为他知道人家在看他，他这样走路正好配得上他的身分。虚荣，浅薄，虚伪，虚伪，无穷无尽的虚伪。可是，我的上帝啊，他是在谁的面前做假，在谁的面前演戏，在谁的面前装腔作势？是在那些人面前，其中有一半人是糊涂而且无聊的，有一半人是不幸的。”（XS，7，416－417）

在小说的杂志版本的结尾，彼得·德米特利奇在同医师告别后又不由自主地恢复了平常的虚伪习惯：

> “您要走吗，大夫？”他在门外问道，从他的口气听起来，好像他在对民事执行吏或者证人讲话似的。“您忙完一件事又要去忙另一件吧？好，农夫个个都有自己的地要种。……人人都得劳动才成。……”
>
> 大概，他付给医师一笔报酬，因为医师不好意思地说：
>
> “您不用费心。……”
>
> “那怎么行？各种劳动都该取得报酬。……多谢您，大夫！请您以后别忘了我们这些罪人。……”
>
> 彼得·德米特利奇把“多谢”说成“都谢”。从他的语声也罢，从他的口吻也罢，从他沉重庄严的步态也罢，谁也猜不出来一分钟以

前这个人刚哭过一场！彼得·德米特利奇把医师送走后，快步穿过卧室，走向他的书房。临到他走过妻子身旁，他只匆匆瞟她一眼，露出负疚和恳求的神情。他仿佛想对她说："我没法不做假！我没有力量克制自己。你帮帮我吧！"

可是对奥尔迦·米海洛芙娜来说，他做假不做假，简直已经无所谓了。(XS，7，419－420)

契诃夫最终将这段严厉的话删去，只保留下男主人公真心痛惜自己妻子和孩子的忏悔：

"奥丽雅！"他说，绞着手，他的眼睛里忽然滴下几颗大泪珠。"奥丽雅！我不需要你的财产权，不需要会审法庭……"他哽咽一下。"……不需要特殊的见解，不需要那些客人，也不需要你的陪嫁……我什么都不需要！为什么我们没保住我们的孩子呢？唉，说这些也无益了！"

他摆一下手，走出寝室去了。(XS，7，334)

在这结尾的场景中，契诃夫展现了一个人因为目睹亲手造成的家庭悲剧而幡然悔悟的可能性，一个用保守主义思想炫耀自己的、虚伪的人自觉反省的"真情"。要知道契诃夫正是让他说出了自己内心郁结已久的一句话："在我们这儿，最重要的并不是人，也不是事实，而是招牌和头衔。一位教员，不管是什么样的坏蛋，总归是对的，因为他是教员。饭铺老板可就永远有罪了，因为他是饭铺老板和盘剥取利的人。"(XS，7，302－303) 在将这篇小说寄出去不久，契诃夫在给普列谢耶夫的信中说出几乎相同的话："伪善、麻木、专横，并不是仅仅在商人家庭里和监狱里盛行；我在科学界，文学界，青年中间也看得见它们……因此对宪兵也罢，屠夫也罢，学者也罢，作家也罢，青年也罢，我一概不抱特殊的偏爱。招牌和商标我认为是偏见。"并且声明以此作为艺术家的"纲领"(WJ，14，402)。

第三节　揭去"标签"，挖掘人性的深度

年轻时代的契诃夫，已经感觉到同时代文学中对人物角色评价的死板

公式，那些决定主人公的价值和他们冲突的性质的“招牌和标签”：处于社会上层的强势一方必然是迫害底层的刽子手，而落到社会底层无权无势的小人物必然是品德高尚的牺牲者，所谓的“新人”必然是为了理想而揭发的斗士。涅米洛维奇－丹钦科后来回忆这个时代时说：

> 地方自治医院的医生。哎呀，只需说出这几个字来，俄国的知识分子、大学生和女学员就都会做出一副尊敬的样子来。地方自治医院的医生在舞台上一出场，就有观众们对他的同情，这种医生是“纯洁的人”，是“社会的理想”……在《遗嘱》中，我写了一个地方自治医院的医生，剧中的主要人物之一，他当然是一个好人。①

契诃夫在《好人》中嘲笑了宣扬虚假的“主题思想”的小说主人公和靠这类小说了解生活的批评家。《匿名氏故事》中的一个人物反讽地说：“屠格涅夫这样一写不要紧，现在我可得吃苦头了。”（XS，9，38）

契诃夫大胆地指出长期以来俄国文学界存在的一个问题：果戈理和陀思妥耶夫斯基之后的大批模仿者，总是寻找一个稳固的判断人物的道德支点，缺乏对人物内心世界的复杂矛盾的深入探索。契诃夫的哥哥，小说家亚历山大·契诃夫也受这一风气的影响，偏好现成的评价模式，指望使用一些廉价的自然主义手段来触动读者对“小人物”的怜悯之情，他的人物因此显得肤浅、公式化，仿佛直接披上了果戈理的“外套”。前文说过，契诃夫因此劝告他丢开那些“受压迫的十四品文官”。

在此之前，契诃夫已经写出了早期的经典短篇杰作《合二而一》《钉子上》《感恩图报》《胜利者的胜利》《难于命名的故事》《代表，或杰兹杰莫诺夫白丢了二十五卢布的故事》《一个文官的死》《真正的实情》《胖子和瘦子》《自由主义者》《轻松喜剧》《假面》《节日的义务》《小人物》《孱头》《在春天》《丈夫》等，这些小说最明白无误地体现了他的创作原则。例如《合二而一》中的小官员，虽然年纪轻轻，“然而脊梁已经弯成弓形，膝盖老是往下弯，手上肮里肮脏，手心恭敬地贴紧裤缝。……他的脸似乎被房门夹痛，或者被人用湿抹布揍了几下”。每当看见长官，就索

---

① ［苏］屠尔科夫：《安·巴·契诃夫和他的时代》，朱逸森译，中国社会科学出版社1984年版，第97页。

索发抖，脸上变色，若是遭到责备，就会“呆若木鸡，四肢颤抖”，叙事者说：“比他更卑贱、沉默、渺小的人，我还没见过。就连比他更安分的动物我也没见过……”（XS，2，18）大概，能和他媲美的只有果戈理《外套》中的阿卡基·巴施马奇金了。可是，当他乘坐公共马车时，却变得胆大妄为，信口开河，粗暴地斥责周围那些地位低下的穷人。看到这一幕的长官感觉自己被欺骗，从此再也不相信所谓“小人物”的可怜相，而这个小人物也成了一系列“变色龙”形象的先驱。

卡塔耶夫指出：“主人公占有本质上不属于他的符号体系……是契诃夫的幽默的一个根源。”[①] 正是这位“卑贱、沉默、渺小”的小官员，却在长官看不到的地方喊道：“我不容许任何人侵犯我的自由！我是自由人！”（XS，2，19）在他之后，契诃夫的许多可笑的小官员们继续纷纷卖弄时髦的口号，追捧自由主义思想的套话，个个力求在同伴面前表现自己站在时代的先进位置，躲在暗处大谈平等、自由、科学，揭发社会的丑恶：

“到处都是明偷暗抢、贪污盗窃、巧取豪夺、私下贿赂。……昏天黑地的酗酒。……人们每走一步都受压制呀。……眼泪何其多！受苦的人何其多啊！”——这是十二等文官奥恰加耶夫在激情四溢地发表演说。（《难于命名的故事》XS，2，83）

“现在我们忍无可忍，应当叫他知道我们跟他一样也是人！……我们……不是什么奴才，不是什么小百姓！……一句话，诸位先生，再也不能照这样生活下去了！……现在可是十九世纪。人人都有自尊心！我虽然是个小人物，可我到底不是下贱人，我有我的骨气！”——这是小官员的“代表”杰兹杰莫诺夫在向他的同僚们大声疾呼。（《代表，或杰兹杰莫诺夫白丢了二十五卢布的故事》XS，2，141）

“我给开除了！……他们开除我，是因为我爱喝酒！然而他们就不懂，我是因为痛苦，因为烦恼才喝酒的！”——这是十四等文官卡尼佛列夫在模仿陀思妥耶夫斯基笔下沉痛忏悔的小人物口吻，向同情他的人们抒发委屈（《真正的实情》XS，2，167）。随后他又按照陀思妥耶夫斯基的模式，打算表白心迹，痛快淋漓地宣泄饱受欺凌和侮辱的愤怒：“……我看不惯他们的虚伪！他们那种卑鄙的虚伪让我心都碎了！我不能眼巴巴地看着他们那种种恶劣勾当却无动于衷！……我要给他们个厉害看看！我要叫他们

---

① Катаев В. Б. *Проза Чехова: Проблемы интерпретации*. М. Изд. МГУ. 1979. С. 167.

明白明白！”（XS，2，168）——他似乎已经义愤填膺，要向压迫他的长官提抗议了。

喝得醉醺醺的十二品文官波尼玛耶夫便是这样对着妻子抗议道：“我是受过教育的人，不愿意向不学无术的家伙低声下气！……我不愿意做奴隶。……好吧。……我完蛋好了。……为真理而灭亡吗？现在就灭亡也无所谓！”（《自由主义者》XS，2，293）

无论这些言辞多么激进，思想多么崇高，这些小人物却上演了典型的言行不一的喜剧，在长官面前立刻暴露出奴颜婢膝的姿态，即使酒醉壮胆，酒醒后也会被自己的大胆出格吓得魂不附体。契诃夫表明，文学创作决不能依靠人物自己打出来的“招牌和标签”来判断他。在他的晚期的小说《女人的王国》中，律师雷塞维奇这样评论当代文学：“全部新文学好比秋天烟囱里的风，不住地呻吟和呼号：‘哎呀，不幸的人！哎呀，你的生活简直可以跟监狱相比！哎呀，你的监狱里多么黑暗和潮湿呀！哎呀，你一定会灭亡，你没有指望了！’这些都挺好，不过我情愿读一种能够教导我们怎样从这种监狱里逃出来的文学作品。”（XS，9，180）

关于自己的同行——记者，契诃夫也有公正的描写。短篇小说《记者的梦》《孱头》讽刺了记者的虚荣心，也反映了报刊界实际上所处的贫穷状态和屈辱地位。在后一篇小说中，内地小报《蠢鹅先驱报》编辑部秘书柯金对一个富商家举办的晚会充满幻想：“他想象他怎样带着香水气味，昂起鬈发的头，潇洒地走进灯光明亮的大厅。他脸上要装出忧郁和淡漠的神情，一举步和一耸肩都要带着个人尊严感，讲起话来要显得心不在焉，不爱多开口，目光要极力带点厌倦而讥诮的表情，一句话，他一举一动都要像个报界代表人物！”（XS，4，159）让他感到伤心的是，富商竟然不允许报社的人进入，这让秘书除了惊讶、困惑、羞愧之外，还感到“心头空虚，幻灭”。（XS，4，161）因为社会上层蔑视报刊，在公众面前粗暴地侮辱记者的做法，也是一种“真正的实情”，它如同一把锋利而又冷酷的剪刀，一下子剪破了这位年轻的报刊工作者对自己职业身份的幻想。契诃夫不无同情地写道：“当然，所有这些都无谓，肤浅，不严肃，然而要知道，青春自有青春的权利啊，诸位先生！”（XS，4，160）

可是，接下来秘书的举动表现出令人厌恶的奴性本质。为了能够进入晚会，他在富商面前低声下气，委曲求全，甚至不惜出卖自己编辑部的主笔；同时又受宠若惊，因为对方居然对他推心置腹地抱怨报界，于是进入舞会的幻想又开始驰骋起来。可是，他内心不由得非常羞愧，觉得自己卑鄙、恶劣、怯懦，无异于背叛基督的犹大。他自己也知道，在这样的情况下他应当蔑视、谴责、痛斥、嘲笑，可是他却控制不住地哀求……

契诃夫在早期即深谙人性的矛盾复杂，立意不以简单的标准评价人，既唤醒读者对小人物现实处境的同情，也敢于掀出他们灵魂阴暗处的渣滓。在后来的短篇小说《丈夫》中，对小人物灵魂的这种公正审视更加严肃，也更令人压抑。某骑兵团路过一个外省小县城，就像钦差大臣巡视一样，使得城里长期过着脱离文化的死寂生活的太太小姐们都兴奋起来，在她们的强烈要求下举办了一场舞会。在舞会上，女士们和她们的丈夫们、父亲们的表现完全不同，但如同硬币的两面，反映出这个小城生活的灰暗无趣，这种吊诡的两位一体尤其尖锐地反映在税务官沙里科夫夫妇身上。沙里科夫念过大学，曾经读过皮萨列夫和杜勃罗留波夫的著作，但如今却只说自己是八等文官，其他一概不提了。他的妻子在与军官跳舞时“全身表现出痴迷和欢乐”（XS，5，169），舞会让她想起她在贵族女子中学读书的日子，那时她对奢华欢乐的生活充满幻想。于是她觉得自己“不是在地球上，不是在县城的俱乐部里，而是在远远的，远远的一个什么地方，在云端里!”（XS，5，170）她的丈夫——一位税务官则对此感到无比气愤，明白“生活根本不像她目前在陶醉中感到那么美妙”，于是“种种浅薄的感情象老鼠似的猬集在他心里，有嫉妒，有烦恼，有受了伤害的自尊心，也有由于常喝白酒，长期过着停滞的生活而往往在小官们心里产生的那种狭隘的内地人愤世嫉俗的心理”（XS，5，170－171）。他残酷地打断了妻子的欢乐，看到她满心痛苦和委屈，自己便扬扬得意，可是同时他又觉得仍然缺少了点什么东西：“他很想转身回到俱乐部，设法闹得大家都扫兴和难堪，让大家都领会到这种生活多么渺小可怜，平淡无味，只要他们在街上摸着黑走路，听见脚底下的烂泥咕唧咕唧响，知道明天早晨醒来，没有别的指望，只好仍旧喝酒打牌，他们就会明白这一点的。啊，那是多么可怕!”（XS，5，172）

领会到生活是如此的乏味，沉闷，觉得不满足，缺少某样东西，最终认识到自己和周围人的堕落，这种生活的可怕，这在契诃夫的世界里已经意味着某种程度的觉醒。但仅仅在头脑里的认识是远远不够的，还需要艰苦的劳动，需要坚强的毅力去克服生活的惰性和自己灵魂里的“奴性”。契诃夫曾经提出一篇小说的构思：

> 描写一个青年人，原是农奴的儿子，做过店员和唱诗班的歌手，读过中学和大学，所受到的教育是要尊重上级，要吻牧师的手，要崇拜别人的思想，要为每一小块面包感激涕零，挨过许多次打，出去教学馆的时候没有雨鞋穿，常常打架，虐待动物，喜欢在阔亲戚家里吃饭，只因为感到自己渺小就毫无必要地在上帝和人们面前假充正经；请您描写这个青年人怎样把自己身上的奴性一点一滴地挤出去，怎样有一天早晨醒来，觉得自己血管里流着的已经不是奴隶的血，而是真正的人的血了。（WJ，14，500）

我们在许多契诃夫早期的短篇小说里都能看到这样的主题变体。而在晚期的作品里，这种对生活的不满足，对缺少某样东西的痛苦感知，对掩藏在随处可见、形成习惯的日常生活外壳下的某种“反常”的剖解，对人际关系中习以为常但却荒谬绝伦的谎言的揭破，成为作家的生活伦理[①]和与之相应的美学原则。

正如俄国哲学所指出的那样，人被造出来，是为了用神圣的劳动来回应伟大的事业，解脱人身上的罪恶。契诃夫把注意力放在那些灰心丧气，缺乏意志力的普通人身上，揭露他们身上的奴性和他们的屈辱处境，不是为了与灰暗、单调、可鄙的生活妥协，而是为了展现，他们被身边琐屑的纷争、混乱所累，陷入日常生活的“泥潭”。他们的生活正是被自己所败坏，他们的卑劣行径不符合人真正赋有的潜力。与俄国思想家一样，契诃夫在俄罗斯人身上看到深刻的智慧、广阔的气魄、细腻的感情、充沛的精力、对自由的热爱，但也看到他们经常忘记自己的良心，丧失改变现实的勇气。因此契诃夫吁求理性、意志、尊严，为了建设自己的生活，为了使生活变得更有意义。作为医生，契诃夫认为现在的俄罗斯人身染重病，为病痛困扰，梦想健康，但无力战胜疾病，于是逐渐退化。

---

① 在给哥哥尼古拉的信中，契诃夫提出，“为普通的眼睛看不到的事情而心里难过”是成为“有教养的人的一个条件”。（WJ，14，132）

第五章　人与世界的关系

第一节　黑暗的腐蚀

契诃夫在80年代末90年代初创作的许多作品里，展示了在社会政治高压下，一部分曾经接受过理想主义教育的俄国文化活动家、改革家甚至革命者无所适从，丧失了力量和目标，精神陷入了颓废。戏剧《伊凡诺夫》的同名主人公不理解自己落入的不明不白的处境和心境，只能用担负起力不胜任的重担导致过度疲劳来解释：

> 我有个工人叫谢敏，你总还记得。有一次在打谷的时候，他有心在姑娘们面前显示一下他的力气，就把两口袋黑麦背在背上，结果受了内伤。他不久就死了。我觉得我也受了内伤。我先是上中学，上大学，后来经营农务，办学校，订种种计划……我的信仰跟大家不一样，我的婚姻跟大家不一样……无论我的幸福和痛苦，在全县当中谁也没有经受过。所有这些……就是我背在背上的袋子。我把重担压在我的背上，我的背就给压折了。我们在二十岁的时候都是英雄，什么都干，什么都敢干，可是到三十岁就疲劳不堪，什么也干不成了。这种疲倦你怎样解释呢？（WJ，11，350）

在《匿名氏故事》中，曾经的革命者，也背弃了原先的理想，渴望舒适平凡的市民生活，他同样也用透支的付出来解释自己的沉沦：

> 为什么我会未老先衰，会倒下，这是不难解释的。我好比《圣经》里那个大力士，扛起迦萨的城门，要送到山顶上去；可是一直到我筋疲力尽，一直到我的青春和健康在我身上永远消失，我才发觉我

> 的两个肩膀扛不动城门，我欺骗了自己。再者，我经历过连绵不断而且残酷的痛苦。我挨冻受饿，得病，失去自由。至于个人幸福，无论过去和现在，我都未领略过。我没有安身的地方。我回忆往事总是十分沉痛，我的良心常常害怕这种回忆。（XS，9，73）

一方面是冷酷专制的上层权力，另一方面则是蒙昧无知的广大群众，这两重压迫窒息人的个性，侵入“活生生的生活”，使任何努力都显得无济于事。契诃夫真实地反映了19世纪末俄国生活的保守僵化，人们忘记了自己摆脱庸俗和从事自由创造的可能性，越来越陷入麻木不仁的精神状态。正如《三姊妹》中的安德烈，父亲在世时被硬逼着学会了法文、德文、英文，曾经一心想做教授，从事崇高的学术研究，最终却陷在外省的泥沼里不能自拔。在绝望中他对扼杀了他的理想和创造精神的、死气沉沉的外省社会提出控诉：“啊，它在那儿，我的过去到哪儿去了？那时候我年轻，快活，聪明；那时候我有梦想，我的思想优美；那时候我的现在和未来闪耀着希望之光。为什么我们刚刚开始生活就变得烦闷，灰色，乏味，懒惰，冷淡，不中用，悲悲惨惨了……”（WJ，12，341）

对于契诃夫而言，最无法忍受的不是触目惊心、令人发指的社会罪恶，或者明目张胆的卑劣无耻，而是日常生活表面的平稳和顺，因为后者给人以天下太平的错觉，妨碍他看清周围那些玷污人的生活、使人丧失人的样貌的反人性的东西，也蒙蔽了他自我反省的内心，泯灭他的精神跃动，误以为自己与实际存在的不公正的现象毫无关系。契诃夫尖锐地批判以田园诗麻醉人心的文学作品，认为其目的在于“安抚资产阶级，让他们去做他们的黄金梦。你得忠实于你的妻子，跟她一块儿按祷告书祷告，积攒钱财，喜爱运动，那么不论在这个世界也好，在下一个世界也好，你都会万事大吉的。资产阶级很喜欢所谓的‘正面人物’以及有美满结局的长篇小说，因为这些东西使得他们心安理得地认为人可以既攒大钱又保持清白，一面做野兽，一面又可以享受幸福”（WJ，15，444－445）。

在去往萨哈林前，契诃夫给苏沃林写信，解释他为何甘冒肺结核恶化的风险做实地调查：萨哈林岛是一个充满不堪忍受的痛苦的苦役之地，代表着欧洲文明和法制的最高成就的“我们”，无情地给“罪犯”戴上手铐脚镣，驱使他们在极端寒冷的天气中走过漫长荒凉的西伯利亚大道，把这些上百万的俄国同胞无限期地囚禁在监狱里，毫无道理而且野蛮地折磨他们的身体和心灵，使他们酗酒，淫乱，染上梅毒，腐化堕落，繁殖罪孽。在契诃夫的书信中提到，他的车夫对萨哈林囚徒的看法是："在这个世界上他们已经不是人，而是野兽了。"（WJ，13，7）

的确，在19世纪末包括马克思主义在内的各种进步思潮冲击下，俄国的社会意识已经有了明显的提高，对于萨哈林岛上的肉体惩罚、永久拘役、浪费劳力、任意虐待这些明显的荒谬恶行的确认是毫无疑问的，但大多数人对此再没有任何想法，不愿意进一步去思考究竟是谁该为此承担罪责：要么理所当然地认为这是维持法律和制度所必须采取的手段，要么简单地把责任统统推到"红鼻子的狱吏身上"——总之，便是对所有这些在冰天雪地中饱受折磨与凌辱的人的苦难无动于衷。契诃夫则断言"该负责任的不是狱吏，而是我们全体，然而我们对这种事却不闻不问，对它不感兴趣"（WJ，15，21）。在对萨哈林岛的调查中契诃夫发现，所谓"红鼻子的狱吏"实际上只是人们幻想出来的替罪羊，真正在维持惨无人道的野蛮行径的人，是"身穿崭新的文官制服的年轻知识分子"[①]"把自己称为社会、知识分子的人"[②]，正是他们在规规矩矩、一丝不苟地执行公务，维持着帝国的惩训和殖民的双重制度。

在19世纪末的欧洲，强权、暴力以法律和文明的名义，压迫和束缚人的个性，排斥自由的生命活动。俄国思想家们正是在这一点上与西方思想中的理性主义法律观进行论战。宗教哲学家别尔嘉耶夫认为，法律和神恩是相互冲突的，法律伦理学是法利赛主义对神的恩赐世界、精神社会的入侵，执法者如果忘记了基督教导的爱，则他们越是勤勉地执行惩戒工作，越会导致自己心灵的枯竭，用道德的和形式的诡辩来为自己开脱。"这时，心灵枯竭的人就将审判罪人，但没有怜悯，也没有爱。在心灵枯竭的人看来，罪人应该受苦，他们需要痛苦，受苦对他们是件好事。"[③] 忠于职守的效果适得其反："对法律的完全执行和完全的洁净并不能拯救人，不能开辟通向上帝之国的道路。法律是由于罪才出现的，但法律没有能力

---

① ［苏］别尔德尼科夫：《契诃夫传》，陈玉增、邢淑华、傅韵秋译，黑龙江人民出版社1988年版，第228页。

② Катаев. В. Б. *Чехов плюс...: Предшественники, современики, преемники.* М. Языки славянской культуры. 2004. С. 66.

③ ［俄］别尔嘉耶夫：《别尔嘉耶夫文集》第2卷，张百春译，上海人民出版社2007年版，第126页。

使人摆脱他从摘取善恶树上的果子后堕落进去的那个世界，法律没有能力克服罪，甚至当法律被完全执行时，也是如此。法律不能拯救人。”①

而契诃夫恰恰参照俄国思想的宗教标准看到了前人的不足：“著名的六十年代没有为病人和囚犯做任何事情，从而违背了基督教文明的基本戒条。”（WJ，15，21）

习以为常的生活形式、全体默许的规则惯例、包括专门的职业对人性的异化要求，掩盖了人的真正感情、愿望，破坏人际关系的善意准则，令早年的契诃夫感到无比沉重。在活生生的生活面前，契诃夫一直在捍卫个人权利免受国家的不公正判罚和形式主义的法律条文的侵犯。在早期名作《凶犯》中，展示了农民的蒙昧、法官的僵化、两个阶层之间巨大的隔阂和因此造成的俄国生活中的普遍悲剧。当侦讯官喋喋不休地追问犯罪动机，一本正经地引据“刑法第一千零八十一条”——“蓄意损坏……致使……危险，而肇事者明知……不幸后果”（XS，3，396）——的时候，接受审判的农民却在法庭上嘟囔着怎样钓鲈鱼、梭鱼、江鳕、鲶鱼、鲌鱼、鮈鱼，怎么也搞不懂侦讯官在说什么，更不明白自己拧下铁轨上的螺丝钉会造成什么“危险”和“不幸后果”，可他却稀里糊涂地被判处流放和苦役刑。

短篇小说《睡意蒙眬》和《在法庭上》的人物和情境则令人想起晚期托尔斯泰所描绘的法庭审理案件的场景。在这两篇小说里，审判人员都在想着与案件无关的日常琐事，以轻率的态度对待面前受审的活生生的人，却把全部力量用于维持法庭程序。但生活的反讽之处在于，恰恰是执法者被这种烦琐的程序搞得昏昏欲睡，神游八极之时，却恰恰接近了生活的真相：

> 只要你想到这种种情形，往深里琢磨一下，玩味一番……你就会灰心丧气，恨不得叫这一切马上完蛋。……你成天价陷在这种乌烟瘴气的烦闷和庸俗当中，筋疲力尽，头昏脑涨，你就会不由自主想让你的灵魂痛痛快快地休息一分钟也好……把一切都丢在脑后……说实在的，把一切都丢在脑后！（XS，4，85－86）

① ［俄］别尔嘉耶夫：《别尔嘉耶夫文集》第2卷，张百春译，上海人民出版社2007年版，第103页。

《在法庭上》与另一篇短篇小说《凶犯》一起被托尔斯泰列入最喜爱的契诃夫作品[①]，小说对法庭的阴森、冷漠和枯燥做了精彩而鲜明的反映，其主观性色彩之强，迥异于《凶犯》的客观笔法，也与契诃夫后期避免直接评判的态度绝不相类。作者描绘法院的房子“外貌阴森，好比营房……压得人透不出气来，有点荒谬而不合时宜，破坏了周围普遍的和谐；它没有睡觉，仿佛过去犯下种种不可饶恕的罪恶，如今无法摆脱沉痛的回忆似的”（XS，5，272）。法庭上厅长、法官、副检察官、辩护人或者在聊着闲话，或者在想着自己的心思，或者在读小说，或者在走神发呆，对他人痛苦的漠视和对生命的冷酷无情达到了令人发指的程度。而人的命运，却最终要在这里被决断：

> 阴暗的窗子啦，墙壁啦，书记官的声音啦，副检察官的姿态啦，一概浸透了官场的淡漠，冒出凉气，仿佛杀人犯无非是普通的办公用具，或者那些审问他的都不是活人，而是一种肉眼看不见的、上帝才知道是由谁开动着的机器罢了……这儿的人对生活的戏剧和悲剧早已习以为常，司空见惯，就跟医院里的人看待死亡一样，而且正是这种机器般的冷漠无情，才包藏着他的处境的惨痛和无望。（XS，5，275）

与被告农民之前的想象不同，这里没有恐吓的脸、震怒的目光、严厉的话语，更没有人来关心他的命运，有的只是无处不在的单调、烦闷、疲乏，于是他自己也感染上了这种情绪，不再觉得恐惧，反而放下心来。可是，这个放宽心的农民却不明白，法庭上的人对生活的悲剧早已习以为常，而且正是这种机器般的冷漠无情，才决定了他未来悲惨的命运：“看来，他即使不是温顺地坐着，而是站起来，开口恳求他们，声泪俱下地央求他们大发慈悲，沉痛地忏悔，绝望地死去……这一切也还是会在早已麻

① Д. 马科维茨基在《亚斯纳雅波梁纳札记》中记载了托尔斯泰最喜爱的契诃夫的三十篇短篇小说的标题：“这是 Л. Н.（托尔斯泰）标出来的契诃夫短篇小说的名单：第一类：孩子们，歌女，戏剧，在家里，苦恼，逃亡者，在法庭上，万卡，太太们，凶犯，男孩们，黑暗，困，伴侣，宝贝儿。第二类：私生子，哀伤，巫婆，薇罗琪卡，在异乡，厨娘出嫁，一团乱麻，风波，哎，群众！假面，女人的幸福，神经，婚礼，任人摆布的人，女人们。这份名单并非取自契诃夫所有的短篇小说。”（Маковицкий Д. П. *Яснополянские записки.* М. Задруга. 1923. С. 30.）

木的神经和习惯上撞得粉碎，就跟海浪撞在岩石上一样……”（XS，5，275）

然而情感的撞击终究还是发生了。在小说结尾，契诃夫安排了一个对他的情节构造而言不常见的戏剧性巧合：受审的农民突然指认押解他上法庭的士兵竟然是他的儿子！这一古希腊悲剧式的人伦惨剧震惊了在座所有的人间执法者，竟然使他们“早已麻木的神经”感到恐怖，但大家都极力装得没有发现任何异样，“继续做他们的工作”（XS，5，279）。

审判机器无情地碾碎了被告农民的生活，也毒化了掌握审判别人的权柄的人的灵魂，使他们陷入无穷无尽的奔忙之中，而他们的生活则因为单调的重复模式而丧失意义。契诃夫不无同情地描写了同样饱受无休无止的诉讼程序折磨的辩护人：

> 他那年轻的脸上没有别的表情，只有呆板而冷漠的烦闷，这样的表情只有那些每天必得坐在同一个地方，看见同样的脸和同样的墙的小学生和职员们才会有。他过一忽儿就要发言，可是这丝毫也不使他激动。再者，他的发言又算得了什么呢？他是根据上司的指示，按照沿用已久的陈词滥调把它写成的，自己都觉得它毫无光彩，枯燥乏味，过一忽儿，在陪审员面前，他会不动感情、有气无力地把它念完了事，这以后就坐上马车，冒着雨，经过泥泞的道路，去火车站，回到城里，然后很快又接到命令要到某县去，再宣读新的发言……实在无聊！（XS，5，274）

人的生活被封闭在这永恒的循环中，自然而然产生了想挣脱、想逃离的渴望，但在凝滞的环境里，人的创造力和勇气早已被侵蚀。正如《睡意蒙眬》的主人公盼望逃离法庭，只是想去“找娜达霞，或者如果有钱的话，就去找茨冈姑娘”，在他心里，想要逃往的那个所谓遥远的地方，只是“远在城外，在一间单独的屋子里，你靠在沙发上，那些亚洲人就唱啊，跳啊，嚷啊，你感到那个迷人的、可怕的、疯狂的茨冈姑娘格拉霞把你的整个灵魂都翻过来了”（XS，4，86）。这样的逃离令我们想起《她走了》中的女主人公，逃离丈夫的目的地是“到另一个房间里去了”（XS，2，38）。

作为年轻的医生，契诃夫接触到乡村和城市生活的黑暗，对于广大民众的蒙昧、知识分子的冷漠和官僚机构的僵化做了深入的刻画和分析，这一点贯穿于作家创作的始终。在写于 1887 年的小说《黑暗》中，讲述了乡村底层人民和他的家庭被司法机构吞噬后，黑暗到令人绝望的现实。法院判罚犯盗窃罪的铁匠三年苦工，这从司法程序角度来看无懈可击，完全符合地方法院的陪审制度。但是从朴实的人道情感角度来看，则铁匠在醉酒状态下的胡闹与其说是蓄意犯罪，不如说是饱受欺凌的农民在发泄心中的积怨，排解贫穷压抑的生活带来的苦楚。对于这样的可怜人，施加严厉的判决，并且造成全家生计断绝，是荒唐的，违背民间的朴素道德。十年后契诃夫在参加民间调查工作时再次返回到农村主题，写成中篇小说《农民》，描绘了一幅异常真实、毫无美化的农村生活画面。晚年的契诃夫对农民蒙昧的生活状况有了更深的认识，对导致农民顺从无意识的暴力的原因也做出更加客观公正的解释：那控制着全俄国的黑暗，在乡村以不加任何掩饰的、更加粗野的形式暴露出来。农民基里亚克在外面喝醉了酒，回家便残忍地殴打妻子，他在酒醒后虽然感觉沉痛压抑，却找不到任何原因，只能归咎于酗酒："'这白酒害得人好苦啊。唉，我的天！'他嘟哝着，摇着他那胀痛的脑袋。'看在基督份上，原谅我，亲兄弟和亲弟妹。我自己也不快活啊。'"（XS，10，98）

《黑暗》中被判刑的铁匠家人四处找"当官的"求告，但无人理睬，甚至专管庄稼人事务的乡公所常任委员，连话都不愿意跟求告人说便赶走了他。在绝望之下，铁匠的老父亲和弟弟只能纠缠地方自治局的医生，哀求他从囚犯病房里把铁匠放回家。需要公正地说，定铁匠罪的陪审员自己就是些无知无识的农民，可一经他们做出判决，连省长、大臣都无权更改，更别说医生了。但面对农民的这种深重的蒙昧，医生却只是摆一摆手，便回到自家门里，再也不愿与之多说一句话。契诃夫并没有追究对罪犯的惩罚是否合理，他只是展示出农民处境的愚昧和老爷们对待他们的冷漠，以及由此产生的巨大隔阂。遇到灾难的农民求告无门，找不到丝毫的同情和帮助，僵化的司法机构使得一些本质上如同小孩子一样的人糊里糊涂就成为必要的牺牲品。后来在《农民》中，叙事者如此评价包括知识分子在内的"上层人"对待农民的这种冷漠，解释了农民愚蠢蛮横、相互欺压，广大农村被浓重的黑暗包围的原因：

这些人往往生活得仿佛比牲口还糟，跟他们在一块儿生活真可

> 怕，他们粗野、不老实、肮脏、醺醉。他们生活得不和睦，老是吵嘴，因为他们不是互相尊重，而是互相害怕和怀疑。是谁开小酒馆，把大伙儿灌醉？农民。是谁盗用村社、学校、教堂的公款，把钱换酒了？农民。是谁偷邻居的东西，放火烧房子，为一瓶白酒到法庭上去做假见证？是谁在地方自治会和别的会议上第一个出头跟农民们作对？农民。确实，跟他们一块儿生活是可怕的。不过话得说回来，他们也是人，他们跟普通人一样受苦和哭泣，而且在他们的生活里没有一件无法使人谅解的事。繁重的劳动使他们一到夜晚就周身酸痛，再者，冬季严寒，收成稀少，住处狭窄，任何帮助也得不到，也没有一个地方可以去寻求帮助。比他们有钱有势的人是不可能帮助人的，因为他们自己就粗野、不老实、醺醉，骂起人来照样难听。任何起码的小官儿或者地主的管事都把农民当做叫花子，即使对村长和教堂主事讲话也称呼“你”，自以为有权利这样做。再者，那些爱财的、贪心的、放荡的、懒惰的人到村子里来只是为了欺压农民，掠夺农民，吓唬农民罢了，哪儿还会帮助农民呢？（XS，10，118－119）

难怪，在《我的一生》中民粹派知识分子主人公米塞尔·波洛兹涅夫感叹俄国社会历史的凝滞、黑暗统治的长存：

> 农奴制度没有了，可是资本主义在成长。在解放思潮的全盛时期，也跟在拔都的时代一样，多数人供少数人吃穿并且保卫他们，而多数人本身却挨饿受冻，没人保护。这样的社会秩序能够跟任何一种思潮和潮流融洽共处，那是因为奴役的艺术也变得逐渐巧妙起来。我们不再在我们的马厩里抽打我们的仆人，可是我们使奴役具有一种精致的形式，至少我们善于在每一个别的场合为奴役找出借口。（XS，10，30）

《大学生》的主人公伊凡·韦里科波尔斯基则想到：当代的俄国乡村，与公元9世纪的留里克王朝初创时期、16世纪恐怖的伊凡雷帝的统治时期、18世纪彼得大帝的改革年代相比，看不出什么变化，到处都是那种严酷的贫穷和饥饿、破了窟窿的草房顶，人们普遍愚昧、冷酷、苦恼、心情抑郁，四周望去满目荒凉、暗无天日，“这一切可怕的现象从前有过，现在还有，以后也会有，因此再过一千年，生活也不会变好”（XS，9，206－207）。

第二节　凝滞的时间

停顿、僵化的生活钳制人的天性，使人甚至在幻想中都找不到存在的意义，只能被鸡毛蒜皮的琐事捆绑，而生活则在单调的重复中被毫无意义和目的地浪费掉。早期短篇小说《嫁妆》的叙事者应自己的朋友契卡玛索夫上校之托，去他家探望他的妻子和女儿玛涅琪卡，发现房间里相当凌乱，地板上散落着裁衣用的纸样和画粉。在相谈甚欢之际，母女二人容光焕发地履行了一桩对她们的家庭而言极其神圣的，如同宗教仪式一般的参观项目，带领客人朝拜她们家的圣地——储藏室，里面珍藏着五口大箱子和许多小箱子、小盒子。母亲压低嗓门用郑重其事的语气对客人介绍说，里面装的全是她们每天都在缝制、家里所有人都为之忙碌的玛涅琪卡的嫁妆。七年后叙事者再次拜访契卡玛索夫家，发现房间里“仍旧有纸样，仍旧有除虫粉气味，仍旧有那幅画像和残破一角的镜框……”（XS，2，176）然而变化终归还是有的：契卡玛索夫在提升为将军后的一个星期后去世，母亲头发已经花白，女儿则消瘦憔悴，萎靡不振，唯一不变的，是她们依然着魔般地在缝制和储藏嫁妆，一门心思盼望女儿出嫁。当叙事者最后一次来到这所他十分熟悉的小房子的时候，已经看不到玛涅琪卡本人，只看到桌子上的照片，而玛涅琪卡的母亲一身重孝，仍然遵循着旧日的习惯在缝制衣物。尽管物是人非，尽管人去楼空，但生活的总体情境仿佛毫无变化，而生活在毫无意义地流逝，这构成了对人的存在意义的最大的侮辱。

如果说在玛涅琪卡身上最为悲惨的是，她终日向往的出嫁却终不可得，那么契诃夫最后一部小说《新娘》的女主人公娜嘉则是为即将到来的婚期而恐惧不安。与玛涅琪卡一样，娜嘉“从十六岁起就热切地巴望着出嫁，现在她终于做了安德烈·安德烈伊奇……的未婚妻”（XS，10，383）。在这个颇有资产的家庭里，同样在为女儿赶制嫁妆：“光是皮大衣就给娜嘉做了六件，其中最便宜的一件，据祖母说，也值三百卢布！”（XS，10，391）可是不知道是什么缘故，随着婚期临近，她越来越提不起兴致，夜里也睡不好觉。整个房子都在为出嫁做准备，厨房里刀子叮当作响，房门砰砰地开关，飘来烤鸡和醋渍樱桃的气味，“不知为什么，她觉得整个生活似乎会永远像现在这样过下去，没有变化，没有尽头！”（XS，10，383－384）而未婚夫安德烈对她讲的情话，她也觉得“她早已听过，很早很早就听过，或者在书里读到过……大概是在长篇小说里，在一本旧的、破破烂烂的、早已丢掉的小说里读到过”（XS，10，390）。

为了强化娜嘉将来生活的封闭和停滞的感觉，契诃夫故意使用重复的细节，描绘日常秩序和固定节奏对人的心理的羁绊。在小说中当安德烈得意扬扬地向未婚妻展示新房的时候，我们看到作为房屋的重点装饰的一张大油画，上面画的是一个裸体女人，旁边还有一个断了柄的淡紫色花瓶——正是这一物体细节制造出极其刺眼的效果，代表了为他们安排婚后生活的日常习俗的全部庸俗的力量。娜嘉永远不会忘记这个令人难堪的庸俗装饰，后来当她坐上火车离开故乡时，她在此想到“安德烈、他的父亲、新寓所、裸体女人和花瓶”（XS，101，397），不过随着宽广宏伟的未来在她眼前逐渐展现，那些东西已经不再让她担惊受怕，心头沉重了。一年后，娜嘉从彼得堡回乡，在路过莫斯科时访问鼓励自己“把生活翻个身”的萨沙时，她的脑海里再次浮现出“安德烈·安德烈伊奇、裸体女人和花瓶、她的整个过去”（XS，10，398）。重复的细节为庸俗的生活打上了最鲜明的印记，成为无处不在的锁链，对它们的摆脱成为主人公精神觉醒的标志。

细节的重复，在《文学教师》中也有大量的运用。干扰尼基丁幸福的，似乎是作者多次不无用意提到的猫和狗。他曾经那么欣赏能干的妻子每年一成不变的家务劳作，认为她为小家庭的安排全都“不平凡，惊人”：“玛纽霞用三头奶牛办了一个地道的牛奶场，在她那些大小地窖里收藏着许多壶牛奶和无数罐酸奶油，全是留着做黄油用的。有时候尼基丁想开玩笑，就问她要一杯牛奶喝；她吓慌了，因为这搅乱了她定下的规矩。”（XS，9，229）但最终还是“一罐罐的酸奶油、一壶壶的牛奶、蟑螂、蠢女人”（XS，9，234－235）让他觉得人生彻底崩溃。

没有变化的生活，仿佛早已经被设定好，成为人人遵守，习以为常的规矩，而正是这种凝固的日常习俗掩盖了人们生活的庸俗本质，使人甚至看不到公然犯罪的可怕。《精神错乱》中的大学生瓦西里，即使走进妓院也看不出什么新奇之处，样样东西都平常、枯燥、无味：“他觉得这个客厅、这架钢琴、这镶了廉价镀金框子的镜子、这花结、这一身有蓝条子的连衣裙、这些麻木而淡漠的脸，他仿佛早已在什么地方见过，而且见过不止一次似的。”（XS，7，340）但让他觉得惊奇的是，那些出卖灵魂和肉体的女人，那些利用别人的饥饿、无知、麻木来满足自己私欲的人，竟然都抱着一种毫不掩饰、无所顾忌、大胆放肆的无所谓态度，将人的可怕堕落视为一件自然而然的事情，将最丑恶的地狱视为人的平常处境。正如比亚雷所言，反常成了生活关系的准则，“正常的反常”[①] 是表现于契诃夫全部创作的一个主题。瓦西里耶夫无法接受体现在卖淫制度中的，被视为天经地义的奴役观念，但他更加解决不了如何拯救堕落的女人的问题：“不知为什么，他觉得，不管怎样，他得立刻解决这个问题才行，他觉得这问题似乎不是别人的问题，而是他自己的问题。……他是受过教育的人，解决各种问题的方法在他是很熟悉的。他虽然异常激动，却严格地遵守那种方法。他回想这个问题的历史和有关的文献……极力回想现代为了拯救这类女人而进行过的种种实验。”（XS，7，353）——他所能设想的种种方法仍然无法脱离原先那些现成的套路。

卡塔耶夫在论著中以《纠纷》为例，分析契诃夫的主人公为何无法解决自己的问题：因为他们没有在整体和多样性中认识生活，忽视了与自己的问题不直接相关但构成了生活的完整性的因素。[②] 的确，我们发现，在上述这几部作品中，无论是待字闺中的少女，还是试图纠正社会罪恶的大学生，都过分关心自己的封闭的小圈子，受困于千百年来凝滞不动的生活模式和认知模式，因而看不到那些遵循另外的法则，指示着另外一种生活可能性的东西——它体现在与人的庸俗格格不入的，沐浴在神的恩典中的大自然里。《精神错乱》开头处描写了初雪的纯净对人的心灵的影响：

> 不久以前下过今年第一场雪，大自然的一切给这场新雪盖没了。空气里弥漫着雪的气味，脚底下的雪微微地咯吱咯吱响。地面、房顶、树木、大街两旁的长凳，都那么柔软、洁白、清新，这使得那些房屋看上去跟昨天不一样了。街灯照得更亮，空气也更清澈，马车的辘辘声更加响亮。在新鲜、轻松、冷冽的空气里，人的灵魂也不禁迸发出一种跟那洁白松软的新雪相近的感情。（XS，7，336）

---

① Бялый Г. А. *Русский реализм от Тургенева к Чехову.* Л. Сов. писатель. 1990. С. 251.

② Катаев В. Б. *Проза Чехова: Проблемы интерпретации.* М. Изд. МГУ. 1979. С. 65 – 67.

可是，当瓦西里耶夫目睹了妓院里的丑恶后，不由得为这洁白无瑕的雪竟然会落到这里而感到惋惜。

《嫁妆》的开篇告诉我们，契卡玛索夫家的小房子四周宛若“人间天堂，树木葱茏，栖息着快乐的鸟雀”，可是房子主人却丝毫不理会这一片苍翠树林的美丽：“小房子的百叶窗经常关着：房子里的人不需要亮光。亮光对他们没有用处。窗子从没敞开过，因为住在房子里的人不喜欢新鲜空气。”（XS，2，173）

《新娘》的开篇更加优美，自然环境提醒被庸俗生活封闭了视野的人，世界上本应该存在着更加美好的生活：

> 花园里安静，凉爽，乌黑而宁静的阴影铺在地上。人可以听见远处，很远的地方，大概是在城外吧，有些青蛙在呱呱地叫。谁都可以感觉到五月，可爱的五月来了！你深深地呼吸着，不由得会想：如今，不是在这儿，而是在别处，在天空下面，树林上方，远在城外，在田野上，树林里，春天的生活正在展开，神秘，美丽，丰富，神圣，而这种生活是软弱而犯罪的人所不能理解的。不知什么缘故，人恨不得哭一场才好。（XS，10，383）

软弱的人，只关心自己的个人幸福，操心自己的家庭琐事，意识到自己永远无法了解那神圣的自然、美妙的世界的奥秘，认为自己生活的不对，而且周围的生活也永远没有改变的可能。生活被凝固在错误的因循守旧中，忘记了自己的神圣使命。

俄国学者 Н. 卡布斯金论述过契诃夫文本中的圣经引文和联想，并且认为契诃夫的创作理念受《旧约·传道书》影响最深①。他指的是《传道书》中谈论万物的无尽重复和永远单调的文字：“风往南刮，又向北转，不住地旋转，而且返回转行原道……已有的事，后必再有。已行的事，后必再行。日光之下并无新事。”（《传道书》1：6—7、9）在这之前，Л.

---

① Капустин Н. В. “О библейских цитатах и реминисценциях в прозе Чехова конца 1880 – х—1890 – х годов”. Науч. совет РАН «История мировой культуры», Чехов. комис. *Чеховиана: Чехов в культуре XX века.* М. Наука. 1993. С. 18.

柯罗伊奇科对契诃夫喜剧诗学的研究也证明了他的观点：

> 契诃夫人物的喜剧世界——是生活的普遍的机械性，行为、事件、答话、情境的机械性的统治地位。这种机械性产生一种特殊的节奏——带着不可避免的重复、圆圈运动：昨天有的东西，今天将有，明天重复……作家不止一次地返回同样一些情境，返回独特的自我引证，因为在现实生活中普遍重复的规律在起作用。①

短篇小说《吻》中的里亚包维奇中尉，在单调无聊的军旅生涯中偶然地遇到一件“不平常的、荒唐的、可是非常美好快乐的事”（XS，7，71），这促使他不断地回味这段经历，盼望再次走进那相同场景，看见相同的东西。而他真的就这样带着幸福的幻想回到了曾经去过的地方，可是，已经没有人再来邀请他。夜晚，他走到河边，看着流动的河水，突然意识到自己的希望是多么愚蠢：

> 河水奔流着，谁也不知道它流到哪儿去，为什么流。五月间它也像这样流，五月间它从小河流进大河，从大河流进海洋，然后化成蒸气，变成雨水，也许如今在里亚包维奇面前流过去的仍旧是原先的那点水吧。……这是为什么？为什么呢？里亚包维奇觉得整个世界，整个生活，都好象是一个不能理解的、没有目的的玩笑。……（XS，7，78－79）

于是他终于明白这场迷梦已经一去不返，而他的生活是多么空洞，贫乏，没有光彩。索别尼科夫也发现，这段话是对《传道书》文本的明显改述：“江河都往海里流，海却不满；江河从何处流，仍归还何处。”（1：7）②

契诃夫的主人公们，陷在往来重复的日常生活循环中，偶尔碰上一件打破常规的奇遇，似乎在一瞬间得到命运的垂青，但在幻觉消逝后对生活的停滞有了更加刻骨的体会，而那件在自己看来极其温存的回忆，更加确

① Кройчик Л. Е. *Поэтика комического в произведениях А. П. Чехова*. Воронеж. Изд. Воронежского ун－та. 1986. С. 64－65，66.

② Собенников А. С. *Между “есть Бог” и “нет Бога”* . . . Иркутск. Изд. Иркутского ун－та. 1997. С. 37.

证了他的生活的没有意义。人由于自己的无知、软弱、懒惰，仿佛走进了他虽看不到却无法挣脱的魔圈，在这个魔圈里他似乎怡然自得，心满意足，实际上却受到更深的精神控制，被虚假的自由欺骗，而这正是反常的生活秩序对人的真正的自由意志施加的最可怕的摧残。这一点最鲜明地表现在契诃夫后期与《套中人》齐名的短篇小说《姚尼奇》中。

小说里作为省城里“顶有教养，顶有才能”的家庭典范的屠尔金家，被全城誉为“聪明的、有趣味的、使人感到愉快的人家”（XS，10，206）。屠尔金本人擅长说俏皮话，女主人薇拉·姚西佛芙娜为客人们朗读自己写的长篇和中篇小说，女儿考契克劲头十足地弹钢琴，总之，这个家庭的成员各有各的才能。就连他们的仆役巴瓦，一个头发剪短、脸蛋儿圆鼓鼓的十四岁男孩，也被训练成能摆出悲剧的架势叫一声：“苦命的女人，死吧！”逗得大家哈哈大笑。所有这一切都让斯达尔采夫医生觉得“真有意思”（XS，10，210）。可是，四年过去，又过了好几年，屠尔金家仍旧没有一点变化：“伊凡·彼得罗维奇没有变老，一丁点儿都没有变，仍旧爱说俏皮话，讲趣闻。薇拉·姚西佛芙娜也仍旧兴致勃勃地朗诵她的小说给客人听，念得动人而朴实。考契克呢，天天弹钢琴，一连弹四个钟头。”（XS，10，224）那个男孩巴瓦已经长成了一个留着上髭的青年，依然在表演悲剧姿势。所有这些重复的日常习惯都带有停滞、保守的感觉，如果有主人公企图发生变化，追求崇高的活动，就像考契克离开家门去莫斯科学习音乐，那么这样的尝试则以失望、返回告终（在此我们可以联想到《海鸥》《在故乡》的女主人公的命运轨迹，直至最后不由得为《新娘》中娜嘉的前途担忧，虽然后者得到了作家真诚的祝福），完成封闭的、早已划定的循环。或许，蜕变为姚尼奇的斯达尔采夫医生的身体细节最鲜明地体现出人的堕落与这种停滞生活的关联：小说里重复三次提到他“发胖”，他的车夫作为他的影子也在“发胖”，尤其是最后一次对他和他的车夫的体态的描绘，可以看出人在这样的环境里堕落得多么可怕：

> 斯达尔采夫长得越发肥胖，满身脂肪，呼吸困难，走起路来脑袋往后仰了。每逢他身体肥胖，满面红光，坐上铃声玎珰的三套马车出门，同时，那个也是身体肥胖、满面红光、后脑勺上堆着脂肪的潘捷列依蒙坐在车夫的座位上，两条胳膊向前平伸，仿佛是木头做的一

样，而且向过路的行人嚷着："靠右，右边走！"——那真是一幅动人的图画，别人会觉得这坐车的不是人，却是一个异教的神。（XS，10，223）

比亚雷认为，契诃夫小说里"可怕的不是人的命运中突然、急剧的变故和转折，可怕的只有一样：毫无变化，内部什么都不发生，人的生活总是等同于原先的样子"①。对此我们应该补充：更加可怕的，是人的意识已经适应了停滞不变的生活，心安理得地享受建立在荒谬至极的基础上的、一成不变的稳定秩序带来的安逸舒适，痛恨一切新生事物和敢于突破常规的人，视其为异类和"精神病人"。《第六病室》的拉京医生，一方面清楚地知道，近二十年医学发生了多么伟大的革命，人类的科学知识取得了多么辉煌的成就，而社会在人道主义情感上又有了多么大的进步；另一方面却无动于衷地认可自己管理的，外省小城的医院病房里，病人们正在暴力、欺骗和污秽中受着煎熬：

也许有人睡不着觉，在跟虫子作战，有人受着丹毒的传染，或者因为绷带扎得太紧而呻吟。也许病人们在跟助理护士打牌，喝酒。每年有一万二千人受着欺骗，医院的全部工作如同二十年前一样，建立在盗窃、争吵、诽谤、裙带关系上，建立在卑劣的庸医骗术上。医院像以前一样，仍然是个不道德的机关，对居民的健康极其有害。他知道在第六病室的铁格窗里尼基达殴打病人，也知道莫依塞依卡每天到城里去乞讨。（XS，8，378 – 379）

"可是这又怎么样呢？"对于这种多年来没有变化的停滞，拉京医生自问自答地安慰自己："有防腐剂也罢，有科赫也罢，有巴斯德也罢，可是事情的实质丝毫也没有改变。患病率和死亡率依然如故。他们给疯子办舞会，演戏，然而仍旧不能让他们自由行动。可见这一切都是废话和瞎忙，最好的维也纳医院和我的医院之间实际上并没有什么差别。"（XS，7，380）

有了这样的思想武装，拉京医生果然保持了心情的平静。当第六病室

① Бялый Г. А. *Русский реализм от Тургенева к Чехову*. Л. Сов. писатель. 1990. С. 290.

里的精神病人格罗莫夫满怀热情地祝福未来的美好时代、新生活的曙光、真理终将在我们的后代中取得胜利的盛大节日时，他则看不出有任何理由值得高兴："监狱和疯人院将来都不会有，真理会象您所说的那样胜利，然而要知道，事物的本质是不会改变的，自然界的规律依然如故。人们如同现在一样，还是会生病，衰老，死亡。不管将来有多么灿烂的曙光照亮您的生活，可是到头来您还是会躺进棺材，被人钉上钉子，丢进墓穴里。"（XS，9，384）因此把寄希望于理想未来的人关进精神病院是维护当前秩序的必要手段。

后来，拉京医生因为一桩偶然的事故，自己也落入第六病室，他赶紧用"在小市民别洛娃的房子和第六病室之间没有什么差别，这世界上的一切都无聊而空虚"（XS，7，410）来安慰自己。这里尤其让人毛骨悚然的是，小市民循规蹈矩的生活，竟然因为无聊和空虚而等同于第六病室这样的人间地狱。契诃夫如此便揭开了在小市民的房子里，在表面上风平浪静的庸俗背后，隐藏着的偏见、自私、残忍、愚蠢。甚至这些城市的房子本身，在契诃夫笔下也是一副庸俗和丑恶的样子，正如《我的一生》中城里唯一的建筑师所设计的房子。这位因家族中"代代相传的圣火"而得意扬扬的"脑力劳动者"（XS，10，4）实际上十分平庸，他每回设计房子都从一个固定的格局开始："如同旧日贵族女子中学的学生跳舞必得从炉子旁边跳起一样，他的艺术构思也只能从大厅和会客室开始，往前进展。"（XS，10，7）他的构思总是杂乱无章、残缺不全的，造出来的房子里常常有窄小的前堂、过道，弯弯曲曲的小楼梯，低矮的阁楼，笨重、呆板的立面……日积月累，城里人看惯了建筑师的平庸，"于是这平庸生下根，变成我们的风格了"（XS，10，8）。在这样的房子里居住显然是不愉快的："有钱的和有知识的人睡在又窄又闷的寝室里，躺在满是臭虫的木床上。孩子们住在脏得使人恶心的房间里，还美其名曰'儿童室'。至于仆人，哪怕是年纪大的老仆人，也睡在厨房的地板上，盖着破被子。在平常日子，屋子里有红甜菜汤的气味，到持斋的日子就有用葵花子油煎的鲟鱼的气味。他们吃没有滋味的菜，喝不卫生的水。"（XS，10，14）住在这些房子里的人，自认为明白事理，遵守教规，阅读福音书和各类书刊，祖祖辈辈从别人那儿听到真理、仁爱和自由，实际上精神一片黑暗，厌恶自由，一直到死还是从早到晚撒谎，互相折磨。主动放弃贵族地位亲身从事体力劳动的米塞尔，和他的终于觉醒企图抗拒被限定的庸俗生活的姐姐，因为所作所为不符合“章法”，受到全城市民的鄙视和诅咒，被城里的“正派人家”赶出家门，在黑夜的街道上仓皇奔逃。米塞尔想到：“有些房子里，人们已经睡着，有些房子里，人们正在玩纸牌。我们痛恨这些房子，怕它们……”（XS，10，75）

在小市民自以为是的“道德”暴力控制下，平常的生活如同屠宰场般恐怖，扼杀和毁灭着人性中善良的东西。而这样的生活却在年复一年，日复一日地毁灭着每一代人身上的灵感与创造的火花。

时间停止不动的感觉，使人否定进步的观念、人类文明的事业，认为当下的时间与远古时代毫无差别，由此想到人生短暂而毫无价值，生活没有目标，死亡不可避免，因而一切都是无聊而且无谓，人的道德、罪恶、善良、恶行都没有任何区别。契诃夫在《灯光》中表明，这样的悲观主义思想不但毒害自己，而且给周围人们的生活带来灾难。

正如卡塔耶夫所发现的那样，“对时间的考量，作为人的生活观念的本质因素，构成了《灯光》独特之处”[①]。主人公阿纳尼耶夫自己坦白说，当他在年轻时迷恋时髦的悲观主义的时间意识，断定一代代人的更替毫无意义的时候，实质上是“把崇高的思想和最卑下的俗念结合起来”（XS，7，277），于是冷酷无情地做出了他日后想起来都觉得无地自容的卑鄙的事情。

在停滞的时间观控制下，阿纳尼耶夫在黑夜的海边产生了一种错觉，似乎全世界只剩下他一个人，并且得出了作为俄国人的民族特性的心理特点：

> 我照这样把全世界集中在我一个人身上，忘了马车，忘了这座城，忘了基索琪卡，沉浸在一种我十分喜爱的心境里。这就是您觉得在黑暗而不定形的整个宇宙里只生存着您一个人的时候您那种可怕的孤独心境。这是一种骄傲而险恶的心境，只有俄国人，思想感情像他们的平原、树林、白雪那样广阔无垠而且严峻，才会有这样的心境。……跟这种心境同时出现的，还有生活缺乏目标、死亡、坟墓里的黑暗等等思想……（XS，7，272－273）

① Катаев В. Б. Катаев В. Б. *Проза Чехова*: *Проблемы интерпретации*. М. Изд. МГУ. 1979. С. 32.

正是在这样的心境下，契诃夫的主人公忘记了人的良心、自由、爱情、荣誉、道德，而这些东西“遏制人的兽性，使人跟狗有所区别”，是“跟自然界经过长期斗争得来的东西”（WJ，14，615）。

第三节 世界和人的退化

把自己想象成全世界所有生物灵魂的汇合，戏剧革新家特烈普列夫在《海鸥》中描绘了一幅普遍退化的世界图景，展现在尼娜的那段著名的，充满神秘色彩和浪漫精神的独白之中：

> 人们、狮子、苍鹰，以及山鹑、带犄角的鹿、鹅、蜘蛛、栖身水中而默不作声的鱼类、海星，乃至凡是肉眼看不见的活物，一句话，所有的生命，所有的生命，所有的生命，完成了可悲的循环，烟消云散……地球上已经有千秋万代不见一个活着的生灵，这个可怜的月亮白白地点起它的明灯……草场上再也没有一只仙鹤醒过来发出长鸣，椴树林中也听不见五月金龟子的声音。阴冷啊，阴冷，阴冷。空虚啊，空虚，空虚。可怕呀，可怕，可怕。
>
> ……
>
> 活着的生物的躯体化为灰尘，永恒的物质把他们变成石块，变成清水，变成浮云，他们所有的灵魂汇合成为一个……我……我就是世界的总灵魂。亚历山大大帝、恺撒、莎士比亚、拿破仑，乃至最后一个水蛭，他们的灵魂统统在我的身上。在我的身上既有人类的意识，又有动物的本能，世间万物我统统记住，统统记住，在我的身上我重新经历每个生物的一生。（WJ，12，136－137）

契诃夫笔下的特烈普列夫是从哪里获得关于世界灵魂的想法？这里面有柏拉图、谢林、叔本华、诺斯替教—摩尼教、佛教、尼采、索洛维约夫、陀思妥耶夫斯基、梅列日科夫斯基哲学的影子。在梅列日科夫斯基的《基督与反基督三部曲》第一部《诸神之死：叛教者尤里安》中，新柏拉图主义哲学重要代表人物扬布利科斯向尤里安教导世界灵魂：“在永恒之母的王国里，在世界灵魂的怀抱里藏匿着种子，过去曾经存在过的并且将来也存在的一切的形式理念：藏匿着人和神的中介物——蠡斯、草茎和奥林匹斯诸神的逻各斯胚芽……”[①]

比亚雷指出，特烈普列夫这段独白未必像阿尔卡津娜所说的那样，是对颓废派的讽拟；说它的理念、形象和风格上溯到歌德和拜伦的神秘剧可能更为恰当。[②] 在诗剧《浮士德》剧终处，响起了盛大的尾声，众天使、博士、神父、升天童子、悔罪女人齐声歌颂上帝的永恒之爱、荣光声母、神的恩典，于是魔鬼四处逃遁，灵魂达至圆满。朱光潜在《歌德谈话录》的注释中指出：“从希腊时代起，西方文艺家一直在利用现成的民族神话。歌德对基督教本来是阳奉阴违的，在《浮士德》上下卷里都用基督教的犯罪、赎罪、神恩、灵魂升天之类神话作基础……”[③] 因此在这部深奥、崇高、庄严的悲剧结尾，歌德呼唤“永恒女性”的引导，她是神在人间的唯一象征，是神恩、宽恕和爱的最纯洁、最完美的形式。人生瞬息即逝，世间之物都不过是神性本质的映影，人单凭自身的力量永远不能完善自己，净化灵智，获得对真实存在的认知，只有靠永恒女性的爱才能完成拯救灵魂的高尚事业。值得注意的是，契诃夫同样失去了宗教信仰，但他笔下的戏剧家也在宣告，代表着世界灵魂的永恒女性在未来将战胜魔鬼，取得最高的和谐：“在我同魔鬼，这个物质力量的原则进行的顽强、残酷的斗争中，我注定要得胜，这以后物质和精神就在美妙的和谐中合而为一，宇宙意志的王国就会降临。”（WJ，12，137）

与歌德不同之处在于，浮士德在尘世的辛劳和进取获得了美满的结局，全剧以对物质与精神的世界和谐的盛大礼赞告终。契诃夫所描绘的天国则还很遥远，需要“循序渐进，经过长而又长的千年万载，一直到月亮、明亮的天狼星、地球统统化为灰烬，那个王国才会产生”。而现在的画面则充满恐怖，全世界的虚空上只飘着些苍白的火光：“深夜，腐烂的沼泽生出你们，你们就飘荡到天明，然而没有思想，没有意志，没有生命的颤动。魔鬼，永恒的物质之父，生怕你们迸发出生命，就在每一瞬间让你们身上的原子，如同石块和清水的原子，产生更动，于是你们就变个不停。”（WJ，12，137）

---

① ［俄］梅列日科夫斯基：《诸神之死：叛教者尤里安》，刁绍华、赵静男译，北方文艺出版社 2001 年版，第 71 页。

② Бялый Г. А. *Русский реализм от Тургенева к Чехову.* Л. Сов. писатель. 1990. С. 320.

③ ［德］爱克曼辑录：《歌德谈话录》，朱光潜译，人民文学出版社 1982 年版，第 244 页。

众所周知，契诃夫十分赞赏“达尔文的方法”，建立在科学方法基础上的进步理论，对他来说也是一种积极的世界观，在写给苏沃林的信中承认“我从小就相信进步”（WJ，15，386）。可是，这幅与进化相反的、从生灵向物质的退化图景，是从何而来的呢？俄国当代学者 C. 鲍恰罗夫在研究契诃夫哲学的论文中发现，其直接来源是同时代哲学家索洛维约夫。他推测，在写作《海鸥》的 1895 年，契诃夫应该在《欧洲通报》上读到过索洛维约夫的文章《丘特切夫的诗歌》①。在这篇文章中，索洛维约夫断言丘特切夫根本不相信大自然有朝一日会死亡，也无须寻找世界灵魂，因为它“既在年轻的春天的光辉，也在‘秋天黄昏的明媚’中与他相会”。丘特切夫对于索洛维约夫而言如同歌德，在颂扬“世界灵魂和大自然的生活”②。可是，在契诃夫笔下，世界灵魂的独白却描绘出丘特切夫所不相信的——大自然的死亡。

另一位俄国当代学者 B. 米利东梳理出在俄国文学史上一直延续的，世界衰亡和人的退化的主题，从诗人费特到 20 世纪的阿维尔琴科、左琴科、扎米亚京、普拉东诺夫等③。在他们的创作中，历史没有遵循一条向上的进步道路，不服从人类乐观的理性计算。而且人类的种种规划总归失败，他们被不可抗拒的野蛮力量裹挟，下沉进入被原始本能控制的黑暗国度。特别是由于俄国严寒荒凉的地理文化环境，动物性、野蛮化的因素如同基因一般积淀在民族天性中。《我的一生》中布拉果沃医生说：“罗斯是在一八六二年建立的，而有文化的罗斯，依我的看法，却还没有开始。”（XS，10，65）文明的薄弱、长久的蒙昧和循环往复的外敌侵扰，使得俄国人一直怀有即将发生巨大灾难的预期。《三年》中的亚尔采夫看着阿历克赛修道院忽然产生一个想法：“莫斯科是一个还要遭受很多痛苦的城市……”在奇异的幻觉中他仿佛经历了俄国历史和未来的悲剧命运：

> 忽然，他仿佛听见一片可怕的嘈杂声、玎珰声、喊叫声，那话语却听不懂，像是加尔梅克人的语言；有个什么村子整个被火焰包住，

---

① Бочаров С. Г. “Чехов и философия”. Отд – ние ист. – филол. наук РАН. *Вестник истории, литературы, искусства*. М. Собрание; Наука. 2005. С. 148.

② Соловьев В. С. *Философия искусства и литературная критика*. М. Искусство. 1991. С. 467, 473.

③ Мильдон В. И. *Чехов сегодня и вчера* (“*другой человек*”). М. ВГИК. 1996. С. 124 – 129.

附近有一片披着白霜的树林，映着火光，现出柔和的粉红色，站在远处也可以看清楚，每棵小云杉都能辨别出来，有些骑马的和步行的野蛮人在村子里跑来跑去，他们的马和他们本人都像天空中的晚霞那样红彤彤的。

“这是波洛韦茨人……”亚尔采夫暗想。

其中有一个面目狰狞的老人，脸上沾满血迹，周身被火烧伤，把一个年轻的姑娘捆在他的马鞍上，那姑娘生着苍白的、俄罗斯人的脸。老人疯狂地叫嚷着，那个姑娘看样子忧郁而伶俐。……亚尔采夫摇一下头，醒过来了。（XS，9，324 - 325）

早在19世纪初，恰达耶夫便表达过对于灾难的预感：

为了使我们在神启的精神中获得彻底的再生，我们还要经过某种伟大的考验，还要经过全力以赴的赎罪，这样的赎罪应该为整个基督教世界所充分地体验，应该为整个地球所感觉到，就像感觉异常巨大的自然灾难那样；否则的话，我想象不出，我们还能以什么的方式除去那玷污了我们记忆的污秽。[①]

契诃夫以艺术的方式所预示的灾难，在20世纪的俄国得到了应验。契诃夫去世后过了16年，在俄国革命和内战的严酷条件下，扎米亚京在短篇小说《洞穴》中描绘了千百年后在曾被称为彼得堡的地方的可怕景象，世界退回到了混沌初开的荒蛮时代：

外边没有月亮。低垂的、昏暗的、密集的云，像拱顶，周围一切——像一个巨大的、静寂的洞穴。两壁之间是一条条狭窄的没有尽头的通道；还有像房屋似的、冰封的一座座山崖；山崖上——是一个个被灯光照红的深洞；在洞里，人们围着火蹲着。轻盈的冰冷的穿堂风从人们脚下扬起白色的雪尘，而谁也听不见——一只最凶猛的猛犸正踩着雪尘、大石块、洞穴、蹲着的人们，迈着巨大而平稳的步子。[②]

① ［俄］恰达耶夫：《箴言集》，刘文飞译，云南人民出版社1999年版，第122页。

② ［苏］扎米亚京：《我们》，顾亚玲等译，作家出版社1998年版，第239页。

在契诃夫的作品中，时间一直是一个主要的动机，正如辛格尔曼在研究契诃夫戏剧的著作中指出的那样："契诃夫的主人公们出于各种缘由，或快乐或忧伤地回忆时间。他们谈论自己离去的青春和俄国的遥远的过去，谈论邻近的垂暮和未来的人类，谈论偶然的幸福瞬间和匀整单调的日常生活流。"[①] 而梅列日科夫斯基指责契诃夫笔下的"日常生活只是目前的日常生活，没有过去没有未来，只是凝滞不动的瞬间，是俄罗斯当代的一个死点"[②]，是没有道理的。契诃夫的时间感在于，他明确指出，由于俄国人自身衰弱，失去意志和勇气去面对真实的生活，他们总是愿意看到世界向反方向的退化，而他们则无力采取任何严肃而有效的措施来阻止退化的过程。

在1887年的短篇小说《芦笛》中，老牧人对总管抱怨说，这个世界上的所有事情都走上了下坡路，更可能是毁灭的路：鸟儿、野兽、鱼、蜜蜂都在变少，河流不断干涸，树林愈益稀疏，地里的收成也一年不如一年。

> "不过人倒变好了，"总管说。
>
> "哪点儿好呢？"
>
> "聪明多了。"
>
> "聪明倒是聪明多了，这话不错，年轻人，可是那又有什么用？临到灭亡的当口，人聪明了又有什么意思？聪明也不顶用，反正要完蛋。要是野鸟没有了，猎人再怎么聪明，又有什么好处呢？我是这么想：上帝一手把聪明赐给人，一手却把力量收回去了。人变得弱了，弱极了……（XS，6，366－367）

谈到"老爷们"，老牧人觉得他们虽然比过去懂得更多，但衰弱得比庄稼汉更厉害：

> 如今的老爷们样样精通，连不该知道的也知道了，可是这有什么

① Зингерман Б. И. *Театр Чехова и его мировое значение*. М. Наука. 1988. С. 5.

② ［俄］梅列日科夫斯基：《先知》，赵桂莲译，东方出版社2000年版，第305页。

> 用？瞧着他们，简直觉得可怜。……又瘦又弱，就跟什么匈牙利人或者法国人一样，一点也没有威风，一点也没有气派，只不过名义上是老爷罢了。他们，可怜虫，既没有本事，也不干什么事，谁也不知道他们需要什么。他们糊里糊涂混下去，想都没有想过干点正经事。从前老爷们有一半当将军，可现在的老爷们全是废物。（XS，6，367）

在契诃夫最后一部剧《樱桃园》中，当新生活的风暴已经逼近贵族最后的巢穴，大变革的预感已经在生活的进程中得到强有力的印证，而年轻人在呼唤建立新的花园之时，老仆人菲尔斯仍旧在怀念旧日樱桃园的全盛气派，抱怨贵族家庭今不如昔："早先在我们的舞会上跳舞的是将军、男爵、海军将领，现在我们请来的却是邮局官员和火车站站长……"（WJ，12，409）而樱桃呢？在早先，"晒干的樱桃总是装上车，运到莫斯科，运到哈尔科夫去。可赚钱啦！那个时候晒干的樱桃软和，有汁水，又甜又香……那时候大家懂得一套方法……"可是这套方法现在都被忘记，"谁都不记得了"。（WJ，12，373）

关于失去了幸福的俄国人，契诃夫在《草原》里说过一句名言："俄罗斯人喜爱回忆，可是不喜爱生活。"（XS，7，185）就像短篇小说《在朋友家里》的主人公波德果陵，只能在回忆里怀念青春和希望爱情，在现实中却不善于适应生活，没有勇气从生活中争取它能给予的东西，却一味在幻想那世界上没有也不可能有的东西。《决斗》的主人公也在大雷雨之夜想起自己小时候是多么纯洁：

> 他想起他小时候，遇到大雷雨，总是不戴帽子，跑进花园，身后追来两个长着淡黄色头发和淡蓝色眼睛的小姑娘。他们往往被雨淋得全身湿透，高兴得哈哈大笑。然而，每逢天上打一个很响的雷，两个小姑娘总是信赖地偎到这个小男孩身边来，他呢，就在胸前画十字，急忙念道："神圣的，神圣的，神圣的……"啊，纯洁美好的生活的萌芽，你到哪儿去了？你淹没在什么海洋里了？如今他不再怕大雷雨，也不再喜欢大自然，心里也没有上帝了。他往日认识的那些轻易信赖旁人的小姑娘，如今也被他和他的同辈们给毁了。他这一辈子从来也没在他家花园里栽过一棵树，种过一株草。他生活在生物当中，却没拯救过一只苍蝇，光是破坏，毁灭，以及虚伪，虚伪。……

（XS，8，214）

契诃夫笔下的人物，始终对当下生活感到厌恶，希望逃离身边的环境（《决斗》《文学教师》《在故乡》《出诊》《公差》《三姊妹》）。出走的动机是如此之多，以至于无须讨论是否有改变生活的需要，该讨论的是如何改变才能获得幸福。俄国学者米利东机智地在契诃夫为儿童所写的短篇小说《卡希坦卡》中找到了成功改变的范例。[①] 小说的主人公并非人，而是一只小狗，它最终为自己决定了适合自己心愿的生活方式：离开并非它自己所选的光鲜舞台，返回到原来的主人身边，回归自己早先的生活：

> 费久希卡戴着父亲的帽子，在他身旁走着。卡希坦卡瞧着他们两人的后背，觉得自己仿佛跟他们走了很久似的，就暗自庆幸它的生活一刻也没中断过。
>
> 它回想那个糊着肮脏的壁纸的小房间、鹅、费多尔·季莫费伊奇、可口的饭食、教课、杂技，然而如今，这一切在它的眼里却成了一场漫长而杂乱的噩梦。……（XS，7，108）

在这个结尾中，卡希坦卡实现了契诃夫许多痛苦的主人公梦寐以求的愿望，达到了生活的理想境界：熬过痛苦的考验，默默承受重负，终于返回到原先的生活。此时回头望去，原来那段沉重的经历只不过是一场噩梦，它是不合理的，因而也不会持久，只有那过去的美好岁月才是永恒的，真实的。

地方自治局的女教师玛丽雅·瓦西里耶芙娜（《在大车上》）在荒僻的乡间学校已经做了十三年教师，在她的感觉里，“仿佛她在这一带地方已经生活过很久很久，将近一百年了”（XS，10，143）。艰苦而乏味的工作，缺乏友好的关怀和有趣的朋友，老是为食粮、木柴、考试、坏道路操心，老是被蛮不讲理的督学、粗暴的学校看守欺侮。于是她自己也变得苍老、粗俗，变得不美丽、不灵活，笨手笨脚，胆小怯懦。从城里回学校的路上，她在铁路道口等火车过去：

---

① Мильдон В. И. *Чехов сегодня и вчера*（“*другой человек*”）. М. ВГИК. 1996. С. 83.

后来，列车来了，车窗射出明亮的光芒，像教堂上的十字架一样，刺得人眼睛痛。在一节头等客车的车厢台上站着一个女人，玛丽雅·瓦西里耶芙娜仓促中看了她一眼：这是母亲嘛！长得多么像啊！她的母亲也有那么浓密的头发，也生着那样的额头，也那么低着头。于是十三年来她头一次栩栩如生、历历在目地想起她的母亲、父亲、哥哥、莫斯科的住宅、养着小鱼的玻璃鱼缸，总之连细微末节都想起来了。她忽然听见弹钢琴的声音、她父亲的说话声，感觉自己像那时候一样年轻，美丽，打扮得漂漂亮亮，待在明亮、暖和的房间里，四周都是亲人；欢欣和幸福的感觉忽然涌上她的心头，她兴奋得用手心按住太阳穴，温柔而恳求地叫道：

"妈妈！"

她哭了起来，自己也不知道为什么。……是啊，她父亲和母亲压根儿就没有死，她也压根儿没有做教师，那无非是一个漫长、沉闷、古怪的梦，如今她醒过来了。……（XS，10，150－151）

人和狗都把不堪忍受而又不得不忍受的生活当作了一场梦，但不同之处在于，狗终究醒过来，回归了原来的生活，而人则继续保持着做梦般的状态，继续在不声不响地听从一种无法解释的，荒唐到可笑的生存法则，承担自己的重负。这样的生活极不合理，销蚀人性，使得人与人之间无法互相亲近、彼此平等。"实际上，全部生活的安排和人类关系的形成，已经到了不可理解的地步，只要你细细一想，就会感到可怕，心直往下沉。"（XS，10，146）

这似乎是契诃夫关于人的生活哲学中一个最为可怕命题：人，怀念自己的亲人和青春，心存希望、光明和爱，渴求过另一种美好的生活，就会看清自己所处生活的荒谬，把这样的生活看作不真实的梦。要想适应身边的生活，从它里面获取最大的利益，就要自己也变得庸俗、冷酷，丢弃同情心，退化成动物，就像那个被一张张卢布熄灭了灵魂中火星的、脑满肠肥的姚尼奇。

事实上，在契诃夫笔下有多少退化的人物啊。从早期小说中那些冠有动物名字的人物，到晚期小说和戏剧中那些软弱无力、意志颓废、整天夸夸其谈却一事无成，最终向生活妥协的知识分子。他们思想浅薄，感情冷却，眼光狭隘，因循守旧，害怕一切新事物，害怕担负责任。他们热衷于批判、分析，怨天尤人，满腔憎恨，互相诽谤，在压力下要么自暴自弃，要么歇斯底里，没有勇气采取行动，没有能力领会美和善，过早地衰老。在契诃夫一系列退化的人物当中，首先让人想到的是被称为“小三部曲”的《套中人》《醋栗》《关于爱情》的主人公。

“套中人”别里科夫害怕、憎恨现实生活，总想给自己包上一层外壳，制造一个套子，以便与世隔绝，不受外界影响。他教授的古代语言，他竭力要遵从并且千方百计强迫别人也遵从的各项禁令和规章，对他而言都是套子，使他逃避现实生活。甚至在他死后躺进棺材，他的神情竟然“温和、愉快，甚至高兴，仿佛他在庆幸他终于装进一个套子里，从此再也不必出来了。是啊，他实现了他的理想!”（XS，10，184－185）。地主尼古拉·契木沙－希马拉伊斯基整天心心念念只有一样：买下自己的庄园并永远把自己关在里面。他最终也实现了自己的心愿，这个庄园同样成了他的“套子”。另一位地主阿列兴，天性柔和、诚恳，也被困在自己的庄园—套子里，妨碍他获得爱情的则是观念上的套子——世俗意义上的幸福或不幸、罪过或美德。

两位地主都被拿来同动物做比较：尼古拉·契木沙－希马拉伊斯基以对契诃夫而言罕见的怪诞的线条描绘：“他正坐在床上，膝部盖着被子。他老了，胖了，皮肉松弛，他的脸颊、鼻子和嘴唇往前突出，眼看就要象猪那样呼噜呼噜地叫着，钻进被子里去了。”他养的毛色棕红的肥狗“活像一头猪”，他的胖厨娘“也活像一头猪”（XS，10，192）。作者对阿列兴则抱有深深的同情，惋惜像他这么善良聪明的人却不得不“在这个大庄园里转来转去，像松鼠踩着轮子那样忙碌着，却不去干科学工作或者别的什么工作，使他的生活变得愉快些”（XS，10，205）。无论是自愿选择还是被迫放弃，他们都在某种程度上丧失了人性，向着动物的方向退化。

卡塔耶夫指出，严格来说，“小三部曲”讲述的故事并非三个，而是四个。而第四个故事可以被称为“外框”，它“支撑起共同的认识论视角，用以统摄被描述的现实和故事本身”①。正是在这个外框故事的开头中，出现了一个神秘的人物，村长的妻子玛芙拉。“她是一个健康而不愚蠢的女人，可是她一辈子从没走出过她家乡的村子，从没见到过城市或者铁路，近十年来一直守着炉灶，只有夜间才到街上去走一走。”她被直接视为人

① Катаев В. Б. *Проза Чехова*：*Проблемы интерпретации*. М. Изд. МГУ. 1979. С. 240.

的退化的典型案例："那种性情孤僻、象寄居蟹或者蜗牛那样极力缩进自己的硬壳里去的人，在这个世界上是不少的。也许这是返祖现象，是退到从前人类的祖先还不是群居的动物而是孤零零地住在各自洞穴里的时代的现象……"（XS，10，174）（在此我们想起了扎米亚京的《洞穴》）恰恰是这个模糊的插曲式人物，给整个"小三部曲"奠定了人的退化的主题，而在《套中人》结尾，我们听到了那个神秘的脚步声：

> 吧嗒，吧嗒。……狗汪汪地叫起来。
> "这是玛芙拉在走路，"布尔金说。
> 脚步声渐渐听不见了。（XS，10，186）

这里，我们仿佛看到了一个危险的幻影，它威胁着人改善生活的努力和意愿，诱惑人为了一个温暖舒适的"套子"而弄虚作假，忍受委屈和侮辱。退化——已经成为时代的病症，隐藏在俄国人的性格之中，而且十分普遍，并非是稀有的现象。

在谢烈勃利亚科夫身上，沃伊尼茨基同样看到了那个为科学献身的"套子"（《万尼亚舅舅》）。然而这个幻影破灭后，沃伊尼茨基也与《在大车上》中的女教师一样，希望把自己的生活看作一场荒唐的梦，并且不知道怎样面对将来的生活。他对阿斯特罗夫哭诉："顶好是在一个晴朗而安静的早晨醒过来，觉得你重新开始生活，过去的一切统统忘掉，像烟云那样消散了。应该开始过新的生活才是……"（WJ，12，252）阿斯特罗夫则清醒地认识到他们所处环境的残酷真相，认为未来的美好生活才是梦中的场景。他回答说："去你的吧！哪儿还有什么新生活！我们的处境，你的和我的，都没有希望了。……等我们在坟墓里长眠以后，我们也许会梦见甚至十分令人愉快的美景。"（WJ，12，253）

在阿斯特罗夫绘制的地图上，同样描绘出一幅退化的总体画面：50 年前，县里的一半面积都覆盖着森林，有山羊和驼鹿在繁殖，湖上有天鹅、野鹅、野鸭，各种飞禽不计其数，牲口成群，人烟稠密，到处点缀着各种新村、农庄、分裂派教徒的隐修区、水磨坊；25 年前，森林面积减至全部面积的三分之一，山羊已经没有，只剩少量驼鹿；而现在呢，树林已经只剩星星点点的分布，"驼鹿也没有了，天鹅也没有了，松鸡也没有了……从前的新村、农庄、隐修院、磨坊，如今连影子也没有了。总的来看，这是一幅肯定逐步退化的图，看来再有十年到十五年，就要完全退化了”（WJ，12，236）。

自然环境的退化，与人的退化也是相互关联的。阿斯特罗夫说，由于交通闭塞，人民贫困，伤寒和白喉流行，“我们面对这一种起因于力不胜任的生存斗争的退化；这是由因循守旧，由愚昧，由完全缺乏自觉而形成的退化”（WJ，12，236）。这种普遍的退化也毒害了阿斯特罗夫。戏剧刚一开场，老保姆就说阿斯特罗夫已经大大地变样了：从前他年轻、漂亮，如今却见老，不像过去那么漂亮，还添上了喝酒的毛病，阿斯特罗夫则抱怨说：“从早到晚我老是跑来跑去，不得安宁，到晚上睡在被窝里，还担心人家把我拉去看病。在我们认识以来的这些年月里我连一天也没有空闲过。怎么能不老呢？再说生活本身就乏味，愚蠢，叫人厌恶……这种生活使人陷下去。”（WJ，12，199）庸俗可鄙的生活使他变得与大家一样庸俗，他本人也已经退化，丧失了爱和希望的能力：“我已经衰老，工作过度，变得庸俗不堪，我的一切感情都麻木，似乎我再也不能钟情于一个人了。我谁也不爱，而且……不会再爱上什么人。”退化后，他身上只有动物性的对美的占有欲还在刺激他：“只有美还能迷住我。……我觉得要是叶连娜·安德烈耶芙娜有心的话，她倒能在一天之内弄得我神魂颠倒……然而这不是爱，不是钟情……（用手蒙住眼睛，战栗）。”（WJ，12，225）

俄国学者 П. 多尔仁科夫在论述契诃夫与实证主义的专著中，把阿斯特罗夫与屠格涅夫《父与子》中的巴扎罗夫对比，认为他们都代表着 19 世纪的科学、实证主义和唯物主义精神，因而有一种倾向：“把人简化为动物，把人身上高级的东西简化为生理学的东西。”① 而我们在此补充一点，这样的“简化”实际上也是他们以退化的目光观察周围的人，把周围的人当作动物来对待。阿斯特罗夫在对待叶连娜·安德烈耶芙娜的态度是玩世不恭的，多次用“漂亮的”这个充满戏谑的词来定义她，在调情时把她称作“猛兽”“漂亮、毛茸茸的黄鼠狼”（WJ，12，238）。当他为未来制订宏大的计划，相信他“正在给人类带来巨大的好处”，因而形成了自己的哲学体系的时候，周围的人在他心目中“就成了区区的小虫子……微生物”（WJ，12，221）。退化已经达到了微生物的程度，再往后人则彻底地成为庞大的微生物群体中的一个吞噬细胞，在扎米亚京的《我们》中我们读到：

---

① Долженков П. Н. *Чехов и позитивизм.* М. Скорпион. 2003. С. 115.

我们走着。这是一个有百万个脑袋的身躯，每个人都感到驯服的欢乐。大概也就是分子、原子和吞噬细胞所感到的欢乐。古代世界的基督徒（我们唯一的前人，虽说他们还很不成熟）懂得这个道理：顺从是善行，而骄傲是罪孽，“我们”是上帝创造的，而“我”是魔鬼的子孙……

可能，我已经不是那个能认真地、平静地吞食细菌的吞噬细胞……：我，可能是个细菌……①

契诃夫的艺术诊断再次在20世纪得到了印证。人们的理性在增长，科学在发展，生活在提高，可是人自身却抵挡不住退化的魔力。诚如《带阁楼的房子》中的画家在辩论的激动时刻所说：“科学家、作家、画家都紧张地工作，由于他们的努力，生活的舒适一天天增长，肉体方面的需求不断增加；可是真理却还远得很，人象以前一样仍旧是最残暴卑劣的野兽，整个局势趋向于人类大多数在退化，永远丧失一切生命力。”（XS，9，445）

第四节　人的使命是成为“巨人”

辩论结束后，画家平静下来，心中升起了一种模模糊糊的希望：“我们是高级生物，如果我们真正认清人类天才的全部力量，只为高尚的目标生活，我们最后就会变成神。”但他很快便打消了自己这个念头：“这种事永远也不会发生，人类会退化，天才将连影踪也不会留下。”（XS，9，446）而不甘心接受平庸命运的万尼亚舅舅则在向谢烈勃利亚科夫教授造反的时刻高呼：“我这辈子完了！我有才能，聪明，有勇气……要是我生活得正常，我就可能成为叔本华，陀思妥耶夫斯基……”（WJ，12，246）

“如果生活得正常”，普通的俄国人就能成为天才，“最后就会变成神”。在俄国哲学中，我们首先联想到的是索洛维约夫的神人哲学。在《神人类讲座》中，索洛维约夫提出，如果人类只是有限的事实，那么就无谓去追求那些真理和至善等空洞的概念。但人类不愿只是转瞬即逝的现

① ［苏］扎米亚京：《我们》，顾亚玲等译，作家出版社1998年版，第122页。

象，因此这一意愿就决定了人还具有绝对性的一面。“人类的个性只在内部与神本原相通的情况下才是自由的，——个性在某种意义上是神性的，或者——准确地说——是参与神性的。每个个人都有绝对的、神性的意义。”① 人天生具有神的性质，本来应该能够成长为配得上这广袤的土地和美好的自然的“天才”“神人”，或者像俄国民间故事中在草原上奔驰的“巨人”。契诃夫在《草原》中呼唤过这样的巨人：

> 一种异常宽阔的、奔放不羁的、雄伟强大的东西在草原上伸展出去，成了大道。……这条道路的辽阔使得叶果鲁希卡心里纳闷，引得他产生了神话般的幻想。有谁顺着这条路旅行呢？谁需要这么开阔的天地呢？这真叫人弄不懂，古怪。说真的，那些迈着大步的巨人，例如伊里亚·慕洛梅茨和大盗索罗维，至今也许还在罗斯生活着，他们的高头大马也没死吧。叶果鲁希卡瞧着这条道路，幻想六辆高高的战车并排飞驰，就跟在《圣经》故事的插图上看见的一样。每辆战车由六头发疯的野马拉着，高高的车轮搅起滚滚的烟尘升上天空，驾御那些马的是只有在梦中才能看见或者在神话般的幻想中才能出现的那种人。要是真有那些人的话，他们跟这草原和大道是多么相称啊！（XS，7，168）

可惜的是，草原上所有人都臣服，人人都在传颂的那个“神话般的人物”——财主—商人瓦尔拉莫夫，却只是个穿着大靴子、骑着难看的小马、矮小而不显眼的小老头，脸上一副务实而又枯燥的冷漠神情，因为金钱的统治而显得威风凛凛，但丝毫没有诗意和豪迈的气魄。他终究是配不上这一望无际的伟大空间的。

在写给格利果罗维奇的信中契诃夫这样解释俄国人的自杀：

> 一方面是身体虚弱、神经质、性早熟、热烈地渴求生活和真理、梦想草原那样广阔的活动、心神不宁地进行分析、知识的贫乏和思想的奔放同时并存；另一方面是广阔无垠的平原、严酷的气候、无知，严酷的人民以及他们的沉重而冷酷的历史、鞑靼的统治、官僚制度、

---

① Соловьев В. С. *Чтения о богочеловечестве*; *Статьи*; *Стихотворения и поэма*; *Из "Трех разговоров..."*: *Краткая повесть об Антихристе*. СПб. Худож. лит. 1994. С. 48.

> 贫穷、愚昧、京城的潮湿、斯拉夫人的冷漠等。俄罗斯生活把俄罗斯人砸得粉身碎骨，如同一块一千普特重的石头砸下来一样。在西欧，人们灭亡是因为生活又挤又闷，可是在我们这儿却是因为地方太广阔而活不下去……空间那么大，弄得小人物没有力量确定方向了……（WJ，14，298－299）

在《樱桃园》中，大学生特罗菲莫夫也谈到了“人在生理结构方面是脆弱的”（WJ，12，394），商人洛巴兴说：“主啊，你赐给我们巨大的树林、一望无际的旷野、没有尽头的地平线，我们住在这种地方，真应当是巨人才对……”（WJ，12，395）而樱桃园的主人却宁愿让巨人只在神话里显得美好，实际上她却害怕巨人，因此被无情的、一直在向前奔跑的时间抛弃，虽然契诃夫对她的善良软弱不乏柔情。历史提出了新的要求，俄罗斯的新生需要有新的“巨人”，而现实中的人则软弱，但他们对当下生活的不满，对另一种生活的渴望，则是巨人将要出现的预兆，是巨人将改造俄罗斯的愿景。但在这之前，首先要做的，是让俄国人变成另外一种人。索洛维约夫在《神人类讲座》中继续说：

> 作为人的“我”在可能性中是绝对的，在现实性中是渺小的。在这个矛盾中产生了恶和痛苦，在这之中——产生了不自由、人的内部的奴役。要想从这种奴役状态下解放出来，只有通过作为人的“我”的不懈的努力获得那绝对的内容和存在的完满。①

这就是契诃夫的人的哲学的本质：由于特殊的民族历史，俄国的社会政治环境是不幸的，自然条件也是残酷而对人不友好的，软弱的人根本没法在其中生活。因此，人的存在被庸俗包围，被强权压迫，周围的一切都企图否定幸福的可能。但同时人也绝不应该沉沦、胆怯，逃避责任，人在这片土地上被造出来，就应该成长为配得上这片土地的“巨人”——努力完成自己的使命，改造自己的奴性，再去改变身边的环境。只有在承认危险，用于面对、承担国家和民族的复兴重任时候，他才成为人。

---

① Соловьев В. С. *Чтения о богочеловечестве*; *Статьи*; *Стихотворения и поэма*; *Из “Трех разговоров...”*: *Краткая повесть об Антихристе*. СПб. Худож. лит. 1994. С. 54.

结　　语

仔细阅读契诃夫文本可以发现，不但契诃夫有着完整的世界观和明确的哲学观念，而且各种“思想”在他的作品里也是异常密集的，他的主人公常常滔滔不绝地谈论思想性的问题。那些细心阅读契诃夫文本的批评家发现：“您能够反复阅读数十卷冈察洛夫、屠格涅夫、皮谢姆斯基，而找不到一页关于上帝、信仰、不朽的谈话。契诃夫在这一意义上无限接近托尔斯泰和陀思妥耶夫斯基。”① 正如陀思妥耶夫斯基在《卡拉马佐夫兄弟》中所言：“俄国的小伙子……讨论的不是别的，而是全宇宙的问题：有没有上帝？有没有灵魂不死？而那些不信上帝的，就讲社会主义和无政府主义，还有关于怎样按照新方式改造全人类等等；结果还是一码事，是同一个问题的两面。今天我们这里有许许多多不寻常的小伙子都在一心一意地谈论永恒的问题。”② 在陀思妥耶夫斯基看来，随时随地与任何人大谈哲学的确有些愚蠢，但它却是俄罗斯人尤其是年轻一代的俄罗斯人共同的民族特征，而且这一特征是令人喜爱的。

对于契诃夫的许多主人公而言，讨论永恒问题同样是迫切的生活需要和观念特征，有时候甚至达到纠缠不休、难忍难熬的地步。《在路上》的主人公说：

> 信仰是一种精神的能力。它跟才能一样，是与生俱来的。我凭自己，凭我这辈子见过的那些人，凭我周围发生过的种种事情来判断，这种能力是俄国人个个都有的，而且达到了极高的水平。俄国的生活

---

① Измайлов А. А. *Литературный олимп*. М. Тип. И. Д. Сытина. 1911. С. 136.

② ［俄］陀思妥耶夫斯基：《卡拉马佐夫兄弟》上册，耿济之译，人民文学出版社 1981 年版，第 349 页。

> 就是连绵不断的一系列信仰和热中，至于无信仰和否定，那末，不瞒您说，俄国人至今还没有领教过呢。如果俄国人不信神，那就等于说他信仰别的东西。（XS，5，424）

这个新时期的“多余人”在一生中不断地变换信仰，为每一种信仰疲于奔命，焦头烂额，耗尽家产，忍饥挨饿。在入迷的岁月里做出荒唐而残酷的事情，不但给自己而且给别人带来不幸。因此信仰并没有让他找到心灵的归宿，反而给灵魂带来无尽的痛苦。他最终的自白具有解释意义：“大自然赐给俄国人异乎寻常的信仰能力、追根究底的智慧、苦思冥想的才能，然而这些东西一碰到闲散、懒惰以及轻率的幻想，就都粉碎了……”（XS，5，430－431）

舍斯托夫断言，契诃夫不但要坚决地拔除思想，甚至还“以不堪入耳的嘲笑和鄙视使思想不愉快”。在《伊凡诺夫》中，思想的代表，“化成肉身的公式主义，能够走路的思想倾向”李沃夫医生，只要一开口，便被全剧中所有登场人物以最无礼的方式打断他的话。舍斯托夫公正地看出，这位年轻的医生在履行自己的义务方面，就其胆量及诚意来看，丝毫不逊于以往戏剧中启蒙思想的代表斯塔罗杜姆，但“在伊凡诺夫们和绝望占据统治地位的地方，没有也不可能有思想的位置”[①]。他声嘶力竭呼喊的那些强大的思想，完全丧失了力量。

《契诃夫对哲学的拒绝》[②] 这篇文章的题目曾经固定化为一种老生常谈，证据之一是契诃夫那些大谈哲学的主人公自己也是软弱无力、渺小可悲的。《第六病室》中的拉京医生，用斯多葛派哲学蒙蔽自己看待现实的眼睛，鼓吹智慧是快乐唯一可能的源泉。在他从与那些同样喜爱抽象思想的人做哲学交谈中得到充分享受，从品味各种学说中消磨生活，为人类近乎神的智慧现出感动而迷人的微笑时，他同时也清楚地知道，就在他温暖舒适的住宅旁边，在如同监狱般的医院大楼里，人们正在疾病和污秽中受着煎熬。他也知道，第六病室的看守在殴打病人，但他指望有思想和爱思考的人在任何环境里都可以保持愉快的心境，而哲学家就应该蔑视外部痛

---

① ［俄］舍斯托夫：《思辨与启示》，方珊、张百春、张杰等译，上海人民出版社 2005 年版，第 116 页。

② A. 沃伦斯基关于契诃夫的回忆札记，首次转载于 Толстая Е. Д. *Поэтика раздражения. Чехов в конце* 1880 – *х* – *начале* 1890 – *х годов*. М. Радикс. 1994. С. 362。

苦。格罗莫夫公正地反对他说："蔑视痛苦无异于蔑视生活本身，因为人的全部实质就是由饥饿、寒冷、委屈、损失等感觉以及在死亡面前的哈姆雷特式的恐惧构成的……人可以因这种生活而苦恼，憎恨它，可是不能蔑视它。"（XS，8，390）拉京医生之所以可以心平气和地宣扬这套斯多葛派理论，是因为他从来没有受过苦，根本不了解痛苦。可是有一天当他自己也落入第六病室，亲身受到看守的毒打后，哲学对他便毫无用处。他悲哀地承认，在俄国"人人都谈哲学，连小人物也谈……如果小人物不满意，怎么能不谈哲学呢？一个有头脑的、受过教育的、有自尊心的、爱好自由的、具有神的相貌的人，却没有别的路可走，只能到这个肮脏而愚蠢的小城里来做医师，一辈子跟拔火罐、水蛭、芥子膏打交道！欺骗，狭隘，庸俗……"（XS，8，412－413）原来"谈哲学"在现实生活中是一个被亵渎的行为，"思想"本身被"思想者"亵渎。

可是，另一方面，"谈哲学"和主人公们对哲学的渴求又是极其真诚和迫切的，《没意思的故事》中的老教授，在死神快要光顾他的时候，别人都以为他的思想"一定像天空那么深邃，灿烂，令人惊叹"，可是他却用阿拉克切耶夫的一句话"这世界上的一切好东西都不可能不含有恶，而且恶永远比善多"（XS，8，43－44）来总结自己的世界观，也就是说人世的一切都丑恶的，根本找不到任何使人为之生活的意义。老教授自己认为，失去生活意义的原因在于：

> 凡是我根据种种事情所形成的思想、感情、概念，都缺乏一个共同点，把它们串联成一个整体。我的每一种思想和感情在我心中都是孤立存在的；凡是我有关科学、戏剧、文学、学生的见解，凡是我的想象所画出来的小小画面，就连顶精细的分析家也不能从中找出叫做总体思想或者活人的神的那种东西来。（XS，8，61－62）

如果缺乏这个总体思想，那么个人生活的一点小变故就可以击垮整个世界观和生活意义。

老教授说他的"不幸"就在于"他不是哲学家，也不是神学家"（XS，8，15），后来《带阁楼的房子》中的画家也在叹息俄国有许多医师、药剂师、律师，然而"生物学家、数学家、哲学家、诗人却完全没有"（XS，9，445），因此人的全部智慧和力量都用在无谓的小事、琐事上，只看到一些暂时的和局部的问题，而无法使人致力于那些永恒而普遍的目标，去寻求真理和生活的意义，去探索上帝存在和灵魂不灭的秘密。

缺乏科学家、哲学家、诗人的世界是庸俗的，没有知识、思辨、信仰和美的生活让人窒息，找不到存在下去的意义。《我的一生》中米塞尔承认自己有过错，但他问父亲：

> 为什么您的生活，您认为我们也必须照这样过的生活，是那样的乏味，那样的平庸呢？……我们这座城已经存在了几百年，在这几百年里它没有为祖国献出一个有用的人，一个也没有！凡是稍稍带点生气的、稍稍发出点亮光的东西在萌芽时期就统统被你们扼杀了！这座城只培养小店主、酒馆老板、办事员、教士，这是一座无用的、没益处的城，即使它忽然陷进地底下去，谁也不会觉得可惜。（XS，10，83－84）

《三姊妹》中安德烈也发出相似的哀叹：年轻时他快乐、聪明，“未来闪耀着希望之光”，那是因为他“有梦想”，“思想优美”。可是现在呢，他清楚地看到：“我们的城市已经存在二百年，有十万居民，可是……没有一个学者，没有一个艺术家……大家光是吃饭，喝酒，睡觉，然后死掉……”生活中缺乏思想、精神、信仰、永恒，必然导致无法抗拒的庸俗，这庸俗的影响“压制着孩子们，神圣的火花在他们身上熄灭，他们变得像他们的父母那样渺小可怜，彼此相仿，就跟死人一样……”（WJ，12，341）就连退化成脑满肠肥的姚尼奇·斯达尔采夫医生（《姚尼奇》），在灵魂中闪现火花的时刻，也会认识到，他过的生活简直算不得生活，“没一点思想”（XS，10，221）：经验教会他，每逢他跟别人打牌或者吃饭，对方还算得上和气、善意、不愚蠢，可是话题一转到吃食以外，比方说到人类进步，谈话便无法进行下去。身边所有的人什么也不干，对什么也没有兴趣。斯达尔采夫找不到可以谈话的人，每天的生活只限于吃喝打牌，缺乏思想的庸俗最终窒息了他的灵魂。

可是，在契诃夫无情地加以呈现的冷酷乏味的地平线上方，思想的闪耀如同霞光一般辉映在人们的心头，温暖着每一个渴望寻求真理的生命。年轻的大学生（《大学生》）用《福音书》里的故事打通了人们之间的隔膜，想到：

> 真理和美过去在花园里和大司祭的院子里指导过人的生活，而且至今一直连续不断地指导着生活，看来会永远成为人类生活中以及整个人世间的主要东西。于是青春、健康、力量的感觉（他刚二十二岁），对于幸福，对于奥妙而神秘的幸福那种难于形容的甜蜜的向往，渐渐抓住他的心，于是生活依他看来，显得美妙，神奇，充满高尚的意义了。（XS，9，209）

沃伊尼茨基（《万尼亚舅舅》）把一生奉献给虚构的偶像，实际上却是在平庸乏味的操劳中浪费自己的青春才华。在造反的时刻他向着自己假想出来的敌人喊道："我这辈子完了！我有才能，聪明，有勇气……要是我生活得正常，我就可能成为叔本华，陀思妥耶夫斯基……我在胡说八道了！"（WJ，12，246）主人公确实是在用伟大思想家的名字来胡说八道，但同时也不尽是虚妄的胡话，须知即使身处荒僻的外省，也需要用为思想服务的神话来为自己的存在寻找有意义的生活支点，否则便会彻底被庸俗的生活腐化毒害。戏剧结尾，索尼雅用并非日常语言的诗意想象安慰沃伊尼茨基：

> 我们，万尼亚舅舅，要活下去。我们要度过许许多多漫长的白昼，许许多多漫长的夜晚；我们要耐心地忍受命运带给我们的考验；我们要为别人劳动，不论是现在还是到了老年，都不得休息，等我们的时辰来到，我们就会温顺地死掉，到了那边，在坟墓里，我们会说我们受过苦，我们哭过，我们尝尽了辛酸；上帝就会怜悯我们，我和你……就会看见光明、美好、优雅的生活，我们就会高兴，就会带着温情，带着笑容回顾我们现在的不幸，那时候我们就可以休息了……我们就可以休息了！我们就会听见天使的声音，我们就会看见钻石天空，我们就会看见人间所有的坏事，我们所有的苦难，统统湮没在充满整个世界的仁慈里，我们的生活就会安静，温柔，甜蜜如同爱抚一样。（WJ，12，261）

契诃夫一贯主张他只提出问题而不负责解决问题，但这种看似不循常规的提问方式，实际上是他对俄国思想史上的重大议题的积极回应。他的主人公以提问题来“谈哲学”，他自己也不能离开问题。在《三姊妹》的一场认真讨论哲学问题的谈话中，土旬巴赫讲述他对未来的看法：哪怕再过一千年，生活仍然充满痛苦，它永远遵循自己的规律，而人永远也不会理解这规律。他用候鸟来比喻说：“它们飞呀飞的，飞个不停，不管它们的头脑里有什么样的思想，高尚的也罢，渺小的也罢，它们总是飞着，而且不知道为什么飞，飞到哪儿去。不管它们当中出现什么样的哲学家，它们始终在飞，将来也还是飞；它们爱怎么谈哲学就怎么谈，可就是得飞……”

玛霞的问题是：这样不停地飞，到底有什么意义？她自问自答地说：“我觉得人应当有所信仰，或者应当寻求信仰，要不然他的生活就空虚，空虚……活着而又不知道仙鹤为什么飞，孩子为什么生下来，天上为什么有星星……要么知道人为什么活着，要么一切都不值一谈，都无所谓。”（WJ，12，298－299）

在契诃夫的札记簿里保留下来的所罗门王的戏剧独白中，这位圣经中的伟大智者提出了相似的问题：

> 我的上帝啊……为什么却另外赐给我令人苦恼的灵魂和永不休止、活跃不停的思想？如同从骸骨里生出来的虫子一样，我藏在黑暗里，又是绝望又是恐惧，周身发抖、发冷，在一切东西里看见和听见不可理解的秘密。为什么会有早晨？为什么神殿后面升起太阳，把棕榈树染成金黄色？为什么妻子这样美丽？那只鸟，既然它自己、它的儿女、它飞去的地方，一定会跟我一样变成尘土，那它又飞奔何方，何必这样飞翔？（WJ，13，585－586）

契诃夫为之痛苦甚至感到恐惧的，是人在生活中找不到任何意义，可如果不知道自己的生活意义，就会觉得“一切都不值一谈，都无所谓”。完全做到这一点的是切布狄金，他的口头禅“反正都一样”表明他彻底地放弃生活意义，以至于无法确定自己是否真的存在。更早的时候，短篇小说《恐惧》的主人公自称是“思想不深刻的人，不大关心死后的世界和人类命运之类的问题，向来很少想到那些深奥的事”（XS，9，7）。他不理解生活是为了什么，有谁需要，而如果生活缺乏明确的意义，则生活甚至比死亡还要可怕。契诃夫在自己全部的创作中，一直在顽固地向人们提出生活意义的问题，逼迫读者和自己的主人公一道为生活意义苦思冥想，为找不到生活意义而惶惶不安。在反思生活意义这一点上，契诃夫在俄国文学史上做到了最高程度的“民主化”：无论是蛮横粗暴的地主（《贝琴涅格人》）、浑浑噩噩的农民（《哀伤》），还是年轻气盛的知识分子（《文学教师》）、功成名就的社会精英（《主教》），都有可能在某一件微不足道的小事刺激下，在某一个风雨交加的“麻雀夜”，突然领悟到自己的生活实际上被毫无价值地白白浪费，因而重新审视身边的环境和过去的经历。在他最后一部戏剧《樱桃园》中，服侍了主人一辈子，年老而病重的老仆菲尔斯，在全剧终了众人欢呼新生活的时候被遗忘在老宅里，喃喃自语说：“生活过去了，好像我没生活过似的。”（WJ，12，431－432）——这句话似乎可以用作契诃夫本人在生命的最后阶段留给俄罗斯人的警示，包含着对过往岁月的不满，对生活中未能实现的东西的遗憾，对每个人应该承担的生活责任的呼唤，最后，是对生活意义的永恒探寻。活着，却不知道这种生活的意义是什么，等同于放弃生活，“好像我没生活过似的”。

别尔嘉耶夫指出：“俄国人对生活意义的眷恋，是我们的文学的基本动机……在这一动机里，社会的、公民的问题，与道德的、宗教的和哲学的问题密切交织在一起。”① 在托尔斯泰和陀思妥耶夫斯基笔下，生活意义需要在宗教教义中寻找；而在契诃夫那里，有无上帝并非作家需要解决的问题，但通过对生活意义的反复追问，为人类打开了从闭塞狭隘通向辽阔远方的道路，虽然这远方雾气缭绕，似乎难以看清。难怪俄国思想家弗兰克在专门讨论生活意义这个“该死的问题”的一本书里首先想到的俄国作家就是契诃夫：

> 契诃夫在一篇小说中描写了这样一个人，他一辈子在外省一座城市里操心平庸的日常生活，与其他人一样，他也撒谎、装假，在“上流社会”中“扮演角色”，忙于各种各样的“事务”，玩出一些卑劣的把戏——突然，一天夜里猛然惊醒，心跳不止，冷汗淋漓，发生了什么事？发生了可怕的事——生活已经消逝而且也没有过生活，因为过去生活中没有意义，现在也没有！②

---

① Бердяев Н. А. *Sub specie aeternitatis. Опыты философские, социальные и литературные* (1900－1906). СПб. Изд. М. В. Пирожкова. 1907. С. 158－159.

② ［俄］弗兰克：《社会的精神基础》，王永译，生活·读书·新知三联书店 2003 年版，第 191 页。

我们可以在契诃夫的不同作品中反复看到这一情节动机的不同变体(《文学教师》《决斗》《万尼亚舅舅》等),而在札记簿里还有一段与此十分相符合的情节梗概:

> 一个年轻的、刚毕业的语文系学生来到故乡的家里。人们推选他做教堂的主事。他不信教,可是按时去做礼拜,走到教堂和小礼拜堂附近就在胸前画十字,认为对人民来说这样做是必要的,俄国的得救就在于此。后来他又当选为地方自治局执行处主席、荣誉调解法官,获得一枚勋章和一系列奖章,而他没有注意到他已满四十五岁;他忽然清醒过来:他一直在装模作样,干着蠢事,然而要改变生活却已经晚了。有一次在梦中,仿佛有人开了一枪:"您在干什么?"他就跳起来,一身大汗。(WJ,13,510)

这段札记与托尔斯泰的中篇小说《伊万·伊里奇之死》的主旨十分相似:当一个人在日常生活中一帆风顺,自满自足的时候,当他一心谋求物质福利,钻营尘世利禄的时候,当他积极投身丛林斗争,鄙视淘汰出局者的时候,当他功成名就,以导师身份训诫年轻后辈的时候,当他逃避社会现实,躲在"套子"里昏昏欲睡的时候,是很少想到生活意义的问题的。伴随着19世纪下半叶俄国的现代化进程的加速,俄国新兴资产阶级和小市民鼓吹狭隘的道德观,为日益禁锢的思想环境和自己庸庸碌碌的生活辩护。但契诃夫与俄国其他经典作家一样,深刻地认识到在这俄国历史转折时期,各种扑朔迷离的幻想对人的生命本质的遮蔽,在表面风平浪静下人们内心深处对未来的焦虑,揭露为讨好市侩精神而制定出来的规训制度的残酷和荒谬,谴责对迷惑过几代人的现代偶像的崇拜和偶像坍塌后人们在精神方面的自暴自弃。契诃夫曾开玩笑地把那种在封闭的内地怡然自得而忘记生活意义的人称为"豚鼠",在短篇小说《醋栗》中他借助一位主人公的口对这种生活提出强烈的控诉:

> 实际上有多少满足而幸福的人啊!这是一种多么令人压抑的力量!你们来看一看这种生活吧:强者骄横而懒惰,弱者愚昧,象牲畜一般生活着,周围是难以忍受的贫困、憋闷、退化、酗酒、伪善、撒

> 谎。……然而，所有的房屋里和街道上却安安静静，心平气和。住在城里的五万人当中竟然没有一个人大叫一声，高声说出他的忿慨。我们看见一些人到市场去买食品，白天吃喝，晚上睡觉，他们说废话，结婚，衰老，安详地把死人送到墓园里去；可是那些受苦受难的人，那些隐在暗处什么地方进行着的生活里的惨事，我们却没看见，也没听到。一切都安静太平，提抗议的只有不出声的统计数字：若干人发了疯，若干桶白酒被喝光，若干儿童死于营养不良。……这样的世道分明是必要的；幸福的人之所以感到逍遥自在，仅仅是因为不幸的人沉默地背负着他们的重担，而缺了这样的沉默，一些人想要幸福就办不到。这是普遍的麻木不仁。每一个满足而幸福的人的房门边都应当站上一个人，手里拿着小锤子，经常敲着门提醒他：天下还有不幸的人，不管他自己怎样幸福，生活却迟早会对他伸出魔爪，灾难会降临，例如疾病、贫穷、损失等。到那时候谁也不会看见他，不会听见他，就象现在他看不见，也听不见别人一样。然而拿着小锤子的人却没有，幸福的人生活得无忧无虑，生活中细小的烦恼微微激动着他，就象风吹杨树一样，于是天下太平。（XS，10，194）

在普遍的麻木不仁的生活环境下，契诃夫自己拿起了那个“小锤子”，敲打着人的灵魂，提醒在这个世界上还有大量默默无闻承受生活重负的人，所有人的命运实际上都息息相关，孤立的自由和幸福是建立在他人的痛苦之上的。在公正平等与共同拯救基础上对人类共同体的强调——俄国经典文学遗产也以此为当下中国提出的现代世界中人类的和谐发展道路提供了证明。

参考文献

中文文献

1. ［俄］阿格诺索夫主编：《白银时代俄国文学》，石国雄、王加兴译，译林出版社 2001 年版。

2. ［德］爱克曼辑录：《歌德谈话录》，朱光潜译，人民文学出版社 1982 年版。

3. ［苏］爱伦堡：《捍卫人的价值》，孟广钧译，辽宁教育出版社 1998 年版。

4. ［俄］巴格诺：《西方的俄国观》，刘文飞译，《外国文学评论》2012 年第 1 期。

5. 北京大学中文系文艺理论教研室编：《马克思 恩格斯 列宁 斯大林论文艺》，人民文学出版社 1999 年版。

6. ［苏］别尔德尼科夫：《契诃夫传》，陈玉增、邢淑华、傅韵秋译，黑龙江人民出版社 1988 年版。

7. 《别尔嘉耶夫文集》第 2 卷，张百春译，上海人民出版社 2007 年版。

8. ［俄］别雷：《安·巴·契诃夫》，赵桂莲译，《世界文学》1998 年第 5 期。

9. ［英］伯林：《启蒙的时代》，孙尚扬、杨深译，凤凰出版传媒集团、译林出版社 2005 年版。

10. ［英］戴维斯：《欧洲史》，郭方、刘北成译，世界知识出版社 2007 年版。

11. ［俄］弗兰克：《社会的精神基础》，王永译，生活·读书·新知三联书店 2003 年版。

12. ［俄］冈察洛夫：《平凡的故事》，周朴之译，上海译文出版社 1980

年版。

13. ［苏］高尔基：《论文学·续集》，冰夷等译，人民文学出版社 1975 年版。

14. ［俄］戈鲁勃夫等编：《同时代人回忆契诃夫》，倪亮等译，广西师范大学出版社 2016 年版。

15. 《果戈理全集》第 6 卷，冯玉律等译，河北教育出版社 2002 年版。

16. ［苏］赫拉普钦科：《艺术家托尔斯泰》，刘逢祺、张捷译，上海译文出版社 1987 年版。

17. ［俄］基斯嘉柯夫斯基等：《路标集》，彭甄、曾予平译，云南人民出版社 1999 年版。

18. ［俄］吉皮乌斯：《往事如昨——吉皮乌斯回忆录》，郑体武、岳永红译，学林出版社 1998 年版。

19. ［俄］津科夫斯基：《俄国哲学史》，张冰译，人民出版社 2013 年版。

20. ［德］卡西勒：《启蒙哲学》，顾伟铭、杨光仲、郑楚宣译，山东人民出版社 1988 年版。

21. ［德］康德：《历史理性批判文集》，何兆武译，商务印书馆 1996 年版。

22. ［美］梁赞诺夫斯基：《俄罗斯史》，杨烨、卿文辉译，上海人民出版社 2007 年版。

23. ［俄］罗赞诺夫：《论宗教大法官的传说》，张百春译，华夏出版社 2007 年版。

24. ［俄］梅列日科夫斯基：《先知》，赵桂莲译，东方出版社 2000 年版。

25. ［俄］梅列日科夫斯基：《诸神之死：叛教者尤里安》，刁绍华、赵静男译，北方文艺出版社 2001 年版。

26. ［美］纳博科夫：《俄国文学讲稿》，丁骏、王建开译，上海三联书店 2015 年版。

27. ［俄］普希金：《普希金小说戏剧选》，智亮等译，人民文学出版社 1994 年版。

28. 《契诃夫论文学》，汝龙译，安徽文艺出版社 1997 年版。

29. 《契诃夫文集》第 11—17 卷，汝龙译，上海译文出版社 1997—

1999 年版。

30.《契诃夫小说全集》（10 卷），汝龙译，上海世纪出版股份有限公司、译文出版社 2008 年版。

31.［俄］恰达耶夫：《箴言集》，刘文飞译，云南人民出版社 1999 年版。

32.［俄］舍斯托夫：《开端与终结》，方珊译，云南人民出版社 1998 年版。

33.［俄］舍斯托夫：《思辨与启示》，方珊、张百春、张杰等译，世纪出版集团、上海人民出版社 2005 年版。

34.［俄］索洛维约夫：《俄罗斯与欧洲》，徐凤林译，河北教育出版社 2002 年版

35.［俄］索洛维约夫等：《俄罗斯思想》，贾泽林、李树柏译，浙江人民出版社 2000 年版。

36.［苏］屠尔科夫：《安·巴·契诃夫和他的时代》，朱逸森译，中国社会科学出版社 1984 年版

37.［俄］托尔斯泰：《安娜·卡列尼娜》，草婴译，上海文艺出版社 2008 年版。

38.［俄］托尔斯泰：《复活》，王景生译，重庆出版集团 2008 年版。

39.［俄］托尔斯泰：《列夫·托尔斯泰文集》（17 卷），谢素台等译，人民文学出版社 2000 年版。

40.［俄］陀思妥耶夫斯基：《卡拉马佐夫兄弟》，耿济之译，人民文学出版社 1981 年版。

41.［俄］陀思妥耶夫斯基：《陀思妥耶夫斯基论艺术》，冯增义、徐振亚译，漓江出版社 1988 年版。

42.［俄］陀思妥耶夫斯基：《陀思妥耶夫斯基全集》第 17 卷，白春仁译，河北教育出版社 2010 年版。

43. 王岳川：《二十世纪西方哲性诗学》，北京大学出版社 2000 年版。

44.［德］雅斯贝斯：《历史的起源与目标》，魏楚雄、俞新天译，华夏出版社 1989 年版。

45.［苏］扎米亚京：《我们》，顾亚玲等译，作家出版社 1998 年版。

46. 张建华：《俄国知识分子思想史导论》，商务印书馆 2008 年版。

47. 周启超：《白银时代俄国文学研究》，北京大学出版社 2003 年版。

48. 周启超：《思潮·范式·文本——对当代中国外国文学研究的一点

反思》，《山东师范大学学报》（人文社会科学版）2012 年第 5 期。

49. 资中筠主编：《冷眼向洋》，生活・读书・新知三联书店 2000 年版。

俄文文献

1. Агеев А. Л. “Конспект о кризисе”. *Литературное обозрение.* 1991. № 3.

阿盖耶夫：《关于危机的纲要》，《文学评论》1991 年第 3 期。

2. Адамович Г. В. *Одиночество и свобода. Лит. – крит. статьи.* СПб. Логос. 1993.

阿达莫维奇：《孤独与自由：文学批评论文》，圣彼得堡，1993 年。

3. Алексеев М. П. *Русская литература и её мировое значение.* Л. Наука. 1989.

阿历克谢耶夫：《俄国文学和它的世界意义》，列宁格勒，1989 年。

4. Алексеев М. П. *Сравнительное литературоведение.* Л. Наука. 1983.

阿历克谢耶夫：《比较文艺学》，列宁格勒，1983 年。

5. Амфитеатров А. В. Сост. *Забытый смех*: « *Поморная муза* ». М. Московское книгоиздательство. 1914—1917. Сборник 1.

阿姆菲捷阿特洛夫编：《被忘却的笑：“海边的缪斯”》，莫斯科，1914—1917 年，第 1 辑。

6. Анненский И. Ф. *Книги отражений.* М. Наука. 1979.

安年科夫：《印象书》，莫斯科，1979 年。

7. Багно В. Е. Ред. *Толстой или Достоевский? Философско – эстетические искания в культурах Востока и Запада.* СПб. Наука. 2003.

巴格诺编：《托尔斯泰或者陀思妥耶夫斯基？东西方文化中的哲学—美学探索》，圣彼得堡，2003 年。

8. Батюшков К. Н. *Стихотворения.* М. Худож. лит. 1987.

巴丘什科夫：《诗作》，莫斯科，1987 年。

9. Белинский В. Г. *Полн. собр. соч.* : *В* 13 *т.* М. Изд. АН СССР. 1953—1959. Т. 8.

《别林斯基全集：13 卷》，莫斯科，1953—1959 年，第 8 卷。

10. Белинский В. Г. *Собр. соч.* : *В* 9 *т.* М. Худож. лит. 1976—1982. Т. 6.

《别林斯基选集：9 卷》，莫斯科，1976—1982 年，第 6 卷。

11. Белкин А. А. *Читая Достоевского и Чехова.* М. Худож. лит. 1973.

别尔金：《阅读陀思妥耶夫斯基和契诃夫》，莫斯科，1973 年。

12. Белопольский В. Н. *Достоевский и философская мысль его эпохи: Концепция человека.* Ростов н/Д. Изд. Ростовского ун – та. 1987.

别洛波利斯基：《陀思妥耶夫斯基和他的时代的哲学思想：人的概念》，罗斯托夫，1987 年。

13. Бердников Г. П. *А. П. Чехов. Идейные и творческие искания.* М. Худ. лит. 1984.

别尔德尼科夫：《契诃夫：思想和创作探索》，莫斯科，1984 年。

14. Бердяев Н. А. *Sub specie aeternitatis. Опыты философские, социальные и литературные* (1900 – 1906). СПб. Изд. М. В. Пирожкова. 1907.

别尔嘉耶夫：《在永恒的表象下：哲学、社会学和文学的经验（1900—1906)》，圣彼得堡，1907 年。

15. Бердяев Н. А. *Судьба России. Самосознание.* Ростов н/Д. Феникс. 1997.

别尔嘉耶夫：《俄罗斯的命运：自我认知》，罗斯托夫，1997 年。

16. Берков П. Н. Отв. ред. *XVIII век.* Вып. 3. М. ; Л. Изд. АН СССР. 1958.

别尔科夫主编：《18 世纪》第 3 辑，莫斯科；列宁格勒，1958 年。

17. Бицилли П. М. “Чехов”. *Числа.* 1930. № 1.

彼泽利：《契诃夫》，《日期》1930 年第 1 期。

18. Благой Д. Д. , Лаврецкий А. , Ломунов К. Н. , Сабуров А. А. , Шифман А. И. Ред. *Творчество Л. Н. Толстого.* М. Гослитиздат. 1959.

布拉果依等编：《列・尼・托尔斯泰的创作》，莫斯科，1959 年。

19. Блок А. А. *Собр. соч. : В 8 т.* М. ; Л. Худож. лит. 1962. Т. 6.

《勃洛克选集：8 卷》，莫斯科；列宁格勒，1962 年，第 6 卷。

20. Богомолов Н. А. *Русская литература первой трети XX века: Портреты. Проблемы. Разыскания.* Томск. Водолей. 1999.

勃戈莫罗夫：《20 世纪前 30 年的俄国文学：肖像、问题、探索》，托木斯克，1999 年。

21. Бочаров С. Г. “Чехов и философия”. Отд – ние ист. – филол. наук РАН. *Вестник истории, литературы, искусства.* М. Собрание; Наука. 2005.

鲍恰洛夫：《契诃夫和哲学》，俄国科学院历史语文所编《历史、文学、艺术通报》，莫斯科，2005 年。

22. Брюсов В. Я. *Дневники. Автобиографическая проза. Письма.* М. ОЛМА-ПРЕСС. 2002.

勃留索夫：《日记，自传散文，书信》，莫斯科，2002 年。

23. Булгаков С. Н. *Сочинения. Избранные статьи*: *В 2 т.* М. Наука. 1993. Т. 2.

谢尔盖·布尔加科夫：《作品，文选：2 卷》，莫斯科，1993 年，第 2 卷。

24. Бурсов Б. И. *Судьба Пушкина.* Л. Сов. писатель. 1989.

布尔索夫：《普希金的命运》，列宁格勒，1989 年。

25. Бялик Б. А. Ред. *Русская литература конца XIX—начала XX века.* М. Наука. 1968.

比亚利克：《19 世纪末—20 世纪初俄国文学》，莫斯科，1968 年。

26. Бялый Г. А. *Русский реализм от Тургенева к Чехову.* Л. Сов. писатель. 1990.

比亚雷：《俄国现实主义：从屠格涅夫到契诃夫》，列宁格勒，1990 年。

27. Видуэцкая И. П. "Место Чехова в истории русского реализма". *Известия АН СССР. Серия литературы и языка.* 1966. № 1.

韦杜埃茨卡雅：《契诃夫在俄国现实主义历史上的地位》，《苏联科学院通报：文学与语言系列》1966 年第 1 期。

28. Вилькошевский П. В. *Судьба «Крейцеровой сонаты» Л. Н. Толстого.* Самарканд. Изд. гос. пед. ин – та. им. А. М. Горького. 1940.

韦利科舍夫斯基：《托尔斯泰〈克莱采奏鸣曲〉的命运》，撒马尔罕，1940 年。

29. Гальцева Р. , Роднянская И. "Журнальный образ классики". *Литературное обозрение.* 1986. № 3.

嘉利采娃、罗德尼扬斯卡雅：《经典作品的杂志形象》，《文学评论》1986 年第 3 期。

30. Гаспаров М. Л. *Записи и выписки.* М. Новое литературное обозрение. 2008.

卡斯帕洛夫：《笔记和摘录》，莫斯科，2008 年。

31. Гачев Г. Д. *Русская дума*: *Портреты русских мыслителей.* М. Новос-

ти. 1991.

加切夫：《俄国思想：俄国思想家肖像》，莫斯科，1991 年。

32. Гитович Н. И. *Летопись жизни и творчество А. П. Чехова.* М. Гослитиздат. 1955.

基多维奇：《契诃夫的生活和创作年鉴》，莫斯科，1955 年。

33. Гольденвейзер А. Б. *Вблизи Толстого.* М. Гослитиздат. 1959.

戈利坚维泽尔：《在托尔斯泰之侧》，莫斯科，1959 年。

34. Гольцев В. А. *Литературные очерки.* М. Ред. журн. « Русская мысль». 1895.

戈利采夫：《文学随笔》，莫斯科，1895 年。

35. Горький М. *Собр. соч.* : *В 30 т.* М. Гослитиздат. 1949 – 1955. Т. 14，24.

《高尔基选集：30 卷》，莫斯科，1949—1955，第 14、24 卷。

36. Гулыга А. В. *Русская идея и ее творцы.* М. Изд. Эксмо. 2003.

古雷加：《俄国思想和它的创造者们》，莫斯科，2003 年。

37. Гурвич И. А. *Проза Чехова* (*Человек и действительность*). М. Высшая школа. 1970.

古尔维奇：《契诃夫散文（人与现实）》，莫斯科，1970 年。

38. Дерман А. Б. *Антон Павлович Чехов.* М. Гослитиздат. 1939.

杰尔曼：《安东·巴甫洛维奇·契诃夫》，莫斯科，1939 年。

39. Дерман А. Б. *Творческий потрет Чехова.* М. Мир. 1929.

杰尔曼：《契诃夫的创作肖像》，莫斯科，1929 年。

40. Добролюбов Н. А. *Полн. собр. соч.* : *В 6 т.* М. Гослитиздат. 1934—1941. Т. 2.

《杜勃罗留科夫全集：6 卷》，莫斯科，1934—1941，第 2 卷。

41. Долгополов Л. К. *На рубеже веков. О русской литературе конца XIX—начала XX века.* Л. Сов. писатель. 1977.

多尔戈波罗夫：《在世纪之交：论 19 世纪末—20 世纪初的俄国文学》，列宁格勒，1977 年。

42. Долженков П. Н. *Чехов и позитивизм.* М. Скорпион. 2003.

多尔仁科夫：《契诃夫和实证主义》，莫斯科，2003 年。

43. Достоевский Ф. М. *Полн. собр. соч. В 30 т.* Л. Наука. 1972—1990. Т. 5.

《陀思妥耶夫斯基全集：30 卷》，列宁格勒，1972—1990 年，第 5 卷。

44. Егоров Б. Ф. , Кошелев А. Д. сост. *Из истории русской культуры. Т. V (XIX век)* . М. Языки русской культуры. 2000.

叶果洛夫、科舍廖夫编著：《俄国文化史撷英：第 5 卷（19 世纪）》，莫斯科，2000 年。

45. Есаулов И. А. *Категория соборности в русской литературе.* Петрозаводск. Изд. ПГУ. 1995.

叶萨乌罗夫：《俄国文学中的圣合性范畴》，彼得罗扎沃茨克，1995 年。

46. Жоржа Нива, Ильи Сермана, Витторио Страды и Ефима Эткинда. Ред. *История русской литературы XX век: Серебряный век.* М. Изд. группа «Прогресс» – «Литера». 1995.

尼瓦等编著：《20 世纪俄国文学史：白银时代》，莫斯科，1995 年。

47. Зайцев Б. *Чехов. Литературная биография.* Нью – Йорк. Изд. имени Чехова. 1954.

扎伊采夫：《契诃夫：文学传记》，纽约，1954 年。

48. Захаров В. Н. Ред. *Евангельский текст в русской литературе XVIII—XX веков.* Петрозаводск: Изд. ПГУ. 1994.

扎哈洛夫编：《18—20 世纪俄国文学中的福音书文本》，彼得罗扎沃茨克，1994 年。

49. Зингерман Б. И. "Время в пьесах Чехова" . *Театр.* 1977. № 12.

辛格尔曼：《契诃夫戏剧中的时间》，《戏剧》1977 年第 12 期。

50. Зингерман Б. И. *Театр Чехова и его мировое значение.* М. Наука. 1988.

辛格尔曼：《契诃夫的戏剧和他的世界意义》，莫斯科，1988 年。

51. Ивлева Т. Г. *Автор в драматургии А. П. Чехова.* Тверь. Твер. гос. ун – т. 2001.

伊芙列娃：《契诃夫戏剧中的作者》，特维尔，2001 年。

52. Измайлов А. А. *Литературный олимп.* М. Тип. И. Д. Сытина. 1911.

伊兹马伊洛夫：《文学的奥林匹斯》，莫斯科，1911 年。

53. Ильин В. Н. "Глубинные мотивы Чехова". *Возрождение.* 1964. № 148.

伊里英：《契诃夫的深层动机》，《复活》1964 年第 148 期。

54. ИМЛИ АН СССР. *В творческой лаборатории Чехова.* М. Наука. 1974.

苏联科学院世界文学研究所编：《在契诃夫的创作实验室里》，莫斯科，1974 年。

55. ИМЛИ АН СССР. *Котекст*・1975. М. Наука. 1977.

苏联科学院世界文学研究所编：《语境：1975 年》，莫斯科，1977 年。

56. ИМЛИ АН СССР. *Лит. наследство. Т.* 69. *Лев Толстой.* М. Изд. АН СССР. 1961.

苏联科学院世界文学研究所编：《文学遗产：第 69 卷：列夫・托尔斯泰》，莫斯科，1961 年。

57. ИМЛИ АН СССР. *Лит. наследство. Т.* 75. *Толстой и зарубежный мир.* М. Наука. 1965.

苏联科学院世界文学研究所编：《文学遗产：第 75 卷：托尔斯泰和国外世界》，莫斯科，1965 年。

58. ИМЛИ АН СССР. *Лит. наследство. Т.* 83. *Неизданный Достоевский: Записные книжки и тетради* 1860—1881 *гг.* М. Наука. 1971.

苏联科学院世界文学研究所编：《文学遗产：第 83 卷：未出版的陀思妥耶夫斯基：笔记和练习册》，莫斯科，1971 年。

59. Карамзин Н. М. "О книжной торговле и любви ко чтению в России". *Вестники Европы.* 1802. № 9.

卡拉姆辛：《论俄国的图书贸易和对阅读的喜爱》，《欧洲通报》1802 年第 9 期。

60. Карамзин Н. М. *Письма Н. М. Карамзина к И. И. Дмитриеву.* М. Книга по Требованию. 2012.

卡拉姆辛：《卡拉姆辛写给德米特里耶夫的书信》，莫斯科，2012 年。

61. Катаев В. Б. *Литературные связи Чехова.* М. Изд. МГУ. 1989.

卡塔耶夫：《契诃夫的文学联系》，莫斯科，1989 年。

62. Катаев В. Б. *Проза Чехова: Проблемы интерпретации.* М. Изд. МГУ. 1979.

卡塔耶夫：《契诃夫散文：阐释问题》，莫斯科，1979 年。

63. Катаев. В. Б. *Чехов плюс...: Предшественники, современики, преемники.* М. Языки славянской культуры. 2004.

卡塔耶夫：《契诃夫加……：前辈、同时代人、后继者》，莫斯科，2004 年。

64. Киреев Р. Т. "Другая жизнь людей". *Литературная газета.* 1984. 18. апр.

基列耶夫：《人的另一种生活》，《文学报》1984 年 4 月 18 日。

65. Ключевский В. О. *Письма. Дневники. Афоризмы и мысли об истории.* М. Наука. 1968.

克柳切夫斯基：《有关历史的书信、日记、格言和思考》，莫斯科，1968 年。

66. Кожинов В. В. *Размышления о русской литературе.* М. Современник. 1991.

柯日诺夫：《关于俄国文学的思索》，莫斯科，1991 年。

67. Короленко В. Г. *Соб. соч.* ：*В* 10 *т.* М. Гослитиздат. 1955. Т. 8.

《柯罗连科选集：10 卷》，莫斯科，1955 年，第 8 卷。

68. Кочеров. С. Н. *Русская идея*：*Сущность и смысл.* Новгород. Изд. НГПУ. 2003.

柯切洛夫：《俄国思想：实质和意义》，诺夫哥罗德，2003 年。

69. Кошман Л. В. и дрг. Ред. *Очерки русской культуры XIX века*：*В* 6 *т. Т.* 1. *Общественно – культурная среда.* М. Изд. МГУ. 1998.

柯什曼等编：《19 世纪俄国文化概论：6 卷：第 1 卷：社会—文化环境》，莫斯科，1998 年。

70. Кошман Л. В. и дрг. Ред. *Очерки русской культуры XIX века*：*В* 6 *т. Т.* 3. *Культурный потенциал общества.* М. Изд. МГУ. 2001.

柯什曼等编：《19 世纪俄国文化概论：6 卷：第 3 卷：社会的文化潜力》，莫斯科，2001 年。

71. Кройчик Л. Е. *Поэтика комического в произведениях А. П. Чехова.* Воронеж. Изд. Воронежского ун – та. 1986.

柯罗伊奇科：《契诃夫作品中的喜剧诗学》，沃洛涅什，1986 年。

72. Кузичева А. П. *А. П. Чехов в русской театральной критике. Комментированная антология.* 1887 – 1917. М. ЧПК. 1999.

库济切娃：《俄国戏剧批评中的契诃夫：评论集：1887—1917》，莫斯科，1999 年。

73. Курдюмов М. （Каллаш М. А. ）*Сердце смятенное*：*о творчестве А. П. Чехова.* Paris：YMCA – Press，1934.

M. 库尔久莫夫（卡拉什）：《骚乱的心灵：论契诃夫的创作》，巴黎，1934 年。

74. Курляндская Т. Б. *Нравственный идеал героев Л. Н. Толстого и Ф. М. Достоевского.* М. Просвещение. 1988.

库尔丽扬茨卡雅：《托尔斯泰和陀思妥耶夫斯基的主人公们的道德理想》，莫斯科，1988 年。

75. Курт Р. “Гость из будущего” . *Литературное обозрение.* 1989. № 6.

库尔特：《未来访客》，《文学评论》1989 年第 6 期。

76. Куфаев М. Н. *История русской книги в XIX веке.* Л. Культурно – просветительное кооперативное товарищество Начатки знаний. 1927.

库法耶夫：《19 世纪俄国书籍史》，列宁格勒，1927 年。

77. Лакшин В. Я. *Толстой и Чехов.* М. Сов. писатель. 1963.

拉克申：《托尔斯泰和契诃夫》，莫斯科，1963 年。

78. Линков В. Я. “К проблематике идейного обобщения в прозе А. П. Чехова” . *Филологические. науки.* 1969. № 6.

林科夫：《契诃夫小说中思想归纳的问题学》，《语文学》1969 年第 6 期。

79. Линков В. Я. *Художественный мир прозы А. П. Чехова.* М. Изд. МГУ. 1982.

林科夫：《契诃夫小说的艺术世界》，莫斯科，1982 年。

80. Лихачев Д. С. “Своеобразие исторического пути русской литературы X – XVII веков” . *Русская литература.* 1972. № 2.

81. 利哈乔夫：《10—12 世纪俄国文学的历史道路的独特性》，《俄国文学》1972 年第 2 期。

82. Маковицкий Д. П. *У Толстого.* 1904 – 1910. *В 4 кн.* М. Наука. 1979. Кн. 1.

马科维茨基：《在托尔斯泰身边：1904—1910 年：4 册》，莫斯科，1979 年，第 1 册。

83. Маковицкий Д. П. *Яснополянские записки.* М. Задруга. 1923.

马科维茨基：《亚斯纳雅波梁纳札记》，莫斯科，1923 年。

84. Маркович В. М. *Человек в романах И. С. Тургенева.* Л. Изд. Ленинградского ун – та. 1975.

马尔科维奇：《屠格涅夫长篇小说中的人》，列宁格勒，1975 年。

85. Мережковский Д. С. *Акрополь*: *Избр. лит. – критич. статьи.* М. Книжная палата. 1991.

梅列日科夫斯基：《卫城：文学—批评论文选集》，莫斯科，1991 年。

86. Мережковский Д. С. *Л. Толстой и Достоевский*: *Вечные спутники.* М. Республика. 1995.

梅列日科夫斯基：《托尔斯泰和陀思妥耶夫斯基：永恒的伴侣》，莫斯科，1995 年。

87. Мильдон В. И. *Чехов сегодня и вчера* (“*другой человек*”). М. ВГИК. 1996.

米利东：《今天和昨天的契诃夫（“另外的人”）》，莫斯科，1996 年。

88. Мирский Д. С. *Интеллидженсиа.* М. Сов. лит. 1934.

米尔斯基：《知识阶层》，莫斯科，1934 年。

89. Михайловский Н. К. *Литературно – критические статьи.* М. Гослитиздат. 1957.

米哈伊洛夫斯基：《文学—批评论文》，莫斯科，1957 年。

90. Михневич В. О. *Наши знакомые*: *Фельетонный словарь современников*: 1000 *характеристик рус. гос. и обществ. деятелей*, *ученых*, *писателей*, *художников*, *коммерсантов*, *промышленников и пр.* СПб. : Тип. Э. Гоппе. 1884.

米赫涅维奇：《我们熟悉的人们：同时代人辞典：1000 名俄国国家和社会的活动家、学者、作家、艺术家、商人、企业家等等的描述》，圣彼得堡，1884 年。

91. Найман А. Г. *Рассказы о Анне Ахматовой.* М. Худож. лит. 1989.

纳伊曼：《安娜·阿赫玛托娃的故事》，莫斯科，1989 年。

92. Науч. совет РАН «История мировой культуры», Чехов. комис. Ред. *Чеховиана*: *Взгляд из XXI века.* М. Наука. 2011.

俄国科学院“世界文化史”学术委员会、契诃夫小组编：《契诃夫学：21 世纪的回顾》，莫斯科，2011 年。

93. Науч. совет РАН «История мировой культуры», Чехов. комис. Ред. *Чеховиана*: . *Чехов и* “*Серебряный Век*” . М. Наука. 1996.

俄国科学院“世界文化史”学术委员会、契诃夫小组编：《契诃夫学：契诃夫和“白银时代”》，莫斯科，1996 年。

94. Науч. совет РАН «История мировой культуры», Чехов. комис.

Ред. Чеховиана: *Из века XX в XXI*: *Итоги и ожидания.* М. Наука. 1990.

俄国科学院“世界文化史”学术委员会、契诃夫小组编:《契诃夫学:从 20 到 21 世纪:总结和期望》, 莫斯科, 1990 年。

95. Науч. совет РАН «История мировой культуры», Чехов. комис. Ред. *Чеховиана*: *«Три сестры» 100 лет.* М. Наука. 2002.

俄国科学院“世界文化史”学术委员会、契诃夫小组编:《契诃夫学:〈三姊妹〉100 年》, 莫斯科, 2002 年。

96. Науч. совет РАН «История мировой культуры», Чехов. комис. *Чеховиана*: *Мелиховские труды и дни.* М. Наука. 1995.

俄国科学院“世界文化史”学术委员会、契诃夫小组编:《契诃夫学:梅利霍沃的劳作和时日》, 莫斯科, 1995 年。

97. Науч. совет РАН «История мировой культуры», Чехов. комис. *Чеховиана*: *Чехов в культуре XX века.* М. Наука. 1993.

俄国科学院“世界文化史”学术委员会、契诃夫小组编:《契诃夫学:契诃夫和 20 世纪文化》, 莫斯科, 1993 年。

98. Никанор. *Беседа высокопреосвященного Никанора, архиепископа Херсонского и Одесского о христианском супружестве против графа Льва Толстого.* Одесса. Афон. рус. Пантелеймонов монастырь. 1890.

尼卡诺尔:《赫尔松和敖德萨大主教尼卡诺尔关于基督教的婚姻生活及反对列夫·托尔斯泰伯爵的谈话》, 敖德萨, 1890 年。

99. Николаев Ю. (Говоруха – Отрок Ю. Н.) *Последние произведения графа Л. Н. Толстого.* М. Унив. Тип. 1890.

尼古拉耶夫(戈沃鲁哈 – 奥特洛克):《托尔斯泰伯爵最后的作品》, 莫斯科, 1890 年。

100. Одоевцева И. В. *На берегах Невы.* М. Худож. лит. 1988.

奥多耶甫采娃:《在涅瓦河畔》, 莫斯科, 1988 年。

101. Опульская Л. Д., Паперный З. С., Шаталов С. Е. Ред. *Чехов и Лев Толстой.* М. Наука. 1980.

奥布里斯卡雅、帕别尔内、沙塔洛夫编:《契诃夫和列夫·托尔斯泰》, 莫斯科, 1980 年。

102. Орлов Б. Н. *Полиграфическая промышленность Москвы*: *Очерк развития до 1917 г.* М. Искусство. 1953.

奥尔洛夫：《莫斯科的印刷工业：至 1917 年的发展概况》，莫斯科，1953 年。

103. Павленков Л. Н. “Книжное дело и периодические издания в России в 1895 году”. *Исторический вестник*. 1896. № 10.

帕甫连科夫：《1895 年俄国的图书产业和期刊出版》，《历史通报》1896 年第 10 期。

104. Паперный З. С. *А. П. Чехов*. М. Гослитиздат. 1954.

帕别尔内：《契诃夫》，莫斯科，1954 年。

105. Пастернак Б. Л. *Собр. соч.*：*В 5 т.* М. Худож. лит. 1991. Т. 4.

《帕斯捷尔纳克选集：5 卷》，莫斯科，1991 年，第 4 卷。

106. Платонов О. А. *Русская цивилизация. История и идеология русского народа*. М. Алгоритм. 2010.

普拉东诺夫：《俄罗斯文明：俄罗斯民族的历史和思想意识》，莫斯科，2010 年。

107. Полоцкая Э. А. *О Поэтике Чехова*. М. Наследие. 2000.

波洛茨卡雅：《论契诃夫的诗学》，莫斯科，2000 年。

108. Полоцкая Э. А. *О Чехове и не только о нём*. М. 2006.

波洛茨卡雅：《论契诃夫和其他人：历年论文》，莫斯科，2006 年。

109. Поспелов Г. Н., Державина О. А. и др. *Мастерство русских классиков*. М. Сов. писатель. 1969.

波斯彼洛夫、杰尔查文等：《俄国经典作家创作技巧》，莫斯科，1969 年。

110. Потапенко И. Н. “Не герой”. *Северный вестник*. 1891. № 9.

波达片科：《并非英雄》，《北方通报》1891 年第 9 期。

111. Пумпянский Л. В. *Классическая традиция*：*Собрание трудов по истории русской литературы*. М. Языки русской культуры. 2000.

布姆彼扬斯基：《经典传统：俄国文学史著述集》，莫斯科，2000 年。

112. Р. Д. “Современная русская литература”. *Неделя*. 1889. 1 янв.

艾尔·德：《当代俄国文学》，《周报》1889 年 1 月 1 日。

113. Романенко В. Т. *Чехов и наука*. Харьков. Харьковское книжное изд. 1962.

洛曼连科：《契诃夫和科学》，哈尔科夫，1962 年。

114. Роскин А. И. *А. П. Чехов*：*Статьи и очерки*. М. Гослитиздат. 1959.

洛斯金：《契诃夫：文章和随笔》，莫斯科，1959 年。

115. Русанов Г. А. *Воспоминания о Льве Толстом.* Воронеж. Центр. – Чернозем. кн. изд. 1972.

鲁萨诺夫：《回忆列夫·托尔斯泰》，沃洛涅什，1972 年。

116. Семенов М. , Тулупов Н. Сост. *Чеховский юбилейный сборник.* М. Тип. Т – ва И. Д. Сытина. 1910.

谢苗诺夫、屠路波夫编：《契诃夫周年纪念文集》，莫斯科，1910 年。

117. Сергеенко П. А. *Как живёт и работает гр. Л. Н. Толстой.* М. Тип. Т – ва. И. Д. Сытина. 1908.

谢尔盖延科：《托尔斯泰伯爵是如何生活和工作的》，莫斯科，1908 年。

118. Сергеенко П. А. *Толстой и его соверменники.* М. Изд. В. М. Саблина. 1911.

谢尔盖延科：《托尔斯泰和他的同时代人》，莫斯科，1911 年。

119. Сергиевский Н. А. *Об основных истинах христианской веры. Апологетические чтения.* М. Унив. Тип. 1872.

谢尔吉耶夫斯基：《论基督教信仰的基本真理：辩护性的讲座》，莫斯科，1872 年。

120. Собенников А. С. *Между "есть Бог" и "нет Бога"* . . . Иркутск. Изд. Иркутского ун – та. 1997.

索别尼科夫：《在"有神"和"无神"之间……》，伊尔库茨克，1997 年。

121. Собенников А. С. Ред. *О поэтике А. П. Чехова: Сборник научных трудов.* Иркутск. Изд. Иркутского ун – та. 1993.

索别尼科夫编：《论契诃夫的诗学：学术著作选》，伊尔库茨克，1993 年。

122. Собенников А. С. *Художественный символ в драматургии А. П. Чехова.* Иркутск. Изд. Иркутского ун – та. 1989.

索别尼科夫：《契诃夫戏剧中的艺术象征》，伊尔库茨克，1989 年。

123. Соболев Ю. В. *Чехов.* М. Журнально – газетное изд. 1934.

索波列夫：《契诃夫》，莫斯科，1934 年。

124. Соболев Ю. В. *Чехов. Статьи, материалы, библиография.* М. Федерация. 1930.

索波列夫：《契诃夫：论文，资料，传记》，莫斯科，1930 年。

125. Соловьев А. Е. *Отрицает ли Лев Толстой семье и брак (по поводу*

«Крейцеровой сонаты»）. Пенза. Тип. Губернского правления. 1893.

А. Е. 索洛维约夫：《列夫·托尔斯泰有没有否定家庭和婚姻（从〈克莱采奏鸣曲〉谈起）》，平扎，1893 年。

126. Соловьев В. С. *Философия искусства и литературная критика.* М. Искусство. 1991.

索洛维约夫：《哲学探索和文学批评》，莫斯科，1991 年。

127. Соловьев В. С. *Чтения о богочеловечестве*; *Статьи*; *Стихотворения и поэма*; *Из* “*Трех разговоров...*”: *Краткая повесть об Антихристе.* СПб. Худож. лит. 1994.

索洛维约夫：《神人类讲座；文章；诗作和长诗；〈三次谈话……〉摘选；关于反基督的小说》，圣彼得堡，1994 年。

128. Спекторский Е. В. *Чехов.* Белград. Рыбинский. 1930.

斯比克托尔斯基：《契诃夫》，贝尔格莱德，1930 年。

129. Стенник Ю. В. “Православие и масонство в России XVIII века（к постановке вопроса）”. *Русская литература.* 1995. № 1.

斯捷尼克：《18 世纪俄国的东正教和共济会（问题的提出）》，《俄国文学》1995 年第 1 期。

130. Степанов М. М. *Религия А. П. Чехова.* Саратов. Электро – Тип. газ. “Волга”. 1913.

斯捷潘诺夫：《契诃夫的宗教》，萨拉托夫，1913 年。

131. Степун Ф. А. Ред. *Шиповник*（*Сб. Литературы и искусства*）. № 1. М. Шиповник. 1922.

斯捷普恩：《野蔷薇（文学和艺术文集）》第 1 辑，莫斯科，1922 年。

132. Суворин А. С. “Маленькие письма”. *Новое время.* 1891. 6 февр; 1904. 4 июля.

苏沃林：《短札》，《新时报》1891 年 2 月 6 日，1904 年 7 月 4 日。

133. Сухих И. Н. *Проблемы поэтики Чехова.* СПб. Филологический факультет СпбГУ. 2007.

苏希赫：《契诃夫诗学问题》，圣彼得堡，2007 年。

134. Сухих И. Н. Сост., предисл., общая редакция. *А. П. Чехов*: *pro et contra*: *Творчество А. П. Чехова в русской мысли конца XIX – начала XX в.* СПб. РХГИ. 2002.

苏希赫总编：《契诃夫：赞成和反对：契诃夫的创作在 19 世纪末—20 世纪初的俄国思想中》，圣彼得堡，2002 年。

135. Сухих И. Н. Сост. , вступ. статья, общая редакция. *А. П. Чехов: pro et contra. Т. 2: Личность и творчество А. П. Чехова в русской мысли XX в.* СПб. РХГИ. 2010.

苏希赫总编：《契诃夫：赞成和反对：第 2 卷：契诃夫的个性和创作在 20 世纪俄国思想中》，圣彼得堡，2010 年。

136. Сухотина – Толстая Т. Л. *Воспоминания.* М. Худож. лит. 1976.

苏霍金娜 – 托尔斯塔雅：《回忆录》，莫斯科，1976 年。

137. Толстая Е. Д. *Поэтика раздражения: Чехов в конце* 1880 – *начале* 1890 – *х годов.* М. Радикс. 1994.

Е. Д. 托尔斯塔雅：《1880 年代末—1890 年代初契诃夫的激动诗学》，莫斯科，1994 年。

138. Толстая С. А. *Дневники Софьи Андреевны Толстой.* 1897—1909. М. Север. 1932.

С. А. 托尔斯塔雅：《索菲娅 · 安德烈耶芙娜 · 托尔斯塔雅日记：1897—1909 年》，莫斯科，1932 年。

139. Толстой Л. Н. *Полн. собр. соч. : в 90 т.* М. , Л. ГИХЛ. 1928—1958. Т. 36, 51, 54.

《托尔斯泰全集：90 卷》，莫斯科；列宁格勒，1928—1958 年，第 36、51、54 卷。

140. Толстой С. Н. *Очерки былого.* М. Гослитиздат. 1955.

С. Н. 托尔斯泰：《往事随笔》，莫斯科，1955 年。

141. Тургенев И. С. *Полн. собр. соч. и писем: В 28 т.* М. ; Л. Изд. АН СССР. 1960—1968. Т. 15.

《屠格涅夫全集：28 卷》，莫斯科；列宁格勒，1960—1968 年，第 15 卷。

142. Тургенев И. С. *Творчество И. С. Тургенева: Сборник статей.* М. Учпедгиз. 1959.

《屠格涅夫的创作：文集》，莫斯科，1959 年。

143. Усманов Л. Д. *Литературно – художественный процесс конца XIX века и развитие научной мысли в России: Материалы к спецкурсу.* Ташкент.

Укитувчи. 1977.

乌斯曼诺夫：《俄国 19 世纪末文学—艺术的进程和学术思想的发展》，塔什干，1977 年。

144. Уэллс Г. *Собр. соч.* : *В 15 т.* М. Правда. 1964. Т. 14.

《威尔斯选集：15 卷》，莫斯科，1964 年，第 14 卷。

145. Философов Д. В. *Старое и новое.* М. Тип. Т – ва. И. Д. Сытина. 1912.

费罗索福夫：《旧与新》，莫斯科，1912 年。

146. Фламмарион К. *Неведомое.* СПб. Изд. А. С. Суворина. 1901.

弗拉马利翁：《未知之物》，圣彼得堡，1901 年。

147. Фролова И. И. Общ. ред. *Книга в России.* 1861—1881 : *В 3 т.* М. Книга. 1990. Т. 2.

弗洛罗娃总编：《俄国的书籍：1861—1881 年：3 卷》，莫斯科，1990 年，第 2 卷。

148. Чернышевский Н. Г. *Полн. собр. соч.* : *В 15 т.* М. Гослитиздат. 1939—1953. Т. 3.

《车尔尼雪夫斯基全集：15 卷》，莫斯科，1939—1953 年，第 3 卷。

149. Чудаков А. П. *Мир Чехова*: *Возникновение и утверждение.* М. Сов. писатель. 1986.

丘达科夫：《契诃夫的世界：产生和确立》，莫斯科，1986 年。

150. Чудаков А. П. *Поэтика Чехова.* М. Наука. 1971.

丘达科夫：《契诃夫诗学》，1971 年。

151. Чуковская Л. К. *Записки об Анне Ахматовой.* Paris: YMCA – Press, 1980.

丘科夫斯卡雅：《关于安娜·阿赫玛托娃的笔记》，巴黎，1980 年。

152. Чулков Г. И. "Антон Павлович Чехов". *Новый путь.* 1904. № 7.

丘尔科夫：《安东·巴甫洛维奇·契诃夫》，《新路》1904 年第 7 期。

153. Эйхенбаум Б. М. *О прозе.* Л. Худож. лит. ленингр. отд – ние. 1969.

艾亨鲍姆：《论散文》，列宁格勒，1969 年。

154. Ясинский И. И. *Роман моей жизни*: *Книга воспоминаний.* М. ; Л. Гос. изд. 1926.

雅辛斯基：《我的一生的故事：回忆录》，莫斯科；列宁格勒，1926 年。

155. Ясинский И. И. “Три сестры” . *Русское обозрение.* 1891. № 5.
雅辛斯基:《三姊妹》,《俄国评论》1891 年第 5 期。

英文文献

1. Maurice Baring, *Landmarks in Russian Literature*, London: Methuen, 1910.
莫里斯·贝灵:《俄国文学中的路标》, 伦敦, 1910 年。

2. Henry Cecil Wyld ed. , *The Universal Dictionary of the English Language*, London: Herbert Joseph for Selfridge & Co, 1936.
亨利·塞西尔·怀尔德编:《通用英语词典》, 伦敦, 1936 年。

3. Virginia Llewellyn Smith, *Anton Chekhov and the Lady with the Dog*, London: Oxford University Press, 1973.
弗吉尼亚·卢埃林·史密斯:《安东·契诃夫和带小狗的女人》, 伦敦, 1973 年。

4. Laurence Senelick, *Anton Chekhov*, London: Macmillan, 1985.
劳伦斯·谢涅利克:《安东·契诃夫》, 伦敦, 1985 年。

后　记

这是我十年来从事契诃夫创作研究的第二本书了。我的第一本专著《雾里看花：契诃夫文本世界的多重意义探析》主要从诗学角度分析契诃夫作品中的多重意义和产生这些意义的文本机制，着重点放在该作家对 19 世纪俄国文学的继承与创新上。而这本书则专门研究契诃夫的思想原则和世界观，探索他的创作中蕴含的深刻哲理，力图在 19 世纪末俄国各种文化运动和思潮的背景下讨论俄国文学的一些本质特征。这两本书互为补充，是我为阐释契诃夫的艺术与哲学的完整体系所做的一点个人的尝试——而充分展现 19 世纪俄国文学与俄国思想的发展与关系的宏伟图景，则需要俄罗斯学学者的共同努力。若是本书中对俄国文学思想价值的阐释，能够为中国当下的意识形态困惑和文化建设提供些许参考，于我则幸甚至哉。

这本书也是中国社会科学院外国文学研究所承担的创新工程“文学与大国兴衰之俄罗斯经验与教训”的结项成果之一，因此写作的过程与外文所诸师长同人的帮助密不可分。在立项之初，陈众议所长高瞻远瞩地提出并阐释“跨国资本主义语境下的外国文学研究”这一命题，党圣元老师对中国古典文论与马克思主义美学示范性地融合运用，其后刘文飞老师在系列文章和讲话中强调俄国文学在俄国思想史、民族心理塑造上的重要地位，程巍老师在同我的长谈中启发我挖掘俄国文学内部的文化矛盾和帝国意识，他们的指导使我可以在更高一层的境界上使用原来积累的材料，对我的思考具有重大意义。项目组首席研究员吴晓都老师一方面邀请国内最顶尖的专家学者来开会交流，提供指导；另一方面组织撰写文稿，从启蒙文化、人民性、人文思想、传统与当代等多个角度阐发俄国文学与俄国思想的要义，带领我们项目组攻克了一系列难题。平日里我与俄罗斯文学研究室侯玮红主任就我个人项目的设计和实施曾做过反复探讨和切磋，最终确定了本书的主题和框架。研究室里万海松、侯丹、文导微、王晓宇和编辑部的孔霞蔚等同事也都给我提供了多方面的帮助，特别感谢《世界文学》的余静远博士在英文方面给予的大力协助。

在我最痛苦的写作摸索阶段，本所的童道明老师、吕绍宗老师、陈中梅老师、李永平老师、叶隽老师等，还有南京师范大学的恩师张杰教授、四川大学的刘亚丁教授、苏州大学的师兄朱建刚教授，都曾屡次给予我热情的鼓励，帮助我拓宽理论视野，也照亮了我未来的治学方向。《世界文学》主编高兴老师和《外国文学动态研究》主编苏玲老师不但为我点拨思路，而且多次邀请我参加学术会议，使我有机会向不同学科的顶尖学者请教，激发自己的写作灵感。感谢我的硕士生导师康澄教授和博士后合作导师徐德明教授，他们的指导令我终生受惠。另外，感谢《外国文学研究》的王树福老师、《俄罗斯文艺》的张晓东老师、《文艺理论与批评》的崔柯老师和《外国文学》的编辑老师为我的阶段性成果和发表的论文所做的审校与指导。

当然，我最应该感谢的是我的博士生导师石南征研究员和生活上给予我关心的师母王小路老师。石老师的古典主义教学培养方式令我初窥学院式研究的严谨路径并领略其兼具美感与坚实的逻辑力量；他从大时代的转折角度定位契诃夫在俄国文学史上的重要意义，并且帮助我从社会精神变革的高度看待自己的研究对象；另外，他的个人品行和学术修养都为我树立了崇高的标杆，是我一生学习的榜样。我的第一本书的书名《雾里看花》，在某种程度上也是向石老师荣获科学院优秀科研成果奖的名作《明日观花：七八十年代苏联小说的形式、风格问题》致敬。

2006 年我放弃舒适安逸的小城生活来北京求学，经历了经济和生活上的种种困难。但幸亏有母亲、妻子等家人义无反顾的支持，更有幸得到外文所领导的关心，尤其是董晓阳副所长的直接帮助，使我在居住大不易的首都竟然能暂且安身，不致常惶惶于颠沛流离的恐惧，不但可以静下心来读书写作，而且可以随时求教于身边的良师益友，这对一个人文学者而言简直是梦寐以求的条件！如果说我实实在在地感觉到自己近年来在学术上有所成长，那么当然要归功于我所处的科研环境。

最后，我要感谢中国社会科学出版社的史慕鸿老师和慈明亮老师，我的两本书里大量的俄文文献和俄国人名给他们添了不少麻烦，最终成果的面世也凝聚了他们的辛勤工作，他们极富价值的指教令我的作品大为增色。

2018 年 2 月于北京通州华兴园